Collection Fiction

DU MÊME AUTEUR, CHEZ LE MÊME ÉDITEUR

Le Cimetière, 2019

GUIX, Gerard. *Tout ce que tu devrais savoir avant de m'aimer*

ISBN : 978-2373056303
Dépôt légal : 1re édition, mai 2022

Couverture : Elena Vieillard
www.elenavieillard.fr

Les Éditions Aux forges de Vulcain
1 rue de la Montagne
77600 Bussy-Saint-Martin
www.auxforgesdevulcain.fr

Tout ce que tu devrais savoir avant de m'aimer

GERARD GUIX

Traduit du catalan par Carole Fillière

LES ÉDITIONS AUX FORGES DE VULCAIN

Toutes les biographies sont des mensonges parce que
tous les écrivains sont des menteurs.

Gerard Guix, romancier et dramaturge

Le jour où mon roman plaira à tout le monde et où il
ne recevra aucune critique négative, j'arrêterai d'écrire.

Findlay Kennedy, romancier

1
REMBOBINER

À tous ceux que j'ai oubliés

Jour 1

Seuls ceux qui ont totalement perdu la mémoire
publient des mémoires

Oscar Wilde, dramaturge et romancier

Et alors, lorsque l'étreinte est si forte qu'elle ne me laisse pratiquement pas respirer, je me réveille.

Je mets quelques secondes à savoir où je me trouve. Qui je suis. Où je suis. Quel lien m'unit à la femme qui dort à côté de moi. Puis je me rappelle que ça fait longtemps que nous éprouvons des difficultés à vivre ensemble, même si la veille au soir nous avons trouvé une étrange solution à ce problème. Il fait très chaud et la chambre semble avoir été vidée de tout son air parce qu'il est presque impossible de respirer. Je frotte mes yeux des deux mains et attends qu'ils s'accommodent à la lumière qui filtre par les lames du volet. Un puissant rayon de soleil rend visible la poussière qui flotte dans l'air, sa danse silencieuse en un ballet mystérieux, qui nous expose cruellement : la propreté suggérée par le blanc immaculé des murs, des meubles, des rideaux, des draps, de nos sous-vêtements et de nos peaux, surtout de la sienne, n'est qu'une farce, une tromperie, un stratagème pour masquer toute la saleté que nous portons en nous. Comme si je le voyais pour la première fois, j'observe attentivement le corps qui repose dos tourné vers moi. Ses cheveux, si blonds qu'ils semblent parfois blancs, sont étalés sur son oreiller en un grand éventail qui menace d'envahir le mien. Son cou si long est peut-être l'endroit où sa peau semble la plus fine, il laisse apparaître des veines bleu ciel qui, contrairement à ce que l'on pourrait penser, transportent des rivières d'un sang très rouge. Parfois, je me dis que si je lui arrachais la peau par lambeaux, je pourrais la faire passer pour de la soie et la vendre dans des boutiques de luxe. Du regard, je parcours son bras, m'arrête sur chaque imperfection : un grain de beauté, une cicatrice ou un bleu provoqué par un coup, qui bientôt aura disparu. Lorsque je soulève les draps pour continuer mon observation, me parvient l'odeur de nos corps humides de sueur. Je m'attarde sur ses hanches, à moitié cachées par une culotte blanche de coton qu'on pourrait, de loin, confondre avec sa peau et les draps. Ça me rend triste qu'elle ne dorme plus toute nue malgré la chaleur qu'il fait. Mon regard descend le long de ses jambes, et je m'étonne parce que même si elle ne s'épile jamais, je ne peux distinguer, à contre-jour, qu'une fine ligne de duvet blond et doux. Je m'arrête sur ses petits pieds, aux ongles soignés mais sans vernis, auxquels ne vont jamais les chaussures de princesse qu'elle veut s'acheter. Je lève un peu la tête, juste ce qu'il faut pour voir par-dessus son épaule le contour d'un sein blanc et son téton rose foncé. Il est si petit que le temps aura beau passer, jamais il ne semblera flasque. Je laisse tomber le drap et notre odeur monte vers moi à nouveau. J'aime cette odeur, même si elle est amère, parce qu'elle me rappelle le goût de son sexe, qui me fascine. Son dos se soulève discrètement, mu par sa respiration. J'approche ma main et d'un doigt je suis, une à une, les vertèbres qui jalonnent le chemin partant de sa nuque vers ses hanches pointues. Elle est si mince que je crois toujours que je vais la casser si je la touche. Elle ne bouge pas. Je ne bouge pas. Nous ne bougeons pas, comme si nous avions peur que le lit puisse se briser. Avant, au réveil, j'avais une érection qui tardait à redescendre. Depuis quelque temps, je me réveille en paix. Je crois que c'est à cause de mes rêves. Ces derniers temps, je fais beaucoup de rêves et ça m'empêche de me reposer la nuit. Des histoires complexes, en général très réelles et perturbantes, mais quand je me réveille j'ai tout oublié et seule persiste une sensation angoissante qui m'accompagne toute la journée. Je regarde la lumière bleutée du réveil numérique. Le tic-tac des vieux réveils me manque mais je ne me rappelle plus qui de nous deux cela gênait pour dormir. Dans dix minutes, le réveil sonnera et nous nous réveillerons. Officiellement, je suis toujours endormi, et je pense que je devrais profiter de ces dix minutes de gagnées. Je me retourne sur le dos et regarde le plafond tandis que la poussière danse toujours dans le rayon de soleil. Je joue avec l'élastique de mon caleçon avec un doigt puis y enroule les poils qui joignent mon nombril et mon pubis. Moi non plus, je ne dors plus nu malgré la chaleur qu'il fait. La fenêtre est ouverte mais le bruit pénible de la rue ne monte pas jusqu'ici. Parce que c'est dimanche ou parce qu'aujourd'hui c'est le premier jour du mois d'août. Peut-être les deux. Mes yeux suivent les bords du plafond, si haut que pour en nettoyer les angles nous devons nous jucher sur un escabeau, même armés d'un balai. Il y a une tache dans l'un des angles. Je ne sais pas si c'est une ombre ou de l'humidité. Il n'y a que des problèmes, avec ces appartements anciens, même s'ils sont refaits. Quelqu'un, dans l'appartement du dessus, tire la chasse. Ses toilettes ont peut-être une fuite, qui s'infiltre jusque chez nous. Ça m'écœure de penser que l'eau qui provoque la tache provient de toilettes. Je pose la main sur mon ventre et essaye de faire le vide, mais la sensation d'étourdissement provoquée par ma gueule de bois m'en empêche. Elle, à côté de moi, ne bouge toujours pas d'un pouce. Je retiens ma respiration quelques secondes pour entendre la sienne. Elle fait un bruit de la bouche ou du nez qui me confirme qu'elle est vivante. J'emplis à nouveau mes poumons d'air et mon torse enfle. Je mets un doigt dans une de mes narines et en sors une crotte de nez toute sèche qui m'empêchait de respirer normalement. Je me souviens de l'étreinte, si forte qu'elle ne me laissait pratiquement pas respirer, mais je suis incapable de voir le visage de la personne qui me serrait contre elle. Je me couche sur un côté et m'approche d'elle. Je passe un bras sur sa taille et la serre, puis l'enlève immédiatement parce que ce geste pourrait sembler trop calculé. Je colle mon corps tout contre le sien, en cuiller. Nous nous emboîtons tellement bien que l'on dirait que nos corps ont été conçus dans ce but. Maintenant, si, j'ai une érection, et je place mon sexe durci entre ses fesses. Quel dommage que le tissu de nos sous-vêtements rende impossible un contact plus intime. Si elle n'était pas endormie, elle m'aurait certainement repoussé. Nous transpirons à nouveau et je sens comme les poils de ma poitrine s'accrochent à son dos. Mon haleine chaude bute contre sa nuque. Je ferme les yeux et me concentre pour faire en sorte d'accorder ma respiration à la sienne. Mes paupières sont lourdes, j'ai du mal à réfléchir, ma respiration ralentit et tout autour de moi disparaît lentement.

Lorsque le réveil sonne, il me faut quelques secondes pour réagir et comprendre ce qui se passe. Qui je suis. Où je suis. Qui est la femme qui dort à côté de moi. J'ai l'impression d'avoir fait un autre rêve, mais je ne m'en souviens pas. Ce qui m'ennuie davantage, c'est que j'ai perdu les dix minutes que je pensais avoir gagnées. Elle murmure quelque chose mais je ne comprends pas ce qu'elle dit. Comme je ne bouge pas, elle passe par-dessus moi pour éteindre le réveil et me plante son genou dans les côtes. Ensuite, elle s'assoit sur le lit et reste là, à regarder autour d'elle, comme si elle ne savait pas où elle se trouvait. Elle regarde ses mains et touche ses cheveux mais ne fait rien, sauf me sourire comme si j'étais un parfait inconnu. Elle reste assez longtemps dans cette position, en tailleur, le regard balayant l'espace autour d'elle. Peut-être qu'elle espère léviter ou qu'elle se sent mal. Je me redresse et pose les deux pieds par terre en même temps, pour éviter cette superstition idiote qui consiste à se lever d'un pied ou de l'autre. Le contact avec le parquet est agréable, plus que lorsque notre sol était de grès. Je reste encore quelques secondes assis sur le lit, tête baissée, à décider si je fais ou non mon premier pas dans cette journée. J'essaye de me rappeler comment nous en sommes arrivés là. En me levant, je la regarde à nouveau. Maintenant, elle fait une fixation sur ses pieds, qu'elle agite comme si elle les voyait pour la première fois. En l'observant, j'ai du mal à croire qu'elle possède le pouvoir dont elle m'a parlé hier soir. Ce n'est qu'une blague de mauvais goût, j'en suis certain. J'ouvre la fenêtre en grand pour aérer la chambre, mais l'air qui entre est plus vicié que celui que nous étions en train de respirer jusqu'à présent. J'ai la sensation que c'est le matin mais je comprends que c'est faux : c'est le début de l'après-midi et nous venons de nous réveiller d'une longue sieste. Je suis fasciné par la facilité avec laquelle notre cerveau peut être trompé si nous savons lui donner l'information qu'il faut. Je suis fatigué, la nuit a été dure et la matinée compliquée. Ce qui me console c'est que maintenant je n'ai pas à faire ce que je fais chaque matin au réveil, cet effort de décider qui je serai au cours de la journée : l'écrivain à succès ou raté, le mec sympa ou grossier, le mari exemplaire ou le fils de pute égoïste. Ce matin, lorsque je me suis réveillé sur le canapé, j'ai déjà décidé quel rôle serait le mien aujourd'hui. C'est vraiment épuisant de devoir choisir quand tu n'as aucune putain d'idée de qui tu es.

Je suis étonné de ne toujours pas entendre de voitures. Le croisement entre les rues Còrsega et Montaner est désert : aucun véhicule, aucun passant. Je gratte les piqûres de moustiques sur ma nuque tandis que j'inspecte les appartements voisins à la recherche d'un signe de vie. On dirait que tout le monde est parti en vacances, même le voisin qui nous espionne. C'est effrayant de voir que dans ce pays tout est paralysé au mois d'août. Au loin, j'entends le bruit strident d'une moto qui déchire le silence et approche avant de s'arrêter à un feu rouge. C'est un jeune homme qui conduit, au casque jaune brillant sur lequel ressortent des lettres noires que, du haut de mon troisième étage, sans compter l'entresol, je peux parfaitement déchiffrer : *Fuck you !* Quand le feu passe au vert, il démarre en faisant encore plus de bruit, qui perd en puissance lorsqu'il descend la rue Montaner. Je gratte mes testicules, où les moustiques ne sont pas parvenus à ce que je sache, et souhaite que le motard se fracasse du haut d'une falaise, mais loin de nous, parce qu'il n'est pas question qu'il nous gâche la journée.

Lorsque je sors de la chambre et entre dans la salle de bains, elle n'a pas bougé, elle est toujours sur le lit. Elle ne donne pas l'impression d'avoir envie de se lever. J'ai encore le réflexe d'ouvrir le robinet d'eau chaude même si ça fait un mois et demi que l'eau qui coule est froide. Heureusement que nous sommes en été, me dis-je, cherchant le côté positif de cette tragédie. Je me douche le plus vite possible et lorsque je ferme le robinet, je ressens un vif soulagement, comme si j'avais cessé de m'infliger une torture insupportable. Je vois que, dans un coin, entre les carreaux, il y a un endroit qui commence à moisir. J'essaye de frotter avec un doigt, mais ça ne part pas. Il n'y a aucune serviette pour me sécher, mais je n'ai pas envie de l'appeler. Je m'habille et trempe mes vêtements, mais avec la chaleur qu'il fait, ils sécheront tout de suite. Je veux me raser mais ne trouve pas mon rasoir électrique ni la mousse à raser et j'en déduis que c'est elle qui les a rangés dans la trousse de toilette. Je prépare le café pendant qu'elle se douche. La cuisine a tout d'une chambre froide parce que l'air conditionné est branché, mais je suis sûr que ce n'est pas elle qui l'a mis en route. Il doit être allumé depuis le dîner d'hier. Je l'éteins, craignant de m'enrhumer à cause de mes habits humides et de mes cheveux mouillés. Je sens une odeur de gaz, mais je ne sais pas si c'est réel ou si mon esprit me joue un mauvais tour. Le tuyau arraché dans un angle de la pièce me fournit la confirmation dont j'ai besoin et une explication pour l'absence d'eau chaude. Nous n'en aurons certainement plus jamais. Elle entre à l'instant où je retire la cafetière italienne du feu et j'ai la sensation qu'elle est moins absente qu'à son réveil. Nous utilisons la même petite cuiller pour mélanger le sucre dans nos cafés mais nous n'échangeons pas un mot. J'essaye de ne pas faire de bruit avec ma bouche lorsque je bois parce que je sais que ça la gêne. Elle regarde par terre pendant que je balaye la cuisine du regard. Sur le plan de travail, nos téléphones portables et l'appareil photo numérique sont en train de charger. Sur la porte du frigo se trouve une liste avec des consignes pour la femme de ménage pendant notre absence. Il y en a une autre à côté que je lis avec curiosité : « Carme, les jouets et le change du petit sont dans sa chambre. Ses médicaments sont dans le placard de la salle de bains. N'hésite pas à m'appeler s'il manque quelque chose. » Carme, c'est ma mère.

Quand elle rince les deux tasses et la cuiller dans l'évier, je termine de vérifier nos bagages pour m'assurer que nous n'oublions rien. Je range l'argent dans des enveloppes que je cache dans des valises différentes. Je les ferme solennellement. J'ai peur de voyager avec tout mon argent sur moi mais je n'ai pas le choix. J'ai l'impression d'avoir attaqué une banque et d'être en train de préparer ma fuite à l'étranger. Je suppose que cet étrange remords a ses raisons : j'ai annulé toutes mes cartes de crédit et retiré tout mon argent, en euros ou en francs suisses. J'empile nos valises et les laisse dans l'entrée, comme une barricade nous empêchant de sortir. J'entre dans mon bureau et range mon ordinateur portable dans sa sacoche. Dans un sac, je place mes documents, les livres, le paquet de post-it vert fluo et l'étui des films en DVD pour mon projet. Je prends aussi celui des CD des *Greatest Hits* que j'ai achetés précisément pour ce voyage. Je regarde avec indifférence le chaos qui règne dans cette pièce où la femme de ménage n'a pas le droit d'entrer. Des fragments de mon vieil ordinateur un peu partout. Le clavier, explosé sur une chaise. La souris brisée, accrochée à une lampe. L'écran éventré et la tour crevée par terre, les puces et les câbles arrachés n'importe comment. Lorsque je sors de la pièce, je marche sur un morceau de plastique. Je me baisse et le prends entre les doigts, curieux. C'est la touche *Suppr* du clavier. Je ne sais pas pourquoi, mais je la range dans une des poches de mon pantalon. J'arrose les plantes de nos deux balcons, à l'avant et à l'arrière de l'appartement, même si ça figure sur la liste pour la femme de ménage. Mais il fait très chaud, et elle ne viendra pas avant demain ou après-demain. Tandis qu'elle ferme l'arrivée d'eau et de gaz, par réflexe il me semble, déconnecte le boîtier de la télévision par câble et éteint la lumière, je baisse à moitié les volets. En cas de pluie, les vitres ne se saliront pas. Et les voleurs ne verront pas qu'il n'y a personne. Les volets de la chambre du petit sont fermés et, même sans allumer, je peux voir depuis le seuil ses jouets dans la pénombre. L'ours géant en peluche me regarde d'un air triste, assis sur le petit lit. On dirait qu'il veut me dire adieu parce que l'un de ses bras est levé. Au-dessus de lui pendent les animaux du mobile ; ça fait si longtemps qu'il ne tourne plus que s'il recommence un jour il ne saura plus dans quel sens le faire. Cette porte, je la ferme avec un soin que je ne mets pas à fermer les autres. Nous nous retrouvons dans l'entrée et d'un regard nous confirmons que tout est en ordre et que nous sommes prêts à partir. Tout ça sans un mot. Synchronisés. En silence. Ça fait longtemps que nous avons appris à vivre ensemble sans nous parler.

L'appartement, depuis l'entrée et dans la pénombre, sans aucun bruit, semble abandonné. Maintenant, je me rends compte qu'il n'est pas si petit, contrairement à ce que je pensais dernièrement. Nous possédons peut-être trop de choses. Trop de meubles. Trop de tableaux. Trop de vases. Si jamais nous devons un jour partager nos biens, le mieux sera encore de tout détruire. Lorsque nous avons emménagé, il y a environ trois ans, il nous semblait immense avec ses six pièces et leur haut plafond. Nous avons pensé un temps en profiter pour faire des mezzanines. Encore plus de trucs. Encore plus de merdes à ranger. Au début, nous avons peint les murs dans des tons chauds, variés, un par pièce. Mais il y a de ça six mois, lorsque notre foyer a commencé à s'effondrer sur nos têtes, nous avons voulu agrandir notre espace. Nous avons tout repeint en blanc et remplacé le sol de grès foncé par du parquet clair. Nous voulions faire tomber quelques cloisons mais on nous a dit qu'il s'agissait de murs porteurs et que l'immeuble nous tomberait vraiment sur la tête. Malgré ça, l'appartement était toujours petit. Nous avons distribué des meubles, donné des tableaux et des vases à des amis qui nous avaient annoncé qu'ils s'installaient ensemble. Nous avons enlevé les rideaux des fenêtres et plus jamais, qu'il pleuve, qu'il neige ou qu'il fasse un soleil infernal, nous n'avons fermé les volets. Il n'y a que dans notre chambre que nous avons réinstallé des rideaux, parce que le voisin de l'immeuble d'en face nous espionne lorsque nous nous déshabillons. Le seul endroit intouchable, c'est la chambre du petit. Malgré tous ces changements, cet appartement est pour moi une source de claustrophobie et de déprime. Soit nous déménageons dans une maison avec jardin, soit nous nous séparons. Il n'y a pas d'autre solution.

J'appelle l'ascenseur, qui est très vieux et très lent, et j'en profite pour sortir les valises sur le palier. Pendant que je les place dans la cabine, elle fait une dernière vérification, regarde si j'ai descendu les volets à la hauteur qui lui convient. Je descends l'escalier tandis que les valises voyagent seules dans l'ascenseur, qui fait un bruit étrange : on dirait qu'il va se décrocher sans prévenir et s'écraser au sol. Si je peux l'éviter, je ne le prends jamais. J'arrive le premier et attends en regardant la porte fermée de la minuscule loge de la concierge. Je ne comprends pas comment deux personnes peuvent vivre dans un trou pareil. La concierge est absente ou du moins elle ne donne aucun signe de vie, même si j'ai toujours l'impression qu'elle nous espionne derrière son rideau. Elle est peut-être en vacances, mais je doute qu'elle ait un vrai contrat de travail et qu'elle y ait droit. Je sors les valises de l'ascenseur et les dépose dans l'élégant hall, dont le tapis ancien est pourtant déchiré. J'attends qu'elle descende avant de commencer à emporter les valises vers la voiture. J'ai eu de la chance, j'ai trouvé une place juste devant chez nous dans une zone de livraison. Je regarde ma montre et, même si nous avons le temps, ça m'ennuie qu'elle me fasse toujours attendre. Je vide notre boîte aux lettres de toute la publicité indésirable que la concierge devrait théoriquement nous éviter de recevoir. Susanna a la clé et la videra aussi au cours des prochains jours. J'ai vu que c'était inscrit sur la liste du frigo. Ma femme n'a pas voulu engager une étrangère pour faire notre ménage. Elle m'a dit qu'elle ne voulait pas que quelqu'un comme elle vienne nettoyer notre merde. Elle trouvait ça humiliant. En réalité, je crois qu'elle ne fait pas confiance aux étrangers et je suppose qu'employer une autochtone la fait se sentir davantage intégrée. Susanna est notre femme de ménage, elle vient de Vic, comme moi. Dans ce hall, il fait très froid l'été et très chaud l'hiver, sans chauffage ni air conditionné. Je regarde le plafond immense pour m'en assurer et ne vois qu'une tache d'humidité qui décolle le papier peint saumon rayé. Je l'entends claquer la porte de notre appartement, mais ne comprends pas pourquoi elle met autant de temps. Finalement, l'ascenseur monte au troisième étage, sans compter l'entresol, et redescend. Elle en sort et attrape au passage une valise, ouvre la porte de la rue et cherche du regard ma Citroën C4 bleu foncé. Je prends deux valises et la suis. Une bouffée d'air chaud me frappe, je commence à transpirer. Elle surveille le coffre pendant que je vais chercher les autres valises dans le hall, même si je trouve que la précaution est plutôt inutile parce que la rue est déserte. Lorsque le dernier voyage est terminé, nous jouons à une espèce de Tetris en 3-D. Nous partons cinq jours, mais on dirait que nous allons commencer une nouvelle vie loin d'ici. Je fais très attention lorsque je cale mon ordinateur portable entre deux valises rigides. Comme tout ne rentre pas dans le coffre, certaines choses terminent en vrac sur la banquette arrière. Le siège du petit prend de la place, mais elle refuse que je pose des affaires dessus ou que je l'enlève.

Dès que je mets le contact, j'allume l'air conditionné. Je sais qu'elle n'a pas chaud mais moi, j'étouffe. Voyons combien de temps elle va mettre avant de l'éteindre. Nous attachons nos ceintures et elle me regarde, pour la première fois, je crois, depuis que nous nous sommes levés. Elle plonge ses grands yeux d'un bleu électrique et surnaturel dans mes yeux marrons si ordinaires. Sa beauté me fascine encore et ma seule consolation, c'est que notre différence d'âge ne me permettra pas de la voir totalement vieillir.

— Tu crois que ça ira, pour Yul ?

Après tant d'années, son accent étranger est encore sensible, même s'il est difficile de deviner d'où elle vient. Il est perceptible seulement dans quelques mots, très peu en fait, qu'elle ne saura jamais prononcer correctement selon moi. Yul, c'est notre fils.

— On aurait dû le prendre avec nous.

Je prends une profonde inspiration et regarde la poussière sur le compteur, sur la boîte à gants, un peu partout. Je ne sais jamais ce qui est le mieux. Nettoyer la voiture avant ou après un voyage.

— Fais attention. Roule doucement.

Ça m'agace qu'elle me le dise avant même que j'aie commencé à rouler. Je sors de la place de parking avec précaution. Elle est tendue, regarde son téléphone portable et vérifie qu'il a du réseau et de la batterie. Alors que j'allume la radio pour avoir des informations sur le trafic, elle éteint l'air conditionné. Elle sort de son sac un tube de crème solaire et s'en met sur le visage, les bras, le décolleté, les jambes et les pieds, qu'elle déchausse aisément parce qu'elle porte des tongs. En été, elle répète cette opération chaque fois qu'elle sait qu'un rayon de soleil peut la frôler. Je connais par cœur les rues de l'Eixample et il n'y a pas un chat. Je pourrais fermer les yeux et conduire sans risquer aucune collision avec des véhicules ou des passants. Je suis sur le point de le faire pour éprouver ma théorie quand tout à coup apparaît, sortie de je ne sais où, une ambulance aux gyrophares allumés, qui nous double, s'éloigne et disparaît si vite que j'ai du mal à croire que c'est vraiment arrivé. J'ai l'étrange sensation d'avoir vécu un passage de mon roman *La deriva dels continents*[1]. Sur l'avenue Meridiana, à la hauteur du supermarché Hipercor, nous voyons deux voitures de police et l'ambulance qui nous a doublés. Un policier nous arrête sans nous donner d'explications. Derrière nous, une autre voiture s'immobilise et, petit à petit, nous commençons à former une file bien rangée et patiente. Nous regardons tous les deux autour de nous et cherchons la cause de cet arrêt. Une moto est encastrée sous une fourgonnette et un monsieur âgé, très certainement le conducteur de la fourgonnette, parle avec un policier. Il est très agité, gesticule beaucoup, pose ses mains nerveuses sur sa tête et tremble. Il s'effondre. Un groupe de curieux se masse sur le côté et les fenêtres des appartements au-dessus de l'accident se remplissent de voisins en pyjama qui regardent la scène. Un brancard sort de

1. *La deriva dels continents* (*La dérive des continents*, en français) est un roman publié par Gerard Guix en 2005 chez Angle Editorial, inédit en français. (Toutes les notes sont de la traductrice.)

l'ambulance et je suis des yeux les infirmiers qui le portent jusqu'à un corps recouvert d'une couverture thermique, sous laquelle se forme une flaque de sang. Même s'ils déposent le brancard tout près, ils laissent par terre le corps sans vie du motard. J'éteins la radio. En signe de respect et au cas où le policier viendrait nous donner quelques indications. Elle regarde le cadavre, sans détourner la tête un seul instant. Elle attrape l'appareil photo numérique et fait une photo. Je frissonne à l'idée de ce que sera notre prochain album. Au bout d'un moment, le policier qui nous a arrêtés reçoit un ordre par radio. Il répond, regarde la file de voitures et prononce encore quelques phrases dans son boîtier. Puis il nous fait signe d'avancer. Lorsque nous passons près du corps, des infirmiers et du policier qui discutent mais ne font rien, je vois sur le sol un casque d'un jaune brillant sur lequel ressortent des lettres noires : *Fuck you !* Elle fixe ses yeux bleus sur le cadavre et ne les détourne que lorsque la flexion de son cou menace de le rompre. Elle regarde à nouveau devant elle, allume la radio et me dit, d'une voix atone :

— Fais attention. Roule doucement.

Il y a peu de circulation et, quand les voitures se répartissent sur les trois voies de l'AP-7, on dirait qu'il y a encore moins de véhicules. Les informations continuent à la radio, mais aucun de nous deux ne semble les écouter. Je ne sais pas combien de kilomètres nous avançons de la sorte, aussi distants que si nous nous étions disputés. Il fait chaud, je sens que des cercles de sueur se forment sous mes aisselles, mais je n'ose pas briser ce moment de consensus. Peut-être que je baisserai un peu plus tard ma fenêtre. Tout à coup, j'ai l'impression qu'elle se réveille, même si elle ne dormait pas. Elle ouvre la boîte à gants et en sort l'étui des CD que j'ai sélectionnés.

— Ce sont tous des *Greatest Hits* ? demande-t-elle après avoir regardé ce qu'il contenait.

— Oui. J'aime les *Greatest Hits*. Ça résume ce qu'un artiste a fait de meilleur.

Elle en met un sans me demander mon avis. De toute façon, c'est la quatrième fois qu'on entend les mêmes informations. Il ne se passe jamais rien en août. Norah Jones chante qu'elle nous a rencontrés dans un lieu où elle avait l'habitude de se rendre. Elle regarde par sa fenêtre le paysage plutôt laid que traverse l'autoroute, mais je crois qu'en réalité elle ne voit rien. Les kilomètres suivants, nous ne dépassons que des touristes français, belges et allemands qui rentrent de vacances. Un panneau annonce la sortie de Vic et mon cerveau me bombarde de milliers de souvenirs. Au bout d'un moment, alors qu'il me semble qu'elle a fermé les yeux, je l'appelle mais elle ne répond pas. Je répète son prénom, plus bas, parce que si elle dort je ne veux pas la réveiller. Lorsque je suis certain qu'elle dort, j'allume l'air conditionné, mais, sans ouvrir les yeux, elle tend son bras et l'éteint à nouveau. Ça va être dur, bien plus dur que ce que je pensais. Je commence à me sentir claustrophobe dans cette voiture, mais ici je ne pourrai pas repeindre les murs en blanc, ni changer le sol, ni faire tomber de cloisons. J'ouvre un peu ma fenêtre et l'air froid me fait du bien. Je mets mes lunettes de soleil D&G et monte le son. Norah Jones chante que le soleil ne te plaît pas, que tu te mets toujours de la crème, et je me dis qu'Anastasia aurait pu être sa source d'inspiration. Sa peau est si blanche que, telle une vampire, si un rayon de soleil la frôle, elle brûle. Anastasia, c'est ma femme, mais nous ne sommes pas mariés. Norah Jones dit aussi qu'un jour nous devons tous mourir et je pense au motard. Maintenant qu'elle dort, ou qu'elle fait semblant, j'accélère. Je m'attends à un imminent « Fais attention. Roule doucement », mais il ne vient pas et j'ai l'impression qu'elle dort pour de bon. Ça fait déjà un bon moment qu'un avertissement sonore et visuel sur le tableau de bord m'informe que j'ai atteint la réserve de carburant. On m'indique aussi combien de kilomètres je peux encore faire avec l'essence qu'il reste. Conduire les voitures d'aujourd'hui, c'est vraiment pour les nuls. Elles ont des régulateurs de vitesse qui t'évitent d'appuyer sur l'accélérateur, des limitateurs qui t'empêchent de dépasser la vitesse autorisée, un GPS qui te guide et te mène à destination, des lumières qui s'allument automatiquement quand il fait sombre ou quand tu entres dans un tunnel, des essuie-glaces qui s'activent tout seuls et dont la vitesse s'adapte à l'intensité de la pluie, des rétroviseurs électroniques qui foncent quand une voiture derrière toi t'éblouit. Il ne manque plus que le pilotage automatique pour que le conducteur devienne accessoire. Je vois un panneau, sur un des côtés de l'autoroute, qui annonce une aire proche, et je décide d'y faire le plein et d'y acheter de quoi grignoter. Si elle ne se réveille pas, je lui prendrai un jus de fruits sans bulles. Elle déteste les bulles. Si elle faisait partie du gouvernement, elle en interdirait la vente. Elle ferait certainement la chasse à tous ceux qui en boiraient en cachette et les punirait de la peine de mort. Norah Jones est une chanteuse américaine que j'aime beaucoup.

Au moment où je gare la voiture près d'une pompe à essence, elle se réveille. Elle regarde autour d'elle, perdue. Elle semble sur le point de poser une question mais se reprend. Elle se redresse en silence et s'assoit correctement sur son siège. J'éteins la radio et descends sans un mot. Je demande 50 euros d'essence, à régler avant de passer à la pompe. Je paye en espèces sans que la caissière ait prononcé la moindre syllabe. Je décroche le pistolet et remplis le réservoir pour faire le plus de kilomètres possible. Anastasia, à l'intérieur de la voiture, téléphone à quelqu'un. Ça a l'air important parce qu'elle est sérieuse. Lorsque les 50 euros sont dans le réservoir, je raccroche le pistolet et ferme le clapet à clé. Je déteste l'odeur de l'essence. Je ne pourrais jamais travailler dans un lieu pareil, au milieu de cette puanteur qui me donne la nausée. Je frappe d'un doigt replié contre sa vitre. Elle a terminé sa conversation, descend la vitre et me regarde mais je ne peux pas bien voir ses yeux parce qu'elle a mis ses lunettes de soleil.

— Tu veux quelque chose ?

— Un jus d'orange. Sans bulles.

— Et à manger ?

— On est où ?

— Sur une aire d'autoroute.

Elle plisse son nez et tord sa bouche, dans une mimique de désapprobation.

— À côté de Gérone.

Elle remonte sa vitre pendant que je m'éloigne de la voiture et entre dans la boutique. J'achète un jus d'orange sans bulles et une bouteille de Coca-Cola, même si je préfère le Pepsi, mais ils n'en ont pas. J'attrape deux paquets de chips, des chewing-gums au goût fruits tropicaux et paye en liquide. Pendant que j'attends que la caissière me rende la monnaie, je regarde par la fenêtre et vois qu'Anastasia parle encore au téléphone et se met en même temps de la crème solaire sur les jambes. Une fois dans la voiture, je lui donne le sac de courses et elle en inspecte le contenu. Elle prend son jus de fruits et boit.

— Tu me passes le Coca ?

Elle me le donne.

— Tu parlais à qui ?

J'avale une gorgée.

— Personne.

Elle rectifie immédiatement son mensonge parce qu'elle sait que je l'ai vue utiliser son portable.

— Ta mère. Pour savoir comment allait le petit.

J'avale une autre gorgée et lui rends la bouteille. Je mets le contact pendant qu'elle ferme le Coca, le pose entre ses pieds et me rappelle de faire attention et de rouler doucement. Nous sortons de l'aire de Montseny et, quand je ne supporte plus le silence, je rallume l'autoradio, et Norah Jones entame une nouvelle chanson. Quelques kilomètres plus loin, alors que nous passons sous le chantier du pont bleu destiné au train à grande vitesse, elle regarde les paquets de chips que j'ai achetés. Elle fait un bruit désapprobateur.

— Il n'y en avait pas de normales ?

— Si.

— Et pourquoi tu n'en as pas acheté ?

— Parce que je t'ai demandé si tu voulais quelque chose à manger et tu ne m'as pas répondu.

Je sais que cette réponse me vaudra une longue bouderie. Elle regarde de nouveau par sa vitre et je me concentre sur la route. Le ciel est si bleu qu'on dirait un cyclorama. Je sens les rafales de vent qui déstabilisent la voiture et dois tenir fort le volant pour ne pas envahir la voie de gauche. Un panneau lumineux annonce que la frontière de la Junquera est fermée aux camions à partir de 22 heures. Conduire sur l'autoroute, c'est ennuyeux et monotone. Le paysage change peu, les lignes centrales t'hypnotisent. J'essaye de me distraire en me fixant des objectifs absurdes. Le premier est de doubler un car que j'aperçois loin devant. Elle boit son jus de fruits et bouge, mal à l'aise. Puis elle enlève ses tongs et pose les pieds sur son siège. Lorsque nous passons à côté de l'aéroport de Gérone, nous voyons un avion qui vole très bas. On dirait qu'il veut atterrir sur l'autoroute mais il poursuit son vol et nous le perdons de vue, caché par des arbres. Elle range l'appareil photo, déçue, parce qu'elle était prête à saisir son crash et à en avoir l'exclusivité.

— Tu crois que c'était sa faute ?

— La faute de qui ? demandé-je, le cœur serré pour elle parce que ce sentiment est désormais gravé dans son subconscient.

— Tu crois qu'il avait brûlé le feu rouge ?

— Il doit s'en ficher un peu, maintenant.

— Quel âge il devait avoir ?

Notre voyage commence mal, même si j'ai pris garde de poser les deux pieds au sol à mon réveil. Ma femme fait une fixation sur la mort d'un motard.

— Tu crois que sa famille est déjà au courant ?

Elle me tend un paquet de chips mais ne l'ouvre pas pour moi. Je dois le faire avec les dents. Elle s'en fiche si je suis imprudent comme maintenant, si je téléphone sur mon portable, si je fais le poirier en conduisant, tant que je fais attention et que je roule doucement. Elle avale une gorgée de son jus de fruits et ouvre l'autre paquet de chips. Je savais qu'elle le ferait et c'est pour ça que j'en ai acheté deux. Elle fait toujours la même chose, elle dit qu'elle n'en veut pas, après elle se plaint parce que je n'ai rien acheté pour elle et elle finit par manger mes chips. Maintenant, ça m'est égal. Elle peut terminer le paquet. Avant, cette manie me dérangeait et maintenant je la trouve infantile et amusante. Je la regarde du coin de l'œil. Elle est absorbée par ce qu'elle voit à travers la vitre et mange ses chips lentement, en faisant beaucoup de bruit. Ses cheveux blonds tombent sur sa nuque à la peau si blanche. Je regarde ses seins si menus, sans soutien-gorge, visibles sous son débardeur blanc constellé de miettes de chips. Elle ne s'est jamais plainte de la taille de ses seins. Elle dit que ce n'est pas beau, les femmes aux gros seins. Elle fait semblant, mais elle sait parfaitement que je suis en train de l'observer. Et quand Norah Jones chante qu'il n'est pas trop tard pour l'amour, je pense que nous pourrons peut-être tout arranger entre nous. Le CD prend fin et je mets la radio parce que j'aimerais avoir des nouvelles du motard. Ils n'en parlent pas. Les informations sont toujours les mêmes, comme si tout avait été enregistré et passait en boucle pour que les journalistes puissent prendre leur journée. Seule la météo change et annonce que les températures ont grimpé depuis ce matin. Je fais une nouvelle tentative et allume l'air conditionné, parce que la météo me donne raison. Elle, réveillée, ne dit rien. Je vois ses tétons durcir sous le coton à cause de l'air froid. Elle lève un bras pour écarter ses cheveux de sa nuque, et me montre son aisselle glabre. Puis elle attrape l'étui des CD, range Norah Jones et me le montre pour que j'en choisisse un autre. Elle remet l'étui dans la boîte à gants, se redresse, motivée peut-être par la musique énergique des *Greatest Hits* de Muse, et regarde, concentrée, la route, comme si elle était finalement disposée à jouer son rôle de copilote. Mon regard se pose sur ses cuisses nues parce qu'elle porte un short orange très court. Je sais que c'est trop tôt et j'ignore si j'en ai encore le droit : je ferais bien glisser ma main depuis le levier de vitesses vers son genou, puis je remonterais lentement, sur sa peau douce, jusqu'à ce qu'elle m'arrête. Elle a la chair de poule mais ne dit rien. J'éteins l'air conditionné et elle me remercie d'un sourire.

— Tu veux encore du Coca ?

Je fais signe que oui. Elle ouvre la bouteille et me la passe. Je bois une gorgée, lui rends la bouteille et elle la referme. Voilà précisément comment tout fonctionne. Un acte contre un autre. Une chaîne de services. Donner et recevoir. Tirer sur la corde et la relâcher. Ça semble facile mais l'un des deux doit toujours accepter de céder le premier.

À l'heure du repas, nous nous arrêtons sur l'aire de l'Empordan, très proche de la sortie de Figueras-Rosas. Le bâtiment, qui appartient à la chaîne Medas, n'a pas changé depuis les années soixante-dix. La structure d'aluminium et de verre, comme celle des bâtiments préfabriqués, a gagné sa guerre contre le temps et a réussi à se fondre parfaitement dans le paysage. Tout est exactement identique à ce que je voyais petit lorsque je m'y arrêtais avec mes parents. Pendant que je fais la queue au self, elle va aux toilettes. Le choix est compliqué : de mauvais plats à des prix exorbitants. Je prends deux salades qualifiées de « champêtres » par leur étiquette, deux tranches de melon pour elle, un hot-dog pour moi et deux bouteilles d'eau, sans bulles. Je paye en espèces en me mordant la langue, pour ne pas faire une mauvaise blague et demander s'ils me font payer un truc que j'aurais cassé. Je m'assois à une table près de la fenêtre, d'où je surveille la voiture, que j'ai heureusement pu garer à l'ombre, sous un des auvents métalliques. J'aurais dû cacher tout l'argent dans un seul sac et le porter toujours sur moi. J'observe un homme âgé, vêtu d'une chemise de fonction rayée, qui ramasse les plateaux que des clients mal élevés n'ont pas enlevés de leur table et déposés sur le chariot des plateaux sales. Je me dis que je n'aimerais pas travailler ici. Les aires d'autoroute sont des lieux étranges. Des lieux sans maîtres, des espaces abandonnés où les gens ne s'arrêtent que parce qu'ils y sont obligés, des no man's land où jamais rien d'important ne se passe. Elle revient, un paquet de tirages photo Kodak à la main. Je la regarde, intrigué.

— Quelqu'un les a oubliées dans les toilettes.

— Et pourquoi tu les prends ?

— J'ai laissé un mot pour dire que je les ai trouvées. J'ai noté mon numéro de téléphone.

— Mais ça ne serait pas mieux de les laisser là où elles étaient, si jamais quelqu'un revenait les chercher ?

— La femme de ménage était sur le point de les jeter.

— C'est ce qu'elle a dû faire avec ton mot.

— C'est un crime, de jeter des photos.

Je ne sais pas si le crime est pour elle lié au contenu chimique des photos, et aux dommages que ça causerait à la nature si on les jetait, ou au contenu moral, si on jette l'image de quelqu'un. Je ne sais pas non plus s'il s'agit d'un autre trait culturel qui nous différencie ou d'une autre de ses manies.

— En Russie, on n'a pas le droit de jeter les photos ?

Le commentaire, il fallait s'y attendre, ne la fait pas rire. Je lui donne une salade et l'une des deux tranches de melon. Elle lève la tête et regarde vers les présentoirs du self, comme si elle doutait que j'aie pris ce qu'il y a de plus comestible.

— Il te manque quelque chose ? dis-je aimablement.

— Des couverts.

Elle se lève et va les chercher. Elle revient avec des couverts, des serviettes, deux sachets de ketchup, du sel et du poivre.

— Merci, dis-je en prenant la sauce qui me manquait pour mon hot-dog.

Elle assaisonne sa salade avec tant de vinaigre et de sel qu'elle doit avoir tué, en plus du goût de sa laitue et de ses tomates, tous les virus et germes possibles et imaginables. Je retire la saucisse du petit pain pour y mettre le ketchup. Elle la regarde d'un air écœuré.

— On dirait un doigt, dit-elle, sérieuse. Et elle précise : Humain.

Elle a raison. De la taille de l'un des miens, et de la même couleur. Le ketchup aide à compléter ce tableau d'un réalisme sanglant.

— Merci, dis-je en la replaçant dans le pain.

Je repose le hot-dog sur la table.

— Je n'en veux plus.

Elle rit, amusée, et me donne l'une des tranches de melon, qu'elle dépose sur ma salade. C'est la première fois qu'elle rit depuis six mois. Je suis sûr que je me souviendrai de cet instant toute ma vie. J'enlève l'oignon de ma salade et le pose sur une serviette en papier. Elle me regarde, surprise, comme si elle ne se rappelait plus mes goûts.

— Depuis quand tu n'aimes plus l'oignon ?

Je coupe le melon en cubes et les mélange avec ma salade pour l'améliorer. Elle trouve que c'est une bonne idée et fait comme moi. Je l'assaisonne assez traditionnellement, un peu de sel, un peu de poivre, un filet de vinaigre et beaucoup d'huile. J'en mettrai ma main au feu, ce n'est pas de l'huile d'olive. Nous mangeons en silence. Elle regarde par la fenêtre et je m'intéresse à un couple de personnes âgées qui, assises quelques tables plus loin, ne se parlent pas non plus pendant leur repas. Quand nous avons terminé, elle va chercher deux cafés et je l'observe tandis qu'elle fait la queue. Elle s'est fait deux couettes et ses cheveux tombent sur ses épaules, comme une petite fille espiègle. Elle joue avec sa tong, la fait tourner par terre de ses orteils. Elle regarde les paquets de chewing-gum et, après m'avoir adressé un sourire voyou, en prend un qu'elle glisse dans sa poche. Quand elle revient avec les cafés, elle grogne parce qu'ils lui ont coûté une fortune et, quand nous les goûtons, nous ne pouvons nous empêcher d'éclater de rire. Ils sont si mauvais qu'il est impossible de les boire. En guise de protestation pour leur prix abusif et leur mauvaise qualité, nous bourrons les tasses avec les emballages de sucre, le reste de nos salades et les pelures de melon. Elle fait une photo de cette répugnante nature morte et une autre de la saucisse qui ressemble à un doigt. Lorsque je vais aux toilettes, je croise l'homme qui ramassait les plateaux. Maintenant, il nettoie sans grande conviction le sol des toilettes pour hommes, sur lequel marchent des touristes allemands qui avancent sans lui adresser un regard. Pendant que j'urine, je vois la moisissure entre les carreaux du mur. Je passe de l'eau sur mon visage et ma nuque puis observe mon reflet dans le miroir. Avec les cheveux si courts, plus courts même que pendant mon service militaire, j'ai du mal à me reconnaître. J'ai des poches sous les yeux et l'air mal en point, malgré toutes les crèmes antirides que j'utilise. Si je ne dors pas et si je n'arrive pas à me reposer, ça ne changera pas. En ce moment, j'ai l'impression que mon visage se déforme et que je ressemble chaque jour davantage à un monstre. Je suis comme Dorian Gray, ou pire encore. Avant de sortir, j'attrape un rouleau de papier hygiénique et je déclenche tous les robinets, mais juste au moment où je passe la porte, le système automatique les éteint. L'homme qui nettoie le sol a tout vu, parce que la porte des toilettes est ouverte, mais lorsque je passe à côté de lui, il détourne la tête, effrayé ou indifférent. En sortant du self, elle prend la salière et la met dans sa poche, avec les chewing-gums. Et sans déposer nos plateaux sur le chariot, je l'entraîne dehors avant qu'elle pense à dévaliser les lieux.

Dans la voiture, elle pose son butin sur le tableau de bord : les photos, les chewing-gums, la salière et une espèce de triangle en métal qui indiquait que notre table portait le numéro 17. J'y ajoute mon rouleau de papier hygiénique. Nous rions comme deux enfants. Je mets le contact et lorsque je démarre, tout tombe sur le plancher et sur ses genoux. Il y a de plus en plus de cochonneries à ses pieds. Elle ouvre la boîte à gants et cherche un CD. Elle en trouve un qui lui fait envie mais ne me laisse pas voir lequel. Elle le met et monte le volume. Les premiers accords du *live* de « Grace » de Jeff Buckley résonnent, déformés par les haut-parleurs. Elle s'époumone. Elle doit se prendre pour Louise, et moi je dois être Thelma. Elle frappe le plafond de ses mains et secoue sa chevelure blonde en rythme. Ses pieds cognent contre la boîte à gants, comme si elle voulait faire jaillir l'airbag et provoquer un accident. C'est bizarre, Jeff Buckley est un chanteur que j'aime beaucoup et qui est mort dans un accident de voiture peu après avoir sorti son premier album. Même si ça fait longtemps que je n'ai pas écouté ce disque et que je l'apprécie, j'éteins la musique et la regarde du coin de l'œil.

— Anastasia, calme-toi !

J'ai l'impression d'être un père grondant sa petite fille.

— Tu veux qu'on ait un accident ?

Je sais que maintenant elle va rester silencieuse pendant de très nombreux kilomètres. Aucun de nous deux ne remet la musique. Tant mieux. Elle ne s'en souvient peut-être pas, mais il y a sur cet album une chanson qui me blesse. Le silence me permet d'entendre clairement un bruit étrange que la voiture fait depuis notre départ, et qui me rend fou.

Mes connaissances sont nulles en mécanique et, malgré toute l'attention que j'y mets, je ne suis pas capable de savoir d'où il provient et si notre voyage est menacé. Anastasia ouvre l'enveloppe des photos, qu'elle sort puis regarde pendant un long moment.

— Elles sont en double.

C'est tout ce qu'elle dit. Elle les regarde attentivement. Elle trouve au fond de l'enveloppe un reçu et le lit à voix haute. Tout ce qu'elle a peur de ne pas comprendre, elle le lit à voix haute.

— Stéphane. Prêt le 31 juillet. Exemplaires 2×1. 10×15. Brillant. 7 euros et 20 centimes.

Elle regarde à nouveau toutes les photos. Répète le nom du client. Stéphane.

— Regarde.

Elle me montre un dépliant du musée Dalí qui se trouve dans l'enveloppe.

— C'est à côté, non ?

— Oui. À Figueras.

— Ils y allaient peut-être, Stéphane, sa femme et leurs deux garçons si mignons. Ils y sont peut-être.

J'ai bien compris où elle voulait en venir, mais je fais comme si de rien n'était.

— Tu sais, je crois que je n'y suis jamais allée, au musée Dalí, continue-t-elle. J'aime ses tableaux. Ils sont... différents. Daaalí, dit-elle, essayant d'imiter le peintre en plaçant un doigt sous son nez en guise de moustache. Daaalí. Ça doit être bien, dit-elle en regardant de nouveau le dépliant. Tu y es déjà allé, toi ?

Comme je ne réponds rien, elle reste un instant silencieuse. Elle regarde les photos. Recommence. Elle lit à voix haute le reçu. Elle étudie le dépliant du musée. Répète le nom du client. Stéphane. Stéphane.

— Ils sont Français, je crois. Stéphane. Le mot que j'ai laissé dans les toilettes, je l'ai écrit en catalan, en castillan et en anglais.

— Pas en russe ?

Elle m'ignore.

— Stéphane. Stéphane. J'aurais dû l'écrire en français. On est à côté de la frontière. Je suis bête. Stéphane. Et elle ? Comment elle peut s'appeler ? Et les enfants ?

Le mot magique. À l'instant où elle le prononce, elle attrape son portable et lance un appel. Elle attend mais personne ne répond.

— Ils sont sûrement au parc et ta mère a dû oublier son portable chez elle, comme d'habitude, se justifie-t-elle.

Elle se concentre sur le dépliant. Elle regarde le recto, le verso. Le renifle. Le plie et le déplie. Stéphane. Daaalí. Lorsque nous passons à côté du panneau marron qui annonce le musée par l'esquisse d'une coupole blanche, elle se redresse sur son siège et regarde devant elle, excitée. Mais quelques mètres plus loin, lorsque nous dépassons la sortie Figueras-Rosas, elle déchire le dépliant d'un geste rageur et le jette sur le siège arrière. Elle se retourne vers sa vitre et s'endort, ou fait semblant. C'est tout le problème. Je ne sais jamais jusqu'où je dois aller et quand je dois céder. La plupart du temps, quand je pense lui faire plaisir, je ne réussis qu'à la mettre en colère. Et quand je veux provoquer sa colère, elle se met à rire. Je pensais qu'après ce qui est arrivé la nuit dernière, nous serions plus sereins. Plus tolérants. Nous n'avons jamais voyagé ensemble avant, c'est peut-être pour ça. Peut-être qu'il nous faut être encore un peu plus mal à l'aise dans la voiture. C'est sûr, ça nous aurait coûté moins cher et ça aurait été plus facile de recommencer à parler. De consulter un autre thérapeute. Celui que nous avons vu après l'accident nous a dit qu'un voyage nous ferait du bien. Respirer un air neuf. Voir des gens différents. Dormir dans un autre lit. Il nous a aussi dit qu'avoir des rapports sexuels, dans notre lit ou n'importe où, ça nous aiderait aussi. Nous aurions dû le faire avant au lieu de laisser les choses se détériorer comme ça. Je ne l'accuse pas. C'est moi qui remets toujours tout au lendemain. À plus tard. À demain. Elle rallume l'autoradio et Jeff Buckley chante toujours. Lorsque les premières notes de sa version de « Hallelujah » résonnent, elle couvre son visage d'une de ses mains. Des dizaines de versions existent, mais la meilleure d'entre elles, meilleure même que l'originale de Leonard Cohen, reste celle de Buckley. Même si elle porte toujours ses lunettes de soleil, j'ai l'impression qu'elle pleure. Les larmes me montent aux yeux, mais je ne peux pas faire plus. Pourtant, un nœud se forme dans ma gorge, j'ai une boule au ventre et je ressens un pincement au cœur. Je savais que c'était une mauvaise idée de mettre ce CD. Par réflexe, j'enclenche les essuie-glaces, comme s'ils pouvaient chasser mes larmes. Même si elle ne m'a rien demandé, d'ailleurs elle ne m'a même pas regardé, je me justifie parce que je me sens idiot.

— C'est pour les moustiques.

Mais elle ne m'écoute pas.

La douleur que je ressens est si intense, je n'ai pas les moyens de la faire sortir de moi. Je me dis que si j'arrête la musique elle va diminuer, mais quand je suis sur le point de le faire, elle monte le volume sans quitter la fenêtre des yeux. Je vois qu'elle souffle sur la vitre et écrit dans la buée un mot qui s'efface dans l'instant. Et alors, au cours des presque sept minutes que dure la chanson, j'ai l'impression que tout se fige autour de nous. La voiture avance à 120 km/h mais je pourrais jurer devant un tribunal que nous ne bougeons pas et qu'une centaine d'années, au bas mot, a passé. Lorsque la chanson s'achève et que montent les applaudissements du public, elle éteint la radio et la voiture redevient silencieuse. Seuls nous accompagnent le bruit du moteur et celui dont je ne parviens pas à identifier la source. Elle se redresse à nouveau et s'assoit en tailleur. Elle cherche un Kleenex dans la boîte à gants, essuie ses larmes et se mouche. Elle attache ses cheveux et s'immobilise. Puis elle cherche quelque chose par terre, parmi les déchets qui envahissent la voiture.

— J'ai perdu une boucle d'oreille. Merde !

— Elle a dû tomber quand tu faisais l'idiote.

— Merde ! répète-t-elle en cherchant au milieu de toutes les cochonneries qui traînent par terre.

— On la cherchera après.

Après. Plus tard. Demain. Elle laisse tomber. Elle attrape les photos et les regarde encore. Maintenant, elle les examine comme s'il s'agissait des preuves d'un crime. Elle ressemble à David Hemmings, le photographe qui pense avoir pris le cliché d'un meurtre dans *Blow Up*. Elle est aussi blonde, blanche et mince que lui.

— Elles ont été faites à Barcelone. Regarde, ils sont allés au Tibidabo. Et au Zoo. Ça, c'est l'Aquarium, non ?

Elle me montre une photo des enfants dans le tunnel de verre des requins. Elle continue à identifier les lieux visités par la famille de Stéphane. Soudain, elle fait une découverte capitale.

— C'est dingue ! Regarde !

Elle me montre une photo des enfants sur une plage, mais comme je conduis je n'y fais pas très attention.

— Leur prénom est inscrit sur leur T-shirt. Cédric et Cyrille. C et C. Ça y est, on sait comment ils s'appellent !

Elle est contente. Elle continue à regarder les photos de Stéphane, Cédric et Cyrille. Quand elle les a toutes vues, elle recommence et finalement elle fixe une photo sur laquelle seule la mère apparaît, une jeune femme guère plus âgée qu'elle.

— Comme c'est dommage. On ne sait pas comment elle s'appelle. La mère sans prénom. L'épouse sans prénom. La femme sans prénom.

Elle reste silencieuse un bon moment. Je me dis qu'elle s'est rendormie mais elle regarde toujours la photo, qu'elle a rapprochée de son nez.

— Elle a une tête à s'appeler Carole, tu ne crois pas ?

Elle met la photo devant mes yeux, m'empêchant de voir la route. Elle s'en fiche si je ne vois pas où je vais, tant que je fais attention et que je roule doucement. J'écarte sa main. Elle me gêne. Je commence à détester cette famille de papier.

— Stéphane, Carole, Cédric et Cyrille. Et leur nom de famille ?

J'allume l'autoradio. Le CD, qui était terminé, reprend au début du concert. Les enregistrements *live* sont une autre façon de faire des *Greatest Hits*. Ça n'a pas l'air de la déranger, ou elle ne s'en est pas rendu compte, perdue comme elle est dans ses spéculations.

— Poucet, Bouquet, Colson, Rideau, Reymond ou Amillat. Tu en penses quoi, quel nom leur va le mieux ?

Elle se met alors à prononcer chacun des prénoms des quatre membres de la famille de papier suivi des noms de famille qu'elle a proposés. Je ne dis rien, mais mon abstention fait que la famille est officiellement baptisée du nom de Rideau. Elle cherche un stylo dans la voiture et écrit sur l'enveloppe des photos les prénoms et le nom de famille choisis. Elle regarde le résultat, fière d'elle, tandis qu'elle répète le tout à voix basse.

— Pourquoi tu ne leur inventerais pas une histoire ?

— Non.

— Pourquoi pas ? Tu es écrivain, non ?

— Je suis en train de conduire, là.

— Tu l'inventes et moi je l'écris.

Elle reprend le stylo qu'elle avait jeté par terre et cherche un morceau de papier.

— Vas-y, commence.

Elle prend un air solennel, comme si elle était la secrétaire d'un puissant homme politique sur le point d'écrire la lettre qui empêchera le monde de sombrer dans une troisième guerre mondiale.

— Je n'ai pas l'intention d'inventer une histoire pour cette famille. Fiche-leur la paix.

— Ça pourrait être le début de ton nouveau roman.

— Non. Merci.

— Ah oui, c'est vrai. Tu as déjà un... projet. On dit projet ?

— Oui. Projet.

— Je te payerai, si tu veux. C'est quoi, tes tarifs pour inventer une histoire ?

Je fais des efforts pour me contenir. Je me mords la langue, compte jusqu'à dix, allume l'air conditionné pour que le froid emporte la réponse qui se trouve dans ma tête, mais ne peux éviter de répliquer :

— Et tu me payeras comment, Anastasia ? Avec mon argent ? Ou en nature, peut-être ?

Elle se fige. On dirait qu'elle cherche une réplique spirituelle ou sans appel.

— T'es vraiment con, Gerard.

C'est tout ce qu'elle dit. Elle ne pleure pas. Elle ne semble pas fâchée. En fait, quand elle se fâche véritablement, elle m'appelle par mon prénom et mon nom. Elle range les photos dans leur enveloppe, regarde devant elle, se concentre sur la route. Gerard, c'est moi. Jeff Buckley continue son concert parce qu'aucun de nous deux ne bouge pour l'interrompre et changer de CD. Finalement, elle éteint la radio lorsque « Hallelujah » recommence, pour éviter un autre drame peut-être. J'accélère. Son « Fais attention. Roule doucement » me laisse indifférent. Juste avant le contrôle à la frontière de la Junquera, nous passons le dernier péage espagnol, où le nombre de camions dotés d'une plaque internationale augmente considérablement. Je passe par la cabine de payement manuel et paye avec un billet de 10 euros les 6 euros et 40 centimes du péage. J'aime voir les gens qui y travaillent. Je ne suis pas capable d'imaginer leur vie hors de ces cabines, leur maison ou comment ils se rendent à leur travail. Je me demande ce que ça doit faire, de travailler dans un lieu si irréel, au milieu de nulle part. Un lieu de passage aussi insignifiant qu'une aire d'autoroute. Je ne pourrais jamais travailler dans un péage. Anastasia, déçue, range son passeport parce que personne n'a manifesté le moindre intérêt pour le contrôler.

— Ça y est, on est en France ?

— Officiellement, non.

Lorsque nous passons dans Els Límits, je lui explique qu'il s'agit du dernier village catalan. J'ai toujours aimé son nom, tellement explicite, tellement dramatique, comme un avertissement adressé au voyageur qui est sur le point d'entrer dans une dimension inconnue. Nous sommes pris tous les deux par une vague d'optimisme et je lui dis de changer la musique, de mettre quelque chose pour cette occasion.

— Tu as une idée ?

Elle regarde les CD et alors, tel un signal, apparaît le panneau qui annonce les prochaines communes. L'une d'entre elles est Amélie-les-Bains-Palalda. Nous sourions comme si c'était la chose la plus émouvante au monde. Elle met le *live* de Yann Tiersen, parce qu'il n'a pas encore sorti de *Greatest Hits*. Sa musique, unique, qui rappelle à la fois le cirque et la fête de village, crée autour de nous un mirage, comme si notre vie était parfaite. Le ciel bleu est maintenant traversé par des nuages blancs cotonneux, ce qui rend la scène encore plus irréelle. La tramontane a cessé d'un seul coup et il est maintenant plus facile de conduire. Yann Tiersen est principalement connu pour la bande originale du film *Le Fabuleux Destin d'Amélie Poulain*, mais c'est un sacré compositeur et un musicien multi-instrumentiste remarquable.

Six kilomètres plus loin, nous devons réduire la vitesse pour traverser officiellement la frontière française. Le gendarme dans sa cabine nous fait signe de la main et nous passons sans nous arrêter. Elle range à nouveau son passeport, tête baissée. Cette frontière a perdu tout son charme. C'est comme si les journées portes ouvertes duraient toute l'année en France. Maintenant, la seule chose qui nous indique que nous avons changé de pays, c'est la langue sur les panneaux et l'autorisation de rouler à 130 km/h. Même si nous avons faim, nous ne nous arrêtons qu'après avoir dépassé Perpignan, sur une aire où il n'y a que des toilettes et de nombreuses places de parking pour les poids lourds et les cars. Nous sommes heureux de marcher sur le sol français et, en riant, elle me dit que si la majorité des camionneurs européens n'avait pas uriné dessus, elle l'embrasserait. Tandis qu'elle se risque à aller aux toilettes, je me promène et observe le panneau qui baptise cette aire comme « Aire de Salses-le-Château ». Des hommes vivent dans leur camion. Ils ont transformé l'espace réduit de leur cabine en une espèce de foyer doté de toutes les commodités et ont adapté leur corps à cet espace minuscule et asphyxiant. Je suis claustrophobe et ne pourrais jamais dormir dans la cabine d'un camion ou être camionneur. Leurs destinations toujours fixées d'avance accentuent la sensation que ma vie ne suit pas de cap précis. Lorsqu'elle revient, c'est moi qui m'aventure aux toilettes, en fait un simple trou dans le sol humide de tant d'urines différentes. Je remonte ma braguette dehors, parce que la puanteur est vraiment trop insupportable, et je me rends compte qu'il y a un post-it vert fluo, comme ceux que j'ai pris à la maison, collé sur une colonne à l'entrée des toilettes. C'est un message en français de la main d'Anastasia, adressé à Stéphane, Carole, Cédric et Cyrille. Je comprends plus ou moins qu'elle dit avoir leurs photos et leur demande de l'appeler s'ils voient ce message. J'arrache le papier et le brandis sous son nez, fâché, dans la voiture.

— Tu veux que tous les mecs en rut de France t'appellent en pleine nuit ?

Lorsque je mets le contact, elle me prend le papier des mains et le jette par la fenêtre en riant. Elle chantonne un air de Tiersen même si nous n'avons pas remis le CD. Je vois alors qu'elle a pris le livre que j'avais rangé dans mon sac de travail. Elle le regarde sans m'adresser la parole. Elle attend que je la gronde pour avoir fouillé dans mon sac ; le livre et les post-it vert fluo sont à moi. Elle sait que je ne supporte pas qu'elle touche à mes affaires de travail. Mais bon, ce jeu avec la famille de papier, nos batailles surréalistes, nos hauts et nos bas, tout ça commence à me fatiguer. Je la laisse feuilleter le livre et me concentre sur la route, où toutes les voitures, ou presque, sont immatriculées en France. Un conducteur, qui donne un coup de volant parce qu'il allait manquer sa sortie, est sur le point de provoquer un accident. Plus loin, un poids lourd en double un autre et bloque la voie rapide. Dans mon rétroviseur, je ne vois que le soleil éblouissant qui nous éclaire par l'arrière, ce qui projette l'ombre de notre voiture devant nous. J'ai beau accélérer, je ne peux pas la rattraper. Plus loin encore, nous voyons des éoliennes sur une montagne et un panneau qui annonce que 107.7 FM est la radio de l'autoroute. Nous dépassons un immense camion-remorque qui, escorté par deux voitures avec des sirènes sur le toit, transporte une grande maison en bois. Ils avancent très lentement, comme s'ils voulaient que tout le monde puisse voir la maison blanche, ses deux grandes fenêtres de chaque côté de la porte d'entrée. Elle lève les yeux du livre, prend l'appareil photo et quelques clichés.

— C'est la maison de la famille Rideau.

Et je suis d'accord, même si je déteste cette famille de papier. Ils ont certainement une maison comme celle-là, avec un jardin, pour que leurs deux enfants puissent y jouer.

— Ils ont un jardin, dit-elle, comme si elle avait lu dans mes pensées. Pour que Cédric et Cyrille puissent y jouer. Et une balançoire rouge.

Cette connexion entre nous, parfois, m'effraye. Lorsque nous avons laissé la maison derrière nous, elle recommence à feuilleter le livre mais ne le lit pas, comme si elle en avait peur. Elle regarde la couverture et la quatrième de couverture, la photo de l'auteur et sa biographie. Ensuite, elle feuillette à nouveau le livre et sent les pages, approchant le papier de son nez et faisant rapidement défiler les pages comme pour s'éventer. Elle est vraiment curieuse, mais elle n'ose pas pour autant le lire ni me poser des questions. Elle sait qu'elle a enfreint une règle sacrée et, pour l'instant, tâte le terrain. Elle regarde la couverture, l'analyse avec intérêt, suit de ses doigts les lettres du titre : *Me, Myself and I*. Elle lit la quatrième de couverture et la biographie de l'auteur. Elle regarde la photo et trace de ses doigts le contour de son visage comme si elle pouvait le toucher.

— C'est qui ? dit-elle d'un filet de voix, craintive.

— Findlay Kennedy.

Et je me dis que je suis stupide parce que son nom est sur la couverture.

— L'homme que je dois rencontrer.

Ma réponse calme, sans menace d'orage, l'incite à continuer :

— Il est vieux. Son regard est triste et il a l'air fatigué.

— La photo a déjà quinze ans. Imagine à quoi il doit ressembler maintenant.

Elle enlève ses lunettes de soleil et les pose sur sa tête. Elle regarde encore l'extérieur du livre attentivement. Elle l'ouvre et cherche la page où figurent les informations sur l'éditeur, le copyright et la date de publication. Elle se rend compte que le livre a été publié cette année. Elle fait un rapide calcul mental et évalue les possibilités. Elle approche son visage de cet homme qui pourrait être son grand-père ou le mien, on dirait qu'elle va l'embrasser. Elle regarde encore le titre du roman, la date de publication et la photo. Elle a une question, mais n'ose pas la poser. Son cerveau a élaboré un mystère. Un mystère qui lui semble probablement passionnant, mais elle sait que si elle me pose sa question, et que j'y réponds, celui-ci perdra alors toute sa magie. Finalement, elle se lance et lit la quatrième de couverture à voix haute, comme si elle voulait me donner envie de participer à l'élucidation de l'énigme qu'elle vient de découvrir.

— « Findlay Kennedy est l'un des auteurs les plus célèbres de la littérature mondiale. Ses dix-sept romans ont été traduits dans plus de soixante langues, la plupart ont été portés sur grand écran dans des productions à très gros budget, et parmi les prix les plus importants qu'il a reçus se trouvent le Pulitzer, le Nobel de littérature et le Prince des Asturies des lettres. Après quinze années de silence, depuis la publication de *The Survivor*, il revient aujourd'hui avec *Me, Myself et I*, son autobiographie, dans laquelle il dévoile la part inconnue du mythe, sa vie privée, toujours maintenue dans l'ombre, et où il révèle, pour la première fois, les raisons de sa longue absence. »

Mais ses divagations me surprennent quand elle pose la mauvaise question :

— C'est un pseudo, non ?

Et elle répète le nom de l'auteur sur différents tons, change l'intensité de sa voix, comme si elle pouvait me prouver ainsi qu'elle a raison. Elle prononce son nom, seul. Puis son prénom, seul. Elle les intervertit et finalement, comme s'il s'agissait de la preuve ultime, les dit dans le bon ordre. Findlay Kennedy, dit-elle, sérieuse. Elle regarde à nouveau la photo de l'auteur.

— Non, dit-elle fermement après un bref silence.

— Tu veux dire que c'est son vrai nom ? fais-je, décontenancé.

— Je ne sais pas mais en tout cas il va bien à ce visage. Kennedy, Findlay Kennedy. Findlay. Findlay Kennedy. Ça me plaît. Il a un visage agréable. Il inspire confiance. Tu as remarqué, une de ses pupilles est plus grande que l'autre ?

J'ai un petit rire parce qu'elle ignore que ce mot à un autre sens possible.

— Je pourrais acheter son livre rien pour que sa tête. Toi, tu n'es jamais bien sur les photos.

— Jamais ?

Je n'arrive pas à masquer mon agacement.

— Je n'achèterais jamais un de tes livres si je devais juste me fier à ta photo.

— Tu n'as jamais acheté un seul de mes livres. Je t'ai offert tous mes romans et tu n'en as lu aucun.

Elle perçoit ma colère. Elle pose le livre sur ses genoux et regarde par la vitre. Je conduis, fâché, et me demande si je ne vais pas m'arrêter à Narbonne et l'y laisser. Je remets le CD de Yann Tiersen, pour éviter le silence. Nous l'écoutons, même si j'en ai marre, et je réfléchis aux photos de mes deux derniers romans. J'ai publié le premier sous un pseudo, et sur la photo, je suis dans une baignoire, tout habillé, un verre de Jack Daniels à la main, mais on ne voit pas mon visage. Je suppose que cette photo ne compte pas, pour elle. Je ne pense pas être si moche que ça sur les deux autres. En fait, pour *Dia de caça*[2], mon éditrice a même insisté pour mettre une grande photo sur la quatrième de couverture.

— Il est intéressant ?

Je sais qu'elle parle du livre sur la vie de Kennedy mais je fais semblant de ne pas comprendre. C'est la spécialité de la maison.

— Je ne sais pas. Je ne le connais pas encore.

— Pas lui. Le livre.

— Lis-le.

— Quand tu écriras ton autobiographie, je serai dedans ?

Je n'ai pas l'intention de répondre à cette question absurde. Nous sommes ensemble depuis cinq ans. Si jamais j'écris sur ma vie, que veut-elle ? Que je laisse en blanc les pages où notre histoire devrait apparaître, notre vie, notre fils ? C'est comme demander à Dalí si dans sa biographie il oublierait Gala, Napoléon Joséphine, Adolf Hitler Speer. Elle regarde à

2. *Dia de caça* (*Jour de chasse*, en français), est un roman inédit en français de Gerard Guix, publié en 2007 chez Columna Cat.

nouveau la couverture, la quatrième, le texte qui y figure, la photo de l'auteur, la première page avec le copyright et la date de publication, et après un soupir et avoir éteint l'autoradio pour se concentrer, elle commence à lire la première page. Au bout d'un moment, elle lève la tête et marque sa page.

— Tu es fâché, non ?

— Je n'ai rien dit...

Mais mon ton est révélateur.

— Tu ne dis peut-être rien mais ça ne veut pas dire que tu n'es pas fâché.

— Je ne suis pas fâché, mais ça risque d'arriver si tu continues à me le demander.

— Je n'ai pas dit que tu étais moche, c'est juste que sur les photos tu n'es pas génial. Tu n'es pas...

Elle ne trouve pas le mot et je n'ai pas l'intention de l'aider. Elle n'a qu'à s'acheter un dictionnaire et se débrouiller. Elle cherche l'appareil photo parmi tous les trucs qui traînent sur le siège arrière et me prend en photo, de profil, pendant que je conduis, concentré sur la route. Puis elle la regarde, prête à me prouver que je ne suis pas photogénique, mais reste silencieuse. Je la vois manipuler l'appareil, zoomer et dézoomer, mais elle ne dit toujours rien. Ma photo la laisse sans voix. Au bout d'un moment, elle range l'appareil dans son étui puis dans la boîte à gants. Cette scène et le silence qui suit m'inquiètent. Elle fixe la route devant elle en silence. Peut-être que, comme les vampires, je n'apparais pas sur la photo, qu'il n'y a que la voiture roulant à 130 km/h sur l'autoroute sans conducteur. Nous passons un long moment ainsi, je conduis et elle regarde droit devant, inexpressive et muette. Tout à coup, elle reprend le livre et sa lecture là où elle les avait laissés, écartant un bout de papier, son marque-page improvisé. Je la surveille du coin de l'œil, pour savoir où elle en est, et je vois qu'elle s'arrête sur le premier fragment que j'ai surligné en jaune fluo. Elle le regarde mais n'ose pas le lire, comme si le fait d'être marqué en interdisait la lecture. Elle passe un doigt sur les lettres mais ne lit pas. Il y a beaucoup de passages surlignés dans ce livre, et si elle s'arrête à chaque fois, elle ne le terminera jamais.

— Je ne supporte pas les gens qui écrivent sur les livres.

Je ne prends pas sa remarque comme quelque chose de personnel, je ne pense pas qu'elle ne me supporte pas. Elle a juste choisi le mauvais mot. J'ai l'habitude d'interpréter ce qu'elle dit mal.

— J'avais besoin de marquer ces passages.

Je doute que ma réponse lui suffise parce qu'elle ne lit toujours pas, songeuse. Elle passe encore son doigt sur les lettres du fragment et le regarde ensuite pour voir s'il est teinté de jaune fluo.

— Pourquoi tu as surligné ce passage ?

— Parce qu'il est important.

— Important pour qui ?

— Important pour moi.

Elle remplit ses poumons d'air, change de position et se met à lire le passage surligné. Je sais qu'elle lit parce qu'elle bouge ses lèvres au rythme des mots lus. Elle fait toujours ça quand elle lit une langue qu'elle ne maîtrise pas complètement. Elle murmure tout bas, comme si ça pouvait l'aider à mieux comprendre. De temps à autre, elle répète un mot à voix haute, et si elle me regarde, seulement si elle me regarde, je corrige sa prononciation. Quand elle termine de lire le passage en jaune fluo, elle s'arrête et me regarde. Elle semble touchée ou simplement fatiguée.

— Comme nous, dit-elle d'une voix atone.

Elle regarde encore la couverture, la quatrième, la photo de l'auteur, le copyright et la date de publication.

— Comme nous, répète-t-elle plus fort mais de la même façon.

Elle croit peut-être que je ne l'ai pas entendue. Le passage qu'elle vient de lire lui a rappelé notre rencontre, mais ce n'est pas pour cette raison que je l'ai surligné.

— Tu n'es jamais allée à Rome, toi, lui rappelé-je parce que l'action a lieu dans cette ville.

— Ah non ? dit-elle, absorbée, le regard fixé sur la couverture, intéressée comme si elle la voyait pour la première fois.

Peut-être que ça aussi je l'ai oublié, ou peut-être qu'elle y est déjà allée mais que c'est moi qui ignore cet épisode de son passé. Quoi qu'il en soit, nous ne nous sommes pas rencontrés à Rome.

Marmotte. Comment on dit marmotte en anglais ? Et si quelqu'un vient me voir et me pose une question que je ne comprends pas ? Ça m'inquiète. Peut-être que c'est un mauvais exemple, marmotte. Je sais que personne ne me posera une question avec le mot marmotte. Une adresse, peut-être. Il y a une rue de la Marmotte ? J'aimerais bien que quelqu'un me demande une adresse, ça signifierait qu'il m'a pris pour un habitant de cette ville qui me fascine tant. Si on m'arrête, ça sera certainement pour me demander de l'argent. Avec ma tête de migrant, mes cheveux noirs, ma barbe de trois jours, on me prendra d'ailleurs pour un terroriste et je serai arrêté. J'aurai de la chance si on ne me tire pas dessus à vue, au cas où. Je suis certain d'être espionné par le réseau de milliers de caméras de vidéosurveillance qui couvre la ville et le pays tout entier. J'aimerais savoir combien de lois sont enfreintes sous le prétexte de veiller sur notre sécurité. J'ai mal aux pieds et j'ai des ampoules parce que ça fait presque une semaine que je marche sans arrêt, et mes chaussures ne sont pas les plus indiquées. Maintenant, je sais bien m'orienter dans les rues du centre, je n'ai plus besoin de regarder le plan. Je fais de longues promenades le long de la Tamise, mais mon endroit préféré reste London Eye, parce qu'il est accessible à pied. Même si l'idée de voir Londres d'aussi haut est séduisante, je n'ai pas l'intention d'y monter parce que je panique à l'idée d'associer mes deux phobies : le confinement et la hauteur. Sur cette rive, il y a des espaces où l'eau n'atteint pas les murets, des petites plages de cailloux et même de sable, où des artistes ont créé des statues monumentales. C'est aussi le quartier du Tate Modern, du refuge des skateurs sous une structure en béton pleine de graffitis, et du National Theater, bâtiment bien plus ostentatoire que celui du Teatre Nacional de Catalunya et qui me semble offrir une programmation bien plus intéressante aussi. J'y ai vu *The Reporter* avec Ben Chaplin il y quelques jours. Je me suis tellement promené dans les rues du centre-ville que je ne regarde même plus Big Ben quand je passe devant, comme je ne regarde plus non plus la Sagrada Família quand je passe à côté d'elle. Je connais plutôt bien les stations de métro également, même si j'ai peu utilisé ce moyen de transport. Je préfère marcher et prendre le pouls de la ville, malgré le froid. De la neige est même tombée un jour, quelques flocons qui n'ont pas tenu. Il n'y a plus de brouillard à Londres. Enfin, depuis que je suis arrivé, je n'en ai jamais vu. Si j'étais un touriste, je crierais à l'arnaque. C'est comme se rendre aux chutes du Niagara et ne voir qu'un filet d'eau à cause de la sécheresse. Ici la météo est étrange et déprimante, elle change tout le temps, mais ça me plaît. En fait, je pense que c'est la ville où je veux vivre.

J'en ai assez d'écouter de la musique, et depuis un bon moment je l'ai remplacée par les bruits de la ville. Maintenant les écouteurs de mon iPod se balancent autour de mon cou. Si je ferme les yeux, je ne peux pas dire dans quelle ville je me trouve. C'est pour ça que je l'entends quand elle s'approche de moi dans mon dos. Avec la musique, je n'aurais rien perçu, j'aurais poursuivi ma balade et elle aurait pensé que j'étais stupide ou sourd. Mais sa question me déconcerte. C'est la mauvaise question, la question qu'il ne faut jamais poser à un inconnu dans une ville étrangère. Je mets quelques secondes à réagir parce que mon cerveau a du mal à traiter la traduction de la question qu'elle vient de me poser en anglais avec un drôle d'accent. Elle m'a demandé si elle pouvait marcher avec moi. Marcher. Elle a dit marcher avec moi. Surpris, je lui dis oui et quand nous faisons nos premiers pas ensemble je lui demande si elle a des problèmes, si quelqu'un l'a ennuyée. Ça justifierait le fait de s'approcher d'un inconnu dans une ville étrangère pour lui demander de marcher avec lui. Elle me dit que non, qu'elle n'a aucun problème, que personne ne l'a ennuyée. Nous marchons un moment en silence. Elle ne se plaint pas de mon rythme de personne pressée parce qu'il se fait tard. Si elle comptait sur une promenade touristique dans les sites les plus intéressants de la ville, elle a vite compris. J'ai déjà tout vu et je n'ai pas l'intention de changer mon programme. Ce matin, j'ai acheté un billet pour le Soho Theater, où se joue la pièce *Someone else's shoes*, et le spectacle commence dans une heure. Avant ça, je voulais passer me changer à l'hôtel et aller dans un cybercafé pour vérifier si j'ai reçu des mails. Mon itinéraire inclut deux des rues les plus commerçantes de la ville, Regent Street et Oxford Street, mais aucun monument ni aucun lieu typique. Nous passerons par Piccadilly Circus mais sans nous y arrêter. C'est l'endroit le plus touristique qu'elle verra. Des écrans géants annonçant des milliers de produits. Je ne lui fais pas non plus la conversation parce que je ne sais pas quoi lui dire, je n'aime pas parler avec une inconnue même si elle est jeune et jolie. D'ailleurs, c'est peut-être ça qui me dérange le plus et me rend soupçonneux. C'est elle qui parle en premier avec son joli accent. Elle dit être Russe et s'appeler Anastasia. Ça confirme mes soupçons. Si c'est une prostituée qui cherche des clients dans la rue, elle aurait pu choisir un prénom moins ridicule, qui fasse moins cliché. Une pensée me traverse, une explication cinématographique à son comportement qui m'inquiète encore plus : c'est peut-être une princesse russe, échappée du palais où elle habite et qui veut découvrir Londres aux côtés d'un inconnu très séduisant, moi en fait, et qui finit par en tomber amoureuse. Je suis curieux de voir quand elle me proposera d'aller chez moi, et de connaître ses tarifs. Je regarde derrière moi à plusieurs reprises, m'attendant à voir sur nos traces un type avec une tête de proxénète, mais je ne sais pas quelle tête ça a, un proxénète. Elle me raconte qu'elle est en voyage de fin d'année avec d'autres étudiants et qu'elle est arrivée aujourd'hui. Ses camarades sont restés à l'hôtel parce qu'ils sont fatigués mais elle avait envie de voir la ville. J'ai du mal à y croire parce que pour moi, en Russie, ça n'existe pas, ce genre de voyage. Je touche mes fesses pour vérifier que mon portefeuille est à sa place et tiens fermement mon sac en bandoulière. Elle est très belle et c'est triste qu'à son âge elle se prostitue déjà. Je ne sais pas quelles promesses on lui a faites chez elle pour qu'elle se rende en Angleterre. J'accélère le pas. Si elle voit que je suis ici pour le travail, et pas pour le tourisme, elle laissera peut-être tomber et n'essayera pas de me vendre quoi que ce soit. Mais elle suit très bien mon rythme et me demande ensuite si j'ai prévu quelque chose pour la soirée. Je lui réponds par l'affirmative, que tout le monde a quelque chose de prévu dans la vie, mais comme elle ne saisit pas l'ampleur et la profondeur de ma réponse, je me décide pour la solution la plus rapide. Je lui explique que j'ai une entrée pour une pièce de théâtre et, ça je l'invente, que le spectacle est complet. Qu'elle n'ait pas l'idée de se joindre à moi. Je fais un nouvel essai pour l'éloigner. Je lui dis que je vais maintenant à mon hôtel et qu'ensuite je dois vérifier si j'ai reçu des mails dans un cybercafé. Ça ne l'affecte pas, apparemment. Elle reste à côté de moi. Quand elle me pose des questions sur mon nom, mon origine, la raison pour laquelle je suis ici, je lui réponds par des mots isolés : Gerard, Barcelone, travail. Quand nous arrivons à Tottenham Court Road, je décide de ne pas monter dans ma chambre d'hôtel. Comme elle est encore collée à moi, elle pourrait se faire des idées et me proposer une passe. Je lui dis que, si elle veut, on peut prendre un café pendant que je regarde mes mails.

À l'EasyInternetCafé en face de mon hôtel, qui fait partie d'un local partagé avec un fast-food Subway, je commande deux cafés, servis dans des gobelets en plastique. Nous cherchons une place devant l'un des très nombreux ordinateurs qui remplissent cet immense café, à moitié vide à cette heure. Je cherche la carte avec le code d'accès, ce n'est pas la première fois que je viens ici, et regarde mes mails : des amis qui me demandent comment je vais, et l'équipe du Rep Theatre de Birmingham, où j'ai passé les trois dernières semaines, qui veut savoir si tout va bien pour moi dans la City. Je réponds et pendant ce temps elle observe le lieu avec intérêt, comme s'il s'agissait de la National Gallery. C'est à cet instant, alors que je consulte mes mails et qu'elle regarde le local, alors que nous avalons tous les deux cet horrible café, que je me dis que nous formons un couple étonnant, qui pourrait passer pour normal dans une ville comme Londres. Elle si blanche, les cheveux si blonds, qui m'attend, et moi la peau si foncée, les cheveux noirs et la barbe de trois jours, attentif à ce qu'elle ne me vole pas mon sac avant de se sauver en courant. À l'angle d'Oxford Street et de Dean Street, nous nous séparons. C'est la première fois que nous nous regardons dans les yeux. Je n'aime pas ça, mais je dois reconnaître qu'elle est très belle. Ses yeux bleus scrutent les miens et j'ai l'impression qu'elle est déçue. C'est sûr, ce n'est pas l'aventure romantique et excitante qu'elle espérait. Je lui demande pardon pour cette promenade si peu agréable et lui dis que, si elle veut, demain matin nous pourrions faire quelque chose de plus intéressant mais qu'avant ça elle devra me prouver qu'elle est majeure. Elle sourit et quand elle comprend que je suis sérieux elle me dit qu'elle a laissé son passeport à l'hôtel et me jure qu'elle vient d'avoir dix-neuf ans. Je ne sais pas si ça me rassure ou si ça me rend encore plus nerveux. Elle note ensuite son numéro de téléphone sur un bout de papier et me le donne. Je lui fais la bise, ce qui la surprend, puis je lui promets de l'appeler le lendemain, même si je ne suis pas du tout certain de le faire. Je dois dire que les quatorze ans de différence me freinent. Je marche dans Dean Street et mets mes écouteurs. Mon iPod lance le *loop* frénétique du piano de Mishima dans « La tarda esclata ». J'aime écouter parler catalan quand je suis à l'étranger. Mishima est un groupe de Barcelone qui chantait en anglais au début de sa carrière et qui fait partie de cette nouvelle génération de groupes et de chanteurs qui chantent maintenant en catalan et qui valent vraiment le coup. Je n'ai fait que quelques pas quand je me retourne pour la voir, mais elle s'est déjà mêlée à la foule. Elle a peut-être trouvé quelqu'un d'autre avec qui marcher. En direction du Soho Theater, j'écoute Mishima et je suis certain qu'en sortant de *Someone else's shoes* je ne me rappellerai pas Anastasia.

Maintenant, elle s'est vraiment endormie sur le livre, dans une position inconfortable : la tête appuyée sur la vitre, le cou serré par la ceinture, comme si elle voulait se pendre. Même si ça ne fait pas longtemps que nous sommes partis, ce voyage me semble interminable. J'ai mal aux fesses. J'ai besoin d'étirer mes jambes. J'appuie sur l'accélérateur dans le but de faire passer cette gêne et remarque que pour la première fois je roule à la vitesse qui me plaît. Rien d'exagéré mais, même si je fais attention, je vais vite. J'ai envie d'arriver à l'hôtel, mais ça nous fera bizarre de nous retrouver tous les deux dans un espace réduit. Quand j'ai fait la réservation sur Booking, j'ai même pensé prendre deux chambres. Ou une chambre avec deux lits. J'ai pris le risque d'en demander une seule, avec un lit deux places. Je suppose qu'on pourra toujours changer et que si l'hôtel est complet je pourrai dormir dans la baignoire, mais vu le prix que j'ai payé, ça serait dommage. Je reprends mon livre, parce qu'elle en froisse les pages, et le jette le plus précautionneusement possible sur le siège arrière, mais il atterrit malheureusement sur le siège du petit. Je me dis que c'est un signe, mais je ne peux pas dire s'il est bon ou mauvais. Nous ressemblons à deux pouilleux trempés de sueur dans une voiture sale pleine de valises, de papiers et de cochonneries. Il nous faut une douche. C'est urgent. Il nous faut aussi parler. Et certainement baiser. Maintenant qu'elle dort, je pose la main sur son genou et remonte lentement sur sa peau blanche et douce. Je m'arrête sur son sexe et y laisse mes doigts un moment. Je sens le léger mouvement de son corps lorsqu'elle respire et me demande pourquoi les choses ne pourraient pas être un peu plus faciles.

Le soleil ne cogne plus aussi fort. J'aime voyager à cette heure, en fin d'après-midi, quand monte la brise juste avant le coucher du soleil. La chaleur ne disparaîtra pas, mais elle sera bientôt plus agréable. J'espère qu'ici on n'aura pas la chaleur humide de Barcelone, où il est impossible de dormir. Si ça ne tenait qu'à moi, nous dormirions plus d'une nuit avec l'air conditionné. Elle bouge et retire rapidement ma main de son sexe. Elle détache sa ceinture et se roule en boule, comme un fœtus, sur son siège. Elle a trouvé une position plus confortable, mais si les gendarmes nous arrêtent j'aurai une amende, et si nous avons un accident elle passera à travers le pare-brise. Ses pieds, sur le siège, touchent presque le levier de vitesses et, quand je passe de la quatrième à la cinquième, je peux les toucher. La première fois, elle a eu un petit mouvement, parce que ça l'a chatouillée, mais après ça elle s'est habituée et n'a plus bougé. Si les choses finissent mal, je me rappellerai au moins ce moment, mes doigts frôlant ses pieds lors du changement de vitesse. J'essaye de graver cette image dans un emplacement sûr de ma mémoire, au cas où. Un panneau blanc, sur le côté de l'autoroute, annonce Montpellier. Pas trop tôt.

Nous nous retranchons dans la petite chambre de l'hôtel St Giles. Par une fenêtre minuscule qu'on ne peut ouvrir qu'un tout petit peu parce qu'elle vient cogner le meuble qui fait office d'armoire, nous voyons l'EasyInternetCafé de Tottenham Court Road, où nous avons bu un café hier lors de notre rencontre. Les trois jours suivants, nous sortons très peu, et seulement pour aller y grignoter un sandwich en buvant du mauvais café dans des gobelets en plastique. Nous buvons aussi beaucoup de thé grâce à la bouilloire électrique de la chambre, mais quand il n'y a plus de sachets, personne ne vient en remettre. La femme de ménage n'est pas entrée une seule fois, parce que sur la porte est accroché l'écriteau « *Do not disturb* ». C'est comme ça que je dépense le reste de la bourse que m'a attribué le British Council pour créer un réseau international entre plusieurs théâtres. Elle n'est sortie qu'une fois, un matin, quelques heures. Elle me dit qu'elle est allée à une visite obligatoire de son groupe au British Museum, qui, par hasard, se trouve juste derrière mon hôtel. Nous passons toutes les autres journées enfermés dans ma chambre à faire l'amour et à écouter en boucle le deuxième album de Kaiser Chiefs, que je me suis offert pour seulement 8 livres au Virgin d'en face, juste de l'autre côté de la rue. Nous adorons « Love is not a competition (but I'm winning) » que nous écoutons sans arrêt. Faire l'amour très longtemps, dans de multiples positions, et dormir enlacés le reste de la journée, voilà notre routine. Nous prenons notre douche ensemble et retournons ensemble au lit. Quand nous sommes épuisés nous dormons un peu et, au bout d'un moment, lorsque l'un de nous deux se réveille, il agrippe l'autre et nous repartons pour un tour. C'est elle qui me fait remarquer, dans son anglais à l'accent indéfini qui me rend fou, qu'au bout du compte elle n'aura pas vu grand-chose de la ville. J'ai une idée, qui n'est en fait qu'une copie d'un film de Peter Greenaway. J'attrape son guide de Londres et, armé d'un feutre noir, commence à écrire maladroitement les noms des lieux touristiques sur nos corps. Ainsi, c'était prévisible, mon pénis est Big Ben et son pubis Buckingham Palace. Mon nombril Trafalgar Square et le sien Picadilly Circus. Mon torse Hyde Park, parce qu'elle dit que chaque poil est un arbre et le creux au centre un lac. Ses seins sont la Tate Gallery et la Tate Modern, parce que, s'ils sont presque identiques, l'un est plus petit que l'autre. Ma colonne vertébrale est la Tamise, et son cou le Tower Bridge parce qu'elle unit sa tête à sa poitrine. Elle dit que mon cul est l'abbaye de Westminster et mon bras droit, que je fais tourner comme une hélice, le London Eye. Assis sur son ventre, j'approche mon visage du sien et embrasse son nez. J'écris sur son front Tour de Londres parce que je pense que sa tête est une forteresse imprenable. Je connais très bien son corps mais ne sais rien d'elle et doute que le peu qu'elle m'a raconté soit vrai. J'écris ensuite sur ses paupières Joyaux de la Couronne parce qu'ils sont bleus comme deux pierres précieuses. Nous baptisons nos doigts et nos orteils. Ce sont des stations de métro : Euston, Waterloo, Covent Garden, Leicester Square, Sloane Square ou Victoria. Je réserve King's Cross pour le gros orteil de mon pied droit parce que j'aime beaucoup la chanson des Pet Shop Boys. Et c'est comme ça que nos langues commencent leur visite de la ville, sans que nous ayons besoin de nous déplacer. Je me déplace de la Tate Gallery à la Tate Modern sans avoir à traverser le fleuve. Elle promène sa langue sur Hyde Park, descend vers Trafalgar Square, où elle s'attarde un peu, puis par le chemin de poils qu'elle baptise Saint James Park, elle avance vers Big Ben, qu'elle visite longuement. Je m'arrête à toutes les stations de ses pieds, remonte par ses jambes soyeuses, aussi blanches que les draps du lit, et atteins Buckingham Palace au moment de la relève de la garde. Je la retourne et glisse Big Ben entre ses fesses, que je décide de baptiser Heathrow, puisque j'en fais ma piste d'atterrissage. À cause de notre sueur, les noms écrits sur notre peau s'effacent et tachent les draps. L'effet est aussi curieux qu'excitant, des rivières d'encre sur nos corps. Avec ce que nous faisons de faire, l'expression « tourisme sexuel » prend une nouvelle dimension. Transportés, après cette longue visite guidée de la ville, nous nous allongeons sur le dos et regardons le plafond de la chambre. Je suis si épuisé que mes derniers orgasmes s'accompagnaient de contractures dans certaines parties de mon corps. Je me suis même inquiété quand une crampe s'est étendue au côté droit de mon visage. Dans cette position, en silence, à l'écoute de notre respiration, je lui prends la main et la pose sur ma poitrine, et nous nous endormons ou du moins restons dans cet état si reposant qui touche à l'inconscience. Les bruits de la rue nous parviennent, lointains, une voiture qui klaxonne à cause d'un véhicule mal garé ou d'un piéton qui traverse Tottenham Court Road sans regarder. Le jour s'achève et la lumière fuit la chambre, qui est bientôt plongée dans la pénombre, éclairée uniquement par la lumière artificielle des lampadaires de la rue. J'ai un goût étrange dans la bouche. Pas désagréable, mais je ne suis pas capable de l'identifier. Je me redresse lentement pour ne pas la réveiller et place ma tête sur son ventre. Je reste un moment dans cette position, montant et descendant au rythme de sa respiration. Quand je suis certain qu'elle ne s'est pas réveillée, je fais glisser ma joue vers son pubis et lèche ses lèvres. Le goût dans ma bouche est celui de sa vulve et il est pour moi aussi délicieux que celui d'une boisson exotique. Dans le noir presque total, je regarde son visage d'ange, ses cheveux blonds sur le coussin, étalés en éventail. Je caresse le Tower Bridge du bout des doigts et embrasse sa bouche que nous n'avons pas baptisée. Elle se réveille et me regarde. Son air est sérieux mais elle n'est pas effrayée. Je caresse d'un doigt Picadilly Circus puis me mets à rire. Surprise, elle me demande pourquoi je ris. Je viens de penser qu'elle dormait comme une marmotte, mais je suis incapable de le lui expliquer, parce que je ne sais pas comment dire marmotte en anglais. Nous restons encore un moment ainsi, silencieux, nous regardant sans pouvoir nous voir à cause de l'obscurité. Je la caresse mais elle ne me touche pas, elle semble distante ou triste peut-être parce qu'elle sait que cette histoire est sur le point de prendre fin.

Nous nous douchons seuls, l'un après l'autre, pour la première fois depuis que nous nous sommes enfermés dans la chambre. Je vérifie, soulagé, qu'elle ne m'a volé aucun rein et fais mentir la légende urbaine qui veut qu'à Londres, si tu rencontres une fille qui veut coucher avec toi, tu te réveilles le lendemain dans une baignoire remplie de glace et un rein en moins. J'observe, fasciné, l'encre qui disparaît de mon corps et se dilue sous l'eau chaude. Plus tard, nous descendons au Subway de l'autre côté de la rue, qui ferme à minuit. Nous mangeons un sandwich et buvons un café dans un gobelet en plastique pendant que je vérifie sur mon ordinateur que mon vol décolle bien en milieu de matinée. Nous restons un moment assis autour de la table, face aux vitres qui donnent sur Tottenham Court Road et voyons la fenêtre de la chambre d'hôtel dans laquelle nous nous sommes reclus volontairement tous ces jours. J'imagine que quelqu'un, depuis cette même table, a pu nous voir faire l'amour. Ensuite nous sortons dans la rue. Elle prend ma main et nous marchons vers Oxford Street, regardons des boutiques, toujours plus de boutiques, et quand nous arrivons à Oxford Circus, devant la porte de la boutique Nike, nous nous séparons. Nous n'en faisons pas tout un drame. Je lui offre le CD de Kaiser Chiefs, nous échangeons un baiser sur les lèvres et elle part, au milieu de la foule. Je sens comme un pincement dans l'estomac, de la jalousie certainement, au moment où je pense qu'elle demandera peut-être à un autre inconnu de marcher avec elle. Je veux qu'elle se retourne et qu'elle me regarde encore mais, malgré les cris silencieux dans ma tête, elle ne le fait pas. La nuit, je ne peux pas dormir. Je retire les draps du lit parce qu'ils sont tachés de sueur, de sperme, de fluides et d'encre. Je peux sentir le goût de son sexe dans ma bouche. Son oreiller porte encore son odeur et j'y trouve deux cheveux blonds, que je conserve comme des reliques. Je regarde les infos de la BBC sur la petite télé qui n'a trouvé place dans cette chambre qu'en haut de l'armoire, dans l'espoir qu'un attentat terroriste plonge le Royaume-Uni dans le chaos et annule tous les vols. Nous aurions alors une excuse pour ne pas nous séparer. J'attends aussi en vain qu'elle m'envoie un message sur mon téléphone portable. Elle ne le fait pas non plus. Le lendemain matin, je pars très tôt. Je préfère attendre à l'aéroport. Je ne supporte plus la chambre de cet hôtel, qui me rend claustrophobe, qui a son odeur. À la réception, personne ne me dit rien, ni sur les draps tachés ni sur le fait qu'une deuxième personne y a plus ou moins dormi avec moi. Au cours du trajet en train depuis la station Victoria jusqu'à l'aéroport de Gatwick, j'écoute Mishima sur mon iPod et ça me rend mélancolique, mais j'aime ça. À l'aéroport, une fois les bagages enregistrés, je traîne dans le terminal et regarde les boutiques. Dans une librairie Waterstones, je vois un roman marqué par un bandeau rouge annonçant la réédition du prix Pulitzer d'il y a deux ans. Je lis la quatrième de couverture et, en dessous du texte de présentation, une phrase de l'auteur retient mon attention : « Le jour où mon roman plaira à tout le monde et où il ne recevra aucune critique négative, j'arrêterai d'écrire. » Je l'achète parce que c'est la plus juste des phrases, la meilleure qu'un écrivain puisse écrire. Et tandis que je suis suspendu à des milliers de kilomètres dans les airs, je lis *The Survivor*, de Findlay Kennedy, l'un des auteurs les plus importants, les plus récompensés, les plus traduits et les plus adaptés au cinéma du monde. Même si je pense que c'est impossible, ça me plaît tant que je souhaite qu'il existe quelqu'un qui n'aime pas ce qu'il fait parce que, dans le cas contraire, Kennedy arrêtera d'écrire.

Elle s'étire, lentement, et fait un bruit de bouche. Elle bouge, mal à l'aise. Elle allonge ses jambes mais ne contrôle pas les distances et cogne ses orteils contre la boîte à gants. Elle s'assoit correctement et regarde par la fenêtre tout en se frottant les yeux d'une main, tandis que l'autre vient couvrir sa bouche pour masquer un bâillement contagieux. Elle scrute du regard les rues de la ville et, comme elle ignore où nous sommes, elle me pose la question.

— À Montpellier.

— Tu t'es perdu ?

— Je cherche l'hôtel.

— Tu t'es perdu, non ?

Perdu n'est pas le bon mot. Ça fait une heure que je cherche une place parce c'est un chaos, cette ville. Quand je veux rebrousser chemin, je suis obligé de faire tout le tour du centre-ville. J'ai vu il y a quelques minutes des places vides qui nous obligeront à pas mal marcher, mais quand je repasse devant, elles sont occupées. Les quartiers autour du centre historique semblent abandonnés et donnent à la ville un air fantasmagorique et décadent. Fatigué, je choisis finalement d'aller dans un parking payant et, après un autre tour, je réussis à entrer dans celui qui se trouve juste en dessous de la place de la Comédie. Je dois quand même chercher avant de pouvoir me garer au deuxième étage, où des néons glauques donnent au parking l'aspect d'un vaisseau spatial.

L'eau brûlante, et ça compense selon moi toutes ces semaines de douches froides, nettoie la sueur poisseuse, la poussière et toutes les saletés accumulées pendant le voyage. Si je ferme les yeux et laisse l'eau tomber directement sur ma tête, je déconnecte et je peux imaginer que je me trouve n'importe où ailleurs. Je m'essuie avec une serviette, ici pas la peine de faire des économies comme à la maison, et je reste face au miroir, à m'observer, un long moment. Je cherche les trois cheveux blancs que j'ai découverts lors de mon séjour à Rome et qui m'obsèdent depuis quelques mois. Je les arrache avec une pince à épiler, mais je sais que dans quelques semaines ils réapparaîtront pour me rappeler que le temps file. Je passe la main sur mon visage et me dis que je ferais peut-être bien de me raser, mais lorsque je cherche mon rasoir et la mousse à raser, je ne les trouve pas. Je pensais qu'elle s'était occupée de préparer la trousse de toilette. Je m'assois sur le bord de la baignoire, parce que dans cet hôtel les toilettes ne sont pas dans la salle de bains. Au plafond, une tache d'humidité a jauni la peinture blanche. Je cherche une fissure dans les carreaux blancs et rouges du sol mais ce jeu stupide me fatigue très vite et je tâte la plante de mes pieds, espérant ne pas avoir attrapé de champignons. Cette peur, comme tant d'autres, je l'ai héritée de ma mère. Je sors de la salle de bains, la serviette autour des hanches, et le froid de la moquette au contact de mes pieds me fait frissonner. Anastasia n'est pas là. La télévision placée sur le petit frigo est allumée sur une chaîne française où passent des publicités. La plupart des hôtels ont la télévision par satellite et il est facile de voir une chaîne de son pays, mais je préfère regarder celles du pays où je me trouve. Pour me sentir plus à l'étranger ou plus intégré. Je ne sais pas. Les valises sont ouvertes sur le lit et sur la chaise. Sur le petit bureau, à côté du frigo, il y a la biographie de Kennedy et mon ordinateur portable. Je vérifie que les enveloppes d'argent réparties dans les valises y sont toujours, mais ça m'agace qu'elle soit partie aussi tranquillement. La fenêtre donne sur une ruelle étroite et sombre, même si au bout de la rue on peut apercevoir la place de la Comédie, illuminée et pleine de monde. Dans l'immeuble de bureaux en face de la chambre, une femme nettoie une table, comme un automate. Ça doit être très humiliant de faire ce métier, un dimanche soir, dans le plus profond anonymat et sans aucune possibilité de reconnaissance publique. Je n'accepterais jamais de faire quelque chose de semblable. Lorsqu'elle se rend compte que je la regarde, elle me regarde à son tour, peut-être parce que je ne porte qu'une serviette et qu'elle attend que je l'enlève. J'ouvre la porte de la chambre et regarde dans le couloir. Anastasia est introuvable. J'examine cette chambre qui, même si elle a été refaite il y a peu, conserve un certain cachet. Je cherche une note qu'elle aurait laissée pour moi. Il n'y a rien. Je pense au début de *Frantic*, de Roman Polanski, où Harrison Ford perd sa femme exactement comme moi, mais lui se trouve à Paris. Je m'assois sur le lit et m'absorbe dans la contemplation de la photo en noir et blanc sur le mur. C'est une espèce de couloir. Une porte fermée et, dans le fond, des arches s'ouvrant sur un espace que l'on ne voit pas. Le plus inquiétant est la fissure qui traverse tout le mur.

Je ne vois pas son téléphone portable. Si dans deux minutes elle n'est pas revenue, je l'appellerai. J'allume mon ordinateur et ouvre un nouveau document, où j'écris quelques lignes sur ce qui m'a semblé important depuis notre départ de Barcelone. Le motard mort, la famille de papier, la maison en bois sur le camion. J'aimerais me connecter à Internet mais ça coûte 8 euros de l'heure. D'ailleurs, je n'ai rien de si important à regarder depuis que j'ai définitivement fermé toutes mes messageries électroniques. Je ramasse les habits sales que j'ai laissés par terre, à côté des siens, et les place dans un sac en plastique. De la poche de mon pantalon tombe la touche *Suppr* de mon ordinateur détruit. Je la regarde comme si c'était une pierre précieuse puis je la dépose sur la table de chevet, près de la commande de l'air conditionné, aussi précautionneusement que s'il s'agissait d'une relique. Il fait chaud. J'allume la clim, je profite de son absence. J'ouvre le frigo sous le téléviseur mais, même s'il y a de tout, je ne prends rien. Je m'assois sur le lit et regarde la télé. Après quelques pubs, un film commence. Le générique apparaît sur des images bleuies de la première guerre mondiale, en surimpression sur le visage d'un soldat. Le soldat est le réalisateur François Truffaut. Il interprète Julien qui, pour honorer la mémoire de son épouse défunte, transforme sa chambre en sanctuaire. La première scène est tout particulièrement frappante. Julien rend visite à son ami Gérard dans une pièce où est veillé le cadavre de sa jeune épouse, une femme à la peau blanche et aux longs cheveux blonds, qui ressemble étonnamment à Anastasia. Même si Gérard préfère que son ami ne voie pas le corps de sa femme, et qu'il se la rappelle comme elle était de son vivant, Julien insiste pour voir le cadavre une dernière fois. Lorsque les employés des pompes funèbres entrent pour fermer le cercueil et l'emporter, Gérard s'effondre et les en empêche, enlaçant le corps de Geneviève, sa jeune épouse. Ils le regardent tous comme s'il était devenu fou et un prêtre essaye de le réconforter en lui rappelant les souffrances de Jésus, le prix du péché, et en lui disant qu'elle n'est pas morte mais qu'elle dort et l'attendra jusqu'à la fin du monde, qu'il lui faut prier et, surtout, se résigner. Gérard fait une pathétique tentative de suicide et Julien blâme le prêtre pour son attitude, avant de le mettre dehors. Puisqu'il est incapable de faire que Geneviève se lève et marche, sa présence est totalement inutile. Même si j'ai déjà vu ce film plusieurs fois, j'y prends plaisir parce que je suis fasciné par cette obsession pour la mort, qui n'a rien de malsain, dans cette histoire basée sur un roman d'Henry James. Moi aussi, la mort m'obsède. Je suppose que c'est la même chose quand tu achètes une voiture et qu'après tu vois des centaines de voitures du même modèle, ou bien quand tu attends un enfant et ne vois plus que des femmes enceintes. Le rythme lent du film, le bruit de la climatisation, la fatigue du voyage et des derniers jours bien agités font que dans un premier temps ma vision se trouble puis que je perds connaissance.

Je me réveille tout à coup, comme si j'avais reçu une décharge électrique. Je regarde, étourdi, tout autour de moi, tremblant de froid, et comprends que je me suis endormi assis sur le lit, couvert seulement de la serviette de bain et la télécommande à la main. Le film est terminé et il y a maintenant une espèce de concours que je ne comprends pas. Je mets des habits propres et légers puis enfile mes tongs, maintenant que je peux laisser les baskets qui tiennent chaud, mais qui sont plus pratiques pour conduire. Je prends toutes les enveloppes d'argent et cherche un endroit où les cacher. Je les range finalement dans l'armoire ; il y a un coffre, mais ça implique de payer un extra. À l'intérieur de la housse de l'un des oreillers supplémentaires. J'ai l'impression qu'elles seront en sûreté pour l'instant. De toute façon, je ferme l'armoire et emporte la clé dans ma poche de pantalon. J'espère ne pas oublier que je l'ai mise là. Je prends mon téléphone, mon portefeuille et les clés de la voiture. J'éteins les lampes, une par une, et me rends compte que j'ai laissé l'écran de télévision allumé, mais ne retourne pas l'éteindre pour autant. Pendant que je descends le luxueux escalier de marbre doté d'une grande rampe noire de fer forgé, au milieu d'une grande verrière colorée, je l'appelle mais son téléphone est éteint ou ne capte pas. Je demanderais bien de l'aide à la réceptionniste, une femme blonde dont il est difficile de deviner l'âge, mais je ne sais pas comment dire en français « j'ai perdu ma femme ». Je me dis que si elle n'a pas eu la décence de me parler en anglais à notre arrivée, elle le fera encore moins pour une chose sans intérêt pour elle. J'essaye de me rappeler ce qu'avait fait Harrison Ford en sortant de l'hôtel.

Je fais quelques pas dans la rue pour pouvoir avoir une vue panoramique sur la grandiose place qui se trouve devant moi, depuis l'avenue sur ma droite, où circule le tramway, jusqu'au majestueux bâtiment de l'Opéra élégamment éclairé. Anastasia pourrait être assise dans le carrousel de chevaux de bois qui est maintenant fermé, ou à l'une des tables tout en haut des marches de l'Opéra. Comme les possibilités qui s'ouvrent à moi sont nombreuses et que la place est très fréquentée, je décide de la rappeler mais elle ne répond toujours pas. J'avance de quelques pas vers la fontaine et ses deux statues de marbre surplombantes d'où s'écoule l'eau jusqu'au sol. Je fais un tour complet sur moi-même et me rends compte que le New Hotel du Midi, à côté de l'Opéra, est attrayant avec ses lumières et qu'il a l'air d'un bien meilleur standing qu'une fois à l'intérieur. Je suppose que, sans compter les photos que j'ai vues sur Internet, mon choix a été influencé par sa situation, à l'intersection du boulevard Victor Hugo et de la place de la Comédie. J'ai pensé que c'était bon signe pour un écrivain et dramaturge. Je traverse la place et ses nombreuses terrasses de cafés et de bars, toutes remplies. Il y a un McDonald's et un peu plus loin un cinéma Gaumont devant lequel les gens font la queue dans la rue. À l'affiche domine *Vicky Cristina Barcelona*, ce tableau forcé, stéréotypé et vide que Woody Allen a brossé de Barcelone. Si je parlais français, j'essayerais de convaincre ceux qui font la queue de changer de salle. J'arrive à l'entrée d'un parc qui est comme une grande avenue bordée de jardins pour les promeneurs, avec deux grands jets d'eau en son milieu et deux allées d'arbres sur les côtés. Il y a moins de monde ici, même si c'est bien éclairé et que la promenade n'est pas inquiétante. De toute façon, je doute qu'elle soit venue jusqu'ici. Elle préfère les rues commerçantes et le contact avec les gens. Elle a peut-être demandé à un inconnu de marcher avec elle. Sur le chemin du retour vers la place, je vois deux jeunes filles qui s'en vont de la terrasse de la Crêperie de la Comédie, me regardent et se mettent à parler sans arrêter de me fixer, avant de rire. J'ai la sensation que je leur plais. Je n'ai rien cherché, mais lorsque je comprends ce qui se passe je suis content de voir que j'ai encore quelque chose à offrir. Harrison Ford séduit une Française pendant qu'il cherche sa femme. Il est peut-être temps que je pense à m'amuser un peu. Les deux jeunes femmes marchent, traversent les rails du tramway, et l'une d'elles se retourne pour voir si je les suis. Je soupèse la possibilité d'aller chez l'une des deux Françaises pour baiser jusqu'à l'aube et continuer ensuite le voyage avec Anastasia. Quand elle est venue vivre avec moi, je pensais que nous deux, ça n'allait pas durer, et ça fait déjà cinq ans. Tout ce que je lui ai offert. Alors que je vais dans la même direction que les deux jeunes femmes, je la rappelle mais elle ne répond pas. Les Françaises descendent la rue Boussairolles, pleine de restaurants exotiques : thaïlandais, chinois, vietnamiens et africains. J'ai une crise de remords et prends la première à droite, pour revenir directement à l'hôtel. Comme il est tard et que j'ignore à quelle heure je la retrouverai, j'achète deux kebabs, deux canettes de bière et un jus de pêche, sans bulles, dans un petit restaurant nommé *Aux délices du Liban*, et qui n'a qu'une ardoise à l'entrée et quatre tables sur le trottoir. Je reviens sur la place par une autre rue et en ai la confirmation. Cette place est vraiment très belle. Je suis certain que la vieille ville tout entière et la cathédrale pourraient changer l'idée que je me suis faite de la ville en y arrivant. Je m'assois sur les marches du carrousel, là où les enfants grimpent sur les chevaux et qui, maintenant que le manège est fermé, dans l'obscurité et avec cette grille qui empêche quiconque d'y pénétrer, a un aspect bien triste. Comme tout ce qui appartient au monde des enfants quand ils ne sont plus là. J'ouvre une canette de bière et la bois en observant les passants. Il y a de nombreux couples et je me demande s'ils sont heureux comme ils sont, à faire ce qu'ils font. C'est une question que je me pose souvent, si les autres sont heureux, parce que moi je ne le suis pas. Avec tout ce que j'ai vécu au cours des derniers mois, je crois que j'ai perdu toute notion de ce qu'est le bonheur. J'ai perdu la notion de nombreuses choses, d'ailleurs. Je ressens chaque jour de moins en moins d'émotions. Je deviens comme cet homme-machine que j'ai inventé pour le théâtre, qui, au fond, ne devait être qu'un de mes alter ego, comme tous les personnages que j'ai créés.

Lorsque j'ai terminé ma bière, je me lève et jette la canette dans une poubelle à côté de l'arrêt du tramway. Un post-it vert fluo attire mon regard. Je m'approche et le lis parce que j'ai l'impression de reconnaître cette écriture. C'est un autre message d'Anastasia pour la famille de papier ; elle leur dit qu'elle a leurs photos et laisse son numéro de portable pour qu'ils la contactent. Va savoir combien elle a dû en laisser dans toute la ville. À quelques mètres de l'hôtel, je suis surpris par le bruit strident d'une moto qui approche face à moi, dans le boulevard Victor Hugo. Je la regarde et mon cœur bondit dans ma poitrine quand je vois que le motard porte un casque noir où l'on peut lire, en lettres d'un jaune brillant : *Fuck you !* La moto tourne dans la rue à côté de l'hôtel, celle qui donne sur notre chambre, et moi, sans réfléchir une seule seconde, je commence à la suivre. Par réflexe, je regarde si la lumière est allumée dans la chambre mais bute contre une borne et manque d'y laisser mes testicules accrochés. La moto tourne à gauche et j'accélère pour ne pas la perdre de vue, mais courir en tongs, ce n'est pas facile. Dans cette rue, une fourgonnette mal garée me ralentit et je ne vois plus la moto. Mais dans la rue d'après, là où grimpent les tramways qui vont vers la place, je peux la voir, un peu plus loin, arrêtée à un feu rouge. Je l'ai presque rattrapée quand je m'arrête, à trois pas d'elle. Si je tends le bras, je peux toucher le motard. Le feu passe au vert et la moto démarre, mais je ne la suis plus. Je retourne vers la place, en suivant les rails au sol, mais je dois m'écarter parce qu'un tram arrive face à moi. Je m'assois sur les marches latérales de l'Opéra, près de la porte de la billetterie. J'y reste assez longtemps, essoufflé, essaye de retrouver mon haleine et ma raison. Si j'avais fait preuve de courage, j'aurais demandé pardon au motard pour avoir causé sa mort ce matin sur l'avenue Meridiana.

J'entre dans le hall de l'hôtel, déconcerté par ma course-poursuite et parce qu'il faut que je demande une clé si elle n'est pas rentrée. Maintenant c'est un jeune homme à la réception. Mais il est plus aimable que la femme d'avant. Il ne fait pas plus d'efforts pour me parler en anglais, et je ne sais même pas quel est le numéro de ma chambre. Il me demande ma carte d'identité pour vérifier que j'ai vraiment pris une chambre dans cet hôtel. Pendant qu'il regarde sur son ordinateur, je jette un coup d'œil tout autour de moi. Tout est refait, ils doivent encore être en train de repeindre certains murs parce qu'il y a encore un échafaudage, mais ils ont tenu à conserver la verrière colorée, l'escalier de marbre et sa rampe de fer forgé, ainsi qu'un lustre de cristal suspendu au-dessus du bureau en bois de la réception. Mon regard est attiré par un post-it vert fluo posé à côté d'une vasque carrée contenant des bonbons dont l'emballage fait la pub de l'établissement. C'est Anastasia qui l'a écrit, son écriture est reconnaissable entre toutes. Je le regarde attentivement et vois qu'il s'agit d'un autre message à destination de la famille de papier. Je le prends sans que le réceptionniste s'en rende compte et le range dans ma poche, précisément là où j'ai mis celui que j'ai trouvé dans la rue. Cette obsession commence à sérieusement me préoccuper. Le jeune homme me donne une nouvelle clé électronique de la chambre 303 et ne répond pas quand je le remercie en français. Je monte l'escalier et vois qu'ils rénovent aussi notre étage. J'entre dans la chambre et elle est là, comme si de rien n'était, allongée sur le lit, en chaussettes et dans un haut rose, à lire la biographie de Kennedy, toutes les lumières et la télévision allumées. Elle me regarde et me sourit.

— Tu étais où ? Ça fait des heures que je t'attends.

Je me mords la langue, déçu parce qu'elle n'a pas été enlevée comme l'épouse d'Harrison Ford dans *Frantic*.

— Qu'est-ce qui t'est arrivé ? dit-elle en voyant la tête que je fais. Tu ressembles à un fantôme.

— Je ne suis pas un fantôme, j'en ai vu un, dis-je en lui donnant le sac et ce que j'ai acheté pour elle.

Elle met un marque-page dans le livre, s'assoit en tailleur sur le lit et en inspecte le contenu.

— Un jour, ton estomac va exploser avec toutes ces bulles, dit-elle en sortant la canette de bière.

Pendant qu'elle prépare son pique-nique sur le lit, je vais dans la salle de bains et asperge mon visage et mes aisselles d'eau parce que je transpire comme un cochon. Mon visage est blanc, je comprends sa comparaison, et je tremble comme si j'étais atteint de Parkinson avancée. Quand je reviens dans la chambre, j'ai l'impression qu'il fait très chaud mais je vois, et ça me trouble, que l'air conditionné est allumé. J'enlève ma valise de la chaise et m'y assois, dos à elle parce qu'il me faut encore un peu de temps pour me remettre, mais je me relève tout de suite, inquiet, et regarde par la fenêtre en direction de l'endroit où j'ai poursuivi la moto. Dans le reflet sur la vitre, je la vois déballer les kebabs. Avant de commencer à manger le sien, elle le prend en photo pour l'immortaliser. Nous mangeons en silence. Les informations d'une chaîne française nous avertissent de tout ce qui s'est passé sur Terre, même si on s'en fiche pas mal. À la fin du repas, elle reprend le livre et sa lecture, adossée contre la tête de lit, et boit de temps en temps une gorgée de son jus de pêche. Sans bulles. J'approche la chaise du petit balcon, le plus possible, pour essayer de voir s'il y a des passants dans la ruelle, mais je ne peux pas la sortir parce que l'appareil de l'air conditionné occupe toute la place. Dans l'immeuble de bureaux d'en face, la femme de ménage a terminé, ou alors elle travaille peut-être dans ceux qui donnent de l'autre côté. Quand j'en ai assez de regarder une scène où rien ne se passe, c'est elle que j'observe. Elle est très concentrée sur sa lecture, je sais qu'elle a du mal à tout comprendre et qu'elle fait un grand effort. Je prends l'appareil photo, qu'elle a laissé sur le lit, et l'espionne à travers l'écran numérique. J'utilise le zoom pour réduire la distance et voir les détails d'un corps que je n'ai plus le droit d'approcher depuis longtemps. Mon regard remonte le long de ses jambes blanches et s'arrête sur l'élastique de sa culotte. Ses mains tiennent fermement le livre. Elle en libère une pour se gratter la cuisse. Sa peau est sèche, elle garde la trace de ses ongles. Je continue à remonter vers son haut rose et m'arrête à hauteur de ses seins. J'aime les imaginer sous le coton. Je les prends en photo. Ensuite, je monte plus haut et, quand j'arrive à la clavicule, je vois une petite tache de sauce kebab. Je l'avertis, même si j'interromps sa lecture, mais je ne veux pas qu'elle salisse son haut ni les draps. Elle ne la trouve pas et me dit de la lui enlever. Je m'assois face à elle et, d'un doigt, l'enlève et la lui montre. Sans hésiter, elle prend mon doigt dans sa bouche et lèche la sauce. Je commence à croire que c'était prémédité. Nous échangeons un regard pendant quelques secondes, confirmant tous deux en silence que nous voulons le faire. Nos respirations commencent à s'accélérer. Elle pose le livre à côté d'elle, sans marquer sa page, et se jette sur mes lèvres. Nous roulons sur le lit et pendant qu'elle enlève son haut, je lui retire sa culotte. Nous nous embrassons passionnément et faisons l'amour sans nous soucier de la canette de bière ni du jus de pêche qui se renversent sur les draps. Ni des cris, ni des coups contre le mur, parce que sur Internet ils disaient que les chambres étaient insonorisées.

Heureusement qu'il fait chaud parce qu'aujourd'hui nous devrons nous passer de draps. Elle les nettoie dans la baignoire et les étend sur la paroi de douche en verre opaque pour qu'ils sèchent, en espérant que les taches seront parties demain. Ensuite, elle revient au lit et, comme si de rien n'était, s'allonge nue sur le matelas sans me regarder. Elle reprend le livre et cherche patiemment sa page. Je fais défiler toutes les chaînes sur l'écran mais je finis par l'éteindre parce que rien de ce que je vois ne me fait envie. Je regarde à nouveau par la fenêtre mais la rue est très tranquille. Je tourne en rond dans la chambre minuscule et comprends que je la rends nerveuse. Je cherche dans la sacoche de l'ordinateur les DVD que j'ai emportés.

— Tu veux regarder un film ?

— Tu as pris des films ? demande-t-elle, surprise. Tu pensais beaucoup t'ennuyer avec moi ?

— C'est pour mon projet.

Cette réponse la dérange. Elle sait que ce voyage est pour mon projet, mais je ne lui ai rien dit de plus. Elle pense que j'ai peur qu'elle en parle à quelqu'un ou qu'elle ne comprenne pas. Je sais, j'ai tendance à sous-estimer son intelligence. En vérité, tout a été précipité et je ne sais pas si je suis prêt à lui en parler. Quand je lui expliquerai mon projet, elle découvrira une part de moi qu'elle ignore et je suis certain que ça ne va pas lui plaire.

— Tu as pris quoi ?

Je regarde les DVD un à un, comme si je ne m'en souvenais pas, mais je fais juste semblant.

— *Vacances romaines*, *Le Lauréat*, *Devine qui vient dîner...*, *Pieds nus dans le parc*, *Le Jour du vin et des roses*, *Kramer contre Kramer* et *Le Plongeon*.

— Choisis, toi, me dit-elle, indifférente, toujours plongée dans son livre.

Ça m'énerve qu'elle me fasse lire tous les titres pour ensuite me dire de choisir.

— Tu en es où ? je l'interromps exprès en guise de représailles.

Elle me regarde à nouveau, sans comprendre où je veux en venir, maintenant.

— Findlay a présenté sa fiancée à ses parents mais elle ne leur a pas trop plu. Ils sont pleins de préjugés, dans cette famille.

Elle attend que je dise autre chose mais quand elle voit que je recommence à regarder les DVD elle fait une espèce de bruit de bouche pour désapprouver mon attitude, aussi irritée contre moi que moi contre elle pour son indifférence cinématographique. Je m'assois à côté d'elle et complète cette nature morte qui pourrait avoir pour titre « deux corps dénudés sur un matelas nu ». Je place l'ordinateur sur mes genoux et commence un film.

— Tu veux vraiment regarder un film maintenant ? dit-elle comme si elle croyait que toute la scène précédente n'avait servi qu'à passer le temps.

— Moi, oui, mais tu fais ce que tu veux.

Sans plus protester, elle marque sa page et pose le livre sur la table de chevet.

— On regarde quoi ?

— *Devine qui vient dîner...*

Elle regarde l'écran, une fois, deux fois, ne sait pas si je me moque d'elle ou si c'est réellement le titre du film.

— C'est pas en noir et blanc, hein ? Je ne supporte pas les films en noir et blanc.

Et moi je ne supporte pas les gens qui parlent quand le film a commencé, mais, même si je le lui ai répété des milliers de fois, elle ne semble pas pouvoir ou vouloir s'en souvenir.

— C'est avec qui ?

— Katharine Hepburn, Spencer Tracy et Sydney Poitier. Le scénario est de William Rose et c'est réalisé par Stanley Kramer. On peut regarder le film en silence maintenant ?

— Katharine Hepburn, c'est pas cette actrice que tu adores ?

— Non.

Mon ton est hostile.

— Ça, c'est Audrey Hepburn.

— Je ne supporte pas quand tu me corriges.

— Et moi quand tu te trompes.

— Elles sont sœurs ?

— Putain, pourquoi elles devraient être sœurs ? fais-je en criant, sur le point de perdre mon calme, mais je le regrette tout de suite parce que Katherine appelait Audrey, affectueusement, « ma petite sœur ».

— Je peux te dire un truc sans que tu te mettes en colère ?

J'acquiesce pour essayer de calmer les choses.

— Tu ne me plais pas avec les cheveux si courts, dit-elle sans quitter l'écran des yeux.

La première chose que je fais après être rentré chez moi, c'est me promener sur les Ramblas parce que l'ambiance et le climat chaud m'ont manqué. J'ai pu enlever pas mal de couches de vêtements, même si la saison est la même qu'à Londres. Maintenant que je suis ici, j'aimerais écouter parler des touristes anglais. Je passe toute l'après-midi dans les librairies du centre. Il n'y en a que deux où je trouve le dernier roman que j'ai publié. J'achète tous les romans de Findlay Kennedy disponibles et commande ceux qui manquent. Seuls trois romans, sur les dix-sept qu'il a publiés, sont introuvables ou impossibles à localiser. De toute façon, j'irai voir dans une librairie spécialisée en livres anciens et d'occasion et, si je ne trouve pas, je n'aurai plus qu'à regarder sur Amazon ou eBay. À mesure que les livres arrivent chez moi, je les empile sur la table du salon, j'y inclus celui que j'ai acheté à l'aéroport et je les range du plus ancien au plus récent. J'intercale des papiers avec les titres des livres que je n'ai pas trouvés pour remplir les vides. J'hésite quelques jours, je ne sais pas quel ordre suivre, mais comme j'ai commencé par la fin en lisant le dernier roman publié par Kennedy, je décide de lire sa bibliographie à l'envers, de rembobiner son œuvre et sa vie. Cette activité, qui occupe la plupart de mes heures au cours des semaines suivantes, je l'associe à mes efforts pour maintenir un contact avec Anastasia. Ça passe principalement par des mails, Skype et Messenger, ces technologies humaines qui permettent des relations humaines à distance peu onéreuses, mais le téléphone finit par être un bon allié. Entendre la voix d'une personne qui te murmure des choses à l'oreille n'a aucun prix ni équivalent. Un *I love you* mal écrit sur un écran, suivi par une émoticône stupide n'a rien à voir avec sa version susurrée. Il est aussi plus facile de détecter les mensonges. Et soudain les choses se précipitent. Elle prévoit un voyage à Barcelone, seule cette fois, sans ses camarades que je n'ai jamais pu rencontrer, ce qui confirme que notre histoire continue. Quand je pense que tout a commencé par la mauvaise question, la question inappropriée. Pendant que j'attends son arrivée à Barcelone – je l'ai invitée chez moi –, je consacre mon temps à la lecture des romans de Kennedy et à des recherches sur sa vie et son œuvre. Je commence alors à découvrir des choses surprenantes, qui rendent l'auteur plus intéressant que son travail, ce qui, a priori, me semblait impossible. Kennedy a gagné il y a deux ans le prix Pulitzer pour *The Survivor*, le roman que j'ai acheté à l'aéroport et que j'ai lu à des milliers de kilomètres d'altitude. Lorsqu'il a reçu le prix, il n'a concédé qu'une seule entrevue. C'est au cours de cet entretien qu'il a prononcé sa célèbre déclaration selon laquelle il arrêterait d'écrire le jour où un de ses romans plairait à tout le monde et où il ne recevrait aucune critique négative. J'avais lu ailleurs qu'il avait dit qu'il arrêterait de publier. Quoi qu'il en soit, le résultat est grosso modo le même. Il disait qu'il aurait alors rempli son objectif. *The Survivor* a été un énorme succès. En plus du prix, il a été honoré par de nombreuses institutions, et les ventes, dans toutes les langues dans lesquelles le roman a été traduit, ont été phénoménales. Les droits pour l'adaptation cinématographique ont été achetés par un grand studio qui en a fait un film à très gros budget, récompensé par un Oscar. Et aucune critique, absolument aucune, n'a été mauvaise. Le mystère qui entoure toujours Kennedy aujourd'hui est de savoir s'il va mettre sa menace à exécution. S'il va s'arrêter, comme il l'avait promis. Pour l'instant, ça fait deux ans qu'il reste silencieux, il a disparu et n'a donné aucun signe de vie. Les bruits courent sur une retraite dans un petit village suisse, éloigné de tout et de tous, comme l'avaient fait avant lui Charlie Chaplin et Audrey Hepburn. Une légende urbaine ajoute que, jusqu'à présent, personne n'a pu le retrouver. Peut-être parce que personne ne l'a cherché.

Droit comme un I, au milieu de la foule attendant avec impatience l'arrivée du vol qui a du retard, je me demande si je reste ou si je m'en vais. Une voix difficilement audible annonce un retard supplémentaire. Je gagne du temps et mon dilemme se prolonge absurdement. Si je ne veux pas la voir, j'aurais dû le lui dire avant qu'elle achète son billet. Je suppose que j'étais curieux de savoir si elle arrivait vraiment de Russie, et je dois reconnaître que ça m'a déconcerté d'apprendre qu'elle venait de Gatwick, même si elle m'a dit qu'il s'agissait d'une escale. Je ne sais pas pourquoi, mais je ne peux m'empêcher de croire que depuis que nous nous sommes quittés devant la boutique Nike d'Oxford Street, elle a continué à errer dans les rues, entrant parfois dans des cybercafés pour chatter avec moi. Ça serait très romantique mais terriblement effrayant. Si je me méfie encore d'elle, je ne devrais pas être ici. Une voix off avertit les passagers de surveiller leurs bagages. J'aimerais qu'un attentat terroriste empêche les vols d'atterrir, je pourrais m'en aller sans me sentir coupable. Lorsque je vois sur l'écran que son avion a atterri, je remarque que je transpire des mains et, ce qui m'arrive quand je suis très nerveux, que ma bouche est sèche. Ma lèvre supérieure accroche mes dents et produit un son bizarre. Je calcule le temps qu'elle mettra à descendre de l'avion et à récupérer sa valise. Si seulement son bagage était perdu, je gagnerais du temps avant son arrivée pour décider si je reste ou si je pars. J'envisage aussi la possibilité qu'elle soit enceinte. Je crois que c'est cette idée, malgré son étrangeté, qui me retient ici. Je regarde les panneaux que les gens tiennent au-dessus de leur tête pour qu'ils soient bien visibles des passagers qui vont sortir, chargés de valises, par la porte des arrivées internationales. Elle apparaît, je vois sa chevelure blonde qui, dans la lumière de cettc salle, semble blanche, les battements de mon cœur s'accélèrent et j'ai le souffle coupé. Elle est trop chaudement vêtue parce qu'elle ne sait pas encore qu'ici on se croirait au printemps. Elle me cherche des yeux dans la foule. Elle s'attendait peut-être à un accueil spectaculaire, et quand elle ne me voit pas, je décèle une certaine tristesse dans son expression, ce qui pourrait n'être que de la fatigue. Elle pose son bagage par terre et regarde à nouveau autour d'elle. Nerveuse, elle cherche son téléphone mais on dirait qu'il ne fonctionne pas. Sa compagnie ne trouve peut-être pas le réseau de ce pays étranger. Et quand, désespérée, elle semble être sur le point de se mettre à pleurer, je sors de la foule et m'approche d'elle en courant puis, comme si nous étions Superman et Lois Lane, je la prends entre mes bras et elle me serre si fort que je ne peux presque plus respirer.

Au moment où nous entrons dans mon petit appartement, dans l'une des ruelles qui partent comme des branches de la Rambla du Raval, au moment où elle pose ses valises dans mon entrée, je sais qu'elle est venue pour s'installer. Quand je lui montre l'appartement, et il n'y a pas grand-chose à montrer, je vois ses yeux briller. Pendant le dîner, je la regarde attentivement pour la première fois depuis son arrivée et pense qu'elle fait plutôt bien au milieu de mes meubles, de mes affaires, de ma vie. Après le repas, nous nous assoyons sur le canapé pour discuter et j'attends qu'elle m'annonce sa grossesse et me dise ce qu'elle veut en contrepartie, mais elle s'endort la tête sur mes genoux parce qu'elle est crevée. Quand j'essaye de la réveiller pour la conduire dans la chambre, on dirait un somnambule, et je dois lui donner la main, comme à une petite fille, pour la mettre au lit. Cette première nuit, je ne peux pas dormir. Je m'assois sur une chaise à son chevet et je l'observe dormir. Elle est peut-être ce que j'ai toujours pensé qu'il manquait à mon lit. Je lis un peu Kennedy et quand mes yeux fatiguent mais que je n'ai pas encore vraiment sommeil, je continue à la regarder dormir. Tout à coup, je me rends compte que, sans rien faire, simplement en se reposant si calmement, elle est en train de s'emparer de tout ce qui m'appartient : l'air de la chambre, l'espace du côté droit du lit, l'entrée où se trouvent ses valises en désordre, placées comme une barricade m'empêchant de sortir de chez moi. Je ne sais pas comment elle a fait, mais au bout de quelques semaines, malgré le peu de bagages qu'elle a apporté, elle a pris possession d'une partie de l'armoire, plus grande que celle qu'elle me laisse pour mes affaires, de la salle de bains, de la cuisine, du salon. Et un jour, alors qu'elle prépare le dîner, dans des habits qui m'appartiennent, je comprends que si nous nous séparions, il me serait plus facile à moi qu'à elle de partir d'ici. Et la perspective de commencer à penser *nous* et non *je* me semble finalement plaisante.

Quand « *The End* » apparaît sur le petit écran de l'ordinateur, qui se trouve toujours sur mes genoux, ça fait déjà un moment qu'elle est blottie contre mon épaule. Je ne sais pas à quel moment elle s'est endormie mais je suis certain qu'elle n'a pas vu la moitié du film. Je ferme l'ordinateur et le pose sur le lit. Nous restons un moment dans l'obscurité presque totale parce que la lumière de la rue ne pénètre que très peu la chambre, même si les volets et les rideaux sont ouverts. Il n'y a aucun bruit, à l'exception de celui du moteur de l'air conditionné, sur le balcon. Je ne bouge pas et respire à peine parce que je ne veux pas la réveiller. Je suis calme et pense qu'aujourd'hui peut-être je dormirai en paix, sans ces rêves si réels et étranges qui me troublent chaque nuit et que j'ai l'intention de coucher par écrit à mon réveil, parce qu'ils pourraient m'être utiles, mais que j'ai oubliés le lendemain matin. Je sais que je parle dans mon sommeil mais que je ne dis jamais la même chose. Je le sais parce qu'elle me le raconte à mon réveil. Parfois, elle se souvient de certains mots que j'ai prononcés, mais pour moi ça n'a aucun sens. Un jour, je lui ai demandé de me réveiller quand elle m'entendait parler, parce qu'alors peut-être je me rappellerais mon rêve. Elle a essayé, de toutes ses forces, mais n'a pas pu me réveiller. Elle a eu très peur et m'a demandé de ne plus jamais l'obliger à faire une chose pareille. Je ne sais pas combien de temps a passé, des minutes ou des heures, quand elle se réveille, perdue. Elle ne sait pas où elle est et au début on dirait même qu'elle ne me reconnaît pas. Elle me demande dans combien de temps on arrive parce qu'elle croit que nous sommes encore dans la voiture. Finalement, on dirait qu'elle se ressaisit et me sourit, les yeux à moitié fermés.

— Le film est déjà fini ?

— Depuis longtemps.

— Je n'ai manqué que la fin, non ?

Je caresse sa tête et embrasse son front. Ce geste si simple me rend heureux parce qu'il prouve que toute tension sexuelle a disparu entre nous. Je m'approche et mets l'ordinateur à charger à côté de nos portables et de l'appareil photo. Quand je me recouche près d'elle, elle s'est mise sur le côté et me tourne le dos. Voir son corps nu près du mien, nu également, provoque en moi une érection mais je n'ose pas m'approcher d'elle, j'ai peur que cette fois elle me repousse. Quand je suis sur le point de m'endormir, le bruit du climatiseur qu'aucun de nous deux n'a éteint agissant comme un sédatif, elle me demande si je suis encore éveillé.

— Je voulais te dire un truc mais je ne sais pas comme faire.

— Qu'est-ce qu'il y a ? dis-je, sur le ton le plus conciliant dont je suis capable dans cet état semi-comateux.

— Ce matin, quand on est partis, tu te souviens que j'ai mis du temps à descendre ?

— À descendre de l'appartement ? Non, je ne m'en souviens pas, fais-je en mentant.

— Quand je suis sortie et que j'ai fermé la porte, la clé s'est cassée dans la serrure. J'ai essayé de l'enlever, mais je n'ai pas réussi. Au retour, on ne pourra pas entrer dans l'appartement.

— On appellera un serrurier.

— J'ai appelé la concierge.

— Et elle t'a dit quoi ?

— Elle n'a pas décroché. J'ai aussi appelé Susanna. Elle m'a dit que demain elle essayerait de trouver la concierge.

— C'est avec elle que tu parlais, tout à l'heure ?

— Non, c'était avec ta mère.

Comme je ne pose pas de question, elle continue :

— Quand je lui ai parlé, elle venait de rentrer du parc avec Yul.

Nous restons un moment silencieux. Chacun analyse la conversation en fonction de ce qui lui convient le mieux.

— Je suis désolée, vraiment.

— Ne t'inquiète pas.

Je cherche sa main dans le noir, l'attrape et la serre avec force.

— Ce n'est pas ta faute.

— Si, c'est moi qui l'ai cassée.

— Oui, tu as cassé la clé, mais la serrure était vieille. Ça aurait pu m'arriver à moi aussi.

— Oui, mais c'est à moi que c'est arrivé.

Je ferme les yeux et respire profondément mais sans bruit, parce que je sens que si j'en fais elle pensera que je suis en colère. Je ne lâche pas sa main non plus. Je ne fais rien, je ne dis rien qui puisse lui faire penser que je suis fâché. Je me tais et ne bouge pas. Et c'est comme ça que je m'endors, souhaitant que ce dernier échange ne brise pas le calme auquel j'étais parvenu jusqu'ici et ne détruise pas la possibilité de dormir sans faire de rêve cette nuit.

Et la maison avance, majestueuse, sur la route. Elle brille fièrement, à toute vitesse, comme une grande tache blanche de bois que rien ne peut arrêter. Elle n'a aucune roue, aucun véhicule ne la transporte. Elle flotte à cinquante centimètres de l'asphalte comme par enchantement, son ombre noire se déplace sous elle tout aussi rapidement. Le soleil se reflète sur les vitres de ses fenêtres et éblouit les conducteurs, qui s'émerveillent de voir avancer cette maison, majestueuse, sur la route. Tous, plutôt envieux, se demandent qui peut bien y vivre. Comment doivent être l'homme ou la femme, les jeunes garçons ou filles qui ont la chance de vivre dans cette maison majestueuse qui avance sur la route. Pourtant, ils ont une certitude : quoi qu'il en soit, ces gens doivent être heureux. Ils essayent de les prendre en photo et d'enregistrer la maison dans la mémoire de leur appareil photo, tous veulent un souvenir de la maison, tous veulent la montrer à leurs amis mais aucun appareil ne peut capturer l'image de la maison qui avance, majestueuse, sur la route. La maison s'arrête sur une aire d'autoroute et alors, devant les regards ébahis de dizaines de touristes et de curieux, la famille de papier entre dans la maison. Quand elle repart, les enfants, Cédric et Cyrille, courent se poster chacun à une fenêtre et font des gestes d'adieu aux gens qui, vus d'en haut, ont la taille de Playmobils. Les gens les saluent et pensent qu'ils ont bien de la chance et qu'ils les envient. La maison s'insère sur les voies de l'autoroute et accélère de plus en plus pour reprendre sa vitesse initiale. Les enfants restent longtemps collés aux vitres, ils regardent le paysage changer à chaque instant : ici une rivière, là des montagnes éloignées et, plus loin, s'ils ouvrent la fenêtre et tendent la main, des arbres qu'ils peuvent toucher. Ils y passent des heures, le nez sur la vitre, parce qu'ils adorent vivre dans une maison qui avance, majestueuse, sur la route. Stéphane et Carole rangent tout ce qu'ils avaient emporté pour les vacances : le linge sale dans le panier pour la lessive, la nourriture restante dans le frigo, les jeux des garçons dans leur chambre. Ensuite, fatigués mais contents d'être de retour chez eux, ils s'assoient sur leur canapé et contemplent leurs enfants qui regardent par la fenêtre. Ils n'ont pas la télévision parce qu'un jour l'installateur leur a dit qu'à cause de leurs déplacements constants l'antenne deviendrait folle et ne capterait aucun signal. Mais le temps passant, ils se sont rendu compte qu'ils n'en ont pas besoin parce que lorsqu'ils sont chez eux, les enfants regardent par la fenêtre. Tout à coup, Stéphane se rappelle qu'il n'a pas fermé la porte à clé. Pour des raisons de sécurité, ils la ferment toujours à clé, pour que les enfants ne l'ouvrent pas et qu'ils ne tombent pas de la maison en mouvement. Il va immédiatement à la porte, la ferme à double tour mais, juste avant de sortir la clé de la serrure, une secousse fait trembler la maison et la clé se casse dans le barillet. Il ne lui reste dans la main qu'un morceau, la pointe est restée dans la porte. Il essaye de l'ouvrir en mettant la partie qui lui reste dans le cylindre, mais ça ne marche pas. Il se retourne vers sa femme, préoccupé, et elle s'approche avec inquiétude tandis que les enfants regardent par la fenêtre, étrangers à ce qui se passe à côté d'eux. Ils essayent de sortir le morceau de clé coincé avec un fil de fer, un tournevis et un aimant, mais rien ne marche. Carole dit qu'ils devraient appeler quelqu'un à l'aide mais tous les deux savent qu'ils n'ont personne à qui téléphoner. Et comme leur maison est toujours en mouvement, ils n'ont pas non plus d'adresse à indiquer. La famille de papier commence à rationner les aliments et l'eau. Stéphane définit des horaires stricts pour utiliser les toilettes et Cédric et Cyrille sont ceux qui souffrent le plus de cette situation. Bientôt, ni les paysages changeant constamment, ici un bois de pins verts, là un désert aride et brûlant, ne leur font oublier la faim et la soif. Au bout d'une semaine, la maison est devenue trop petite pour eux tous, mais ils ne peuvent rien faire pour l'arrêter. Ce n'est qu'au bout d'un mois, lorsque Carole ouvre leur dernière boîte de conserve et que Cyrille partage avec son frère Cédric le dernier verre d'eau potable, que Stéphane se rappelle qu'il a ramassé, juste avant de monter dans la maison qui avance, majestueuse, sur la route, un morceau de papier sur une aire d'autoroute. Une jeune femme disait avoir trouvé leurs photos et vouloir les leur rendre. Carole, Cyrille, Cédric et Stéphane, les membres de la famille de papier, se regardent pleins d'espoir tandis que le père se saisit du téléphone et marque le numéro au préfixe étranger qui est noté sur le papier. La sonnerie résonne, résonne, résonne...

Je mets quelques secondes à savoir où je me trouve. Qui je suis. Où je suis. Pourquoi elle n'est pas à côté de moi. Peu à peu, mes yeux s'habituent à l'obscurité et je vois qu'il y a de la lumière pourtant, même si je ne sais pas d'où elle vient. Je suis inquiet, je sais que j'ai rêvé, mais je ne me souviens pas de quoi. Je sais que c'était une histoire passionnante que je pourrais utiliser dans un roman, mais je l'ai encore oubliée. Je passe ma main sur le côté vide du lit pour vérifier qu'il s'agit bien du matelas sans draps. Je m'assois, frotte mes yeux et passe les doigts dans mes cheveux, surpris de les trouver si courts. Je prends mon portable, qui est en train de charger sur la table de chevet, et regarde l'heure. Je ne saurais dire s'il est tard ou s'il est tôt. J'éteins le climatiseur avec la télécommande parce qu'il fait très froid, et je me lève. Je vois alors que la lumière qui éclaire la chambre vient de la salle de bains. J'entends ses gémissements étouffés à l'intérieur. Je m'approche lentement et ouvre la porte doucement, incertain de ce qui m'attend. Elle est assise par terre, dans un coin, aussi nue qu'au moment de s'endormir. Je la regarde sans rien dire, appuyé sur le chambranle, aussi nu qu'au moment de m'endormir. Même si elle ne redresse pas la tête, elle sait que je suis là, elle voit mes pieds. Je ne sais pas combien de temps nous restons ainsi, moi à regarder son corps trembler et elle mes pieds sur le froid carrelage blanc et rouge. Elle serre avec force son portable dans une main, mais je ne pense pas qu'elle ait téléphoné. Je ne sais pas pourquoi, mais je suppose qu'il s'agit d'un effet secondaire de son pouvoir, celui dont elle m'a parlé hier soir. J'espère que ce drame ne se répète pas chaque nuit. Comme je ne sais pas ce que je dois faire, j'attends, appuyé contre le chambranle, en me disant que, à un moment ou à un autre, elle dira ou fera quelque chose. Elle m'avertira que le moment est venu de la sortir de son cauchemar et de la ramener au lit. Elle bouge, arrête de sangloter, passe la main sur ses yeux, puis le bras sous son nez pour s'essuyer. C'est étonnant de voir comment le masque qu'elle a façonné toute la journée pour avoir l'air entier et stable est maintenant complètement fissuré, au point de lui donner l'apparence d'une folle. J'inspecte de nouveau la salle de bains du regard mais je suis incapable de retrouver la tache d'humidité que j'ai vue après ma douche. Je ne sais pas lequel de nous deux va le plus mal.

— Tu crois que je vais faire peur à ta mère, si je l'appelle ? dit-elle, accroupie dans son coin, le visage caché par ses cheveux dorés.

Je réfléchis à ma réponse et à la façon de la formuler pour ne pas l'effrayer davantage. Les choses devraient être plus faciles.

— Il est quatre heures du matin. Tu ne dois téléphoner à personne.

— Gerard Guix, prononce-t-elle en me regardant pour la première fois, ses yeux bleus complètement rougis. J'ai rêvé que Yul mourait.

Je retiens les larmes qui sont sur le point de couler de mes yeux, la prends par la main comme s'il s'agissait d'une petite fille et la conduis vers le lit. Elle prend une des photos de la famille de papier dans l'enveloppe Kodak et la pose sur la table de chevet. Ils nous regardent, tous les quatre, et sourient avec bonheur, mais la photo me fait horreur. Puis, comme si ça allait résoudre tous nos problèmes, je saisis et serre entre mes doigts la touche *Suppr* qui se trouve sur la table de chevet. Nous nous endormons, enlacés, les yeux humides et le cœur brisé, mais sans pouvoir rien cacher parce que nous n'avons pas de draps.

Jour 2

Si tu as un monstre, couche-le sur le papier.
Goethe
Romancier, dramaturge et poète

Et alors, lorsque l'étreinte est si forte qu'elle ne me laisse pratiquement pas respirer, je me réveille.

Je mets quelques secondes à savoir où je me trouve. Qui je suis. Où je suis. Quel lien m'unit à la femme qui dort à côté de moi. Puis je me rappelle le long voyage que nous avons fait, voyage physique mais surtout émotionnel, pour nous retrouver aujourd'hui dans ce lit où ont dormi avant nous des centaines de personnes que nous ne connaîtrons jamais. Je frotte mes yeux de mes deux mains et attends qu'ils s'accommodent à la lumière qui entre par la fenêtre dont les rideaux sont grand ouverts. Comme si je le voyais pour la première fois, j'observe attentivement le corps qui repose dos tourné vers moi. Ses cheveux, si blonds qu'ils semblent parfois blancs, sont étalés sur son oreiller en un grand éventail qui menace d'envahir le mien. Son cou si long est peut-être l'endroit où sa peau semble la plus fine, il laisse apparaître des veines bleu ciel qui, contrairement à ce que l'on pourrait penser, transportent des rivières d'un sang très rouge. Du regard je parcours son bras, m'arrête sur chaque imperfection, un grain de beauté, une cicatrice ou un bleu provoqué par un coup, qui bientôt aura disparu. Je m'attarde un peu sur ses hanches, où les os apparaissent. Ça me fait plaisir, elle dort de nouveau nue. Mon regard descend le long de ses jambes, et je m'étonne parce que, même si elle ne s'épile jamais, je ne peux distinguer, à contre-jour, qu'une fine ligne de duvet blond et doux. Je m'arrête sur ses petits pieds, aux ongles soignés mais sans vernis, auxquels ne vont jamais les chaussures de princesse qu'elle veut s'acheter. Je lève un peu la tête, juste ce qu'il faut pour voir par-dessus son épaule le contour d'un sein blanc et son téton rose foncé. Il est si petit que le temps aura beau passer, jamais il ne semblera flasque. J'approche mon nez de sa peau pour sentir son odeur, qui me plaît tant parce qu'elle me rappelle le goût de son sexe, qui me fascine. Je regarde son dos bouger doucement, mu par sa respiration. J'approche ma main et d'un doigt je suis, une à une, les vertèbres qui jalonnent le chemin partant de sa nuque vers ses hanches pointues. Elle est si mince que je crois toujours que je vais la casser si je la touche. Elle ne bouge pas. Je ne bouge pas. Nous ne bougeons pas, comme si nous craignions que ce lit d'hôtel de mauvaise qualité puisse se briser. Avant, au réveil, j'avais une érection qui tardait à redescendre. Aujourd'hui, je me suis réveillé en paix. Parce qu'hier soir nous avons fait l'amour, peut-être, après tant d'abstinence. Je regarde l'heure sur mon portable, qui charge sur la table de chevet. Dans deux minutes, le réveil sonnera et nous nous réveillerons. Officiellement, je suis toujours endormi, et je pense que je devrais profiter de ces dix minutes de gagnées. Je me retourne sur le dos et regarde le plafond, j'essaye de ne penser à rien. Je caresse les poils qui joignent mon nombril et mon pubis. Moi aussi, je dors à nouveau nu. La fenêtre est fermée parce qu'ici l'été n'est pas aussi chaud que chez nous. Mes yeux parcourent le plafond et je vois une tache dans un angle. Je ne sais pas si c'est une ombre ou de l'humidité. Quelqu'un, dans le couloir, parle très fort en français mais je ne comprends pas ce qu'il dit. Je pose la main sur mon ventre, ferme mes yeux et essaye de me rendormir. Elle, à côté de moi, ne bouge toujours pas d'un pouce. Je retiens ma respiration pour savoir si elle respire encore. Elle fait un bruit de la bouche ou du nez qui me confirme qu'elle est vivante. J'emplis à nouveau mes poumons d'air et mon torse enfle. Je mets un doigt dans une de mes narines et en sors une crotte de nez toute sèche qui m'empêchait de respirer normalement. Je me souviens de l'étreinte, si forte qu'elle ne me laissait pratiquement pas respirer, mais je suis incapable de voir le visage de la personne qui me serrait contre elle. Je crois que j'ai rêvé de la famille de papier, que j'ai encore parlé dans mon sommeil et qu'elle a pleuré, mais je n'en suis pas complètement certain. Si c'est arrivé, je l'ai oublié et il ne me reste plus qu'une étrange sensation d'angoisse. Je me couche sur un côté et m'approche d'elle. Je passe un bras sur sa taille et la serre, puis l'enlève immédiatement car ce geste pourrait sembler trop calculé. Je colle mon corps tout contre le sien, en cuiller. Maintenant, si, j'ai une érection, et je place mon sexe durci entre ses deux fesses. Je sens sa peau coller à la mienne, rien ne les sépare. Mon torse, plaqué contre son dos, adopte le rythme de sa respiration et j'ai la fugace impression que nous fusionnons. Même si une certaine clarté entre par la fenêtre, tout autour de moi s'obscurcit, comme dans un fondu au noir à la fin d'un film.

J'entends un bruit étrange, comme si le vent avait pénétré la chambre. J'ouvre les yeux et cherche son origine. La lumière a changé d'orientation et d'intensité, mais la pièce est toujours sombre. Je me redresse vivement dans le lit et vois qu'elle n'est pas à côté de moi. Je crois que le bruit que j'entends provient de la salle de bains. Ça doit être le sèche-cheveux. Je me frotte les yeux des deux mains et quand je suis sur le point d'écarter le drap je me rappelle que nous n'en avions pas pour dormir, que nous étions allongés directement sur le matelas, complètement nus. Je cherche mon portable sur la table de chevet. Je regarde l'heure et mon cœur bondit dans ma poitrine. Je vérifie l'heure sur le petit écran numérique de la télévision. Il est presque quatre heures de l'après-midi. Dans une heure nous devons être en Suisse, pour mon rendez-vous, pour le projet, et il nous reste au moins quatre heures de route. C'est ma faute parce que je me suis endormi sans mettre le réveil. Je tremble, mais ce n'est pas de froid même si je suis nu. Je me lève et marche nerveusement dans la chambre, cherche une solution, même si la meilleure serait de sauter par la fenêtre. Je sors sur le petit balcon qui donne sur la ruelle et m'étonne de ne rien entendre, parce que c'est un jour de semaine. Dehors, il n'y a personne et sur la place, que l'on voit parfaitement depuis ici, il n'y a pas grand monde non plus. Je regarde le téléphone qui est toujours dans ma main et j'ai envie de le détruire parce que c'est sa faute si tout s'est effondré. Nous pourrions essayer d'y aller quand même, mais j'ai la sensation que le moment est passé. Je n'ai pas bien su jouer mes cartes et maintenant, me présenter là-bas pendant la nuit ou demain matin me ferait perdre toute crédibilité. Une femme et un homme, depuis le bâtiment de bureaux d'en face, me regardent attentivement puis, quand ils se rendent compte que je les regarde également, ils font semblant de travailler. Quand nous arriverons à Barcelone, je chercherai du travail, n'importe quoi, un travail que je n'aimerai pas. Je me ferai peut-être opérer du visage parce que je ne pourrai pas supporter mon reflet dans le miroir, ma tête de loser. Il est très probable que je change aussi d'identité. Je prendrai un autre nom, je serai quelqu'un d'autre. Je pourrai alors faire le travail que je voudrais, ou celui que je pourrai faire. Je devrai certainement accepter l'une des missions que m'a proposées l'agence d'intérim avant notre départ. Et si rien ne marche, il me restera le suicide. Quel dommage de n'avoir aucun héritier à qui léguer l'argent que généreront les droits d'auteur de mes œuvres après ma mort. Je suis sûr que plus tard on reconnaîtra la valeur de mon travail. Elle sort de la salle de bains, douchée et habillée, et je l'entends déplacer des trucs dans la chambre.

— Tu fais quoi, tout nu, sur le balcon ?

Je rentre dans la chambre et vois qu'elle a pratiquement tout rangé. Elle m'a laissé des habits propres, a remis tout le reste dans nos bagages. Elle s'active, comme si elle était réveillée depuis longtemps. C'est surprenant, j'ai l'habitude de sa lenteur à réagir au réveil.

— Le voyage s'arrête ici. On ne va nulle part.

Elle me regarde, surprise, mais ramasse toujours nos affaires et ça m'agace.

de mon âge, et lui non plus ne fait aucun effort pour me parler en anglais. C'est Anastasia qui me traduit ce qu'il dit. Il dit que nous devons payer le *Petit-déjeuner du sud*, qui coûte 12 euros par personne. Je lui demande de traduire que moi, pour ce prix, je me paye un bon déjeuner, que le lit était petit et que mes pieds dépassaient mais elle me sourit, c'est tout. Le réceptionniste ne me regarde même pas quand il me rend la monnaie.

Il fait froid dans la rue et le ciel est nuageux, mais nous faisons comme si de rien n'était, nous sommes habillés comme des touristes qui font route vers le sud. Je regarde autour de moi au cas où je verrais le motard mort que j'ai poursuivi hier soir. Il y a très peu de monde dans la rue, même pour un lundi. Je suppose que les boutiques ouvriront bientôt et que tout prendra vie. Nous traversons la place jusqu'au cinéma Gaumont et, juste avant de plonger dans les profondeurs du parking souterrain, je jette un dernier coup d'œil à la majestueuse place de la Comédie qui, à la lumière du jour, a perdu une partie du glamour que l'éclairage bleu lui conférait de nuit. Je paye 12 euros et 80 centimes, ce n'est pas cher étant donné que la voiture y a passé une nuit entière et que le petit-déjeuner à l'hôtel m'aurait coûté autant. Nous rangeons nos bagages dans le coffre, stratégiquement, et je décide, tout à fait intentionnellement, de forcer les choses. Je pose un sac sur le siège enfant. Lorsqu'elle le voit, elle se dépêche de l'enlever et de le caler ailleurs. Rien n'a changé. Anastasia, avant que je mette le contact, se badigeonne de crème solaire, même si aujourd'hui il n'y a pas de soleil, et pose sur la boîte à gants la photo de la famille de papier, qui nous regarde en souriant. Je suis tenté d'écrire au feutre, dans la marge blanche, « Papa, roule doucement », mais j'ai déjà quelqu'un qui me le rappelle constamment.

— Fais attention. Roule doucement, dit-elle en attachant sa ceinture.

Sortir de Montpellier est plus facile que d'y entrer. Quand nous sommes de nouveau sur l'autoroute, en direction de Nîmes, j'ai la sensation que tout va s'arranger. Ça va aller de mieux en mieux.

On dit qu'un bon moyen pour apprendre une langue étrangère, c'est d'écouter des chansons. En ce qui me concerne, quand j'étais petit, j'ai principalement appris l'anglais avec les chansons des Pet Shop Boys. La première fois que je les ai écoutés, c'était pendant une sortie scolaire à Montserrat. La radio du car passait une chanson qui m'avait captivé. C'était l'année 1986 et la chanson était « Suburbia ». La première cassette audio que je me suis achetée a été *Actually* et c'est encore l'un de mes groupes préférés. Ça serait une bonne idée si Anastasia faisait pareil avec le catalan. Je lui passe des CD qui peuvent l'aider, Mishima, Antònia Font et Manel, et je lui dis de regarder la chaîne TV3 même si sa programmation, surtout pour les fictions, est pathétique. Les premières semaines après son arrivée à Barcelone, nous avons repris notre activité sexuelle là où nous l'avions laissée dans la petite chambre de l'hôtel St Giles de Londres, mais nous l'avons déployée dans la cuisine, sous la douche ou sur le canapé. Nous avons aussi essayé ma voiture et l'escalier, qui est si vieux, dans ce bâtiment qui n'a même pas d'ascenseur, mais il n'y a rien à attendre d'un bâtiment du quartier du Raval sur le point de s'effondrer. Un jour, dans le métro, elle glisse sa main dans mon pantalon mais je n'ose pas aller plus loin. La passion n'a pas diminué mais elle n'a pas non plus augmenté. Je suppose que rien ne peut dépasser notre semaine enfermés dans l'hôtel. Anastasia et moi sommes parfaits au lit, ou quand nous pratiquons une activité sexuelle, mais à l'instant où je l'ai vue arriver à l'aéroport j'ai compris que nous étions très différents. Deux mondes, deux cultures, séparés dans le temps par quatorze années. Elle en a dix-neuf, moi trente-trois. Pour l'instant je n'envisage même pas la possibilité de la présenter à mes amis, ni aux gens que je côtoie professionnellement. Elle n'appartient pas à ce monde. Elle est comme une fleur, qui se flétrira si elle sort de chez nous. D'ailleurs, je n'aime pas sa façon de s'habiller, ses goûts en matière de musique, de cinéma, de littérature, de télévision, ni presque rien de ce qu'elle dit ou fait. Mais tout ce que je n'aime pas disparaît quand nous enlevons nos vêtements. Pas à pas, j'essaye de l'éduquer. Nous sommes allés acheter des vêtements, que j'ai payés, et je l'oblige à regarder les films et à écouter la musique que j'aime. Elle progresse vite en catalan. Elle apprend cette langue si facilement que je la soupçonne de déjà la connaître. Parfois, je la trouve chez moi en chaussettes, à chanter des chansons de Marc Parrot ou de Lluis Llach comme si elle était dans une comédie musicale. Quand nous faisons l'amour, je lui murmure des poèmes de Brossa ou de Palau i Fabre que je lui fais apprendre par cœur. Quand elle se douche, elle récite l'alphabet ou compte de un à cent et recommence. Et pendant tout ce temps, je me demande si je ne suis pas en train de créer un monstre. Cette époque coïncide avec le moment critique où j'élabore la structure de mon quatrième roman et elle découvre rapidement une de mes facettes qu'elle n'avait pas imaginée. L'homme aimable et sensible qui l'étreint la nuit et lui fait l'amour passionnément devient un être irascible et cynique quand il est devant son ordinateur. Je ne supporte aucune interférence et, dans un appartement de trente mètres carrés sans cloisons ni pièces séparées à part la salle de bains, c'est impossible. Je me réfugie dans des endroits où je peux m'isoler et travailler loin d'elle. Dans la salle de bains, mais c'est assez peu commode, ou sur le balcon, mais il est trop proche des voisins bruyants et de leur mélange ethnique de bruits et d'odeurs. Maintenant, toutes ses affaires qui envahissaient mon espace à ma plus grande joie sont des objets susceptibles d'être jetés par la fenêtre à n'importe quel moment. Je décide finalement d'enregistrer pour elle des chansons sur l'iPod et l'oblige à sortir de l'appartement quand je travaille. Ça devient très vite une règle dont nous ne reparlons plus. Elle prend ses affaires et sort. Je ne sais pas où, et je m'en fiche. Je lui donne de l'argent, au cas où elle voudrait boire un verre ou s'acheter des habits. Mais qu'elle me laisse tranquille. Un jour, les yeux baissés, elle me dit que lorsque je fais ça elle se sent comme Jack Lemmon dans *La Garçonnière*. Je suis surpris de l'entendre citer une référence si appropriée et vois plus tard dans le journal que la

Cinémathèque programme une rétrospective Billy Wilder. Je l'imagine, assise toute seule dans une salle du cinéma Aquitania, à sympathiser avec les personnages qu'elle voit sur l'écran, comme Mia Farrow dans *La Rose pourpre du Caire*. Je lui dis aussi qu'elle a besoin de compagnie et que nous pourrions acheter un chat mais elle met fin à la conversation en me répondant qu'elle déteste les chats.

Certains jours, quand je descends boire un café à Zentraus, l'un des rares établissements authentiques qui restent sur la Rambla du Raval, je la vois appuyée sur l'une des jambes du Chat de Botero. La sculpture lui a très longtemps servi de repère pour ne pas se tromper de rue et rentrer à l'appartement. Comme moi il y a de nombreuses années maintenant, elle s'est habituée à l'odeur de pisse de notre quartier. Je me cache pour qu'elle ne me voie pas et la laisse là, assise par terre, à lire et à écouter de la musique. Au début, les dealers du quartier venaient l'ennuyer, mais eux aussi se sont habitués à sa présence silencieuse et plus personne ne lui dit rien. Dans l'appartement, j'ai réussi à mettre tellement de distance entre nous qu'elle met toujours ses écouteurs pour regarder la télévision ou écouter sa musique. Elle les garde la plupart du temps dans les oreilles, déconnectés, et se déplace dans l'appartement, le câble traînant par terre. Elle passe des heures assise par terre sur le balcon à écouter sa musique sur l'iPod et je m'assois sur une chaise, dans la chambre, pour l'observer remuer les lèvres en répétant les mots qu'elle entend dans les chansons. Elle est en train de s'habituer à cette vie avec moi sans moi. Je suppose qu'elle se demande souvent ce qu'elle fait ici et si ça valait la peine de tout abandonner, quoi que ce tout puisse être, parce qu'elle ne m'a jamais rien raconté, pour venir à Barcelone, s'asseoir dans la rue ou sur un balcon et être ignorée. J'ai assez peu d'excuses à inventer pour ne pas avoir à la présenter à mes amis parce que je ne les vois pas beaucoup. Trentenaires, ils commencent tous à tomber dans le piège du mariage puis dans celui des enfants. Petit à petit, je me suis retrouvé seul et j'ai de plus en plus de mal à savoir avec qui aller aux premières des pièces de théâtre où je suis invité ou au cinéma, même si ça ne me dérange pas d'y aller seul. Je sais qu'Anastasia a des soupçons, qu'elle pense que j'ai honte d'elle parce que lorsque je dois me rendre à des invitations, je préfère y aller avec Carlota, qui, intellectuellement parlant, est à mon niveau et avec qui ça m'est égal qu'on me croie en couple. Je laisse Anastasia dans l'appartement et ferme la porte à clé depuis l'extérieur, pour éviter qu'elle sorte. Ensuite, pendant la pièce de théâtre, je ne peux m'empêcher d'imaginer qu'un incendie se déclare et qu'elle est coincée. Carlota est une écrivaine avec qui j'ai vécu une relation passionnelle d'une nuit il y a de nombreuses années. Elle a un partenaire stable, elle l'avait déjà quand nous avons couché ensemble, et depuis ce jour notre amitié est étonnante, nous nous faisons des confidences sexuelles de tous ordres, mais ne nous sommes plus jamais touchés.

Un jour, au bout de trois ou quatre mois, je change d'avis et suis convaincu que je peux montrer ma création au monde. Maintenant elle s'habille, parle, pense et agit comme je le veux. Je l'emmène dîner un soir au restaurant Me, rue Paris, qui offre un curieux mélange de plats provenant de Saïgon, de La Nouvelle-Orléans et de Catalogne. C'est sa première apparition en public. Elle est nerveuse parce qu'après le repas nous allons boire un verre avec des amis au bar Raval où je vais leur présenter celle qui, je suppose, est ma compagne officielle. Tandis que nous attendons que le serveur vienne prendre notre commande, je la regarde sous la lumière tremblante d'une bougie qui donne à son visage un air mystérieux. Je me demande ce qu'elle deviendra quand je déciderai de recommencer à penser en tant que *je* et plus comme *nous*, quand j'en aurai assez de jouer à Rex Harrison et Audrey Hepburn dans *My Fair Lady*. Des nuages de tempête menacent cette relation construite exclusivement sur les fondations fragiles du sexe.

Le tonnerre gronde. À l'horizon, là où nous nous dirigeons, le ciel est de plus en plus noir. C'est comme si nous avancions directement dans la gueule du loup, à toute allure.

La famille de papier nous regarde, leur sourire figé posé sur la boîte à gants. Je les déteste. Le CD des *Greatest Hits* de Chet Baker s'est terminé et j'interprète le silence qui nous tient compagnie comme un signe du calme avant la tempête à venir. Mes paupières sont lourdes et je fais des exercices mentaux et physiques pour rester concentré sur la route. Peut-être qu'une musique joyeuse m'aiderait. Même si j'ai beaucoup dormi, je crois que ma perte de repères horaires contribue à accentuer la sensation de fatigue. Depuis plusieurs kilomètres, un idiot colle ma voiture. Il attendra parce que moi aussi j'avance. Ça m'agace, les gens qui roulent derrière toi sans respecter les distances de sécurité. Quand ça m'arrive, j'ai envie de freiner d'un coup et de provoquer un accident qui serait mortel pour moi et pour l'imbécile qui me suit. Si j'en avais le courage, je ferais comme Robert Loggia dans *Lost Highway*, qui humilie le conducteur d'une voiture qui le serre de trop près. Si tout le monde utilisait cette méthode violente, plus besoin de campagne de sensibilisation. Je me contente de doubler un camion et de revenir sur la file de droite. Quand la Saab argentée, qui a un autocollant Disneyland Paris sur l'un des côtés de sa plaque d'immatriculation, me dépasse à fond, je fais le vœu silencieux qu'elle sorte de route dans un virage dangereux. Je vérifie que mon portable a du réseau grâce à la compagnie française qui relaye la mienne et cherche dans mon agenda le numéro de Findlay Kennedy. Après quatre sonneries un répondeur se déclenche et une femme, qui doit être celle qui a téléphoné ce matin, parle en français. Elle doit me dire de laisser un message mais, comme je ne comprends pas le français, je raccroche. Je rappellerai plus tard.

— Tu as appelé ta mère pour la féliciter ?

Sa question me déconcerte. Je regarde la route et la tempête dévastatrice qui s'annonce devant nous, un panorama si décourageant qu'il me donne envie de faire demi-tour. Un éclair luit à l'horizon mais je n'entends pas le tonnerre.

— C'est sa fête aujourd'hui.

Je ne me rappelle jamais les dates des fêtes, et c'est pareil pour les anniversaires. Je ne me rappelle que la date de ma fête. Ça semble égoïste mais le 23 février est facile à mémoriser à cause du coup d'État avorté de 1981, et pas à cause du saint dont je porte le nom. Avant Facebook, la plupart de mes amis se le rappelaient et m'envoyaient des félicitations, tandis que moi, si je n'avais rien noté dans mon agenda, je ne le faisais jamais quand ça les concernait. Elle me demande combien il y a de kilomètres avant la prochaine station-service parce qu'elle a besoin d'aller aux toilettes. Je lui dis que je n'en sais rien. Nous voyageons avec un itinéraire imprimé depuis *viamichelin*, qui ne donne aucun détail.

— Ça coûtait si cher d'acheter ce fichu GPS ?

Nous ne nous en sommes pas trop mal sortis jusqu'à présent, mais mademoiselle, quand elle est fatiguée, est mal lunée et rien ne lui va. D'ailleurs, ce voyage, je devais le faire seul. J'avais déjà mon billet de Swissair, qui est resté dans un tiroir chez moi. Je ne lui dis pas non plus que ce voyage, je l'ai déjà fait, sur mon ordinateur. Je me suis connecté à Google Earth, j'ai fait tout le trajet, j'ai anticipé tous les arrêts, j'ai tout parcouru grâce aux images satellites que le logiciel rend gratuitement disponibles. J'ai l'impression que je pourrais inventer ce voyage, ou n'importe quel autre voyage, et tout raconter en détail dans un roman ou un guide touristique. Sans sortir de chez moi, confortablement assis devant mon ordinateur. Ça me met en rogne de devoir m'arrêter maintenant, notre rythme est bon, sur cette route presque vide qui serpente et longe le Rhône. D'ailleurs, si nous ne nous dépêchons pas, l'orage qui se prépare devant nos yeux nous tombera dessus violemment. Mais je dois dire en sa faveur que nous n'avons rien mangé depuis le pique-nique d'hier à l'hôtel et, de toute façon, il faudra bien faire le plein à un moment ou à un autre. Juste avant de passer un village nommé Albon, je trouve une aire où nous nous arrêtons. Elle court vers la cafétéria et je m'occupe de mettre de l'essence dans la voiture avant de la garer sur l'un des côtés du bâtiment, puis, comme il n'y a personne, j'en profite pour pisser sur un tronc d'arbre. Moins je laisse la voiture sans surveillance, mieux c'est. Je m'assois ensuite à l'intérieur et cherche parmi les CD pour trouver un enregistrement live de Maria Callas à Amsterdam en 1959. J'écoute, le volume à fond, « Tu che le vanità » du deuxième acte de *Don Carlo* de Verdi. J'aime cet enregistrement parce qu'on entend le public qui tousse au début et les applaudissements et bravos lancés à la soprano à la fin. Porté par cette musique solennelle, je regarde le paysage qui s'ouvre devant nous et que nous devons encore traverser. L'effet est curieux, avec la musique sortant des vitres baissées. Tout semble s'être synchronisé autour de moi. Les voitures circulent sur la route au rythme de l'orchestre et, lors d'un crescendo instrumental, deux véhicules de police passent très vite, sirènes hurlantes et gyrophares allumés, et, comme nous, se dirigent vers l'obscurité. Un vent de tempête souffle, chargé d'électricité, et au moment où la voix de la Callas commence à monter, un éclair troue la couche opaque de nuages noirs, puis une colonne de lumière apparaît qui découpe un fragment du paysage, comme pour indiquer un lieu à visiter. Si nous avions le temps, j'irais voir quel est cet endroit que quelqu'un, depuis là-haut, a décidé de pointer d'un rayon lumineux comme un conférencier sur un écran avec un laser rouge. Je me rappelle le bruit que j'entends depuis notre départ de Barcelone et dont j'ignore la provenance. J'ouvre le capot et observe, perplexe, les viscères de la voiture, puis, comme un chirurgien craintif que le sang rend malade, le referme sans rien avoir touché. Évitons d'empirer les choses. Antastasia revient, les bras chargés de deux sacs de courses qu'elle dépose sur son siège. Puis elle ouvre le coffre et prend dans l'une des valises un pull, et j'en prends un autre pour moi. Nous nous enfermons dans la voiture et elle distribue les sandwichs et les boissons. Un Coca pour moi et un jus d'ananas, sans bulles, pour elle. Nous mangeons en silence parce que, sans me demander mon avis, elle a éteint la radio en disant que la Callas la gêne. Ça m'a surpris qu'elle ait dit « ça me gêne » au lieu de « je n'aime pas ça ». Je ne sais pas si c'est encore une de ses erreurs de vocabulaire ou si le mot contient un message subliminal. Je démarre, elle range les restes dans un sac qu'elle noue et laisse à ses pieds, avec toutes les ordures accumulées pendant le voyage et, lorsque je retourne sur l'autoroute elle me répète mécaniquement, d'une voix atone :

— Fais attention. Roule doucement.

C'est le seul tic qui lui est resté de l'accident. Juste avant de dire ces mots, autre signe que je ne sais pas interpréter, il se met à pleuvoir. D'abord de très grosses gouttes qui s'écrasent sur le pare-brise l'une après l'autre puis de plus en plus fort, comme si elles voulaient briser la vitre. Je réduis instinctivement la vitesse parce que les deux accidents de la route que j'ai eus jusqu'à présent ont eu lieu un jour de pluie comme celui-ci. Le premier, c'était au début du mois de mai, je venais de publier mon premier roman et mon radiocassette jouait du Chemical Brothers. Pour le second, j'avais une voiture neuve, je venais de publier mon deuxième roman et mon radiocassette jouait du Radiohead. Les essuie-glaces automatiques s'adaptent à la vitesse de la pluie et les phares s'allument tous seuls parce qu'ils ont détecté l'obscurité extérieure. Anastasia me passe de temps à autre la bouteille de Coca et je bois, même si je n'ai pas soif, parce que j'espère que la caféine va me réveiller. Je ne sais pas depuis combien de temps je conduis, ni où nous nous trouvons exactement. Il pleut tellement que le paysage autour de nous est devenu flou. De loin, je devine le rouge des phares des voitures qui freinent devant moi et leurs warnings, que les conducteurs mettent pour éviter les collisions. Je réduis encore plus la vitesse et me place dans la file de véhicules arrêtés. J'éteins le moteur. J'enclenche les feux de détresse dans l'espoir que les voitures qui viennent derrière nous auront le réflexe de freiner et ne nous prendront pas en sandwich. Derrière nous, dans l'orage déchaîné, se forme une queue patiente. Même si nous ne voyons pas grand-chose, nous supposons qu'un accident nous bloque le passage. Aucun de nous deux n'ose descendre et, lorsque je baisse ma vitre pour regarder, je réussis juste à faire entrer la pluie dans l'habitacle. Nous sommes isolés à l'intérieur, sans pouvoir en descendre, sans pouvoir savoir ce qui se passe à l'extérieur. Au bout d'un certain temps, et parce que je comprends que ça va durer, je ferme les yeux, fatigué de tant forcer la vue à travers cette pluie qui rend tout flou devant moi. Là, dans ce silence, j'entends l'eau frapper violemment la tôle de la voiture, et l'image du motard mort sur l'avenue Meridiana me revient, lui qui est mort après mon vœu de le voir mourir, puis celle de la Saab grise qui nous a doublés avant, cette voiture à laquelle j'ai souhaité une sortie de route. Je me redresse, nerveux, et, en même temps que moi, Anastasia fait pareil et me regarde, préoccupée.

— Et si c'est eux ?

Nous ouvrons alors tous les deux notre portière et sortons. L'eau nous trempe immédiatement mais ça ne nous empêche pas d'avancer entre les files de voitures arrêtées, jusqu'à la première d'entre elles, à côté de laquelle se trouvent deux véhicules de police, sûrement ceux que j'ai vus depuis l'aire d'autoroute, qui coupent la circulation, et deux ambulances qui portent secours aux occupants d'une Saab de couleur grise. Je n'arrive pas à voir s'il y a un autocollant de Disneyland parce qu'elle est encastrée dans une Peugeot 301 blanche et que les deux voitures sont totalement déformées. Elle s'approche d'un gendarme et lui pose une question, mais je suis pétrifié parce que, comme Bruce Willis dans *Incassable*, je viens de découvrir que j'ai un super pouvoir et que, dans l'immédiat, je ne sais pas ce que ça m'apporte ni comment l'utiliser. Je retourne à la voiture comme un zombi et c'est quand je ferme ma portière que je me rends compte que même mon caleçon est trempé. J'allume le moteur et pousse le chauffage à fond. Je regarde s'il y a un truc pour m'essuyer sur les sièges arrière mais ne vois que la petite couverture de Yul sur son siège. Plutôt mourir d'une pneumonie que l'utiliser. Et pendant que j'attends qu'Anastasia revienne, je me rejoue mentalement tout ce qui s'est passé pour savoir à quel moment est apparu ce pouvoir étrange qui me permet de provoquer des accidents de voiture.

Je crois que c'était la mère de John Lennon qui, alors que son fils était déjà un Beatles célèbre et qu'il gagnait plus que bien sa vie, ne comprenait pas que la musique fonctionne et lui disait de se chercher un vrai métier. En fait, il me semble que toutes les mères d'artistes, à un moment ou à un autre, ont eu la même pensée. Quand j'ai commencé à transformer Anastasia, je savais que c'était pour ma mère que je la préparais, plus que pour mes amis inexistants. Maintenant, quelques mois après sa lente insertion sociale, le grand moment est arrivé. Un dimanche matin, nous montons à Vic pour déjeuner avec elle. Anastasia est nerveuse, comme si elle allait passer un examen très important. Sur la route C-17 en direction de Vic, elle s'émerveille devant le changement de paysage et de climat et je lui explique comment est ma mère et comment elle doit la prendre. C'est un mélange entre la mère de Jane Fonda dans *Pieds nus dans le parc*, stricte, mais dotée également du sens de l'humour de la voisine et concierge de *Rosemary's baby*, magnifiquement interprétée par Ruth Gordon, et, j'ajoute en plaisantant, le tout est saupoudré d'une touche de la mère de Norman Bates dans *Psychose*. Mais aucune de ces références ne la fait rire parce que je crois qu'elle n'a jamais vu ces films. Je vais nous programmer des séances et nous commencerons par Hitchcock. Ma mère n'a jamais apprécié que je sois écrivain. Même si elle me dit avoir beaucoup aimé mon dernier roman, elle insiste toujours pour que j'écrive des choses plus normales, et pour que ça soit un hobby, le soir, et que la journée je cherche un vrai boulot. Je crois qu'elle ne me dira jamais qu'elle est fière de moi, mais les rares fois où je suis tombée sur ses voisines, elles m'ont toujours dit que ma mère adore ce que je fais et que ses yeux brillent quand elle raconte que j'ai publié tel livre ou gagné tel prix. Surtout depuis que mon père n'est plus là. Je n'ai jamais dit à Anastasia où est mon père. J'ai décidé que je le ferais quand elle me raconterait quelque chose à propos de sa famille, de son enfance ou des hommes qu'elle a aimés dans sa vie. Jusqu'à présent, elle demeure pour moi un livre fermé, et en guise de représailles je ne lui en ai pas parlé, ce qui n'a pas eu l'air de l'émouvoir.

Vic a changé au cours des dernières années, l'agglomération a grandi, grâce à l'université son expansion a été considérable mais, malgré tout, c'est toujours un grand village, ou une petite ville, comme préfèrent dire ses habitants. Le matin, nous faisons un tour dans le vieux centre, elle dit que ça lui rappelle l'Italie même si je crois qu'elle n'y a jamais mis les pieds. Je m'émerveille toujours face au temple romain qui se dresse, majestueux, sur les ruines du palais des Montcada et face à l'église de la Pietat qui, malgré son état indigent, est très belle. Pour passer le temps avant d'aller déjeuner, nous prenons un apéritif sur la terrasse du snack de la place Major. Les années ont beau passer, la place, malgré ses transformations successives, et le snack, qui n'a jamais changé, semblent à l'abri des épreuves du temps. À deux heures moins le quart, ma mère vient nous chercher sur la place. Elle en fait toujours trop. Quelqu'un devrait lui dire qu'elle n'a plus vingt ans et qu'elle ne peut plus s'habiller comme ça, mais ça ne sera pas moi. Ça m'agace qu'elle ne m'embrasse pas, alors que ça fait des semaines que nous ne nous sommes pas vus. Elle m'écarte tout de suite pour voir Anastasia. Elle me fait juste une remarque qui me trouble :

— C'est mieux que tu t'amuses avec une Russe plutôt que de te voir amoureux d'un homme. Les gens commençaient à jaser, ici.

Nous allons déjeuner dans un restaurant tenu par une amie que je n'ai pas vue depuis longtemps. La spécialité des Dues Soles, ce sont les tapas, et leur terrasse donne sur le Portalet, la muraille médiévale de Vic. On y mange très bien, mais ce qui m'unit à ce lieu est bien plus profond. Raquel, la propriétaire, est l'une de mes plus anciennes connaissances. Nous étions ensemble de l'école à la fin du lycée et après ça, au fil des ans, nous nous sommes perdus de vue puis retrouvés régulièrement. Depuis qu'elle a ouvert son restaurant, nous nous voyons assez peu, mais au moins je sais où je peux la trouver. Ma mère se le rappelle également, surtout parce que chez elle il y a une photographie de nous deux, âgés de cinq ou six ans, déguisés en singes et nous tenant par la main. Au cours du déjeuner, tout se passe bien et ma mère s'étonne de voir Anastasia manger autant.

— Je croyais que tu étais anorexique, lui lance-t-elle, mais je vois que tu es boulimique. Tu as eu le temps de faire du tourisme, ma jolie ?

Après le café, Raquel nous offre un verre, du whisky pour moi et des digestifs pour elles. Au moment de partir, nous nous promettons de bientôt nous voir tranquillement pour évoquer nos souvenirs et nos projets. Sur le chemin, nous passons devant la cathédrale mais n'y entrons pas. Ma mère a l'air fâchée parce qu'Anastasia est plus intéressée par la statue psychédélique dédiée à l'abbé Oliva que par le magnifique clocher roman. Chez elle, je m'allonge sur le canapé pendant qu'elles feuillettent des albums photos à la recherche de celle où Raquel et moi sommes déguisés en singes. À moitié assoupi, je les entends rire et me dis qu'elles ont l'air de bien s'entendre. Malgré cette concorde apparente, ma mère profite d'un moment où Anastasia est aux toilettes pour me réveiller et me dire, indignée :

— Très belle, très sympathique, mais elle ne m'a rien raconté sur sa famille. Elle n'appartient pas à la mafia, hein ?

Je lui dis de se détendre, que ça fait six mois que je l'ai rencontrée à Londres et que je ne sais encore rien sur elle, il me semble d'ailleurs aujourd'hui qu'elle ne me racontera jamais rien. Je dois reconnaître que dernièrement, j'ai moi aussi eu des doutes sur sa véritable identité, surtout depuis que je reçois des messages de prétendues fiancées russes qui cherchent un homme en Occident pour le rejoindre et vivre avec lui. Ce qui m'effraye le plus, c'est que sur la majorité des photos en pièce jointe ces filles ressemblent terriblement à Anastasia.

Elle apprend par cœur les horaires de train et, plusieurs jours par semaine, plutôt que de rester enfermée dans le petit appartement de Barcelone, va passer la journée à Vic avec ma mère. Elle dit qu'elle se sent utile et moi ça m'arrange parce que je peux travailler tranquillement. Mais un jour, alors que je rentre d'une sortie où j'ai préféré aller avec Carlota, je la trouve sur le canapé, en pleurs et inconsolable, et quand je m'approche pour comprendre ce qui lui arrive, une salve de reproches commence. Elle dit que j'ai créé un monstre, que je l'ai transformée selon mes goûts, que j'ai fait d'elle la femme que je voulais. Maintenant elle ne sait plus qui elle est, ni ce qu'elle doit faire de cette vie nouvelle. Je suis certain que ma mère et sa grande bouche sont pour beaucoup dans ce changement d'humeur. Nous parlons très longtemps, essayons de trouver un sens à son existence ici. Un moyen pour qu'elle trouve une place dans cette vie. Comme je vois toujours le côté positif des tragédies, je lui fais part d'une idée qui m'arrangerait bien : qu'elle traduise mes romans dans les langues qu'elle maîtrise, mais j'ai l'impression que ça ne lui plaît pas vraiment. Finalement, elle me dit, sans grande conviction, qu'elle veut être actrice. Elle pense que parce que je suis écrivain je pourrai la pistonner et lui trouver un boulot, qu'après quelques coups de fil je lui décrocherai un rôle important dans une série de la chaîne TV3, comme celles qu'elle regarde pour apprendre le catalan. Je lui promets de faire tout mon possible. Je lui promets de remuer ciel et terre pour qu'elle trouve sa place dans cette nouvelle vie que j'ai construite pour elle. Je lui promets que je ne la laisserai plus seule dans l'appartement, enfermée toute la journée comme un chien. Je promets, promets, promets. Pour commencer, je l'inscris à l'auto-école, et lui explique qu'avec son permis elle sera plus indépendante, qu'elle pourra aller voir ma mère en voiture et que, lorsqu'elle devra se rendre à un casting ou sur un tournage, elle pourra se déplacer sans problème. Je l'ai même finalement convaincue de traduire au moins mon dernier roman en français. Tout ça devrait l'occuper un bon bout de temps.

Ces changements coïncident avec mon départ pour un séjour d'une semaine à Bari, dans le sud de l'Italie, pour monter un projet international de théâtre pour The Rep de Birmingham. Si nous obtenons une subvention de l'Union européenne, ce projet m'occupera pendant deux ans et je voyagerai sans arrêt à Birmingham, Bari et Dubrovnik. Étonnamment, aucun théâtre de Barcelone ne s'est montré intéressé par ce projet, même si je l'ai présenté à presque tous ceux de la ville. En principe, je me rends à Bari pour le travail. De l'hôtel au Kimet Opera, du théâtre à l'hôtel, je ne fais que ça, je rédige toute la paperasse du dossier de demande de subvention. Je ne suis pas vraiment là pour le tourisme, mais je me promène deux soirs dans le centre historique de la ville, vois la cathédrale et le château, et découvre que Bari est un endroit fantastique. Je devrais y revenir pour tout visiter à fond. Le responsable du théâtre me sert de guide et m'emmène dans de fabuleux restaurants. De ce voyage à Bari, deux choses sont restées gravées dans mes souvenirs. La première, c'est que les Italiens ont sauvé la Smart, la voiture. La deuxième, c'est un soir où le gérant m'a invité à dîner au *ristorante pizzeria* La Gecchina, piazza Mercantile, un très bel endroit au bord de la mer, authentique, pas comme ces pizzerias en Catalogne qui prétendent imiter cette authenticité. Dès l'entrée, on respire une ambiance typiquement italienne, au sens le plus mafieux du terme. Dans le fond se trouve une grande table sur laquelle demeurent les reliefs d'un banquet, mais seules trois ou quatre personnes y sont encore attablées. Le responsable du théâtre court vers un homme âgé, qu'il salue très chaleureusement et avec effusion. Quand il revient à mes côtés, il m'explique qu'il s'agit d'une famille très importante à Bari qui « contrôle » l'université. Je m'interroge alors. Le responsable fait-il partie de cette « famille » ? Serait-il très compliqué d'en devenir membre ?

Ce qu'Anastasia ignore, parce que je le lui ai caché, c'est que je ne reste à Bari que jusqu'au vendredi matin. À huit heures, je prends un train et traverse la moitié de l'Italie au cours d'un voyage très agréable, direction Rome. J'y ai réservé une chambre à l'hôtel Principessa Tea, devant les jardins de la Villa Borghese, jusqu'au dimanche soir, quand décolle mon vol de Fiumiccino pour l'aéroport du Prat. J'aurais pu lui dire de me retrouver à Rome pour des mini-vacances ensemble mais j'ai besoin d'être seul. Je n'ai aucun remords. J'aime cette ville pour sa chaleur et son mouvement constant, aléatoire en apparence mais parfaitement contrôlé. En fait, je pense que c'est la ville où je veux vivre. Je me promène lentement sur le Forum Romain entre des groupes de touristes et de figurants habillés en Romains avec qui on peut se faire prendre en photo, tout sourire, pour 5 euros. Trois clichés seulement. Parce que si tu essayes d'en faire plus sans y être autorisé, ou sans payer, ils s'en prennent à toute ta famille. L'image du Colisée qui me frappe le plus appartient à la séquence finale de *Roma* de Fellini, où une flopée de motards approche à toute vitesse des lieux dans une visite nocturne de la ville lugubre et bruyante. J'essaye de voir la fontaine de Trevi, pour me remémorer l'un des mythes érotiques de mon enfance, la sensuelle Anita Ekberg dans *La dolce vita*, de Fellini également, mais elle disparaît sous une montagne de touristes, c'est impossible. Il y a quelques jours à peine, en guise de protestation contre je ne sais quoi, un homme y a jeté un pot de peinture rouge et l'eau semblait être ensanglantée. Une semaine plus tard, plus aucune trace du forfait. S'il n'y avait pas de policiers surveillant que personne ne jette des pièces dans l'eau, je pisserais dedans parce que ce symbole du cinéma s'est transformé en vulgaire spectacle pour touristes. J'adore me promener dans les rues et m'imprégner de l'essence romaine, même si la langue que j'entends le plus est le catalan, parce que Rome, comme la majorité des destinations touristiques, est remplie de Catalans.

Comme j'aime passer inaperçu dans les villes étrangères, ne pas avoir l'air d'un touriste de plus, je ne m'assois jamais en terrasse, je ne vais jamais dans les restaurants recommandés. J'évite les panneaux « Menu touristique » comme la peste. Via de Luccesi, une rue proche de la fontaine de Trevi, je trouve le Papyrus Café, un intéressant restaurant-librairie. Sans aucun touriste. D'ailleurs, les propriétaires, ouvertement gays, me prennent pour un gars du coin et ne saisissent ma nationalité qu'au dessert, quand ils essayent de me draguer. Mais c'est avec une jolie brune qui frise la quarantaine et qui est assise à la table devant moi, accompagnée par une femme plus âgée, que j'échange des regards plus passionnels. Au moment du café, je suis déjà à sa table, à discuter des livres sur les étagères du restaurant. Je lui raconte que je suis écrivain. Elles sont décoratrices d'intérieur et travaillent sur un important projet pour un musée de la ville, mais elles ne me donnent pas plus de détails, peut-être par prudence. De temps en temps, je pense à Anastasia. Je l'imagine seule, s'ennuyant dans le petit appartement du Raval, à regarder la télévision sans rien voir, un début de dépression se profilant, qui m'effrayera bientôt. Plus mon désir pour Francesca monte, stimulé par le fait qu'elle est Lituanienne, établie à Rome, et par ses grands yeux verts, plus je comprends que ça fait longtemps que je n'en éprouve plus pour Anastasia. Mais pour remplacer le désir, comme j'ai toujours entendu les autres dire, je n'ai pas su trouver l'amour, ni le respect, ni rien de rien. Et ce n'est pas sa faute. J'ai l'impression que je ne pourrai jamais l'aimer parce que j'ai l'impression que je ne peux aimer personne. Après le repas, nous quittons Chiara, la femme qui accompagne Francesca, et nous promenons au hasard des rues. Elle m'emmène loin des zones touristiques et, par conséquent, loin des monuments les plus connus. C'est une véritable spécialiste en histoire de l'art et notre conversation est passionnante. Si j'avais le temps, ça serait un immense plaisir pour moi de découvrir avec elle les trésors de la ville, d'acquérir ses connaissances. Tout à coup, nous nous arrêtons face à un portail qui donne sur l'un des côtés du Panthéon, cet édifice religieux dont la grande coupole est percée. Elle me dit, avec un sourire ambigu, que nous sommes arrivés chez elle. Ça me déconcerte et je crois que je rougis parce qu'elle rit bruyamment tout en introduisant sa clé dans une porte de bois vert foncé, au numéro 5 de la via della Minerva. L'ombre du soupçon me gagne mais si à Londres j'ai fait confiance à une Russe, à Rome je peux faire confiance à une Lituanienne. Elle ouvre la porte et la tient, pour que j'entre, sans me demander si je veux monter. C'est une évidence pour elle et je ne la déçois pas.

Son appartement est impressionnant. Il a l'air immense, on dirait deux appartements réunis. Beaucoup d'espace pour une personne seule. L'appartement est décoré avec goût et classe, ce qu'on attend d'une décoratrice d'intérieur, même si pour moi il y a trop d'objets, qui ont peut-être de la valeur mais qui l'envahissent. Par la fenêtre, je peux voir l'un des côtés du Panthéon depuis une hauteur que jamais je n'aurais cru possible. Elle ne doit pas être dans le besoin, cette femme, pour posséder un tel appartement. Elle me demande ce que je voudrais faire et même si l'idée d'écrire les noms des endroits les plus intéressants de Rome sur nos corps me vient à l'esprit, pour ensuite les visiter un par un, je pense que ça serait vraiment trahir Anastasia. Nous faisons simplement l'amour sur son canapé et je suis troublé par son tatouage tribal dans le dos et par ses tétons exagérément grands. De temps en temps je détourne les yeux pour observer le temple majestueux par la fenêtre. Quand nous avons terminé, elle se redresse et me dit, dans son anglais étranger, qui mêle plusieurs accents, qu'elle va se doucher et ajoute, sans aucun ressentiment apparent, cette phrase que j'ai toujours voulu prononcer sans jamais oser le faire :

— Claque la porte en sortant.

Assis sur le canapé de cuir blanc, je frotte mes testicules et mon sexe sur un coussin aux fleurs brodées de fil d'or. Francesca ressemble beaucoup à Anouk Aimée dans *La dolce vita* et je me sens comme Marcello Mastroianni, infidèle à son épouse alors que celle-ci fait une tentative de suicide. C'est peut-être ce que fait Anastasia en ce moment à Barcelone. Nu, je me lève et inspecte la salle à manger. Je pourrais voler un objet et je suis sûr qu'elle ne s'en rendrait pas compte, il y en a tant qu'on dirait un musée plutôt qu'une maison. J'examine ses CD et ses DVD. Gianna Nannini a sorti un nouvel album que je n'ai pas encore écouté et je le cherche, mais je me rends compte qu'il n'y a que des CD de Maria Callas. Des compilations, des enregistrements de plusieurs opéras, en direct ou pas, et des albums rares, tous en lien avec la diva. À côté, une étagère remplie de livres et d'objets sur la soprano. Mon attention est attirée par une photo de Francesca au Westminster Bridge, le Parlement et Big Ben en arrière-plan. Je me dis que c'est un signe, mais je ne saurais dire s'il est bon ou mauvais. J'allume sa chaîne hifi et écoute le CD qui s'y trouve. Aux premières notes de « Un bel di vedremo » de *Madame Butterfly* de Puccini, je monte le volume pour qu'elle puisse l'entendre, depuis sa douche ou sa chambre, si elle est déjà en train de s'habiller.

Je me rassois sur le canapé et attends patiemment qu'elle revienne, juste vêtue d'une serviette. Elle me regarde en souriant. Je ne sais pas si elle est étonnée parce que je ne l'ai pas écoutée et ne suis pas parti, ou si elle est contente parce que ce refus d'obéir de la part d'un amant l'excite encore davantage. Elle s'approche de moi, m'embrasse sans un mot et nous recommençons. Lorsque les quinze chansons du CD se terminent, nous sommes allongés, épuisés, sur le tapis, en silence, et contemplons le plafond dans la pénombre parce que la nuit est tombée et que la lumière de la rue ne pénètre pas vraiment dans la pièce. La paix de son appartement n'est brisée que par le tic-tac d'une horloge que je n'ai pas encore vue. J'entends alors pour la première fois la notification qui m'annonce l'arrivée d'un message sur mon portable, mais décide de l'ignorer. Me lever maintenant et interrompre ce moment serait criminel. Au loin sonnent les cloches d'une église et, même si je ne pose aucune question, elle me dit que ce sont celles de Sant'Agnese in Agone. Je remarque que mon corps est lourd, immobile, et qu'il s'enfonce dans le sol, que ma respiration se ralentit, tout autour de moi disparaît lentement et quand je suis sur le point de perdre connaissance j'ai l'impression d'entendre, très loin, une autre notification pour un autre message, mais même si je le voulais, je ne pourrais plus me lever maintenant.

Lorsque j'ouvre à nouveau les yeux, c'est brutalement. Je m'assois par terre d'un seul coup et vois comme je transpire et tremble, mais ne me rappelle pas mon rêve. Je sais immédiatement où je suis mais elle n'est pas à côté de moi, allongée sur ce tapis au toucher si agréable. Je me lève dans la pénombre et marche les mains devant moi pour éviter les chocs. Je cherche mon portable puis utilise la lumière de l'écran pour me guider vers les toilettes. J'allume la lumière et ferme la porte à clé. Sept appels manqués et cinq messages d'Anastasia. Elle s'inquiète parce que je ne réponds pas et, même si je suis désolé de savoir qu'elle va mal, je pense que le volume de la musique était élevé, heureusement, sans quoi elle nous aurait gâché l'après-midi. Je suis déçu par la salle de bains. Je m'attendais à quelque chose de plus moderne.

Elle ne devait plus avoir d'argent pour la refaire. Après avoir uriné et humidifié mon visage, je regarde mes cheveux et peux voir trois cheveux blancs juste au-dessus de mon front. Je cherche une pince à épiler pour les arracher et vois dans l'armoire un verre, deux brosses à dents et un rasoir électrique. À côté d'une bouteille de parfum Bulgari, qui doit lui appartenir, il y en a une autre d'Acqua di Giò. Je souris parce que l'un de mes personnages dans *La deriva dels continents* met aussi ce parfum. J'attrape la bouteille et la renifle. Même si j'en parle dans mon livre, je ne le connais pas. J'imagine son propriétaire, un amant habituel ou un mari épisodique, et mon estomac se noue. Je savais que je n'étais pas le seul ni le premier, mais j'aurais aimé le croire. Je ne sais rien de Francesca ni elle de moi. Encore ma manie de me lier à des femmes mystérieuses qui ne me racontent rien de leur vie ni de leur passé. J'arrache mes trois cheveux blancs avec la pince et ouvre le robinet pour les voir se noyer puis se perdre dans la bonde. J'envoie un SMS à Anastasia pour lui dire que je vais bien, que j'étais en réunion et que mon portable était éteint. Que je la rappelle quand j'arrive à l'hôtel. Mais je n'arrive à l'hôtel que le lendemain matin parce que je passe la nuit chez Francesca, à écouter le deuxième CD de l'album des plus grands succès de la Callas, à inventer pour chaque thème une position nouvelle, toujours plus excitante. Nous nous reposons et récupérons des forces, allongés sur le dos sur son tapis aux formes abstraites, sur un parquet dans les tons clairs. Ses cheveux longs et noirs comme du charbon sont étalés autour d'elle en éventail. D'un doigt, je suis les courbes de ce corps presque parfait, aux seins volumineux. Quand elle me met dehors pour la deuxième fois, je prends ça au sérieux, même s'il est cinq heures du matin. C'est peut-être une bonne heure pour mettre fin à cette relation basée uniquement sur du sexe.

Lorsque je sors dans la rue, je suis surpris par la paix de ce lieu de culte profané la journée par des milliers d'étrangers. Je reste un moment sur la piazza della Rotonda, à regarder le Panthéon, l'ancien temple le mieux conservé de toute la ville. Je ne peux éviter de jeter un coup d'œil sur le bâtiment d'à côté, d'où je viens de sortir, et je me demande si la fenêtre éclairée est la sienne. De l'autre côté du temple, je reconnais l'endroit où a été tournée la scène comique de *Vacances romaines* dans laquelle Gregory Peck présente son ami photographe à Audrey Hepburn. J'essaye d'entrer dans le Panthéon mais toutes les portes sont fermées. Ensuite, je me promène dans les rues désertes de la ville, comme Roberto Benigni dans *Night on Earth*, et ne rencontre qu'une équipe de nettoyeurs qui arrosent une rue, un groupe de touristes ivres qui vomissent dans une poubelle et deux prêtres en plein milieu d'une conversation agitée. Rome est la ville qui a été le mieux montrée au cinéma, bien mieux que Paris. Même si Paris gagne par le nombre de films qui lui sont consacrés, ces derniers sont bien moins réussis. L'un des meilleurs portraits de ses habitants est, selon moi, celui fait par Ettore Scola dans *Gente di Roma*. Avant d'arriver à l'hôtel, j'ai largement le temps de savourer pour la première fois ce sentiment aigre-doux que laisse l'infidélité et l'étrange sensation de pouvoir et de culpabilité qui l'accompagne. Arrivé devant la porte du Principessa Tea, décadent à souhait, qui réserve une agréable surprise dans ses chambres de luxe, je décide de refaire un tour. Je veux marcher sur les bords du Tibre. Je veux dormir près du Forum Romain, où s'est endormie Audrey Hepburn. Je veux voir le soleil se lever sur le Domus Aurea comme devait le faire Néron chaque matin. Je veux m'imprégner de l'essence de cette ville où l'on respire un air différent et où l'image des pins crée une symbiose parfaite avec les pierres millénaires. À chaque pas, je peux percevoir la naissance de notre civilisation. Les ruelles étroites et les places me rappellent Vic. Dans l'une de ces ruelles, je vois deux très vieilles dames, vêtues de noir, qui marchent courbées et entrent dans une petite église qui ne se démarque pas par sa beauté extérieure et qui doit passer inaperçue pour bon nombre de touristes. Je m'arrête devant sa porte et lis sa plaque dorée, brunie par le temps, où des lettres gravées et rougies disent : *SS. Salvatore Alle Coppelle. Chiesa Cattolica di rito Bizantino. (XII sec.)*. J'entre dans l'église, où il n'y a que cinq bancs et un petit autel anodin sous un grand retable blanc et ses scènes bibliques. Sur les côtés, de grandes structures en fer. J'en déduis qu'elle est en pleine restauration. Le peu de lumière provient des cierges qui se trouvent un peu partout. Les deux femmes sont agenouillées sur le premier banc et prient en silence. Je m'assois sur le banc du fond. Je n'ai pas l'intention de demander pardon pour mes péchés, mais j'ai besoin d'un moment de paix parce que je dois décider ce que je vais faire d'Anastasia à mon retour à Barcelone.

Lorsque j'entre dans l'appartement du Raval, j'ai l'impression qu'il a rétréci. Elle me jure qu'elle n'a rien changé, que tout est pareil, mais s'il me semblait minuscule avant, maintenant je suis certain qu'il est impossible d'y vivre à deux. Elle est heureuse de mon retour, comme si elle avait l'espoir que maintenant les choses seront différentes. Elle me raconte qu'elle s'est enfermée tous les jours, qu'elle ne sortait que pour faire les courses. Elle n'a pas vraiment avancé pour son permis et mes livres sont enterrés sous des piles d'autres ouvrages qu'elle a sortis des étagères, mais je doute qu'elle les ait lus. Elle dit qu'elle a beaucoup dormi, regardé la télévision, et qu'elle a pensé à son avenir. Elle n'a fait aucun casting et quand je le lui reproche elle me dit qu'elle pensait que je l'aiderais, que c'est trop difficile pour elle et qu'elle ne sait pas comment faire. Je déteste les gens dépendants mais quand j'utilise cet argument pour contre-attaquer, elle me rappelle que c'est moi qui l'ai créée ainsi. Quand elle me parle de ses problèmes et de ce qu'elle a fait, je me rends compte que je ne ressens pas vraiment d'empathie pour elle. Ça ne m'intéresse pas, ce qu'elle me raconte, et j'en profite pour penser à mes affaires. Elle me demande comment s'est passé mon voyage et je lui fais un bref résumé, à contrecœur, ne raconte pas grand-chose et explique que c'est parce que je suis fatigué. Elle suppose que j'ai envie de sexe et cette nuit je ne peux pas la repousser, ma mauvaise conscience m'oblige à ce geste de charité, mais mon esprit n'a de cesse de projeter dans ma tête les symboles tribaux du tatouage de Francesca. Mes mains cherchent ses seins parfaits et ses courbes prononcées, mais ne les trouvent pas sur le corps d'Anastasia. Ma bouche me rappelle constamment le goût du sexe de la Lituanienne. J'ai l'impression que sans la musique de la Callas, sur le CD que j'ai volé chez Francesca, je n'aurais pas pu atteindre l'orgasme. Le lendemain, j'achète à Anastasia un flacon de parfum Bulgari et, même si je n'ose pas le faire pour l'instant, je lui demanderai bientôt de se faire un tatouage sur l'épaule et de se teindre les cheveux en noir. Les semaines passent et, au lieu de continuer à écrire mon roman, je me consacre au scénario à suivre pour lui annoncer que notre histoire est finie et qu'elle devra se débrouiller. J'en fais plusieurs versions sur Word et quand j'ai enfin l'impression que c'est réussi, je l'imprime et l'apprends par cœur, le répète en marchant dans la rue, sous la douche ou en descendant les escaliers pour aller jeter la poubelle. La froideur avec laquelle j'agis me fait peur. Sans remords ni scrupules.

Comme je ne trouve personne d'autre pour m'accompagner à l'inauguration que la Société des cimetières de Barcelone fait du nouvel itinéraire guidé dans le cimetière de Montjuic, j'y vais avec elle. C'est une obligation, pour le travail, liée à un futur projet théâtral qu'on m'a confié. Je n'aurais qu'à saluer les responsables et faire la visite guidée. Je ne m'attendais pas à ce que la guide en charge de notre groupe, le numéro huit, m'attire d'une façon si passionnelle, même si elle est très jeune et incroyablement jolie. Je crois que les verres de champagne que j'ai bus à l'entrée et l'excitation glauque de flirter dans un cimetière y sont pour beaucoup. La fille n'y connaît rien en visites guidées, ça se voit parce qu'elle bute sur certains mots et ajoute « d'accord ? » à la fin de toutes ses phrases, comme si elle attendait qu'on approuve son travail. Lorsque je réussis à laisser le reste du groupe derrière nous, elle m'explique qu'elle fait des études de tourisme à Barcelone, même si elle vient d'Igualada. Je dois faire attention chaque fois qu'Anastasia s'approche de nous, mais elle n'a aucun soupçon, demande à la guide des détails sur les tombes qui attirent son attention. À la fin de la visite, quand on nous offre un sac et un livre de photographies du cimetière ainsi que des catalogues des services offerts, je m'approche d'elle, qui enlève le foulard qu'elle portait autour du cou, et lui dis que nous pourrions nous retrouver un jour pour boire un café. Déconcertée, elle cherche du regard Anastasia, qui est restée un peu en retrait et qui regarde le livre qu'elle a reçu, et me dit que ça ne lui semble pas être une bonne idée. Puis elle rejoint ses camarades et m'ignore. Ça me met en rage, non contre la guide, mais contre Anastasia parce que, même si elle n'a rien fait, c'est elle qui est responsable de mon échec. Quand je reviens à ses côtés, elle lève la tête du livre et me sourit, contente, étrangère à tout. Et cette gentillesse, cette dépendance, me semblent si pathétiques que je décide que ce soir même je vais mettre un point final à cette histoire. Après le dîner, nous sommes assis sur le canapé et je la regarde, prêt à lâcher d'une traite mon discours, mille fois répété, mais elle me sourit et me dit ce que j'avais prévu il y a si longtemps, à l'aéroport, le jour de son arrivée à Barcelone, en me demandant si j'allais rester ou partir en courant. Mon plan s'effondre, ma tension aussi et ma tête tourne. Je ravale ma fierté et le discours que j'ai eu tant de mal à apprendre. Elle a même pensé au prénom de son fils.

Un groupe de gendarmes marche en rang sous la pluie, en rythme, leur bras droit se déplaçant en même temps, comme dans une chorégraphie qu'ils auraient inventée. Ça commence à bouger sur les lieux de l'accident. On dirait qu'un véhicule de police ou une ambulance s'en va, et même si cela nous redonne de l'espoir, nous restons encore un long moment à l'arrêt. Le chauffage est à fond dans la voiture parce que nous sommes trempés. Nous attendons patiemment et en silence sous cette pluie intense qui essaye de percer le toit, et j'ai peur qu'elle y parvienne. Elle bouge, mal à l'aise, sur son siège. Ses cheveux, que l'eau a foncés et qui n'ont plus l'air si blonds, collent à son visage. Je sursaute de peur quand quelqu'un toque à ma vitre, mais ne peux rien voir à cause de la buée. Je la descends et, en plus de la pluie qui entre précipitamment, je vois un gendarme dans un imperméable qui nous éclaire avec sa lampe-torche puis qui, lorsqu'il comprend qu'il nous éblouit, l'écarte vers le volant. Il dit quelque chose de totalement incompréhensible et je suis sur le point de lui avouer que c'est ma faute, pour l'accident, que j'ai souhaité que la Saab grise à l'autocollant de Disneyland ait un accident. Je viens de découvrir que j'ai le pouvoir de provoquer des accidents de la route par la force de mon esprit, et ça me désole. Anastasia me devance et lui répond. Ils entament une conversation dont je suis exclu parce que je ne comprends pas cette langue idiote. Je l'observe attentivement et pense que son métier est bien peu gratifiant. Se promener sous la pluie pour avertir tout le monde qu'un accident a eu lieu. Pire encore, devoir ramasser des morceaux de cadavres. Quand le gendarme disparaît sous la pluie, je remonte la vitre et la regarde, dans l'attente d'une traduction. Ils vont détourner le trafic par l'intérieur du village et il voulait savoir où nous allions pour ne pas trop nous éloigner de notre destination. Au bout de cinq minutes, un gendarme, je ne sais pas si c'est le même parce que dans ces imperméables ils se ressemblent tous, nous fait signe de sa lampe-torche sous la pluie et, un par un, les conducteurs se réveillent et démarrent. La déviation se trouve quelques mètres devant nous et nous ne passons pas à côté des véhicules accidentés.

— Tu imagines, si Stéphane et sa famille étaient dans une de ces voitures ?

— On n'aura pas eu cette chance.

J'ai dit ça sans réfléchir. Elle accroche sa ceinture et regarde devant elle sans un mot, suit du regard l'essuie-glace qui passe à toute vitesse sur le pare-brise, comme si elle voulait entrer en hypnose. Nous traversons un village dont nous ignorons le nom et qui a l'air fantomatique sous la pluie. Nous suivons les voitures devant nous, espérons que celui qui est en tête de file ne se perde pas, et retrouvons finalement l'autoroute et le bon chemin comme si tout ce temps perdu à attendre n'avait pas existé. Elle est fâchée. Elle ne dit rien mais je le sens. Elle a encore la sensation que je la méprise, que je ne la respecte pas parce que c'est une ignorante. Nous en avons souvent parlé, de cette sensation. Elle cherche dans la boîte à gants les CD et en prend un sans hésiter, comme si elle savait très bien ce qu'elle voulait écouter. Elle sélectionne aussi la chanson. Dès que j'entends les premiers accords de guitare, un poignard s'enfonce dans mon cœur. C'est à cause de moi qu'elle est obsédée par cette chanson. Quand elle apprenait le catalan, elle écoutait en boucle Mishima et je suppose qu'aujourd'hui je n'ai pas le droit de me plaindre. Même si je regarde devant moi, les yeux fixés sur la chaussée, je sais qu'elle m'observe pour voir comment je réagis à chacun des mots que j'entends :

« *Tu ne sais pas comment je me sens à cause de toi, comme une marionnette hors de sa boîte, si petite et insignifiante, un morceau d'argile entre tes doigts.* »

Elle me regarde sans un mot.

« *Tu ne sais pas comment je me sens à cause de toi, comme un idiot qui compte le temps perdu entre un* on verra *et un* pas aujourd'hui. »

Et elle me regarde sans rien dire ni rien faire, elle attend que ça soit moi qui dise ou fasse quelque chose.

« *Tu ne sais pas voir ce qu'il y a en moi d'or et de flamme et moi je me flétris et je rouille.* »

Elle me regarde toujours, imperturbable, et ça me met mal à l'aise, ça me rend nerveux.

« *Ce que je trouve sucré te rend amer... Et, comble de l'absurde, ce qui hier nous faisait brûler aujourd'hui est en train de me noyer...* »

La vengeance que j'ai tant crainte arrive finalement, sous la forme d'une chanson, alors que nous sommes coincés dans une voiture qui avance à toute vitesse sous une pluie battante. Tout concourt à ce que nous ayons un accident spectaculaire. Je ne veux pas y penser. Si j'y pense, si je le visualise, je sais que mon pouvoir nous écrasera contre la glissière de sécurité de l'autoroute ou contre une autre voiture.

« *Tu ne sais pas comment je me sens à cause de toi.* »

La phrase revient plusieurs fois à la fin de la chanson tandis qu'elle me regarde sans sourciller. Je dois apprendre à contrôler mon pouvoir. Lorsque la chanson se termine, elle éteint l'autoradio et nous restons silencieux. Je suppose qu'elle me laisse la possibilité de réfléchir, et la torture augmente encore. Au bout d'un moment, quand je ne supporte plus le silence ni la tension, j'ose la regarder et vois qu'elle s'est endormie.

Elle a du mal à s'endormir, mais quand elle y arrive elle se plaint de mal dormir. En fait, au cours des neuf mois de grossesse, elle se plaint toujours de tout. Quand ce n'est pas un problème de digestion, de transit, c'est qu'elle a du mal à respirer. Elle a toujours besoin d'uriner, ses jambes sont lourdes, ses bras gonflés. Sa peau est recouverte par un immense eczéma et elle se plaint d'être devenue grasse et laide. Elle est toujours fatiguée mais, même si elle ne fait rien et reste à la maison, assure qu'elle ne peut pas se reposer. Et à ma grande surprise, ainsi qu'à celle de ma mère, un beau jour elle se met à fumer. Je crois qu'elle le cache à son médecin parce qu'elle ne saurait pas comment justifier cette étrange décision. Depuis le premier jour, alors que le fœtus commence à développer ses tissus et ses organes vitaux, comme le cœur, le cerveau et les membres, j'ordonne tout le matériel accumulé pour mon roman. Je me concentre sur la structure de l'histoire et sur le ton que je veux employer. C'est un peu comme décider si mon livre sera un garçon ou une fille. Un jour, nous en discutons tous les deux, pas de mon roman mais de notre enfant, et ça ne nous importe pas plus que ça de le savoir. Comme toujours, le plus important est qu'il soit en bonne santé. Elle note dans un carnet tous ses changements physiques et les illustre par des photos. Tous les matins, elle me demande de la prendre en photo et elle les accroche d'abord sur le frigo, mais quand il y en a trop, nous décidons de les mettre dans un album. Nous ne mettons que celle du premier jour du mois sur le frigo. Elle vomit plusieurs fois par jour. Je le sais parce qu'elle n'arrête pas d'en parler, mais j'ai l'impression qu'elle exagère pour que j'aie de la peine pour elle. Elle est gênée par les changements physiques de son corps, mais moi j'ai juste remarqué que ses petits seins ont maintenant une taille digne de ce nom. La cohabitation redevient impossible et mes crises de mauvaise humeur créative, combinées avec sa susceptibilité, provoquent des drames. Comme elle est enceinte et que c'est l'hiver, je n'ai pas la possibilité de la renvoyer au cinéma ou se promener dans la rue comme avant. Elle reste sur le canapé pendant que j'écris sur la table de la cuisine et, quand j'ai besoin de plus de concentration, je m'enferme dans la salle de bains. Je vais parfois travailler chez Carlota, mais je n'aime pas trop envahir l'intimité des autres. Après les deux premiers mois, quand il n'y a plus de danger pour le bébé, nous annonçons la nouvelle à ma mère. Au cours d'une conversation raisonnable, et pour notre bien à tous les deux, nous décidons que tant que nous n'avons pas trouvé d'appartement plus grand, le mieux, c'est qu'elle aille vivre avec ma mère à Vic. Un dimanche je l'y dépose, avec la plupart de ses affaires, et j'apporte le reste la semaine d'après. Je vais les voir tous les week-ends, les trois premiers mois du moins. Puis je réduis la fréquence de mes visites parce que mon travail sur le roman augmente et m'absorbe presque complètement. Alors que le fœtus se forme rapidement, qu'il a déjà des mains, des pieds et un squelette, je construis le squelette de mon histoire, je prépare un chemin de fer détaillé de toutes les actions, chapitre par chapitre, et je décide deux choses primordiales pour moi, la première et la dernière phrases. À partir de là, je suis totalement captivé par mon histoire, sous la douche, dans la rue, quand je conduis ou marche, pendant mes repas ou aux toilettes, mon esprit bouillonne de ce qui sera, je crois, mon meilleur roman et, qui sait, le meilleur roman de l'année. L'une de mes décisions, et je pense ainsi mettre fin à la malédiction qui pèse sur moi, est qu'il n'y aura aucune référence à *Macbeth*, contrairement à mes deux précédents romans. Quand le fœtus développe ses organes génitaux, je couche avec une actrice en herbe, serveuse au Candela, le bar qui se trouve juste devant le Teatre Romea. Ce théâtre est source pour moi de sentiments contradictoires depuis la première de *Gènesi 3.0*, la pièce qui m'a valu le prix de la fondation Romea pour les arts de la scène. Ça fait plusieurs jours que j'attends au bar de rencontrer quelqu'un d'intéressant et quand j'en ai assez d'écrire, je bois une bière et flirte avec la serveuse, puis passe à l'acte. Dans son appartement, parce que ça me ferait bizarre de la mettre dans le lit où je dors avec Anastasia, nous baisons mais je me sens sale, pas d'être avec elle, mais parce que sa maison aurait bien besoin de plusieurs coups de balai. Cette fille est en colocation et être chez elle me donne l'impression d'être un étudiant. Je pars quand elle se douche, sans dire au revoir. Sur le chemin du retour, je recommence à éprouver le sentiment aigre-doux de l'infidélité et le mélange de supériorité et de remords qu'elle procure. Maintenant, un autre sentiment s'y ajoute, que je ne sais pas définir, un peu différent, parce que cette fois j'ai tout prémédité, pas comme à Rome avec Francesca. La question maintenant n'est pas de savoir si je peux être fidèle mais si je veux l'être. Je ne retourne plus au Candela et je vais boire mes bières à l'Ambar, sur la Rambla du Raval. Quand le fœtus mesure neuf centimètres et que son cœur bat, je donne vie à mes personnages, leur apprends à parler, à marcher, à s'habiller, à agir, et je leur fabrique un passé. La vingtième semaine de la grossesse, qu'elle compte avec précision, comme un prisonnier compte les jours qui lui restent avant sa libération, je suis totalement plongé dans l'écriture du roman, mon rythme est parfait. Des pages et des pages, où je verse tous mes sentiments. Pour plus de commodité, lorsque l'accouchement qui aura lieu à l'hôpital Vall d'Hebron approche, elle revient vivre avec moi. Je vais la chercher un samedi, et le lendemain je retourne seul à Vic prendre ce qui reste de ses affaires. Elle a beaucoup plus d'habits qu'avant son départ.

Anastasia commence à s'inquiéter et à dire que lorsque le bébé sera né nous n'aurons pas assez de place dans notre petit appartement du Raval. Nous passons tout un après-midi à visiter trois appartements en location, et nous tombons amoureux d'un très grand appartement, de six pièces, dans le quartier Esquerra de l'Eixample. Il me plaît parce qu'il me rappelle l'appartement de Francesca à Roma, mais je suis certain que chez nous la décoration sera moins chargée. Le seul inconvénient est qu'il faudra faire des travaux et ça signifie que nous devrons rester plus longtemps enfermés dans le petit appartement. Nous nous mettons d'accord avec le propriétaire pour ne pas payer de loyer pendant les travaux. Je fais des calculs et entre mon projet international, l'avance sur les droits que je viens de toucher pour le roman, mes cours d'écriture et un projet théâtral que j'ai démarré, nous pouvons nous en sortir. Mais je crois malgré tout que je ne devrais pas laisser l'appartement du Raval pour le moment. Ma mère propose de nous prêter de l'argent mais Anastasia promet pour la millionième fois de chercher un travail quand elle aura repris des forces après l'accouchement. Je profite des heures de calme où elle surveille les travaux de l'appartement pour écrire et faire quelques folies que je ne saurais pas expliquer. Parfois, je m'enferme dans la salle de bains, enlève tous mes habits, m'assois par terre et relis ce que j'ai écrit. Puis je me rhabille, sors comme si de rien n'était et fais mes modifications sur mon ordinateur. J'aimerais terminer mon roman avant la naissance, parce que si l'appartement n'est pas terminé à cette date, ça sera l'enfer. Les travaux prennent beaucoup de retard et elle dit que c'est ma faute parce que je suis trop gentil avec les ouvriers.

Un soir, Anastasia, le ventre si gros que je crains de voir son dos se briser, me montre ce qu'elle a fait dans la chambre du bébé. C'est totalement neutre parce qu'elle n'a pas voulu connaître le sexe, elle explique que ça ferait perdre tout son sens au processus. Je ne sais pas exactement ce qu'elle veut dire par là mais je cède devant son insistance. Nous regardons ensemble, émerveillés, le mobile au-dessus du berceau, puis elle m'annonce qu'elle veut me parler. Je pense à un détail à propos de la couleur du salon ou de la qualité du marbre de la cuisine, mais quand elle insiste pour s'asseoir par terre, je comprends que c'est quelque chose de grave. Elle reste sérieuse un moment et me dit qu'avant de poursuivre avec ce projet, je dois savoir quelque chose. Je me dis que quoi que ça puisse être, c'est un peu tard maintenant. Elle me tend un passeport, je le prends sans l'ouvrir. Ensuite, voyant qu'elle ne me dira rien tant que je ne l'aurai pas regardé, j'ose le faire. Il est belge. Mon cœur bat rapidement et mes mains transpirent. Je regarde le mobile au-dessus du berceau. Je regarde le ventre d'Anastasia. Je veux la regarder dans les yeux mais elle a baissé la tête et ses cheveux blonds cachent son visage. Finalement, j'ouvre le passeport et peux voir sa photo, mais lorsque je lis le nom, mon estomac se noue et je suis incapable d'articuler un mot. Le document affirme qu'elle s'appelle Kira Stieglitz et qu'elle est née le 31 octobre 1988 à Bruxelles, en Belgique. Je relis son nom cent fois peut-être, en attendant qu'elle dise quelque chose. Je le répète mentalement sur différents tons. Le nom et le prénom, séparés. Je les réunis et regarde sa photo, comme si ça pouvait réellement me permettre de savoir que c'est son véritable nom. Quand elle daigne enfin ouvrir la bouche, au lieu de me donner une explication, elle me demande de lui faire confiance. Elle me dit que rien n'a changé entre nous et qu'elle ne peut rien m'expliquer maintenant. Elle m'a montré le passeport parce qu'à la naissance du bébé il faudra faire des démarches administratives et qu'elle aurait dû me le montrer de toute façon. Nous restons très longtemps silencieux. Le jour s'achève et la lumière extérieure devient lugubre. Lorsque les lampadaires de la rue s'allument, un peu de lumière orange pénètre dans l'appartement mais ça ne suffit pas pour que nous puissions voir nos visages. Et nous ne pouvons allumer aucune lampe car l'électricité n'est pas encore branchée. Seul nous parvient de temps à autre le bruit des voitures qui klaxonnent à l'intersection très fréquentée des rues Montaner et Còrsega. Nous restons très longtemps assis par terre, en face l'un de l'autre, à nous regarder sans nous voir dans la pénombre. Je tiens son passeport dans une main. J'ai l'impression qu'elle pleure. Je me demande quel sens il y aurait à tout abandonner, là, maintenant. Si c'est important qu'elle ne s'appelle pas Anastasia, qu'elle ne soit pas Russe, que j'ignore tout d'elle, même si nous avons vécu ensemble. Que je ne connaisse absolument pas la personne avec qui j'ai vécu la dernière année de ma vie. Ces questions tournent dans ma tête la nuit et les semaines suivantes. Nous n'en reparlons pas. Nous n'abordons plus le sujet. Nous n'évoquons pas son identité. Elle cache son passeport quelque part et nous faisons comme si cette conversation n'avait jamais eu lieu.

La seule fois où le sujet refait surface, c'est un soir, alors que nous sommes assis sur le canapé dans le petit appartement du Raval et que nous regardons la télévision. Tout à coup, elle sent un coup de pied dans son ventre et, alarmée, comme si c'était un signe, elle s'assoit correctement et me regarde avec inquiétude parce que nous n'avons pas encore décidé comment s'appellerait ce bébé. Elle dit qu'elle aimerait beaucoup qu'il s'appelle Yul. Elle insiste énormément. Je ne sais pas si c'est à cause d'un membre de sa famille ou pour Yul Brynner, me dis-je pour rire. Je ne lui pose pas la question, j'ai appris à vivre avec ses mystères insondables. Pour ma part, je me suis intéressé à la chose, je lui montre un livre sur les prénoms que j'ai acheté et lui dis que si c'est une fille je voudrais l'appeler Elia. Je lui montre la page du livre où apparaît ce prénom. Elle le prend, regarde la page et sourit. Ensuite elle cherche le sens d'Anastasia. Après de longues minutes, au cours desquelles elle pourrait avoir lu le livre entier, alors qu'elle n'a pas tourné la page, elle se recouche sur le canapé et s'endort. Je m'enferme dans la salle de bains et m'assois sur les toilettes avec mon ordinateur portable. Ça fait plusieurs jours que je ne travaille plus sur mon roman parce qu'il y a deux choses qui coincent. La première, c'est la fin. Celle à laquelle je pensais, celle qui apparaît dans mes plans et dans mes premières idées, je la trouve faible et prévisible. J'ai peut-être besoin de tout laisser reposer un moment. Au moins jusqu'à la naissance du bébé. Après ça, tout aura mûri et j'aurai les idées plus claires. La seconde, c'est le titre. Aussi important que le prénom d'un enfant. *La deriva dels continents* s'appelait au début *Cotxes, ambulancies, cadires de rodes i altres vehicles*[3]. Heureusement que j'ai changé de titre. *Dia de caça*, avant d'être un roman, existait déjà comme titre. Mais, pour l'instant, je n'ai pas été capable de trouver un titre pour mon nouveau roman. Maintenant, je

3. *Voitures, ambulances, fauteuils roulants et autres véhicules*, en français.

suis certain que non seulement ça sera le meilleur roman de l'année mais aussi de la décennie. Je tape sur mon clavier, en Times New Roman 16 et en gras. Sur l'écran apparaît :

Histoire de Yul et Elia

Mes premières notes pour *Histoire de Yul et Elia* datent d'il y a deux étés et je considère que le processus de création a pris fin lors de mon séjour en Angleterre de mars, grâce à la bourse du British Council, quand j'ai rencontré Anastasia qui m'a demandé de marcher avec moi. Ce sont des notes manuscrites, de mon écriture si illisible que parfois même moi j'ai du mal à me comprendre, prises dans le métro, sur un banc ou dans un café. Les premiers mots écrits sur un document Word, qui donnent une première forme au roman, datent du mois de juillet. L'époque où Anastasia est tombée enceinte. Huit mois ont passé et je ne l'ai pas encore terminé. Ma technique de travail pour un roman est presque toujours la même. J'ai besoin d'un an pour concevoir l'idée, tout penser, imaginer les situations, développer l'idée initiale, la mûrir, décider si ça me plaît suffisamment pour y consacrer tant de temps et enfin pour me documenter. La deuxième année, je la consacre à l'écriture physique, devant mon ordinateur, à dépenser des kilowatts d'électricité, des fleuves d'encre et des montagnes de papier. J'imprime et déchire les feuilles que j'ai réécrites. Je ne les recycle jamais parce que je cours le risque de retomber sur une version écartée et de la confondre avec une version correcte. J'ai parfois passé des heures assis à la table de ma cuisine, à déchirer des pages de mes mains, à faire des morceaux de plus en plus petits, de peur que quelqu'un fouille dans ma poubelle, les trouve et me vole. Comme si j'étais un si bon écrivain. La troisième année, lorsque j'ai remis le manuscrit à une maison d'édition, je l'utilise pour faire les corrections stylistiques et orthographiques avec l'éditeur, pour préparer tout ce qui est nécessaire à la publication du roman : la couverture, la quatrième de couverture, les photos, la promotion... Trois ans pour créer un livre. Je crois que, psychologiquement, c'est aussi épuisant que d'engendrer un enfant, à la différence qu'après l'accouchement tu peux l'oublier, parce qu'à part la promotion du livre au début, tu ne peux plus faire grand-chose. Normalement, la première et la dernière année de création chevauchent le processus du roman antérieur et du suivant, et c'est comme ça que j'ai pu publier un livre tous les deux ans. Je n'ai jamais eu peur de ce mythe absurde de la page blanche. J'ai toujours des choses à raconter. Ce qui m'effraye c'est de me rendre compte un jour, après un travail de trois ans sur une histoire, que ça ne me plaît pas. Que ce n'est pas ce que je voulais raconter. Mais je ne suis pas le seul que ça effraye. Dostoïevski écrivait dans une chambre vide, à la lumière de la bougie, l'hiver russe pénétrant par toutes ses fenêtres. Chaque passage important qu'il écrivait lui valait une crise d'épilepsie. Sa femme était sur le point d'accoucher, ses créanciers frappaient constamment à sa porte et, quand il n'avait plus aucune explication à leur fournir, il éteignait sa bougie et faisait croire qu'il n'était pas là. L'éditeur attendait son livre et le rémunérait par chapitre. Ce livre pourrait les sauver, résoudre tous leurs problèmes, mais un jour Dostoïevski le lit et il ne lui plaît pas. Il déchire tout et en commence un autre, *L'Idiot*. Il est donc normal que lorsqu'un critique ou un lecteur descend publiquement ton œuvre tu ressentes une douleur semblable à celle de la perte d'un enfant.

De nombreux auteurs ont décidé, au cours de leur carrière littéraire, d'écrire une fausse autobiographie. Ils l'ont parfois vendue comme véridique mais nous savons tous que les souvenirs lointains se diluent et finissent par se transformer en reflets approximatifs de ce qu'ils étaient réellement. Une biographie finit par n'être qu'un roman de fiction parsemé de touches de réalité, comme tout roman qui ne prétend jamais être une biographie. Il peut y avoir d'autres raisons d'inventer tout ou partie d'une biographie. Une vie peu intéressante qui pourrait décevoir les lecteurs, ou des choses à cacher que l'auteur aurait honte de raconter. Le cas le plus spectaculaire d'autobiographie limite est celui de Gabriel García Márquez, on a constamment la sensation de lire un de ses romans au réalisme magique, et jamais une biographie conventionnelle. Federico Fellini disait que sa mémoire n'était pas faite de souvenirs. Qu'il trouvait plus naturel de les inventer. Un autre jeu littéraire très intéressant également, selon moi, consiste à inventer une fiction à partir de personnages réels. Certains auteurs, comme Bret Easton Ellis, Luke Rhinehart ou Kurt Vonnegut, sont devenus les protagonistes de leurs romans, comme avant eux l'avaient fait, directement ou pas, Dante, Hemingway, Borges ou Cortázar. Pourtant, même s'ils en sont les protagonistes, leurs histoires sont inventées et la réalité et la fiction fusionnent tant qu'il est très difficile de les distinguer. Quoi qu'il en soit, il est évident que toutes les biographies sont des mensonges et que tous les écrivains sont des menteurs. Écrire, même de la fiction, est un acte terriblement égoïste parce que nous en profitons pour coucher sur le papier tout ce que nous refusons d'oublier, ou pour exorciser nos fantasmes. J'ai énormément économisé en psychanalyse au cours de ma vie. *Histoire de Yul et Elia* raconte ma future vie avec Anastasia, vue à travers les yeux de nos deux enfants. Deux personnes qui, même si l'une d'entre elles est en chemin, n'existent pas encore.

Le 7 mars, le bébé naît à l'hôpital Vall d'Hébron de Barcelone. Je suis au centre-ville, je cherche des appareils électroménagers pour le nouvel appartement lorsqu'elle m'appelle, alarmée, parce qu'elle croit avoir perdu les eaux. Quand nous descendons de l'appartement du Raval avec tout le nécessaire pour l'accouchement, un policier municipal est déjà en train de me coller une amende mais quand il comprend la situation et son urgence il me sourit et m'épargne. J'aimerais bien qu'il nous escorte mais il ne le fait pas. Je n'assiste pas à la naissance, parce qu'on lui fait une césarienne, elle est si mince qu'elle ne supporterait pas un accouchement par voie basse, ses hanches se briseraient. De toute façon, je ne serais pas rentré non plus. Je ne comprends pas cette mode, pourquoi vouloir voir un moment certes très beau mais aussi extrêmement violent et sale. Je suis trop craintif et je m'évanouirais, c'est sûr. Je patiente dans la salle d'attente en me rongeant les ongles, tourne comme un fou en cage, achète de la nourriture dans le distributeur et parle au téléphone avec Carlota de ce que signifie la naissance de mon enfant. Une infirmière me laisse entrer et voir Anastasia. Elle me sourit, à moitié endormie, et des larmes plein les yeux me dit que c'est un garçon, Yul. Pendant qu'ils la montent dans sa chambre, j'appelle ma mère et lui dis que tout s'est bien passé. Elle me demande le poids du bébé mais je l'ignore parce que je n'ai pas posé la question. Elle me dit qu'elle prend le premier train et qu'elle vient nous voir. J'envoie ensuite un SMS à tous mes amis, à toutes mes connaissances, et je commence immédiatement à recevoir des tonnes de félicitations. Quand je la retrouve dans sa chambre, je lui demande si elle veut parler à quelqu'un, en Russie, en Belgique, à Londres ou ailleurs, mais elle change habilement de sujet. La première nuit est spéciale, magique, la pensée que cette petite chose dans le berceau transparent est à nous, le fruit de notre dernier contact sexuel, même si je crains qu'il n'y ait plus jamais d'amour ni de passion. Nous sommes heureux, ou en avons l'air, comme les autres couples à l'étage de la maternité. Je sors étirer mes jambes dans le couloir, rempli de plantes et de bouquets de fleurs qui montent la garde devant les portes des chambres. Je regarde à l'intérieur de celles qui sont ouvertes et observe les scènes de bonheur qui s'y jouent. Je suis certain qu'ils sont nombreux à ne pas s'aimer. Comme nous. Maintenant, je comprends pourquoi de nombreux couples font des enfants, pour détourner leur attention et ne pas avoir à se rappeler chaque jour que tout ne s'est pas déroulé comme ils l'avaient prévu.

Deux jours plus tard, la mère et l'enfant ont le droit de sortir de l'hôpital et nous retournons dans l'appartement du Raval parce que les travaux du nouvel appartement ont pris énormément de retard. La journée, nous plaçons le couffin de Yul sur notre lit et la nuit sur le canapé. J'ai la sensation que les voisins, depuis chez eux, poussent les murs et réduisent notre appartement à une peau de chagrin. La nuit, avant d'aller dormir, pendant qu'Anastasia donne le sein à Yul sur le canapé, nous nous regardons dans les yeux et je vois dans les siens une étincelle d'espoir ou de joie à l'idée de ce qui commence. Je sais que les miens brillent également. Je peux sentir mes larmes sur le point de tomber. Et lui, tétant un sein, est totalement étranger au bonheur qu'il nous procure par son geste si simple. La troisième nuit, le bébé commence à pleurer, comme s'il était très malade ou possédé. Elle ne sait pas quoi faire ni quoi lui donner et ma mère, au téléphone, lui explique qu'il doit avoir des coliques. Le pédiatre confirme, mais malgré les infusions recommandées, pour lui, et les doses de patience, pour nous, la situation est insupportable. Nous accumulons tous les deux les heures de sommeil perdu et sommes si susceptibles que nous évitons de nous adresser la parole pour éviter les affrontements. Yul pleure toujours, inconscient du conflit qu'il génère avec sa souffrance. Parfois, je pense que, puisque sa chambre est terminée dans le nouvel appartement, nous pourrions l'y déposer le soir et aller le chercher le matin. Mon sens pratique commence à refaire surface, mais évidemment je ne lui parle pas de mon idée.

Nous survivons deux mois ainsi, les nerfs à vif, jusqu'à ce que nous puissions enfin emménager dans l'appartement de l'Eixample. Ma mère m'a donné de l'argent pour acheter des meubles et des appareils électroménagers, parce que nous ne voulions que du neuf et nous épargner de tout déménager depuis l'appartement du Raval. Nous avons engagé des déménageurs et en une journée ils ont transporté tout ce que nous souhaitions emporter. Tout est allé très vite, et a été assez peu pénible, heureusement, étant donné que c'est toujours pénible, un déménagement. Les semaines suivantes, pourtant, nous les passons entre les cartons, sans savoir où sont nos affaires. Je ne travaille pas sur mon roman. Je ne sais pas ce qui serait le mieux, écrire dans l'appartement du Raval, qui est maintenant mon atelier, ou dans la chambre où j'ai installé mon bureau. Je devrais le terminer, j'ai besoin du reste de l'avance que la maison d'édition me donnera quand j'aurai remis le manuscrit, mais je ne peux pas me concentrer. Mon cerveau est entré dans un état de torpeur constant, provoqué par le manque de sommeil, et je ne suis jamais complètement éveillé ou endormi. Autour de moi, tout avance au ralenti et tout me semble étranger. Un soir, alors que de nombreux cartons fermés sont encore empilés dans le couloir, nous regardons le nouvel appartement. Depuis l'entrée et dans la pénombre, sans aucun bruit, il ressemble enfin à un foyer. Je me rends compte qu'il est bien plus grand que ce que j'imaginais. Nous devrions y mettre plus de choses. Plus de meubles. Plus de tableaux. Plus de vases. J'aimerais que chaque pièce ait une couleur différente, chaude, agréable et accueillante, qui lui donne un air plus chaleureux. Peut-être que dans quelque temps nous pourrions demander à la propriétaire de faire des mezzanines sous les plafonds, qui sont très hauts, et comme ça l'appartement aurait l'air encore plus cosy. Je suppose que lorsque nos amis nous feront des cadeaux pour l'appartement et quand l'enfant grandira et aura plus de jouets, tout aura l'air plus accueillant. Une fois que nous sommes complètement installés, je fais quelques menus travaux dans l'appartement du Raval pour qu'il soit pratique d'y écrire, mais ça retarde encore plus le moment où je recommence à travailler sur mon *Histoire de Yul et Elia*.

Losque Yul commence à marcher à quatre pattes et qu'il s'aventure dans l'appartement pour en explorer les pièces, tel un aventurier intrépide qui fait le tour du monde, Anastasia et moi évoquons son avenir et ce qu'elle fera lorsqu'il ira à la crèche. Elle dit qu'elle ne sait pas quelle est sa place, qu'elle a encore des problèmes d'identité et ne veut rien faire à part rester à la maison et s'occuper de Yul. Elle se ferme comme une huître et la discussion prend fin, mais au cours des mois qui suivent c'est un thème récurrent, idéal pour commencer des disputes. Mon avenir n'est pas très clair non plus. Je ne suis pas capable de toucher à mon roman, je crois que ce n'est pas ce que je voulais faire, que ce n'est pas l'histoire que je voulais raconter et, comme toujours, le fantôme de l'insécurité apparaît. Je liste dans ma tête la série habituelle de reproches. Je ne sais pas écrire, je ne suis pas un bon écrivain, je suis un loser, je suis une merde. Paradoxalement, alors que je suis certain de n'avoir aucun talent pour l'écriture, je donne plus de cours d'écriture que jamais. J'ai de la peine pour mes pauvres élèves, que j'ai l'impression d'escroquer, mais l'argent est bienvenu dans un moment pareil.

La première fois que nous amenons Yul à la crèche, c'est le drame. Pas pour lui, qui a l'air ravi de nous perdre de vue un moment, mais pour sa mère qui pleure sans arrêt jusqu'à l'heure d'aller le chercher. Elle s'assoit sur le canapé et quand je reviens de mon atelier, je la retrouve dans la même position et rien n'indique qu'elle ait fait quoi que ce soit. Le résultat, c'est que nous nous dépêchons d'engager cette fille de Vic, Susanna, pour faire le ménage chez nous. Un jour, sans raison apparente, l'indifférence que montre Anastasia envers tout se dissipe et elle commence à s'activer. Mais au lieu de m'aider à rapporter de l'argent à la maison, elle en dépense. Elle décore l'appartement, qui n'avait pas vraiment de charme depuis le déménagement. Elle remplit les étagères, les murs, accroche des rideaux et des luminaires et j'ai peur que notre appartement finisse par ressembler terriblement à celui de Francesca à Rome.

Quand Yul imite les sons qu'il entend, comprend son prénom et le sens des mots « au revoir » et « non », je reçois un appel du responsable du théâtre Kismet OperA de Bari qui m'annonce que finalement l'Union européenne ne nous accorde pas de subvention pour notre projet de théâtre international. D'autres projets dramaturgiques tombent à l'eau et mon roman est toujours dans un tiroir, il attend que je me décide à y mettre un point final. J'enrage d'avoir perdu les dernières semaines à travailler sur de nouveaux projets que, tout à coup, tout le monde semble rejeter aujourd'hui. Au cours d'un dîner avec Carlota, dans le restaurant El Japonés qui se situe dans un petit passage rejoignant la Rambla de Catalunya et l'avenue Passeig de Gràcia, je lui dis que je pense sérieusement ne pas savoir écrire. Que j'ai certainement atteint mon plafond et que ce que j'ai fait jusqu'à présent est tout ce que je pouvais offrir. Longtemps, j'ai essayé de lutter contre les éléments extérieurs et j'ai rendu les autres responsables de mes échecs. J'ai soutenu épée à la main, au risque d'y laisser ma peau, que la Terre était plate.

Bien souvent pour dire le contraire des autres. Parce que je sais que les rebelles ont une espèce d'aura romantique malsaine. J'ai publié des articles dans des revues et sur mon blog qui ont provoqué gênes et blessures. Parfois avec raison. Parfois sans. C'est vrai que les théâtres publics de ce pays laissent beaucoup à désirer et qu'il arrive que le favoritisme et le système nuisent aux nouveaux auteurs. Mais si après tout ça je n'ai pas réussi à m'élever davantage, c'est peut-être ma faute, rien que ma faute. Ma posture obstinée d'*enfant terrible* ne m'a pas élevé, ne m'a rien apporté d'intéressant. Je n'ai réussi qu'à me fermer les portes de tous les théâtres et à me créer des ennemis parmi mes pairs. Mais certains traits sont communs à tous ceux de ma génération. Nous désirons écrire l'œuvre définitive, nous sommes obsédés par l'accumulation des succès, nous savons ce que nous ne voulons pas mais nous n'avons pas la moindre idée de ce que nous voulons, notre ego est démesuré et notre narcissisme nous fait chercher sur Google toutes les pages où apparaît notre nom. Nous tombons facilement amoureux et laissons tomber nos amours tout aussi facilement parce que nous voulons être seuls ou peut-être parce que nous sommes incapables d'aimer quelqu'un d'autre que nous. Nous sommes les meilleurs et ne supportons pas qu'on nous dise le contraire. Nous sommes une génération fantôme qui s'est noyée dans ses propres clichés. Jusqu'à il y a peu, il était évident pour moi que je ne savais pas écrire de théâtre, c'était évident. Les trois dernières mises en scène de mes pièces ont été des échecs retentissants et la seule chose qu'elles avaient en commun, ce sont mes textes. Je commence à comprendre maintenant que je ne sais pas non plus écrire de romans. Mais ça ne m'inquiète pas trop. Si une guerre éclate, nous les écrivains serons les premiers envoyés au front et dans les tranchées. Je l'avais bien compris au cours de mon service militaire. Comme ils ne savaient pas où m'envoyer, ils m'avaient propulsé responsable de la bibliothèque, de la salle vidéo et du gymnase.

Yul commence à marcher et devient un danger sur pattes, la présence de l'un de nous deux derrière lui est indispensable pour éviter qu'il ne s'ouvre la tête. Anastasia l'a bombardé depuis le premier jour et a fait des milliers de photos. Elle a trouvé un job, non rémunéré bien sûr. Maintenant, elle passe des heures et des heures à faire des albums. Plus mon fils grandit, plus je cherche s'il me ressemble physiquement. C'est pratiquement la copie conforme de sa mère, mais de moi il n'a rien. Ou des détails peut-être. S'il a hérité de mon nez ou de mes oreilles, pauvre de lui. Heureusement que les dents tachées à cause d'un médicament défectueux des années soixante-dix ne se transmettent pas génétiquement. Je me rassure parfois en me disant qu'il aura peut-être hérité de mon caractère et parfois je me torture en me disant qu'il n'est peut-être pas de moi. Un dimanche, ma photo, à côté de celle d'une trentaine de jeunes écrivains, apparaît dans un hors-série du journal *La Vanguardia* consacré à la nouvelle génération d'auteurs de moins de quarante ans. Je souris à l'objectif et feins d'être l'un d'eux, jeune prodige talentueux, mais mon roman dort encore dans un tiroir parce que quelque chose m'empêche de le terminer.

Yul qui, curieusement, dit « papa » avant de savoir dire « maman », devient très sociable et extrêmement bavard. Une des dames de la garderie nous dit que son vocabulaire comporte déjà au moins une centaine de mots et moi j'ai l'impression d'avoir oublié comment lire et écrire. Je décide d'affronter mon roman, pressé par un mail de mon éditeur et deux coups de fil de mon agent auxquels j'ai été incapable de répondre. Rien que d'y penser, j'ai mal au ventre et envie de sauter par la fenêtre. Lorsqu'il essaye de me contacter à nouveau, j'oblige Anastasia à mentir pour moi, à fournir des excuses que j'invente et que je note sur un cahier pour ne pas les sortir deux fois. Pour ça, je suis encore bon. La dernière en date parle d'un virus qui a détruit toutes mes archives sur l'ordinateur. Heureusement, j'avais une sortie papier du roman et je devrais tout transcrire, ce qui me prendra, au minimum, trois mois de plus.

Et alors, au cours de ces journées pathétiques, quand j'ai perdu tout courage pour faire face au roman qui devait être le meilleur de la décennie et qui s'est transformé en l'échec du siècle, quand tous mes revenus et toutes mes économies ont diminué de façon spectaculaire, quand la majorité de mes confrères sont fâchés contre moi à cause de mon attitude agressive et quand je suis obligé de quitter mon atelier du Raval parce que son loyer ridicule est maintenant une dépense que je ne peux plus assumer, je cherche refuge auprès de Carlota. Un jour, sans préméditation aucune et chez elle, nous profitons de l'absence de son compagnon pour coucher ensemble. Tout le désir que nous avons réprimé au cours des dernières années, depuis notre rencontre, depuis notre premier et dernier contact sexuel, exsude par tous les pores de notre peau. Et cette porte, une fois ouverte, nous ne savons pas la refermer. Le sexe est aussi passionné qu'avec Anastasia à Londres ou Francesca à Rome. C'est étonnant que ça soit avec elle, et à Barcelone, que je puisse trouver ce sexe différent, sauvage je dirais, et nous sommes à plusieurs reprises sur le point de franchir les limites du conventionnel. Cette relation avec Carlota est parfaite. Chacun est en couple et nos rapports n'ont pas besoin de tout ce que l'amour exige. Et en plus nous pouvons aller dîner ou voir une pièce de théâtre sans que rien ne change. Ma mauvaise humeur détruit de plus en plus ma relation avec Anastasia et m'éloigne de mon fils. Je me rends compte qu'il a beaucoup grandi et que je n'ai rien vu. Je donnerais tout ce que je possède pour pouvoir rembobiner un peu et le voir grandir. Je ne me rappelle l'avoir emmené à la crèche que deux ou trois fois, et ça me rend triste. Et le seul jour où je l'ai endormi, c'est quand il a eu quarante de fièvre et que nous lui avons donné un bain glacé. Quand la fièvre est tombée, je me suis endormi avec lui sur le canapé, où nous avons passé la nuit, parce qu'Anastasia était épuisée après l'avoir soigné toute la journée. Certains jours, je me dis qu'il serait plus facile de les abandonner, de partir dans un pays du tiers monde, de m'inventer une nouvelle identité et de recommencer de zéro. Ça serait plus facile pour moi et pour eux aussi certainement. La tension et le malaise m'empêchent de dormir le soir et, quand je m'endors, je fais de nombreux rêves. Des rêves très réels, avec des détails surprenants, des histoires fascinantes qui pourraient être la fin que je suis incapable d'écrire pour mon roman. Il n'y aurait qu'à les transcrire et à imprimer le tout. Mais chaque matin, au réveil, j'ai tout oublié et seule persiste une étrange sensation d'angoisse. Je lui demande d'essayer de me réveiller quand je rêve, pour voir si alors je suis capable de me rappeler quelque chose. Une nuit, elle essaye mais, alors qu'elle n'a jamais voulu me raconter ce qui s'est passé, elle ne veut plus jamais en reparler. J'en suis arrivé à un point dans ma vie où je suis si perdu que je ne peux que générer du chaos autour de moi. Carlota a une théorie à ce propos. Elle dit qu'ainsi, peut-être, toucher le fond sera pour moi la seule façon d'être capable de relever la tête et d'avancer. J'ai peut-être besoin de vraiment toucher le fond. Et je m'y efforce, je visualise une situation assez chaotique pour m'enfoncer complètement. Et quand je l'ai créée, je souhaite de tout mon cœur qu'elle devienne réelle, mais pour l'instant je suis toujours sur la même pente.

Le jour des trois ans de Yul, nous organisons une petite fête chez ma mère à Vic. Lorsque notre fils souffle ses bougies et ouvre ses cadeaux, Anastasia le prend en photo sous toutes les coutures. Moi, je le regarde de loin et j'essaye d'imaginer comment il sera adulte, lorsqu'il aura mon âge, mais j'ai beau essayer, je suis incapable de rien voir. Ma mère, qui a compris notre situation depuis longtemps, nous questionne jusqu'à ce que nous lui avouions finalement ma situation précaire au travail et, par ricochet, mon instabilité émotionnelle. Très calme, comme si elle avait déjà tout prévu depuis longtemps, elle nous annonce que le lendemain matin elle ira à sa banque et qu'elle nous fera un virement, pour que nous puissions respirer. Que nous lui rendrons l'argent quand tout ira bien pour nous. Puis elle nous dit qu'elle aimerait beaucoup garder Yul une semaine et qu'alors nous pourrions « faire notre vie ». Nous lui disons d'abord que nous ne pouvons pas accepter son offre, qu'elle nous a déjà prêté de l'argent pour les meubles et les appareils électroménagers, que nous ne lui avons pas encore rendu, mais elle finit par nous convaincre d'aller à Londres en souvenir de notre rencontre. Une rencontre que nous ne pourrons jamais lui raconter. De retour à Barcelone, alors que Yul dort sur son siège dans la voiture, nous abordons le sujet. L'idée est bonne, nous le reconnaissons, et nous commençons à tout organiser. Anastasia est contente parce qu'elle a un brin d'espoir. C'est peut-être ce que nous aurions dû faire depuis longtemps déjà, avant la naissance de Yul et tout le reste. La semaine suivante, j'achète les billets chez une compagnie *low-cost* et je réserve une chambre à l'hôtel St Giles, même si ça ne sera pas la même que la dernière fois parce qu'aucun de nous deux ne se souvient du numéro. Vendredi midi, je conduis Yul à Vic et je laisse à ma mère les instructions qu'Anastasia a listées, ainsi qu'une note.

« Carme, les jouets et le change du petit sont dans sa chambre. Ses médicaments sont dans le placard de la salle de bains. N'hésite pas à m'appeler s'il manque quelque chose ».

Il y a aussi une liste avec nos numéros de téléphone et celui de l'hôtel. Je les laisse alors qu'ils sont tous les deux en train de regarder un dessin animé, même si ma mère m'a dit qu'après le goûter ils iront jouer un peu au square de la plaça Major. Je rentre immédiatement à Barcelone parce que j'ai tout juste le temps de monter à l'appartement, de me doucher, de récupérer les valises et Anastasia et de monter dans un taxi pour l'aéroport. En chemin, alors que j'écoute les informations routières à la radio, pour choisir quel itinéraire sera le plus rapide, mon téléphone sonne plusieurs fois. C'est Anastasia mais je ne réponds pas. Je sais qu'elle me dira de me dépêcher parce qu'elle a peur d'être en retard. Lorsque j'entre dans l'appartement de l'Eixample, plongé dans la pénombre et le silence, je sens que quelque chose cloche. Je cherche Anastasia dans notre chambre, dans la cuisine et dans la salle de bains, mais c'est sur le canapé, au salon, que je la trouve assise. Tête baissée, elle regarde ses pieds. Je reste debout un instant, à l'observer. J'attends qu'elle me parle mais elle ne bouge pas. Je m'assois à côté d'elle et alors, comme si elle sortait d'un rêve, elle remarque ma présence. Elle lève la tête et me cherche d'abord là où je me tenais debout, puis, très lentement, se tourne vers moi et ses yeux bleus rougis par les pleurs trouvent les miens qui la regardent et attendent. Je vois que sa main serre un mouchoir en papier complètement déchiré et que l'autre s'agrippe à son téléphone.

— Je t'ai appelé, dit-elle, baissant à nouveau les yeux vers ses pieds. Deux fois.

Elle renifle.

Je voudrais rester ainsi pour toujours, en silence, sans bouger parce que je sais que je ne veux pas entendre ce qu'elle va me dire. Je parcours notre salon du regard et ne sais pas pourquoi, en cet instant si angoissant, me vient à l'esprit celui de Francesca, à Rome. Je pense que le nôtre est bien moins chargé et bien plus accueillant. Je regarde par terre, m'attends à y trouver son tapis, mais nous n'en avons pas ici. Je ne sais pas si c'est une minute ou une année qui passe mais, enfin, tranquillement et comme évoquant un léger détail, elle me regarde et me dit :

— Yul et ta mère sont morts.

Elle s'éveille brutalement, comme après un cauchemar. Ensuite, lorsqu'elle voit que tout va bien, elle s'étire paresseusement et fait un bruit de bouche. Elle bouge, mal à l'aise. Elle allonge ses jambes et fait craquer son dos. Elle s'assoit correctement et regarde par la vitre, tandis qu'elle se frotte les yeux d'une main et se gratte la tête de l'autre. Elle bâille, ce qui me fait bâiller. Du coin de l'œil, je la vois me regarder mais continuer à se taire. Comme si elle n'osait pas me parler ou qu'elle ne m'avait pas reconnu. Elle ouvre la boîte à gants et cherche à l'intérieur mais n'y prend rien. Elle regarde par sa vitre un long moment, comme si les paysages qu'elle voyait étaient fascinants. À l'entrée du village, elle scrute les rues et comme elle ne sait pas où nous sommes elle me pose la question.

— À Morges.

— Il y a la mer, ici ? dit-elle déconcertée quand nous passons près d'un petit port et de ses embarcations.

— C'est le lac Léman.

— Tu t'es perdu ?

— Je cherche l'hôtel.

— Tu t'es perdu, non ?

Pendant qu'elle prend une très longue douche pour se détendre, je reste assis sur le lit et j'observe la chambre. J'ai l'impression que ça doit faire un an qu'elle a été refaite. Elle conserve un style ancien bien plus réussi et élégant ici qu'à Montpellier. Il y a un bureau et une chaise aux empiècements de cuir, un pouf rond. J'aime la combinaison des tons ocre, du marbre et du marron foncé des meubles en bois. Le téléviseur est allumé mais j'ai coupé le son. J'ai mis une chaîne suisse où passe un jeu, pour renforcer l'impression de me trouver à l'étranger. J'inspecte le contenu de l'armoire et vois avec plaisir que le coffre est gratuit. J'en lis les instructions pour y placer toutes les enveloppes d'argent qui sont dans nos valises. Je serai maintenant rassuré quand je sortirai de la chambre. Comme dans les hôtels anglais, il y a une bouilloire électrique, des sachets de café soluble, du sucre et un assortiment de thés. Une attention agréable qui fait qu'un instant, alors que je chauffe de l'eau et bois un thé, je me sens comme chez moi. Il y a aussi des couvertures et un spray antimoustique. Les deux grandes fenêtres, aux rideaux et volets horizontaux permettant de voir dehors sans être vu, donnent sur la petite rue étroite où se trouve l'entrée de l'hôtel. Comme nous sommes au dernier étage, nous bénéficions d'une vue splendide sur les espaces verts et fleuris qui bordent le lac Léman. Il commence à faire sombre mas je suis certain qu'en plein jour on peut voir les Alpes de l'autre côté. Je reste dans cette position, à respirer l'air de ce centre thermal qu'est Morges, qui est un air pur, comme dans quasiment tout le reste du pays. Il serait bon que je note certains des incidents du jour pour m'en souvenir. Je ne sais pas s'ils me seront utiles mais ça en vaut la peine. J'allume mon ordinateur et cherche le chargeur dans l'étui. Les prises ont trois trous ici et lorsque j'essaye de le brancher, je comprends que ça ne va pas marcher. Aucun problème avec les chargeurs du téléphone et de l'appareil photo, mais pour l'ordinateur ça ne passe pas. J'ai encore trois heures et demie d'autonomie et je me maudis d'avoir oublié l'adaptateur. J'ouvre un document Word mais n'arrive absolument pas à me concentrer. La pression générée par ce compte à rebours de la batterie me bloque. Finalement, j'éteins l'ordinateur, décidé à économiser la batterie jusqu'à ce que j'aie quelque chose d'important à écrire. Je reste longtemps assis là, devant mon ordinateur éteint, les mains sous le menton, à me flageller mentalement pour avoir oublié un accessoire si vital. Tout à coup, comme si on m'avait pincé, je me redresse et commence à défaire les valises à la recherche de la touche *Suppr* de mon ordinateur détruit, mais j'ai l'impression que dans l'urgence je l'ai laissée sur la table de chevet de l'hôtel à Montpellier. Tout ça, certainement parce que je n'ai pas regardé de quel pied je me levais.

Je me promène pieds nus dans la chambre pour voir si cette moquette est plus agréable que celle de Montpellier. Si ma mère me voyait, elle se fâcherait. Elle disait toujours que les moquettes sont d'écœurants nids à poussière. Je regarde à nouveau par la fenêtre et la lumière devient de plus en plus ténue. Les lampadaires de la promenade sont allumés et le vent s'est levé. Un drapeau suisse que je n'avais pas encore vu ondoie sur la promenade. Mais toute cette paix ne peut défaire le nœud qui serre mon estomac. Le moment est loin d'être parfait. Je suis à moins de cinq kilomètres de ma destination mais nous devons loger à Morges parce que Tolochenaz est si petit qu'il n'y a pas d'hôtel là-bas. Je ne sais même pas s'il y a des commerces, juste qu'un bureau de poste s'y trouve. Rien d'autre. C'est dans ce village que je mettrai à exécution mon plan, celui qui doit me sortir du cul-de-sac où je me suis fourré tout seul, et j'irai jusqu'au bout, quelles qu'en soient les conséquences. Je n'ai pas le droit à la moindre erreur, la moindre hésitation. Si je suis arrivé jusqu'ici je dois être fort et continuer. Quoi qu'il arrive. Même si je dois tout sacrifier. D'ailleurs, j'ai la sensation d'avoir tant perdu au cours des derniers mois que je n'ai maintenant plus rien à perdre. Enfin, si, elle, mais je suis certain qu'elle serait mieux sans moi. Je cherche le sac qui contient mes documents pour le projet et la biographie de Findlay Kennedy. Je m'assois sur une chaise design près de la fenêtre et l'air froid qui entre dans la chambre frappe ma nuque, se glisse sous mon T-shirt et descend le long de mon dos. J'aimerais savoir, simplement en regardant le visage de l'auteur sur la quatrième de couverture, quel est son caractère. Si derrière ces yeux, ces pupilles dont l'une est plus grande que l'autre, se trouve un être agréable et compréhensif. Comment il jugera mon projet. Comment il prendra ma proposition. Ça m'agace qu'entre lui et moi se soit déjà interposée son assistante. Son mail ne disait rien d'une intermédiaire, qu'elle soit assistante ou secrétaire. C'est peut-être son infirmière mais, même si je n'ai entendu sa voix sèche et autoritaire qu'une seule fois, sur le répondeur du fixe de Barcelone, elle m'a mis mal à l'aise. Un mauvais présage, peut-être. J'ouvre le livre et cherche un des passages que j'ai surlignés au fluo jaune, où Kennedy parle de plusieurs romans achevés, sans dire combien, prêts à être publiés. Mais après *The Survivor* il a dit que s'il ne recevait aucune critique négative, si personne ne disait que son roman lui déplaisait, il arrêterait de publier. Il a donné des ordres à sa secrétaire, il la nomme d'ailleurs, mais je ne pensais pas qu'elle vivait chez lui, pour qu'elle les brûle après sa mort. Quel cliché. S'il ne voulait pas qu'on les publie, il ne les aurait pas écrits ou alors il les aurait déjà détruits. Je suis certain que l'appât du gain fera que sa secrétaire rompra sa promesse et qu'elle s'enrichira avec ces romans inédits qui doivent valoir une fortune. Je regarde ma montre et pense que c'est une bonne heure pour téléphoner et préciser notre rendez-vous de demain. Je cherche le numéro de la maison de Kennedy dans l'agenda de mon téléphone mais appelle depuis le fixe de la chambre, ça me coûtera bien moins cher. Sa secrétaire répond en allemand, j'ai l'impression qu'elle aboie plus qu'elle ne parle. Quand je me présente, elle reste silencieuse un instant avant de me dire en anglais, sur un ton qui s'aigrit davantage, que monsieur Kennedy me recevra à dix heures pile, pile répète-t-elle, avec plus de sévérité encore. Elle me donne des indications pour arriver à la maison de Tolochenaz, qui se trouve à cinq minutes en voiture et à un peu plus de vingt à pied, la promenade est très agréable. Ça m'étonne qu'avec un ton aussi antipathique que le sien elle ait fait un commentaire pareil.

Sans me donner la possibilité d'ajouter quoi que ce soit, elle raccroche sur un sec *Gute Nacht*. J'imagine que c'est une femme âgée, aux cheveux blonds relevés dans un chignon strict qui accentue les traits aryens de son visage, vêtue de l'uniforme de la section féminine des SS. J'en ai les jambes coupées et je m'assois sur le lit. Je regarde de nouveau la chambre mais avec moins d'intérêt qu'avant. Il y a des cadres et des photos en noir et blanc, comme à Montpellier et dans la majorité des hôtels du monde. J'échafaude une théorie selon laquelle c'est la même personne qui décore toutes les chambres d'hôtel du monde. Je me lève, intrigué, parce que dans un coin j'ai l'impression de voir une tache. Il y a toujours des problèmes dans les vieux bâtiments, même après des travaux. Je m'en approche et dois m'accroupir pour bien l'observer. Elle est grande, comme ma main ou un peu plus, et elle s'étend vers une prise. Je cherche l'appareil photo dans le sac d'Anastasia et en fais une photo pour avoir plus tard, quand elle aura disparu ou changé de place, la preuve que je ne suis pas en train de devenir fou. Quand j'entends un bruit derrière moi, je fais semblant de chercher une pièce de monnaie par terre. Anastasia, une serviette autour du corps, cherche des habits propres dans la valise ouverte sur le lit et je la regarde, comme hypnotisé.

— Tu parlais à qui ? dit-elle en essuyant ses cheveux avec la serviette, son corps nu et sans défense face aux regards qui pourraient pénétrer par la fenêtre.

— À la femme que tu as eue ce matin. J'ai rendez-vous demain à dix heures.

Elle s'habille, une culotte et un soutien-gorge blancs. Elle ne porte que des sous-vêtements blancs sauf pendant ses règles, où elle en met des noirs. Comme si elle voulait me signaler que son sexe est en deuil. Tout à coup, un téléphone sonne et nous sommes pris de frénésie, nous cherchons chacun le nôtre comme si nous attendions la grâce d'un condamné à mort deux secondes avant son exécution. C'est le sien. Avant de répondre, elle me regarde, inquiète, mais quand elle décroche elle fait comme si de rien n'était et s'en va dans la salle de bains pour plus d'intimité. Ça m'agace qu'elle se cache de moi, même si je fais toujours pareil. Je m'approche de la salle de bains et avant qu'elle me claque la porte au nez je l'entends dire à quelqu'un de ne pas s'inquiéter. Je vais à la fenêtre et l'ouvre en grand. Il fait complètement noir maintenant et l'obscurité a avalé l'eau du lac, qui est maintenant aussi noir que le ciel. Je vois dans le reflet sur la vitre qu'elle est revenue dans la chambre et qu'elle pose son téléphone sur la table de chevet. Elle met un jean et un haut orange à manches longues.

— C'était qui ? lui demandé-je sans cesser de regarder à l'extérieur.

— Ta mère. Elle est allée chez nous mais elle n'a pas pu entrer. La pauvre, elle était inquiète.

— Ils doivent être sacrément costauds, les moustiques, autour de ce lac.

Quand je vois dans la vitre qu'elle retourne dans la salle de bains, je me précipite vers la table de chevet et attrape son téléphone. Je cherche les appels entrants et suis soulagé de voir que c'est Susanna qui a téléphoné, la femme de ménage de Vic. Elle a dû prendre peur lorsqu'elle a vu que la clé ne pouvait pas entrer dans la serrure. Je repose le téléphone et m'assois sur le lit, face à la porte de la salle de bains. J'attends qu'elle sorte. Quand elle le fait, un élastique entre les dents parce qu'elle attache sa queue de cheval, elle s'arrête un instant devant moi et j'en profite pour lui dire sur le ton le plus naturel que je suis capable d'emprunter :

— Dans cet hôtel, les lits pour enfant sont gratuits. On aurait pu venir avec Yul.

Elle termine sa queue de cheval et, comme si elle n'avait rien entendu du tout ou comme si elle se trouvait seule dans la chambre, repart dans la salle de bains pour finir de se préparer. Ça ne va peut-être pas du tout nous aider, de loger dans un hôtel qui appartient à la chaîne Romantik.

Nous marchons dans Morges, d'abord sur la promenade au bord du lac puis dans les rues du centre à la recherche d'un restaurant ou d'un endroit où on nous donnera quelque chose à manger. Même si c'est tôt pour nous, j'ai peur qu'ici il soit déjà trop tard pour dîner. J'espère que l'endroit est un peu touristique et qu'ils tiennent compte des différents horaires méditerranéens. Au cours de cette balade, je découvre un petit village, très accueillant cependant, au passé seigneurial, et très soigné. Tout est propre et en ordre, et les conducteurs, nombreux, n'ont pas besoin de feux rouges. Les gens sont suffisamment civilisés pour s'arrêter aux passages piétons et pour ne pas conduire comme des fous. Ils n'ont besoin ni de klaxons ni d'insultes. Lorsque nous passons devant une jolie église aux murs blancs dotée d'un grand clocher en cours de restauration, elle me dit qu'elle aimerait y entrer mais je lui rappelle que ma nouvelle religion m'interdit de pénétrer dans une église. Même si elle ne me pose aucune question, je sais qu'elle ne comprend pas pourquoi j'ai dit ça. Il fait frais et elle se plaint que je ne l'ai pas avertie qu'il allait faire aussi froid. Elle est née dans un pays du nord, je ne pourrais pas jurer lequel, et elle aurait pu y penser quand je lui ai dit que nous allions en Suisse. Dans la rue derrière l'hôtel, parallèle à la promenade du lac, je vois un Salon de chocolats, cafés & thés et Restaurant, qui me fait penser au Papyrus Café de Rome où j'ai rencontré Francesca. Lorsque je vois que son nom est Balzac, nous y entrons sans hésiter. Un tel nom ne peut être que bon signe pour un écrivain. Une jeune femme très sympathique et jolie nous indique une table près de l'entrée. Il y a un deuxième niveau, séparé de celui-ci par trois marches, qui donne sur un autre espace, où se trouvent davantage de tables et une porte au fond qui doit donner sur les cuisines. Pendant que nous attendons qu'elle revienne avec la carte, je jette un coup d'œil sur le lieu. Les murs sont peints dans des couleurs chaudes et criardes : jaune, orange et vermillon. À l'entrée, il y a une petite table et des étagères chargées de pâtisseries et de tasses de thé. La décoration est exotique, les tableaux et les statuettes représentent des bouddhas de tous les genres. Les lampes sont faites de petits verres colorés et au plafond il y a des ventilateurs en bois, qui sont arrêtés. Sur les murs, il y a aussi des étagères pleines de livres, je ne sais pas s'ils sont à vendre ou s'ils sont là pour décorer. La serveuse revient, pose devant nous des espèces de sets de table végétaux et deux cartes. Je regarde les plats proposés. Tout est en français, mais je m'efforce de comprendre. Une musique *chill out* agréable fait office de bande sonore et même si le restaurant est pratiquement complet, tout le monde parle à voix basse et les conversations ne se chevauchent pas. Je dis à Anastasia ce que j'ai choisi et lui demande de me traduire le nom des plats pour être sûr que j'ai tout compris. Je prendrai le menu complet avec une salade verte, des brochettes de crevettes et du riz basmati avec une sauce curry et une salade de fruits. Et en boisson, un Coca. Je lui dis de ne surtout pas oublier de préciser à la serveuse que je ne veux pas d'oignon dans la salade. Quand la fille vient, Anastasia passe commande et j'insiste encore sur l'oignon.

— Depuis quand tu n'aimes plus l'oignon ?

La serveuse apporte nos boissons, une eau sans bulles pour elle, met le couvert et dépose sur la table des serviettes en papier portant le nom du restaurant et un portrait de Balzac. C'est bizarre, ici ils mettent le nom des propriétaires sur les cartes de visite et sur les serviettes. Le Balzac appartient à Cay & Anne Nielsen. Le Romantik Hotel Mont-Blanc Au Lac, où nous logeons, appartient à Susanne et Robert Pontet. Je trouve ça très agréable. Elle cherche dans son sac les photos de la famille de papier et sélectionne celle où ils sourient tous les quatre à l'objectif. Elle la cale contre le mur avec l'enveloppe, leur regard indiscret braqué sur nous. J'ai presque envie de leur commander à manger mais je sais que la blague ne la ferait pas rire. J'observe la fille servir les tables du niveau supérieur et me dis qu'elle est très jolie. Elle pourrait être la version suisse d'Anastasia, silhouette fine, petite poitrine, cheveux longs, mais bruns. Anastasia regarde en direction de l'entrée, vers l'étagère des thés ou la rue. J'ai toujours détesté ces couples mariés qui ne se disent rien et regardent chacun d'un côté différent lorsqu'ils sortent dîner au restaurant. Et maintenant nous en sommes un. Lorsque la serveuse nous apporte l'entrée, cela nous donne une excuse pour ne pas briser le silence. Elle mange beaucoup, comme toujours, et je suis toujours surpris parce que je ne sais pas où elle peut mettre tout ça dans son petit corps. Ce n'est qu'à la fin du plat principal qu'elle rompt notre silence avec la mauvaise question.

— Et maintenant qu'on est ici, dit-elle alors qu'elle va avaler sa dernière bouchée, tu comptes m'expliquer ton projet ?

— Mon projet ? dis-je comme si je ne savais pas de quoi elle parlait.

— Ça doit être très important si tu as fait tout ce voyage, non ?

— C'est pour un entretien avec Findlay Kennedy.

— Un entretien ? Tu n'es pas journaliste.

— Non.

— Tu veux adapter son livre au théâtre ?

— Non.

— Au ciné ?

— Non.

— Tu veux faire quoi, alors ?

— Un projet. C'est très compliqué à expliquer.

— Tu crois que je suis idiote, hein ?

— Non.

— Si. Tu le crois.

— Non, pourquoi tu dis ça ?

— Parce que tu ne m'expliques jamais rien. Tu crois que je ne peux pas comprendre tes projets.

— C'est pas ça.

— Alors, c'est quoi ? Tu as peur que j'en parle autour de moi ?

— C'est pas ça non plus.

— À qui tu veux que j'en parle ? Je n'ai pas d'amis, je n'ai personne, tu as bien fait les choses.

— Ne recommence pas, dis-je quand je l'entends élever le ton et que je me rends compte que les gens de la table d'à côté nous regardent.

— Des fois je ne comprends pas pourquoi tu es avec moi, Gerard. Vraiment. Pourquoi tu es avec moi ?

Je ne réponds pas.

— Je compte pour toi ?

Je ne réponds pas.

— Tu m'aimes ?

Je ne réponds pas.

— C'est un non, ce silence ?

— Si tu ne veux pas que je te mente, ne me demande pas la vérité.

Cette réponse la fait taire un bon moment. Je ne sais pas exactement ce que j'ai voulu dire par là mais si mon but était de la déconcerter, j'ai l'impression d'avoir réussi. Quand la serveuse apporte nos desserts, je crois qu'elle a déchiffré l'énigme de ma réponse ou qu'elle a simplement décidé de ne pas y penser et de revenir à la charge.

— Tu penses que c'est super agréable de vivre en ayant toujours la sensation de gêner ?

— Je ne te retiens pas, tu es libre. Tu peux partir quand tu voudras, et si ça ne te plaît pas, oublie comme tu as fait avec tout le reste.

— C'est pas drôle.

— C'était pas mon intention. Tu sais quoi ? Je ne sais toujours pas si tu as vraiment oublié ou si tu fais juste semblant.

Je sais que cette réponse me vaudra plusieurs jours de mauvaise humeur. Elle se lève et attrape son sac avec l'intention de s'en aller mais elle s'arrête et regarde un bouddha qui nous observe depuis un cadre doré. On dirait qu'elle attend un signe pour continuer.

— Je vais à l'hôtel.

— Tu vas trouver ton chemin ?

— Et toi, Gerard Guix, tu vas trouver le tien ?

Et comme l'héroïne d'une télénovela latino-américaine, elle saisit son verre d'eau et me le jette à la figure avant de sortir du restaurant. Je m'essuie avec mon T-shirt et j'évite le regard des autres clients, que je sais fixé sur moi. Faisant preuve de toute la dignité qui me reste, je prends ma cuiller et mange la salade de fruits à la figue, mon fruit préféré. Quand la serveuse revient me demander si je veux un café ou un thé, elle a une délicate attention et m'apporte une serviette. Un petit rire lui échappe, qui provoque le mien, et nous finissons par rire ensemble. Je lui demande si elle parle anglais mais elle rougit et me dit non. J'ai l'impression de l'avoir gênée et qu'elle ne me dit pas la vérité. Elle me tend la carte des thés et après y avoir jeté un regard rapide je demande sans aucune hésitation le *Thé de l'écrivain, un thé qui inspire*, convaincu qu'il s'agit d'un autre signe. Je m'en vais, déçu, parce que ce n'est pas elle qui m'a apporté l'addition mais un homme âgé qui doit être le propriétaire. Au moment où j'atteins la porte, la fille m'appelle et je me retourne, dans l'espoir qu'elle m'annonce l'heure où elle termine son service et me donne son numéro de téléphone, mais je vois qu'elle tient l'enveloppe des photos de la famille de papier. J'ai envie de lui dire qu'elle peut bien la garder mais comme je ne sais pas comment le lui dire, je prends l'enveloppe.

Quand je sors dans la rue, une étrange sensation de solitude m'envahit. Je vérifie, impatient, si elle a noté son numéro de portable sur l'enveloppe, mais les seuls mots sont de la main d'Anastasia et il s'agit des prénoms des quatre membres de la famille de papier et de leur nom de famille inventé. Je range les photos dans une poche, content de les avoir parce que lorsqu'elle se rendra compte qu'elle les a oubliées, elle reviendra les chercher. Je déteste cette famille. Ils ont accéléré le processus de décomposition de notre relation. Je me promène un peu sur les bords du lac, il n'y a personne, et je m'arrête pour observer deux cygnes qui semblent surgir du vide parce que l'eau noire crée d'étranges mirages. Si je ne savais pas que c'était un lac, je pourrais facilement tromper mon cerveau et lui faire croire que c'est la mer. Il m'est aussi difficile de croire que les Alpes se trouvent de l'autre côté. Il fait très froid et je continue à marcher vers l'hôtel mais je m'arrête en face et regarde ce qui est, je crois, notre chambre au troisième étage. La lumière est allumée. Je me trouve dans le vieux port, devant les deux petites tours de guet placées au bout des deux bras de terre qui s'enfoncent dans l'eau pour étreindre et protéger les embarcations qui dorment, bercées par le léger mouvement des vagues. La porte qui ferme l'accès à l'un des bras, près d'un grand bateau blanc et rouge, est à moitié ouverte et a l'air de m'inviter à entrer. Un chemin de lumière me guide jusqu'à la tour tout au fond. L'estomac noué, convaincu que je ne devrais pas me trouver là, je m'avance à pas lents. Sur ma gauche, l'eau noire, et sur ma droite les bateaux amarrés qui bougent doucement. Plus loin, je vois le château de Morges, une fortification dominée par quatre grandes tours rondes, éclairée par des lumières orange, comme la plupart des monuments du monde. Je m'assois sur les rochers, les jambes au-dessus de l'eau, et me laisse envahir par la paix alentour, le dos éclaboussé par les embarcations qui essayent de maintenir leur équilibre, leur clapotis dans les oreilles. Un bateau porte un écriteau à vendre et un numéro de téléphone. Ça me semble une bonne idée de l'acheter pour m'échapper d'ici mais je comprends vite le piège. Je serais condamné à tourner en rond sur le lac sans pouvoir le quitter. Je sors les photos de leur enveloppe et, lentement, comme en un rituel bien rodé, je les déchire une par une et jette les morceaux dans l'eau. Je suis conscient de perpétrer un attentat écologique et j'entends Anastasia me dire, à chaque photo déchirée, que c'est un crime de jeter des photos. Maintenant, après tout ce que j'ai fait, je suis damné, c'est certain. Je regarde les fragments flotter sur l'eau et se séparer les uns des autres avant de dériver au loin. Voilà une image du silence bien meilleure que celle que j'ai pu inventer il y a quelques années lors d'une interview pour la chaîne Canal 33. Demain matin la rive de Morges ouvrira les yeux sur des morceaux de cadavres, sur les parties mutilées de la famille de papier.

Quand je retourne vers la promenade je n'ai pas envie de monter dans la chambre. Je n'ai pas encore décidé si je veux la revoir. Je mets les mains dans mes poches et y trouve la clé de la voiture, que j'ai garée devant l'hôtel. En roulant, je peux aller très loin si je décide de me lancer dans une fuite sans but. Dommage, l'argent est dans le coffre de l'hôtel. Je me mets au volant mais ne démarre pas tout de suite, comme si j'étais menacé ou comme si tout allait changer, rendant impossible tout retour en arrière. Le compteur kilométrique numérique marque 30 de ses gros caractères et je n'accélère pas. Je passe devant le château et vois un grand panneau qui signale la direction de Tolochenaz. Un plus petit indique la route à suivre pour le cimetière. Je souris quand me vient à l'esprit ma pathétique tentative de drague face à la guide dans le cimetière de Montjuïc et j'ai la chair de poule au souvenir du petit cercueil de Yul dans la niche du cimetière de Vic. Pour arriver au village, je n'ai qu'à suivre les panneaux, mais je suis incapable de trouver la maison, même si je suis certain que ça doit être facile. Après avoir tourné plusieurs fois dans des rues totalement désertes, je me gare devant une espèce de baraque abandonnée. C'est une construction rectangulaire peinte en blanc, aux grandes baies vitrées, avec un escalier de trois ou quatre marches. Ça devait être une école provisoire, ou quelque chose dans le genre. Devant, un buste de bronze semble menacé par une plante monstrueuse qui a l'air de vouloir le dévorer, mais depuis la voiture je ne peux pas voir de qui il s'agit. À côté, un grand bâtiment, une espèce de salle polyvalente comme c'est maintenant la mode dans tous les villages, qui sert à tout en général et à rien en réalité. Je descends les deux vitres même s'il fait froid et je cherche parmi les CD la compilation de Maria Callas que j'ai volée à Francesca à Rome. Lorsque commence « La mamma morta », je monte le volume au maximum, au point que les aigus distendent les haut-parleurs. Je ne sais pas comment nous en sommes arrivés là, si ça a le moindre sens de continuer ou s'il vaut mieux déposer les armes. Je descends de la voiture et scrute l'obscurité. Sur l'un des côtés, des champs exploités, et de l'autre des maisons. Je suis certain que tout le monde peut entendre comme la Callas déchire le silence de cette nuit calme à Tolochenaz. Le capot de ma voiture est couvert d'insectes qui s'y sont écrasés pendant le voyage. Je m'approche et les observe de plus près, comme si j'avais un microscope. Il y a tant de cadavres que j'ai l'impression que les invertébrés ont livré une bataille sanglante pour conquérir ce territoire de verre et de métal. Yul aussi est mort comme ces insectes, la tête explosée contre le parechoc d'une voiture. Il n'a pas souffert, le coup a été si violent qu'il est mort avant de toucher le sol. Ma mère a souffert, elle. Elle s'est jetée sous les roues de la voiture pour essayer de sauver le petit et une autre voiture lui a roulé dessus. Dans l'ambulance qui la conduisait à l'hôpital, elle vivait encore, mais à mon arrivée elle était morte. La Callas continue à raviver mes souvenirs. Je cherche dans le coffre une bouteille de produit pour nettoyer les vitres et un chiffon, puis je commence à frotter énergiquement la voiture pour faire partir les cadavres. Ma mère n'avait pas l'habitude de s'occuper d'un enfant qui, du haut de ses trois ans, courait plus vite qu'elle. Elle a crié son nom, l'enfant s'est arrêté et la voiture l'a renversé. Si elle ne l'avait pas appelé, il aurait traversé la rue et rien ne se serait passé. Je frotte de plus en plus fort et me rappelle le motard mort sur l'avenue Meridiana et la Saab argentée renversée sur la route. Je ne sais pas depuis quand j'ai cet étrange pouvoir de provoquer des accidents. Il y a longtemps, j'ai vu au cinéma *Fight Club*. Dans une scène, Brad Pitt provoque volontairement un accident pour qu'Edward Norton ressente le plaisir que cela procure. Lorsque je suis sorti du cinéma, j'ai pensé que ça serait une belle expérience. Peu après, alors que je venais de me racheter un exemplaire d'*Ulysses* de James Joyce, j'ai eu mon premier accident de la route et j'ai détruit ma première voiture. Je ne crois pas que le livre ait grand-chose à y voir. Quelques mois plus tard, j'ai pensé que j'aimerais bien être témoin d'un accident et deux semaines après j'ai vu une voiture sortir de route et s'encastrer contre une maison. Je ne me rappelle pas avoir pensé à quoi que ce soit lorsque j'ai eu mon deuxième accident et que j'ai explosé ma deuxième voiture. Je ne me rappelle pas non plus avoir eu des pensées similaires lorsque j'ai laissé Yul chez ma mère, juste avant qu'ils soient renversés, mais mon pouvoir est probablement si grand que ce n'est même pas la peine que j'y pense volontairement. Ça m'inquiète, le nombre de morts que je vais provoquer dans ma vie, comment je pourrais vivre avec les remords provoqués par ce que je ne peux pas contrôler. Lorsque j'ai terminé d'enlever tous les cadavres du capot, je nettoie l'intérieur de la voiture pendant que le CD joue en boucle la même chanson, en guise de châtiment sadomasochiste. Je jette tous les sacs plastiques, les emballages de nourriture et les boîtes. Je trouve dans un coin la boucle d'oreille qu'Anastasia a perdue en faisant l'idiote à la sortie de l'aire d'autoroute. Je la range dans ma poche, comme s'il s'agissait d'un trésor de grande valeur. Je secoue les tapis et enlève les miettes, qui au fond symbolisent ma vie. Vient le dilemme. Que faire du siège auto de Yul qui, malgré tout, est toujours là, intact, comme sa chambre dans notre appartement, à nier l'évidence, à occulter le malheur, comme si rien ne s'était passé ? Je l'enlève précautionneusement de la voiture et le détruis violemment en le cognant par terre jusqu'à ce qu'il n'en reste qu'un cadre déformé et du tissu déchiré, plus ou moins l'état dans lequel devait être le cadavre de mon fils. Je le jette dans un conteneur avec tout le reste des ordures, où je m'accroche, soufflant comme un bœuf, essayant de reprendre mon souffle après tant d'efforts. La Callas recommence son air pour la énième fois mais j'éteins l'autoradio d'un coup de poing. Je m'assois là où se trouvait le siège de Yul et, en position fœtale, pleurant comme un enfant, je me dis que je pourrais peut-être retourner au Balzac, s'il est encore ouvert, et demander à la serveuse d'aller baiser chez elle toute la nuit. Alors que j'hésite à y aller ou non, je finis par sombrer dans un profond sommeil, épuisé d'avoir tant pleuré, comme si j'étais narcoleptique. Mes paupières sont lourdes, mes yeux se ferment, tout autour de moi s'éteint, ma respiration ralentit et mon cœur bat de plus en plus lentement. Quand tout semble s'être figé, je m'endors.

La dernière cigarette fumée par Anastasia, qui met fin de façon drastique à un vice qui a débuté le jour où elle a appris qu'elle était enceinte de Yul, est précisément celle qu'elle fume à son enterrement. Les deux jours que nous avons passés dans les services des pompes funèbres, elle ne s'est presque pas éloignée de la chambre funéraire et, quand elle le faisait, c'était pour être seule et pour pleurer, pas pour fumer. Elle est odieuse, cette pression qui t'oblige à avoir l'air solide, entier, au moment où tu t'effondres. L'une des choses les plus aberrantes dans notre société est cette volonté de veiller le mort, les morts dans mon cas, cet acte social où défilent des gens que parfois tu ne connais pas et qui t'adressent des mots de condoléances et de consolation qui ne t'en apportent aucune. Lorsque nous allons à l'église pour assister à la messe en l'honneur de ma mère et de mon fils, je prends sa main et lui demande pour la troisième fois si elle veut prévenir quelqu'un. Elle ne me répond pas, comme les autres fois, et je me dis que si elle n'avait personne à qui annoncer sa naissance, elle ne doit pas en avoir plus à qui annoncer sa mort. Ça m'agace que Carlota soit venue avec son compagnon. Une de mes amies actrices, Montse, chante a capella le « Hallelujah » de Leonard Cohen popularisé par Jeff Buckley. C'est l'un des plus beaux moments de ma vie, l'un des plus horribles aussi. Le prêtre essaye de nous réconforter en nous rappelant les souffrances de Jésus, en nous disant qu'ils ne sont pas morts mais qu'ils nous attendent au ciel, en nous disant de prier et de nous résigner. C'est ce jour-là que je décide de ne plus jamais remettre les pieds dans une église parce que ma nouvelle religion me l'interdit désormais. Pendant que nous attendons que les cercueils soient placés dans les niches du cimetière, je me rappelle que je suis allé à Monaco quand j'étais petit avec mes parents. Au cours de notre visite de la cathédrale, nous avons vu la tombe de Grace Kelly. J'étais resté seul, j'avais regardé très longtemps cette tombe si simple à mes pieds. Cela m'avait beaucoup impressionné de voir son vrai nom gravé dans le marbre, Gratia Patricia. La star d'Hollywood et des films de Hitchcock, surtout de *Fenêtre sur cour*, n'était plus désormais qu'une pierre tombale de marbre blanc. C'est aussi une voiture qui a causé la mort de Grace Kelly.

La première chose que je fais en rentrant, après avoir ôté ces habits noirs ridicules, c'est m'enfermer dans mon bureau pour en finir avec ma crise créative. Ça n'a aucun sens, un roman qui s'intitule *Histoire de Yul et Elia*, parce que Yul est mort et qu'il n'y aura jamais d'Elia. Je déchire de mes mains les pages du manuscrit jusqu'à ce que mes doigts me fassent mal. J'attrape l'écran de l'ordinateur et le jette violemment par terre. Je fais de même avec le clavier, la souris, les haut-parleurs, la tour dont j'arrache tous les câbles et les processeurs. Je casse tous les CD où j'avais sauvegardé mon texte et tout qui a un lien avec ce roman. Abattu, je tombe à genoux par terre, les touches se fichent dans ma peau, mais j'ai l'impression d'être devenu insensible à toute douleur physique car je ne sens rien. Je regarde longtemps le chaos que j'ai semé, cherche une explication cohérente à mon comportement et ne peux que conclure que la seule chose que j'ai su faire a été de décevoir ma famille, mes amis et tous ceux qui comptent à mes yeux. Ma vie repose sur des fondations défectueuses. Elles ont commencé à céder il y a longtemps et je tiens comme je peux. J'ai passé mon temps à refaire les plâtres, mais il vaut mieux maintenant que tout s'effondre. Comme après un ouragan, qui détruit tout. C'est douloureux au début, mais ensuite tout devient plus facile lorsqu'il faut reconstruire sur les ruines.

Après de longues minutes, quand je ressors, l'appartement tout entier est plongé dans l'obscurité. Je ne sais pas où est Anastasia mais je n'ai pas non plus envie de la voir. J'avance en silence, comme un fantôme, et inspecte toutes les pièces sauf la chambre de notre fils. Je n'ose pas en ouvrir la porte parce que c'est peut-être là qu'elle s'est réfugiée. Je m'enferme dans la salle de bains, sans faire de bruit, et me regarde dans le miroir. Je suis surpris parce que l'homme de moins de quarante ans que j'y vois a l'air d'en avoir plus de cinquante. Je reste longtemps comme ça, les paupières grand ouvertes, à essayer d'en faire jaillir des larmes, mais malgré tout ce qui s'est passé, je suis incapable de pleurer. J'asperge mon visage d'eau et fais comme si les gouttes qui glissent le long de mes joues étaient des larmes tombées de mes yeux. Je vois alors le flacon de parfum Bulgari que j'ai offert à Anastasia à mon retour de Rome, le même que celui que portait Francesca et que je voulais qu'elle utilise pour m'exciter. Je sens les parois de mon estomac se contracter et j'ai envie de vomir. Ça me rend tellement triste qu'elle utilise encore ce parfum. Ça fait d'elle un être si fragile, ignorant et terriblement pathétique. Elle ne s'en rend pas compte, mais elle éloigne d'elle tous ceux qui l'entourent. Je sais que j'aurais beau passer tout mon temps à ses côtés, je ne parviendrai jamais à savoir qui elle était avant notre rencontre à Londres. L'impuissance se transforme en rage, j'attrape le parfum et le lance contre le miroir, brisant les deux objets en mille morceaux. Sept années de malheur, mais après tout c'est peut-être ce dont j'ai besoin. Heureusement, elle ne s'est pas fait de tatouage parce que je serais en train de lui arracher la peau à cet instant. Malgré le boucan que j'ai fait, elle ne sort pas du trou où elle s'est cachée et quand je vais me coucher sans manger elle n'apparaît pas non plus.

Je passe la nuit sur notre lit, tout habillé, dans un état de semi-conscience qui me permet de suivre les jeux nocturnes des chaînes de télévision. Leurs questions stupides me crispent parce que ça me semble dingue que les candidats ne trouvent pas les réponses. Ce n'est qu'une grande arnaque. Comme lorsque les pompes funèbres nous ont vendu leurs services pour enterrer notre fils et ma mère. Je ne les ai pas écoutés, Anastasia ne les a pas écoutés. En fait, elle insistait pour les incinérer tous les deux et pour mettre leurs cendres dans une seule urne. Finalement, quelqu'un a décidé de les placer dans la niche que ma mère avait dans le cimetière de Vic. Et aucun de nous deux ne s'est opposé à cette idée, nous avons signé un document et avons fait tout ce que l'on nous a dit de faire. Nous voulions juste en finir, nous enfermer chez nous, nous isoler loin du monde.

Les semaines suivantes, nous ne sortons pas de l'appartement, où nous nous sommes retranchés. Nos volets sont baissés pour ne pas distinguer la nuit du jour. Nous faisons pratiquement tout ensemble, mais séparés par une distance abyssale. Nous ne nous adressons pas la parole, ne nous regardons pas et n'avons pas recommencé à nous toucher. Les premiers jours, le téléphone sonne souvent mais nous ne décrochons jamais. Nous ne répondons pas non plus aux messages qui demandent si nous allons bien. Non, nous ne sommes pas disponibles et ce n'est pas la peine d'appeler. Au bout de quelques jours, les gens se lassent ou nous oublient. Ni mon agent, ni personne dans ma maison d'édition ne m'ont reparlé. Je suppose qu'ils ont passé l'avance sur les droits en pertes et profits et qu'ils ont compris que je ne terminerai pas mon roman. La seule qui insiste, c'est Carlota. Ses messages sont plus élaborés, moins artificiels que la majorité. Elle est même venue plusieurs jours d'affilée frapper à notre porte mais nous ne lui avons pas ouvert. Elle nous parle depuis le palier, comme si on l'écoutait, mais en général je suis dans la cuisine et Anastasia dans la chambre de Yul. Finalement, c'était prévisible, elle aussi finit par se lasser.

Nous passons de longues heures à regarder la télévision mais chaque fois qu'il y a une pub pour des jouets ou pour les enfants, elle change de chaîne. Nous n'en avons pas parlé, mais c'est évident, un sentiment de culpabilité nous ronge parce que nous avons voulu nous débarrasser de Yul pour prendre quelques jours de vacances. J'ai analysé des milliers de fois la séquence, l'heure où j'ai conduit Yul à Vic. Si j'étais parti plus tôt ou plus tard, ils n'auraient pas croisé cette voiture lorsqu'ils sont allés au square. Je sais que ça ne peut que me faire plonger dans la folie, que je commence à détecter parce que je vois des petites taches sur les murs, comme des éclaboussures d'huile, mais dans des lieux inhabituels. Peu à peu, nous nous éloignons physiquement l'un de l'autre. Lorsque nous nous assoyons sur le canapé, c'est tout à côté au début, mais sans nous toucher. Maintenant, c'est chacun à une extrémité. C'est pareil au lit et à la table de la cuisine, quand nous mangeons le peu que nous achetons sur Internet dans un supermarché qui livre à domicile. Le reste c'est Susanna qui nous l'apporte. Nous lui avons interdit d'entrer dans la chambre d'enfant et dans mon bureau. Même si elle le cache bien, elle semble avoir peur de nous et se montre craintive chaque fois qu'elle doit venir faire le ménage. Je suis certain qu'elle s'attend à ouvrir un jour la porte sur deux cadavres, par terre ou dans la baignoire. L'appartement qui nous paraissait grand commence à rapetisser, quand nous voulons nous éloigner l'un de l'autre nous finissons toujours par buter l'un contre l'autre. Nous faisons repeindre tous les murs en blanc et dépensons ainsi les économies de ma mère. Il ne nous en restait pas beaucoup, après les achats de meubles et d'électroménager, et nous ne l'avions jamais remboursée. La somme qu'elle nous avait prêtée pour aller à Londres, nous l'avons utilisée pour payer les enterrements.

Nous demandons un devis pour enlever des cloisons, mais on nous dit qu'il s'agit de murs porteurs et que la maison nous tomberait dessus. Nous changeons le sol de grès foncé pour du parquet clair, mais l'appartement est toujours trop petit. Nous distribuons des meubles, donnons des tableaux et des vases à des amis qui nous annoncent qu'ils s'installent ensemble. Ils nous invitent à leur crémaillère mais nous n'y allons pas et ils n'insistent pas. Nous enlevons les rideaux des fenêtres et qu'il pleuve, qu'il neige ou qu'il fasse un soleil infernal, nous ne fermons plus jamais les volets. Il n'y a que dans notre chambre que nous réinstallons des rideaux parce que le voisin de l'immeuble d'en face nous espionne lorsque nous nous déshabillons. Le seul endroit intouchable, c'est la chambre du petit. Nous y déposons toutes les photos, tous les objets qui nous rappellent son existence. Nous l'avons transformé en une espèce de sanctuaire. Une chambre mausolée. Une chambre verte à la Truffaut. Ce qui me dérange plus que les photos, ce sont les vidéos parce qu'elles rendent à notre fils un mouvement qui ne sera plus jamais le sien. Malgré tous ces changements, cet appartement est pour moi une source de claustrophobie et de déprime. Ou nous déménageons dans une maison avec jardin, ou nous nous séparons. Il n'y a pas d'autre solution.

Un jour, tandis que nous mangeons en silence comme tous les matins, aussi éloignés l'un de l'autre que le permet la table, elle semble sortir d'un coma artificiel et, comme sous le coup d'une révélation, elle me dit, sans méchanceté aucune, qu'elle ne m'a jamais vu pleurer. Je ne crois pas qu'elle fasse allusion à la mort de Yul et de ma mère. Elle a dit pleurer en général, et je suppose qu'elle parle de pleurer pendant un film ou pour toute autre occasion.

— Tu n'as pas pleuré quand je t'ai dit qu'ils étaient morts. Ni aux pompes funèbres. Ni à l'enterrement. Ni au cimetière. Je ne t'ai jamais vu pleurer. C'est comme si tu t'en fichais.

— Tu ne pleures plus, toi non plus, et ça ne veut pas dire que tu t'en fiches.

— Moi, je l'ai porté dans mon ventre. Tu n'as aucune idée de ce que je vis.

— Moi, j'ai dû identifier son cadavre. Tu n'as aucune idée de ce que je ressens.

Elle se prépare une autre tartine à la confiture d'abricot et, comme si cette conversation n'avait jamais eu lieu, replonge dans sa léthargie des dernières semaines. Même si, au début, j'essaye de ne pas y prêter attention, plus tard je commence à me dire qu'elle a raison. Je ne me rappelle pas la dernière fois où j'ai pleuré. J'ai peut-être une maladie qui m'en empêche. Décidé à en avoir le cœur net, j'achète un kilo d'oignons chez un primeur du quartier et m'enferme dans la cuisine, où je les découpe en tout petits morceaux et pleure. Ces larmes artificiellement provoquées réussissent, une fois les vannes ouvertes, à faire tomber les autres, et je pleure pendant des heures, totalement désinhibé. Quand j'ai fini, je range l'oignon dans le frigo et me sens bien mieux, comme si je m'étais déchargé d'un poids. À partir de ce jour, je répète cet exercice au moins trois fois par semaine, et l'oignon coupé et rangé dans des Tupperwares ne tarde pas à s'accumuler dans le frigo et le congélateur. Tout ça me permet d'intensifier mes échanges avec les vendeuses du quartier, ce qui, malgré leur laideur et mon absence d'intérêt pour le sexe, m'aide à retrouver un semblant de vie sociale. Je m'invente une vie, je ne suis pas cet écrivain dont la mère et le fils sont morts et dont la femme, si déconnectée du monde, serait bien mieux morte elle aussi. Je suis un cuisinier star qui fait des expériences avec l'oignon et c'est pour ça que j'en achète plusieurs kilos par semaine. Elles flirtent avec moi, m'offrent du persil, et moi, du moins tant que je prends part à cette farce et que je continue avec ma séance quotidienne de pleurs, je ressens une très grande paix.

De temps en temps, je retourne dans le monde des vivants et prends conscience de l'abîme qui nous en sépare. Maintenant, lorsque je me promène sur le Port Olímpic, près de la mer, je n'ai presque plus envie de sauter et de me laisser emporter par la marée. Mais notre budget est totalement instable, l'argent de ma mère a été dépensé dans les travaux et la crise qui frappe depuis longtemps l'immobilier nous empêche de vendre son appartement à Vic. Je ne gagne plus un seul euro depuis des mois et ma banque m'annonce qu'ils devront bientôt refuser des payements. Je mets en vente ma voiture pour gagner rapidement de l'argent et sortir de cette impasse, mais un concessionnaire d'occasions me dit que ça pourra mettre des mois. Je m'inscris dans plusieurs agences d'intérim, mais là aussi ce n'est pas le bon moment pour trouver un travail, et encore moins sans diplôme, comme c'est mon cas. Je n'impressionne personne quand je dis que j'ai écrit trois romans et huit pièces de théâtre. Malgré tout, on m'adresse quelques offres d'emploi : dans une station essence, dans une aire d'autoroute comme serveur, dans une entreprise de ménage à domicile, dans une autre qui fait du transport de marchandises en Europe, et même dans un péage d'autoroute. Je réponds que je vais y réfléchir mais ne retourne plus jamais dans les agences. Mon orgueil n'est pas encore prêt à encaisser le coup. Je commence à répondre à d'anciens messages sur mon portable et cherche à contacter mes amis oubliés, dans l'espoir qu'ils me prêtent de l'argent. Je suis si désespéré que je remplis même les formulaires d'une demande de bourse pour la création littéraire de l'Institution des lettres catalanes, conscient que si je l'obtiens j'aurais de l'argent pour me hisser hors du trou mais qu'en échange il me faudra leur remettre un roman. Je ne sais pas si ça m'aiderait ou si ça ne ferait qu'empirer les choses. La seule qui me rappelle, c'est Carlota. Même après l'avoir ignorée si longtemps, elle accepte de me prêter de l'argent, suffisamment pour tenir quinze jours. Elle insiste pour qu'on se voie mais finit par renoncer et me faire un virement bancaire. Elle n'a plus jamais insisté pour me revoir.

L'esprit humain peut être sacrément tordu quand il veut. Il peut aussi facilement nous faire oublier nos beaux et agréables souvenirs que nous torturer en reproduisant en boucle tout ce que voudrions tellement oublier. Je suppose que c'est pour ça que je passe des heures à regarder les tables des nouveautés et les vitrines des librairies du centre-ville. J'imagine que mon roman s'y trouve, avec une belle couverture et un bandeau rouge qui annonce le prix qu'il a reçu et les milliers d'exemplaires déjà vendus. J'espère juste que tous les autres écrivains ont autant souffert que moi au cours du processus de création. Un jour, en me promenant à la FNAC, une pile de livres attire mon attention, et mon cœur bat plus vite tandis que je m'en approche. C'est un livre de Findlay Kennedy avec une couverture que je n'ai jamais vue. Je me dis d'abord qu'il doit s'agir d'une réédition d'un de ces anciens livres mais lorsque je lis le titre, *Me, Myself et I*, je comprends que c'est un nouvel ouvrage, ce qui me réjouit et me contrarie tout à la fois. Il publie à nouveau, quinze ans après sa menace, brisant ainsi sa promesse. Je lis voracement la quatrième de couverture et découvre que c'est une autobiographie, l'excuse parfaite pour recommencer à publier des livres sans trahir ses principes. Intelligent. Il a dit qu'il ne publierait plus aucun roman, il n'a pas parlé de publier sa vie. J'en prends un exemplaire et le feuillette avec impatience dans la queue pour la caisse. J'ai l'impression que je ne pourrai jamais cesser d'accuser Anastasia d'être responsable de mon échec en tant qu'écrivain. Si elle avait traduit l'un de mes romans dans l'une des langues qu'elle connaît, je serais peut-être un auteur d'envergure internationale. La caissière me rend ma carte bancaire après l'avoir essayée. Elle a été refusée. Je souris et tente de dissimuler mon embarras, lui donne ma Visa et fais le vœu que la banque ne l'ait pas encore annulée.

Au Starbucks qui se trouve sur les Ramblas, je commande un café de taille moyenne et m'assois dans le fauteuil le plus isolé. Avant d'aller en Angleterre, je n'avais jamais mis les pieds dans un café de cette franchise et c'est là-bas que j'ai pris l'habitude de m'y rendre. Ils sont tous pareils, partout. La même décoration, le même café mauvais, le même staff multiethnique vêtu des mêmes uniformes ridicules. La mondialisation a tué l'authenticité des choses et des lieux. Je feuillette le livre mais ne le lis pas, comme si j'en avais peur. La terre vibre sous mes pieds et je me dis que la meilleure chose qui pourrait m'arriver serait qu'un tremblement de terre détruise le bâtiment où je me trouve et que je meure enterré sous les décombres. Je regarde la couverture et la quatrième de couverture, la photo de l'auteur et sa biographie. Ensuite je feuillette à nouveau le livre et sens les pages, approchant le papier de mon nez et faisant rapidement défiler les pages comme pour m'éventer. Je suis très intrigué, mais n'ose pas pour autant le lire. J'analyse avec intérêt la couverture, je passe mes doigts sur les lettres du titre. Je lis la quatrième de couverture et la biographie de l'auteur. Je caresse des doigts sa photo comme si je pouvais toucher son visage. J'approche mon visage de celui de cet homme qui pourrait être mon grand-père, on dirait que je vais l'embrasser. De légères répliques du tremblement de terre me leurrent. Ce n'est que le métro qui passe sous terre. Je relis la quatrième de couverture à voix basse, pour que les gens de la table d'à côté ne me prennent pas pour un fou. « Findlay Kennedy est l'un des auteurs les plus célèbres de la littérature mondiale. Ses dix-sept romans ont été traduits dans plus de soixante langues, la plupart ont été portés sur grand écran dans des productions à très gros budget, et parmi les prix les plus importants qu'il a reçus se trouvent le Pulitzer, le Nobel de littérature et le Prince des Asturies des lettres. Après quinze années de silence, depuis la publication de *The Survivor*, il revient aujourd'hui avec *Me, Myself et I*, son autobiographie, dans laquelle il dévoile la part inconnue du mythe, sa vie privée, toujours maintenue dans l'ombre, et où il révèle, pour la première fois, les raisons de sa longue absence. » Et soudain, comme si j'avais reçu un signal, je commence à lire la biographie avec une passion telle que, lorsque je prends une gorgée de café, celui-ci est déjà froid. Quand je relève ma tête du livre, la rue est plongée dans l'obscurité et les serveurs préparent la fermeture parce qu'il est presque vingt-trois heures. Je remonte rapidement la Rambla de Catalunya. Quand je coupe par la rue Còrsega, j'ai mal aux jambes et l'air me manque. Je ralentis jusqu'au croisement avec la rue Montaner. Les marches, je les monte en courant parce que je meurs d'envie de poursuivre ma lecture et rien ni personne ne pourra m'en empêcher.

Quand j'entre dans l'appartement, je vois qu'un univers en miniature s'y est créé, indépendant du reste du monde. Une odeur étrange m'accueille et tout est plongé dans l'obscurité.

Je doute qu'elle soit sortie de la journée, de la semaine, du mois. Je laisse le livre de Kennedy sur le meuble de l'entrée et avance à petits pas prudents, certain que ça sent le gaz. J'avance à tâtons, convaincu que si j'allume la lumière nous exploserons. Dans le salon, j'ouvre toutes les fenêtres et me penche à l'extérieur pour remplir mes poumons. Je ne sais pas d'où sort le gaz, elle a dû casser un tuyau parce que le four et la cuisinière sont électriques, mais dans cette obscurité je ne vois rien. Je cours dans l'entrée, ouvre la petite fenêtre qui donne sur le puits de lumière et allonge le bras pour fermer l'arrivée de gaz. Puis, avec précaution, je déconnecte l'électricité et le disjoncteur derrière la porte. J'ouvre ensuite toutes les autres fenêtres de l'appartement pour que l'air circule et emporte le gaz mortel. Le corps immobile d'Anastasia est par terre, dans la cuisine. Elle a arraché un tuyau au bas d'un mur et posé son visage devant l'orifice. Je m'accroupis et essaye de la réveiller mais elle ne me répond pas. Une idée horrible me vient. Tout irait tellement mieux si j'étais arrivé trop tard. J'appelle les urgences et en moins de cinq minutes arrivent une ambulance qui l'emporte et des policiers qui s'assurent que le gaz n'est plus une menace pour le voisinage. Quand ils la transportent sur un brancard, par les escaliers parce qu'il ne rentre pas dans le petit ascenseur, la concierge me fulmine du regard. Pour elle, je suis coupable, c'est certain. Je fais le vœu que le gaz accumulé fasse exploser sa petite loge, avec elle à l'intérieur. Nous traversons la ville dans l'ambulance, les sirènes hurlantes avertissant tout le monde de notre urgence, sans respecter les panneaux de signalisation ni les priorités. Les conducteurs sont peut-être les deux hommes que j'ai inventés dans *La Deriva dels continents*. Assis à l'arrière, je me recroqueville, je dois bien avoir une part de responsabilité dans tout ça. Je serre la main d'Anastasia et observe son visage pâle à moitié caché par le masque à oxygène qu'ils lui ont mis. Et sans oignons ni autres accessoires, je me mets à pleurer.

Le médecin m'assure qu'elle est hors de danger et qu'ils la monteront tout de suite à l'étage, où elle passera la nuit en observation. Plus tard, je vais chercher les affaires dont elle aura besoin pendant son séjour à l'hôpital. Quand j'entre dans l'appartement, je sens encore l'odeur du gaz malgré les fenêtres restées ouvertes. J'ai l'impression que j'aurai beau ventiler, je la sentirai toujours. Je remplis un sac de voyage avec des affaires nécessaires pour elle et quelques-unes pour moi, parce que je vais passer la nuit à ses côtés. Si je ne reste pas, ils devront lui mettre des sangles. C'est ce qu'ils font toujours pour ceux qui ont tenté de se tuer. Au cours de la nuit, pendant qu'elle dort profondément, je continue à lire la biographie de Findlay Kennedy. À l'aube, j'atteins le dernier chapitre, qui est particulièrement émouvant. Kennedy explique la raison de ces quinze dernières années de silence et je me dis que si Anastasia le lisait, ça pourrait l'aider à remonter la pente. L'auteur raconte de façon magistrale comment, après la mort de sa femme et de sa fille dans un accident de voiture, il retourne vivre dans leur maison et rend visite à ses voisins, qui sont surpris de le voir alors qu'il a été absent si longtemps. Tous ignorent le malheur qui est le sien. Finalement Kennedy, qui fait comme si tout allait bien et comme si sa femme et sa fille étaient vivantes, découvre que le mensonge qu'il a bâti pour ses voisins a fini par le confondre lui-même. Sa maison est vide, abandonnée, et il n'est plus que le reflet d'un fantôme qui erre sans but depuis la mort de ses êtres chers. Quand je termine le livre, il fait jour. Je le laisse sur la table, à côté d'une bouteille d'eau, et regarde par la fenêtre la ville qui commence lentement à se réveiller. Le trafic devient de plus en plus dense au fur et à mesure que les gens sortent de chez eux pour aller travailler. J'attends que les lampadaires s'éteignent pour me rasseoir et relire le dernier chapitre. Cette fois, je le fais à voix haute dans l'espoir peut-être qu'Anastasia se réveille et m'entende. J'ai l'impression que ça a marché, parce que lorsque j'ai terminé, même si elle a les yeux toujours fermés, elle dit, un sourire timide aux lèvres :

— Comme Burt Lancaster dans *Le Plongeon*.

Mais elle n'ajoute rien d'autre. Je ne sais pas si elle s'est rendormie ou s'il s'agissait de ses derniers mots avant de quitter ce monde définitivement. À une époque, au cours des premiers temps après son installation à Barcelone, quand je la mettais hors de l'appartement pour écrire, elle allait beaucoup à la Cinémathèque. Je suppose que c'est là-bas qu'elle a vu *Le Plongeon*. Mon but était de la réveiller et de la faire réfléchir, mais c'est l'effet inverse qui se produit : ma curiosité est piquée. L'après-midi, je me rends à la FNAC du centre commercial *Triangle* et achète le film avec Burt Lancaster et le recueil de nouvelles de John Cheever d'où en est tirée l'histoire. Je dois encore payer avec la Visa sur un crédit que je ne crois pas pouvoir rembourser. Le soir, je passe chercher Anastasia, qui est autorisée à rentrer. Avant de quitter l'hôpital, un conseiller familial vient nous voir. Il nous dit que voyager nous ferait du bien. Respirer un air neuf. Voir des gens différents. Dormir dans un autre lit. Avoir des rapports sexuels nous aiderait aussi. Je la mets au lit et attends, assis à son chevet, qu'elle s'endorme. Dans la cuisine, une tasse de café à la main, je lis la nouvelle de Cheever. Ensuite, je mets le film, que j'ai honte de ne pas avoir déjà vu, mais ma fatigue est plus forte que ma curiosité et je m'endors sur le canapé. Quand je me réveille, il fait nuit et elle dort encore. Je me prépare un sandwich avec du thon en boîte et de la mayonnaise avant de retourner sur le canapé où je redémarre le DVD. Cette fois, je regarde *Le Plongeon* en entier. Et quand le film se termine, je le remets, content de ne pas avoir à rembobiner, comme c'était le cas avec les VHS. Et quand il se termine à nouveau, je le regarde encore. Au matin, je veux prendre une douche, mais sans gaz l'eau est si froide que je laisse tomber. Je me prépare un café bien noir et relis le dernier chapitre de la biographie de Kennedy qui a déclenché mon obsession. Je me concentre sur les mots, les phrases, leur sens, leur construction. Je surligne des passages, que je pense fondamentaux, avec un fluo jaune. Quand j'ai terminé, je passe mon doigt sur l'un des fragments surlignés et vérifie qu'il n'est pas taché de jaune. Un mécanisme s'est activé dans mon cerveau et ne peut plus s'arrêter. Je ne sais pas où ça nous conduira, mais je crois que ça vaut la peine de creuser. Je prépare une assiette de pâtes que j'apporte à Anastasia. Je dois la forcer à manger et quand elle a fini, elle se rendort. Je l'attache sur le lit, même si je trouve que c'est horrible, mais je dois sortir et je ne veux pas la retrouver défenestrée à mon retour.

Comme j'ai détruit depuis longtemps mon ordinateur, je dois aller dans le cybercafé à l'angle de ma rue et de l'avenue Diagonal pour me connecter à Internet. Je profite pleinement de l'heure, qui coûte deux euros, et consulte de nombreux sites, même si je ne sais pas encore ce que je cherche. J'ai l'impression d'être un détective privé qui sait être sur la bonne piste mais qui ne voit pas très bien où il met les pieds. En fin d'après-midi, je retourne à la FNAC et, aidé par ma Visa, j'achète des classiques en promotion qui coûtent entre 5 et 9 euros. Je rentre chez moi où la concierge me saute dessus et me dit qu'il serait temps que je vide ma boîte aux lettres, qu'elle ne sait plus où mettre mon courrier. Ça fait des jours que je n'y touche plus parce que je ne veux pas affronter la montagne de factures, de rappels et de derniers avis de payement que nous avons reçus. Je les prends à contrecœur et les pose sur le meuble de l'entrée. Je n'ai pas la moindre intention de les ouvrir. Anastasia, attachée au lit, ne s'est pas réveillée ou s'est rendormie. Je la détache, prépare un plat de riz pour le dîner, qu'elle mange sans appétit. Ensuite, elle se rendort et je commence à m'inquiéter, peut-être qu'elle ne redeviendra jamais celle qu'elle était. Je passe la nuit dans le salon, à regarder les films que j'ai achetés, à prendre des notes dans un carnet et à surligner au fluo jaune de nombreux passages de la biographie de Findlay Kennedy. J'avais besoin d'un déclic pour refaire surface et je m'accroche à ce livre comme un naufragé à sa bouée, mais mon obsession grandit, comme les taches que je vois sur les murs, qui n'ont plus maintenant la taille d'éclaboussures d'huile, mais celle d'un œuf. J'ai l'impression que je vais devenir aussi cinglé que Catherine Deneuve dans *Répulsion*.

Ma théorie commence à devenir solide et j'ai besoin d'espace pour travailler. Comme c'est impossible dans mon bureau, avec l'ordinateur explosé et le chaos qui y règne, je m'installe dans la cuisine, une pièce où je me suis toujours senti à l'aise. Depuis tout petit. Je me rappelle avoir passé de longues heures à jouer dans la cuisine, à m'inventer des mondes parallèles qui ne pouvaient prendre forme que là, sous la lumière froide des tubes fluorescents. Comme un savant fou à la recherche de la formule qui ébranlera la science, je passe des heures enfermé, je ne m'alimente que de pain de mie et de café. Je relis des dizaines de fois les passages surlignés en jaune fluo. Je prends des notes comme un possédé, dans une écriture que je ne pourrai probablement pas déchiffrer par la suite. Je colle des post-it orange sur les murs avec des choses à ne pas oublier. Des choses dont il faut tenir compte. Des choses. Pour plus de commodité, j'installe la télévision et le lecteur de DVD dans la cuisine et je regarde de très nombreuses fois certains des films que j'ai achetés. J'en ai définitivement éliminé quelques-uns, ils sont sur une étagère, à part. D'autres attendent mon verdict sur un côté de la table, sous un post-it qui indique « possibles ». Arrive un moment où je perds la notion du temps. J'ignore si tout ça a réellement le sens que je veux lui trouver. Mais un jour tout devient extrêmement cohérent, j'aurai maintenant le cran de me défendre en public même si mes preuves n'ont aucune validité face à un tribunal. Je suis surpris que personne ne s'en soit rendu compte. C'est peut-être l'évidence qui nous rend encore plus aveugles. Je ne peux pas perdre cet avantage.

Il ne me manque qu'une chose maintenant pour compléter la première phase de mon projet et c'est, a priori, la plus compliquée : découvrir où vit Findlay Kennedy pour le contacter. On sait qu'en 2000 il a acheté une villa à deux étages et un très grand terrain dans un village près du lac Léman, en Suisse. Je suis certain que l'information se trouve quelque part, dans sa biographie, dans ses entretiens pour des journaux, sur Internet. Je sais qu'avec du zèle et de la persévérance, je vais la trouver. Je passe plusieurs nuits dans un cybercafé de la Rambla ouvert 24/24, à chercher avec l'aide de Google toutes les informations possibles sur l'écrivain. Certains articles le relient à Audrey Hepburn. Il aurait eu une liaison avec elle. D'autres démentent cette information et racontent qu'elle devait jouer dans l'adaptation au cinéma de l'un de ses livres mais que le projet n'a jamais abouti. Je trouve aussi des informations sur l'amitié qu'il a entretenue avec Charles Chaplin. Curieusement, Hepburn et Chaplin se sont retirés et sont morts tous deux en Suisse. Je cherche sur Wikipédia la biographie de l'actrice, celle de l'acteur et réalisateur. Hepburn a acheté en 1965, dans la petite commune de Tolochenaz, près de Morges, une villa à deux étages et neuf chambres, dite *La Paisible*, entourée par un très grand terrain. Quelques années auparavant, en 1952, Charles Chaplin, qui fuyait les pressions du gouvernement américain, s'était définitivement installé dans la commune de Corsier, près de Vevey, dans une grande villa à deux étages et quinze chambres, dite *Manoir de Ban*, sur un très grand terrain, avec piscine et court de tennis rose. Morges et Vevey se trouvent près du lac Léman. Je cherche des informations sur Tolochenaz et Corsier sur Google. Grâce à Google Earth et aux photos aériennes, je visualise les deux zones, de chaque côté de Lausanne, et me fais une idée des magnifiques paysages dans lesquels se situent les deux demeures. J'ai un fort pressentiment. Kennedy habite dans l'une d'entre elles. D'ailleurs, deux éléments, a priori fruits du hasard, me font croire à un signe. Le premier : l'un des projets théâtraux que je préparais avant la crise portait sur Charles Chaplin. Le second : quand Yul était petit, je lui chantais pour l'endormir « Moon River », la chanson composée par Henry Mancini qu'Audrey Hepburn a rendue célèbre dans *Diamants sur canapé*.

Quand je rentre chez moi, je ne suis plus surpris de sentir encore la puanteur du gaz imprégnée dans les murs. Inutile d'aérer et de parfumer la maison cent fois par jour. Je suis euphorique parce que tout s'emboîte et j'arrose ça à la bière jusqu'à ce que la nuit tombe. Mais maintenant que je pense savoir où trouver Kennedy, il me manque encore une chose importante avant d'entreprendre mon voyage. J'ai besoin d'argent. J'appelle le concessionnaire chez qui j'ai essayé de vendre ma voiture, mais on me dit que personne ne s'est montré intéressé. La réponse est identique concernant l'appartement de ma mère. Même le prix, personne ne l'a demandé. Aucun de mes amis n'a répondu à mes appels ni à mes messages. Aucun d'entre eux n'est d'ailleurs venu voir Anastasia à l'hôpital, aucun ne s'est inquiété de sa santé. Seule Carlota a laissé des messages auxquels je n'ai pas répondu. Je pense qu'elle veut récupérer son argent, mais je ne l'ai plus. Anastasia semble vivre dans une autre dimension, enfermée dans la chambre de Yul. Je ne sais pas ce qu'elle y fait mais je soupçonne une espèce de rituel de résurrection. Je me dis que je vais faire un casse, ou cambrioler la loge de ma concierge. Commettre un acte désespéré. Je pense même appeler mon éditeur et mon agent et leur promettre que s'ils me donnent une nouvelle avance, je leur livrerai un roman. Le meilleur qu'ils aient jamais lu. Ils se méfieront peut-être, mais je ne peux pas leur expliquer mon plan. Je ne peux pas leur dire que j'en ai un. Ils ne comprendraient rien si je leur disais que, à un moment ou un autre de notre vie, nous avons tous un plan. Je me lève plein d'énergie et cherche des objets dans la maison, pour les revendre rapidement et faire de l'argent. Même si c'est juste pour un billet de train ou pour faire le plein jusqu'en Suisse. Une fois là-bas, ça m'est égal de dormir dans la rue et de ne rien manger. Je dois y aller pour mettre en œuvre mon projet. Je vais vendre le téléviseur et le lecteur DVD. Je vais vendre quelques meubles design et des tableaux. Je peux vendre ma collection de CD et de livres. Je pense aussi que je peux la prostituer. Que dans son état semi-conscient, elle ne s'en rendrait pas compte si je faisais entrer des hommes dans la chambre pour qu'ils la baisent. Le meuble de l'entrée appartenait à mes grands-parents, je crois que je peux en tirer de l'argent. Je le déplace pour mieux l'observer et le courrier que j'ai accumulé tombe par terre. Mon œil est attiré par une enveloppe qui ne porte ni la mention de ma banque, ni celle des compagnies d'électricité, d'eau, de gaz et de téléphone qui me menacent depuis des mois et qui ont commencé à prendre des mesures de représailles. Dans sa chute, une lettre s'est positionnée différemment des autres. Stratégiquement. Volontairement. Et je sais que c'est un signe. Tout autour de moi se met en place pour que les choses aillent mieux. Je m'accroupis mais ne l'attrape pas tout de suite. Je la regarde et souris. Je souris d'abord timidement, puis je me mets à rire très fort et je termine par pleurer de joie. Cette lettre spéciale porte le sigle de l'Institution des lettres catalanes. Je n'aurais jamais pensé que voir le logo d'un organisme officiel me réjouirait autant.

Les lettres qui contiennent véritablement quelque chose d'important, on ne devrait pas les écrire à l'ordinateur, on ne devrait pas les envoyer par la poste, laisser des mains étrangères les toucher et courir le risque de les perdre. Les lettres importantes, on devrait les écrire à la main et les confier à un ami proche disposé à faire un voyage long et pénible s'il le faut pour s'assurer que leur destinataire les reçoive. Je n'en ai plus, d'amis, mais ces deux lettres, je les écris à la main parce que ce sont les lettres les plus importantes que j'ai jamais écrites et parce que j'ai détruit mon ordinateur dans une crise de rage et d'impuissance. Ce sont deux lettres identiques, rédigées dans la plus belle écriture dont je sois capable, dans un anglais extrêmement correct, obtenu à l'aide du dictionnaire où je cherche les mots les plus à même de transmettre ce que je veux dire. Une erreur de traduction ou de vocabulaire pourrait m'être fatale. Quand j'ai terminé la version définitive, je les plie solennellement et les glisse chacune dans une enveloppe. Sur la première je note *La Paisible*, Tolochenaz, Morges, Suisse. Et le code postal correspondant. Sur la seconde, *Manoir de Ban*, Corsier, Vevey, Suisse. Et le bon code postal également. Les deux villages sont si petits et les maisons si connues que je suis certain que le facteur saura les trouver, même si je ne note pas le nom des rues. Les deux adresses sont surmontées par le nom de Findlay Kennedy, même si je ne suis pas certain qu'il vive dans l'une des deux maisons. Je me base sur mes déductions et les lettres n'arriveront peut-être jamais, ou alors il se trouvera qu'aucun Findlay Kennedy n'a jamais vécu là-bas et elles finiront déchirées dans une poubelle. Juste avant de les mettre dans la boîte aux lettres, je dépose un baiser sur les enveloppes, comme si, au lieu d'une transaction commerciale, il s'agissait de lettres d'amour. Puis je reste planté là un bon moment, j'attends qu'un signe sorte de la boîte, qui me confirmera que tout ira bien.

Les jours suivants, je suis très nerveux, j'attends des nouvelles. Je fais mentalement le parcours des lettres, plusieurs fois, depuis la boîte aux lettres. Un employé de la Poste catalane trie le courrier en fonction des adresses de destination. Les lettres sont ensuite placées sur une bande transporteuse, leurs timbres oblitérés, et elles sont triées par pays dans différents sacs pour être distribuées. Le sac où se trouve mes lettres est chargé dans une camionnette et part du centre de tri de Via Laietana direction l'aéroport du Prat. Après tous les contrôles, il est chargé avec le reste des bagages dans la soute d'un vol de Swissair. Les portes se ferment et l'avion décolle, vole à des milliers de kilomètres d'altitude, le sac et les lettres dans son ventre. Quand il atterrit à l'aéroport de Genève, les employés qui déchargent les bagages placent le sac sur l'un des chariots qui rejoignent le terminal. D'autres employés, de la Poste suisse cette fois, le ramassent et le déposent dans une camionnette qui l'apporte au centre postal, où une machine spécialisée, dotée de multiples bras, distribue les lettres en fonction de leur code postal. Les miennes sont séparées pour la première fois depuis leur départ de Barcelone : la première va dans le sac pour Tolochenaz, la seconde dans celui pour Corsier. Mais comme ce sont de minuscules villages, ce sont les seules lettres dans leur sac et elles sont bringuebalées. Les sacs sont déposés dans un wagon de marchandises du train qui circule au bord du lac Léman et qui file à toute allure vers Morges. Là-bas, le chargé des postes descend le sac de Tolochenaz, le place dans une camionnette et l'emporte lui-même vers le petit bureau de poste local où il le remet au facteur, qui ouvre le sac et qui, étonné, attrape l'unique lettre qui s'y trouve. Le sac de Corsier a continué son voyage dans le train le long du lac et, lorsqu'il arrive à destination, un facteur semblable au premier répète exactement la même opération. Les deux facteurs, leur sacoche de cuir en bandoulière ne transportant qu'une seule lettre, marchent tranquillement dans les rues désertes des deux villages. La journée est magnifique et ils ne sont pas pressés. Arrivés à *La Paisible*, pour l'un, au *Manoir de Ban*, pour l'autre, ils sonnent à la porte, la lettre à la main. Ils attendent patiemment et comme personne ne vient, la déposent dans la boîte aux lettres, espérant que son destinataire, dans la journée, la trouvera.

Comme les mauvaises nouvelles qui n'arrivent jamais seules, les bonnes sont aussi parfois multiples. Un jour, je reçois un appel sur le fixe. Depuis plusieurs semaines, je me dis que je devrais suspendre la ligne et je prends peur quand je l'entends sonner. Je décroche, curieux de savoir qui s'aventure à nous appeler en un pareil moment, quand nous sommes si déconnectés du monde. Une fille de l'agence immobilière me dit qu'un acheteur se montre très intéressé par l'appartement de ma mère, même si son offre est bien inférieure au prix demandé. J'accepte sans réfléchir et lui dis que j'aimerais toucher l'argent le plus rapidement possible. Elle me promet de tout faire pour que ça aille vite. L'argent n'est plus un problème. Avec la bourse et la vente de l'appartement, je suis tranquille. Pendant que j'attends qu'une réponse arrive de Suisse, je planifie mon voyage, cherche le meilleur itinéraire pour m'y rendre, compare la route, le train et l'avion. J'achète des cartes routières et des guides touristiques. Je volerai certainement de Barcelone à Genève et, une fois là-bas, en fonction de l'endroit d'où proviendra la réponse, j'irai en train à Morges ou à Vevey, comme j'ai imaginé que l'avaient fait les lettres. Je regarde les hôtels et leurs prestations sur Internet, depuis le cybercafé. Sur Google Earth, je vois les rues où je marcherai et zoome sur l'image au point de la rendre floue. Je vérifie les distances sur viamichelin.com. J'évalue les possibilités, pense stratégie, planification et action. Je voudrais déjà y être, dans n'importe lequel des deux villages, dans n'importe laquelle des deux maisons. Je regarde mille fois par jour ma boîte mail et ma boîte aux lettres, les deux façons de me contacter que j'ai indiquées dans ma lettre. La concierge est vexée parce qu'elle croit que je ne lui fais pas confiance. Elle me rappelle que j'ai laissé mon courrier s'accumuler pendant des mois dans ma boîte aux lettres et me dit que j'ai l'air d'avoir perdu la tête, à regarder trois fois par jour si j'ai reçu quelque chose. Elle insiste et me promet qu'elle m'apportera elle-même le courrier, si cette lettre est si importante. Un jour, au cours de l'une de mes longues navigations sans but sur le net, une petite fenêtre s'ouvre en bas à droite de mon écran, et une notification sonore m'avertit que j'ai reçu un message. Je n'en reçois plus depuis longtemps. Juste des spams qui m'invitent à acheter du Viagra où à faire une extension de pénis. Mon cœur bat vite mais je n'ose pas l'ouvrir. Je ferme tous les autres programmes et agrandis Messenger. L'icône d'une enveloppe me prouve qu'effectivement j'ai un message. Je clique dessus et accède à ma messagerie. C'est Findlay Kennedy qui l'envoie. Il n'y a pas d'objet. J'ouvre le mail et lis. Dans un anglais très correct, il me donne rendez-vous le 3 août à 17h à *La Paisible*, à Tolochenaz, en Suisse. Je n'ai que cinquante-quatre heures, trente-cinq minutes et tout un tas de choses à régler. Je sens les battements de mon cœur accélérer, au rythme d'une horloge imaginaire qui marque dans ma tête le compte à rebours. Je dois vraiment bien m'organiser si je veux arriver à temps et que mon projet soit prêt. Je ne peux pas laisser échapper cette opportunité.

La première chose que je fais, c'est aller à la FNAC *Triangle* acheter un ordinateur portable bien trop performant pour ce dont j'ai besoin, un téléphone portable avec une carte SIM prépayée et une pile de *Greatest Hists* de chanteurs et de groupes variés, de Norah Jones à Muse. Je paye avec ma Visa et un crédit que je sais que je ne rembourserai jamais. Je passe à ma banque et, à la grande surprise de l'employé qui m'accueille, je retire de mon compte l'énorme somme que j'ai reçue de l'Institution des lettres catalanes, ferme mon compte et annule toutes mes cartes de crédit. Je change une grande partie des euros pour des francs suisses et récupère des billets qu'on dirait sortis d'un Monopoly. J'ouvre ensuite un compte courant, au nom de Kira Stieglitz, et y dépose dix euros symboliques pour l'activer. Chez moi, je me connecte sur Internet via le Wifi d'un voisin qui ne protège pas son compte, et achète un billet électronique pour le vol LX1941 de Swissair qui décolle demain à 9h10 de Barcelone et atterrit à Genève à 10h45. Je n'achète pas de billet retour. Après ça, j'envoie un mail à l'agence immobilière pour qu'elle transfère l'argent de la vente de l'appartement de ma mère sur le compte courant que j'ai ouvert pour Anastasia à son véritable nom. J'efface ma page web, ferme les deux comptes de messagerie qui y étaient connectés. J'élimine également mon blog polémique et mon profil de Facebook. Je ne laisse ouvert que mon compte Hotmail, qui correspond à l'adresse que j'ai donnée à Findlay Kennedy, au cas où il voudrait me contacter. Je lui envoie un mail pour lui préciser mon nouveau numéro de portable qu'il sera le seul à avoir, et résilie, après quinze années, l'abonnement de mon précédent portable. Et c'est ainsi que, finalement, sans que personne ne s'en aperçoive, en silence, lentement, j'efface mon existence.

En milieu d'après-midi je cherche ma valise orange, celle que j'avais utilisée pour aller en Angleterre et en Italie, et la remplis avec les vêtements dont j'aurai besoin pour mon voyage. Je prends un étui et y place tous les *Greatest Hits* que je viens d'acheter. J'y mets aussi les deux CD de Maria Callas que j'ai volés à Francesca. Quand j'ai réglé ces points, je m'enferme dans la salle de bains où j'observe longtemps mon reflet dans le miroir. Mécaniquement, comme si je l'avais fait des milliers de fois, j'attrape le rasoir électrique. Je taille d'abord sur les côtés, laisse une longue crête, comme Robert de Niro dans *Taxi Driver*. Quand je coupe le reste de mes cheveux, je m'aperçois que j'utilise le sabot 10 et qu'ils sont encore très longs. Je repasse le rasoir avec le sabot 6, mais ils sont encore trop longs pour moi. Finalement, comme Demi Moore dans *À armes égales*, je passe au 3 et, quand on peut voir la peau blanche de mon crâne, je range le rasoir avant que l'envie me prenne de m'arracher la peau. Dans le lavabo les mèches de cheveux se sont accumulées et j'ai aussi mal que si on m'avait amputé d'un membre. Je ne sais pas pourquoi j'ai tant de mal à me défaire de certaines choses. Ce ne sont que des cheveux, ils vont repousser. Je suppose que c'est l'une des manies de notre génération matérialiste et possessive, qui ne pense qu'à accumuler des biens et des réussites.

À l'heure du dîner, je décide de partir sans avertir Anastasia. Elle est très loin d'ici, mentalement, et je ne sais même plus si elle me reconnaît. Je sais qu'un jour Susanna trouvera son cadavre dans la baignoire, les veines tranchées, ou bien morte de faim dans un coin. Mais quand je sors de la cuisine, elle s'approche de moi, à contre-jour, depuis le couloir, seulement vêtue d'une chemise de nuit trop grande pour elle, comme un fantôme. Je la rejoins lentement, plutôt impressionné par son état négligé. Je ne vois pas bien son visage parce qu'elle est devant la source de lumière. Je lui dis que je m'en vais demain matin. Que j'en ai assez de me battre, d'aller à contre-courant et de tracer ma voie tout seul. Je lui dis que je ne reviendrai pas. Je suis tombé de trop haut, j'ai chuté trop bas et je ne veux pas recommencer. Je m'en vais pour gagner la dernière bataille de la dernière guerre. C'est ma dernière chance. Je lui dis d'en profiter pour refaire sa vie. Qu'elle aille chercher du soutien là où elle pourra en trouver. Je répète que je ne reviendrai pas, même si je crois que j'ai été clair. C'est alors qu'elle m'annonce, un éclat surnaturel dans les yeux, que le moment est venu de rembobiner. Je comprends ce mot comme revenir en arrière, là où quelque chose méritait encore qu'on se batte pour elle. Elle me prend par la main et me tire vers le salon, me fait asseoir et, encore plus sérieuse, me dit de me préparer à entendre l'histoire la plus incroyable qu'on m'ait jamais racontée. Elle éteint toutes les lumières de la pièce et ne laisse pénétrer que celle de l'extérieur, qui a déjà commencé à diminuer parce que c'est l'heure magique entre chien et loup. Elle n'a pas mis de musique mais j'ai l'impression d'en écouter. Très relaxante, et je ne saurais dire si c'est du classique ou de la musique moderne. Elle s'assoit devant moi, très droite, comme si elle allait interpréter un morceau au piano. Ensuite, sur un ton très grave et affecté que je ne lui connais pas, elle commence à parler et son haleine frappe mon visage, son souffle si chaud et agréable qu'il me semble un drap de soie. Après cinq années elle s'est décidée à m'expliquer pourquoi je ne sais rien de son passé.

—Je possède un pouvoir, Gerard, un pouvoir que m'a transmis quelqu'un de ma famille, mais je ne me rappelle pas qui. Pour t'expliquer ce pouvoir, j'ai besoin que tu sois prêt, que tu ne juges rien de ce que je vais te dire. J'ai besoin que tu ne poses aucune question, que tu ne cherches pas à en savoir plus que moi. J'en ai besoin. Tu comprends ?

Je change de position sur le canapé et mes yeux se déportent un instant vers la rue. Les lampadaires sont déjà allumés mais le ciel est encore clair. Je crains que ce discours sorti d'un dangereux manuel de développement personnel s'éternise.

— Imagine si tu pouvais effacer de ton esprit tout ce qui te gêne, ce qui te fait mal, ce qui te perturbe ? Si tu pouvais trier tes souvenirs et décider ce que tu gardes et ce que tu jettes ? Tu imagines, si c'était possible ?

Je ne dis rien, mais non, je n'imagine rien de semblable.

— J'en suis capable. La technique est plutôt facile mais extrêmement épuisante. Pour y arriver, je dois revivre ce souvenir qui m'empêche d'être heureuse et l'effacer. Mais le plus important, c'est que je dois le revivre à l'envers, je dois commencer par la fin, et quand j'arrive au début je dois prendre la décision de le supprimer, pour toujours. Je crois que cette technique mentale s'appelle *rembobiner*.

Maintenant, dans la pénombre, je ne peux la discerner que grâce à la lumière orange qui filtre depuis la rue. Je ne sais pas si je dois rire avant qu'elle le fasse elle-même, mais les minutes de silence qui suivent sont si étranges que j'ai du mal à bouger ou même à respirer, pour ne pas briser cet instant.

— La nuit avant notre rencontre à Londres, devant Big Ben, j'avais rembobiné toute ma vie. Toute. Je ne me rappelais rien. Absolument rien. Même pas mon nom. Après l'avoir fait, les heures d'après ont été chaotiques, étranges, floues. J'ai marché dans les rues toute la journée, sans but, j'ai essayé de me raccrocher à ce que je reconnaissais ou ce qui me semblait réconfortant. C'est pour ça que lorsque tu as accepté de marcher avec moi, tu es devenu le seul lien qui me rattachait au monde. Quand tu es parti, j'ai recommencé à marcher dans les rues de Londres, toujours sans but. J'attendais le moment d'entrer dans un cybercafé pour me connecter à Internet et parler avec toi. Jusqu'à ce que tu m'invites à venir à Barcelone.

— Et ton nom ? Ton passeport belge ? Tu peux m'expliquer ?

— Quand je t'ai trouvé dans la rue, je ne me rappelais pas mon nom et j'ai inventé celui d'Anastasia parce que je l'avais vu dans un film. Avant de partir pour Barcelone, quand je mettais dans un sac les affaires que je possédais, j'ai trouvé mon passeport, mais j'ai pensé que si je te révélais mon véritable nom tu ferais marche arrière. En plus, si j'avais voulu effacer mon passé, je n'avais aucune raison valable de garder mon nom.

— Et pourquoi tu as tout oublié ?

— Je ne me rappelle pas. Je l'ai oublié.

Elle fait une grande pause silencieuse pour que j'assimile ce qu'elle vient de me dire. Ça pourrait être l'histoire que je cherche pour mon roman. Elle a toujours été là, à côté de moi, si accessible, si disponible. Peut-être que c'est elle qui devrait écrire des romans. Avec toute cette science-fiction à deux balles, ça ferait un best-seller. Je suis sûr que Spielberg en achèterait les droits. Je tourne et retourne l'idée dans ma tête. Si c'est vrai, tout ce que nous avons vécu au cours des dernières années devient cohérent et prend tout son sens. Brutalement. Toutes les inconnues de cette équation seraient découvertes d'un coup. Sans calculs nouveaux, ni nouvelles hypothèses. Mais il y a un bouquet final dans toute cette folie, qu'elle me réserve pour un peu plus tard, quand elle se dit que j'ai digéré tout ce qu'elle m'a dit. Il me faudrait pourtant des siècles pour le faire, si ce qu'elle dit est vrai.

— Je peux être heureuse à nouveau, Gerard. Rien de plus facile. Cette nuit, je *rembobine* jusqu'au jour où tu as conduit Yul chez ta mère. Je peux effacer le moment où j'attendais ton retour à la maison. Je peux supprimer l'appel des gendarmes qui m'annonce sa mort. Je peux perdre le souvenir de l'angoisse de cette attente. Je peux annuler la farce de la chambre funéraire, je peux chasser la tristesse de l'enterrement et notre souffrance jusqu'à aujourd'hui. Je peux faire en sorte que Yul redevienne vivant pour moi, et nous redeviendrons heureux.

Ça me dépasse. Je ne comprends rien et je crois qu'elle ne veut pas le comprendre. Elle se fout de moi, c'est sûr. C'est une blague morbide, qui n'a aucun sens. Je me lève vivement, je crois que je lui fais peur, et vais à la cuisine. Dans le noir, je passe de l'eau sur mon visage et ça me surprend encore de ne pas trouver mes cheveux quand je glisse mes doigts sur mon crâne. J'ouvre le frigo pour y voir clair et frissonne quand je vois qu'il est plein de Tupperwares remplis d'oignons coupés en morceaux. Je trouve dans un placard une bouteille de whisky pur malt de douze ans d'âge que j'avais mis de côté pour une occasion spéciale. Je l'ouvre et bois directement au goulot. Le frigo ouvert attire mon œil et ce que je vois me répugne. J'attrape des sacs poubelles sous l'évier et je jette tous les Tupperwares d'oignon jusqu'à ce que le frigo soit vide. Ça me fait le même effet que si j'avais effacé tous les souvenirs que je devrais extraire de ma tête. Je bois une autre gorgée et, la bouteille à la main, retourne dans le salon où elle est toujours assise sur le canapé, dans l'obscurité.

— Tu me promets que tout redeviendra comme avant ?

Je pose la question depuis la porte. Je n'ose pas entrer.

— Oui.

Je retourne m'asseoir sur le canapé, à côté d'elle, mais je regarde le téléviseur éteint. Je bois une autre gorgée de whisky. Ce qui m'inquiète, c'est de savoir si je serais capable de faire chaque jour semblant que Yul est vivant.

— Mais Yul ne reviendra pas... tu sais... ici ? lui dis-je pour être bien certain qu'elle ne croit pas qu'il va ressusciter.

— J'effacerai aussi la mort de ta mère. Pour moi, ça sera comme s'il était toujours chez elle. Et si tu veux, je peux t'accompagner dans ce voyage que tu vas faire. Tout ira bien, ça sera comme avant, quand nous devions partir tous les deux à Londres.

Ça m'effraye, qu'elle ait si parfaitement planifié une telle aberration. Elle me propose de faire comme si rien ne s'était passé, comme si mon fils et ma mère étaient vivants, à Vic, dans un appartement que j'ai déjà vendu. Mais en échange, si je peux jouer le jeu tous les jours, elle redeviendra l'Anastasia d'avant. Je pourrais peut-être reconstruire une vie avec elle si elle oublie tout ce qui est douloureux dans notre relation. Peut-être qu'alors nous pourrons sauver notre couple en faisant comme si rien n'avait eu lieu. Je ne sais pas combien de temps nous restons silencieux, alors que j'évalue les points positifs et négatifs de cet étrange pacte avec le diable et qu'elle reste immobile, comme un robot qu'on aurait débranché. Tout à coup, elle me regarde et, grâce à la lumière extérieure, je vois ses dents blanches et comprends qu'elle me sourit. Je pense qu'elle est sur le point de me dire qu'elle se fout de moi, que c'est une blague de mauvais goût, absolument pas drôle. Elle me regarde longtemps et passe sa main sur ma tête. Son geste me prend par surprise.

— Je t'aimais mieux les cheveux longs, dit-elle en souriant.

Et, sur un ton aimable et chaleureux :

— Tu en dis quoi, Gerard ? Tu veux que j'oublie tout ?

Ses préparatifs dans la baignoire sont trop ésotériques pour moi, ils sont même ridicules. De l'encens, des bougies, un lecteur CD pour la musique tibétaine et des coussins par terre pour plus de confort. Elle dit avoir besoin de calme pour se détendre et d'un lieu avec un robinet qu'elle peut ouvrir pour entendre l'eau couler. Moi, ça me donnerait envie de pisser. Elle me dit au revoir comme si elle partait en mission pour la NASA, ferme la porte à clé. Planté là, le nez collé à la porte, je ne bouge pas et pense qu'elle va peut-être s'ouvrir les veines. Ou jeter le lecteur de CD dans la baignoire. Pourtant, malgré tout, comme je ne peux rien y faire, je repars vers le salon et m'assois sur le canapé, résigné. J'attrape la bouteille de whisky et bois une autre gorgée. J'allume la télévision et zappe, mais comme il n'y a rien d'intéressant, comme toujours, je vais voir mon étagère à DVD, où les films sont classés par réalisateurs. L'occasion est bonne de regarder *Le Sortilège du scorpion de jade* de Woody Allen parce que, même si ce n'est pas son meilleur film, ça colle bien avec l'ambiance ésotérique de la soirée et ça m'aidera à prendre de la distance. Woody Allen interprète un détective qui travaille pour une société d'assurances. Un voleur l'hypnotise au cours d'une soirée cabaret. Quand il entend le mot « Constantinople », Allen obéit aux ordres que le cambrioleur lui donne par téléphone : voler des bijoux dans les maisons qu'il protège. À la fin du film et de la bouteille, je ne peux plus me lever. J'ai la tête qui tourne, mais en fait je comprends que c'est la pièce qui tourne. Un haut-le-cœur me brûle l'estomac et je ne peux pas m'empêcher de vomir par terre. Ma tête est sur le point d'exploser et je suis incapable maintenant d'ouvrir les yeux. Je m'endors sur le canapé, tout habillé et dans une position qui me vaudra certainement des problèmes quand je me réveillerai.

Ce que je fais quand la lumière du jour entre par les fenêtres, aux rideaux ouverts parce que nous ne les fermons jamais. Le soleil atteint presque le canapé et j'ai peur de brûler comme un vampire lorsqu'il me touchera. Je ne peux pas ouvrir les yeux parce que mes pupilles brûlent et j'ai vraiment du mal à me faire à cette lumière puissante. À me situer aussi. Qui je suis. Où je suis. Pourquoi je dors sur le canapé. Ma tête me fait si mal que j'ai l'impression que je pourrais hurler, mais ma bouche est sèche et mon haleine chargée. Je vois le boîtier du film de Woody Allen sur la table de nuit et c'est comme un antidote qui me rappelle notre conversation nocturne. Mon cœur fait un bond dans ma poitrine et je me redresse d'un seul coup, mais ça ne va vraiment pas et j'ai mal partout. Aucune trace de mon vomi par terre et la bouteille a disparu. Je me lève avec difficulté et attends que ceux qui jouent du tam-tam dans ma tête veuillent bien arrêter. Quand j'arrive à la salle de bains, j'évite de croiser mon regard dans le miroir, je sais que je n'ai aucune envie d'y voir l'incarnation de la déchéance humaine. Mes yeux scrutent la pièce, cherchent des traces de bougies, d'encens et les coussins, mais il ne reste rien. Son cadavre n'est pas dans la baignoire et ça me rassure, mais à côté des bouteilles de shampoing et de savon je vois deux objets qui n'ont rien à faire là : un canard jaune en plastique et une étoile de mer bleue. Je croyais les avoir rangés. J'urine, me tenant d'une main au mur pour ne pas tomber. Je vise mal. Je vais dans notre chambre, le lit est défait mais pas de traces de son cadavre. Je m'approche de la fenêtre et regarde la rue. Je ne la trouve pas fracassée sur le trottoir, le crâne explosé. Le croisement des rues Montaner et Còrsega est très calme et je me rappelle que nous sommes le 2 août, qui est un dimanche, en plus. La ville s'est vidée comme si la lèpre l'avait envahie. Une photographie qui n'était pas là hier attire mon attention. Yul, entre nous deux. J'avance, étourdi, dans le couloir, où d'autres photos de Yul, que nous avions rangées dans une boîte et dans l'armoire de sa chambre, sont revenues à la place qu'elles occupaient avant. J'entends des bruits dans la cuisine, mais ne peux dire s'ils sont réels ou le fruit de mon esprit malade. Ce sont des bruits du quotidien, des assiettes, des verres, le grille-pain qui éjecte les tartines et le bip du micro-ondes qui annonce que ce qui s'y trouve est chaud. J'y vais et vois la table préparée pour un petit-déjeuner de roi, sans confiture d'abricot, étonnamment. L'odeur de gaz a presque disparu. Elle est devant la cuisinière, attend que le café passe et téléphone. Elle est souriante et de bonne humeur, elle s'amuse même.

— Ce n'est plus un enfant !

Elle se retourne et me voit. Elle me fait un sourire qui me déconcerte.

— Carme, je te laisse, le prince s'est enfin réveillé et il a l'air d'avoir mal au crâne. On part en voiture ce soir mais je pense qu'on a besoin d'une bonne sieste avant. Je te rappelle.

Elle raccroche et, comme si de rien n'était, s'approche de moi et m'embrasse sur les lèvres, mais je suis effrayé. La seule Carme que nous connaissons, c'est ma mère. Anastasia me reproche mon haleine qui pue l'alcool et me dit de manger avant que le café refroidisse. Je vérifie que le tuyau de gaz est toujours arraché. Je suis maintenant certain que ce n'est pas un cauchemar, mais aussi que lorsque je dirai le mot « Madagascar », comme dans le film d'Allen, elle redeviendra celle qu'elle était hier.

— Madagascar, dis-je tout bas.

Je répète la formule plus haut et attends sa réaction, mais elle se tourne vers moi, la cafetière italienne à la main, et me dit dans un grand sourire :

— Ta mère t'embrasse.

Je me réveille en sursaut, comme si j'avais fait le plus terrible des cauchemars. Cette fois, je mets beaucoup plus de temps que d'habitude à savoir où je suis. Finalement, complètement perdu et un peu inquiet, je me rends compte que je suis à l'arrière de ma voiture, là où se trouvait le siège de Yul. J'ai mal partout et, comme j'ai laissé la porte ouverte, l'air froid qui entre me fait trembler comme si j'étais atteint de Parkinson. J'aurais pu mourir gelé et personne ne s'en serait rendu compte. Je sors de la voiture, regarde face à moi l'horizon derrière un champ de blé et vois que le jour se lève. J'étire mes bras et mes jambes, fais des flexions, détends mon dos, pour que le sang recommence à circuler. Je ferme les portières et monte à ma place, mets le contact et pousse le chauffage à fond pour que la chaleur me ramène parmi les vivants après avoir été si près de mourir. Je conduis sans but dans les rues désertes de Tolochenaz et, quand je me sens mieux dans mon corps et plus d'aplomb dans ma tête, je suis un panneau qui indique Morges. Vu l'heure, j'aurais presque pu rester devant *La Paisible* jusqu'à mon rendez-vous de dix heures, mais si je me dépêche je pourrais encore dormir trois heures à l'hôtel. La route du retour, que je parcours en silence, est aussi simple que celle de l'aller. Tout est parfaitement indiqué. Quand j'arrive devant l'hôtel, mon cœur bondit dans ma poitrine. Là où j'avais garé ma voiture, sur l'une des zones bleues du quai du Mont-Blanc, il y a maintenant une Saab grise avec un autocollant de Disneyland. Je me gare devant et descends, très nerveux. Mon cœur bat rapidement et mes mains transpirent. Je m'approche de la Saab et l'examine. Si quelqu'un me voit, il croira que je veux la voler. Je regarde à l'intérieur à la recherche d'indices qui puissent m'aider à découvrir si cette voiture a eu un accident mortel sur l'autoroute. Je pourrais attendre le conducteur ou laisser une note sur le pare-brise pour qu'il me contacte, mais Anastasia a déjà essayé et ça n'a pas marché pour elle. Je regarde tout autour de moi, réfléchis à la manière de le contacter et, tout à coup, comme si j'étais Jack Nicholson dans *Shining*, je casse violemment le rétroviseur. Puis je lui laisse une note avec mon numéro de téléphone et celui de ma chambre. Je suis certain qu'il va me contacter, maintenant.

Le réceptionniste dort sur sa chaise dans une position bizarre et ne m'entend pas entrer. Heureusement, je n'ai pas besoin de clé, parce que je n'aimerais pas avoir à le réveiller. Près de l'ascenseur, il y a un grand panneau sur un chevalet qui indique le menu du restaurant de l'hôtel et les activités qu'ils organisent. J'y vois un post-it vert fluo qui jure avec l'élégance du reste. C'est l'écriture d'Anastasia et toujours ce message pour Stéphane et sa famille. Mais cette fois, je le laisse en place, tant pis si un psychopathe le trouve et la harcèle. Peut-être qu'elle retiendra la leçon comme ça. Je monte les escaliers aux murs rayés gris et ivoire, caresse la statue de cheval qui décore l'un des angles. Je m'arrête devant la porte de la chambre 308. J'espère qu'elle ne l'a pas fermée à clé. J'ouvre la porte de la chambre avec précaution, fais attention à ce que la lumière n'y pénètre pas. Je me déplace dans le noir, attentif à ne pas faire de bruit. Je me déshabille et me glisse lentement dans le lit mais me rends compte qu'elle n'est pas là où je pensais la trouver. Je m'assois dans le lit et vois un rai de lumière sous la porte de la salle de bains. Je m'approche, l'estomac noué, et avance jusqu'à la porte sans allumer. Elle est par terre, en chaussettes et dans un haut à bretelles fines. Elle s'est endormie, la tête appuyée sur la cuvette des toilettes, d'avoir trop pleuré je crois. Elle serre avec force son portable dans une main, mais je ne pense pas qu'elle ait téléphoné. Le carrelage change, la décoration de la chambre, le nom de l'hôtel et de la ville changent, mais ça fait deux nuits que nous vivons le même drame. Je la prends dans mes bras et la porte, comme si nous étions deux jeunes mariés, jusqu'au lit où je la couvre avec l'édredon. Sur la table de chevet, je vois la photo de la famille de papier et leurs quatre sourires adressés à l'appareil. Elle avait dû la garder sur elle. Un frisson passe le long de ma colonne vertébrale. Je reste longtemps assis sur le fauteuil bleu clair, à l'observer dormir grâce à la lumière de la salle de bains qui est toujours allumée. Ça me renvoie à la première nuit, quand elle a dormi chez moi, dans mon petit appartement du Raval que j'avais presque complètement oublié. La famille de papier regarde cette scène attendrissante depuis la table de chevet. Leur regard, maintenant que j'ai essayé de les détruire, est bien plus menaçant qu'avant, comme s'ils mettaient au point des représailles pour venger mon acte cruel, quand j'ai jeté leurs cadavres en morceaux dans le lac Léman. Je sais qu'ils reviendront me hanter. Je me concentre à nouveau sur elle et pense qu'après tout je commence à prendre conscience de sa souffrance. J'imagine ce que ça peut être de vivre sans passé, sans souvenirs, sans rien à quoi se raccrocher. C'est comme avoir Alzheimer toute sa vie. Mon grand-père avait cette maladie, et on dit que normalement ça saute une génération. Je suppose que je ne vais pas y couper. Si je suis encore avec Anastasia, ça sera parfait, aucun de nous deux n'aura de souvenirs. Je m'allonge à ma place sur le lit, il est tard et je ne pourrai plus dormir trois heures comme je pensais le faire, mais je dois reconnaître que j'ai peur de m'endormir. Peur que Stéphane et sa famille sortent de la photo et me fassent connaître le même sort qu'eux. Je m'invente des jeux pour repousser le sommeil, comme passer en revue tous les titres des romans de Findlay Kennedy ou me rappeler tout ce que j'ai oublié. J'entends sa respiration calme et ça me réconforte de savoir qu'elle va bien. C'est donc ça, le revers amer du bonheur factice qu'elle s'est créé. Tous les souvenirs qu'elle réussit à oublier le jour reviennent la nuit sous la forme de cauchemars. Moi, c'est l'inverse. Je me dis qu'on est à nouveau complémentaires. Au bout d'un moment, malgré mes efforts pour garder les yeux ouverts et rester conscient, je sens un poids peser sur mes paupières, les fermer et m'empêcher de les rouvrir.

Le soir s'épanouit comme un matin magnifique quand Stéphane sort du cabinet du docteur Rochefort, « spécialiste en maladies surprenantes[4] », *au numéro 22 de la rue des Nouvelles Tristes d'un hameau de l'est de la France nommé le Petit Village*

4. Tout ce qui n'est pas en italiques dans ce fragment est en français dans le texte original.

des Espoirs Perdus. Il marche d'un pas sûr, tête haute et le sourire aux lèvres, tel l'homme le plus chanceux du monde. Sous le bras, il porte son dossier médical, que le médecin vient de lui remettre. Même si les nouvelles ne sont pas bonnes, il est content parce que c'est lui qui les annoncera aux siens et parce qu'avec eux il pourra partager son malheur. Il pense fugacement que s'il était allé voir le docteur Chevalier, « spécialiste en guérisons miraculeuses », *dont le cabinet se trouve dans le hameau d'à côté, le Petit Village des Bonnes Nouvelles, les choses auraient peut-être été différentes. Lorsqu'il arrive près de la maison de bois qui flotte sur un terrain vague, près d'un camp de gitans qui l'observent comme si c'était un vaisseau spatial, il réunit sa famille et explique tout ce que lui a dit le docteur Rochefort,* « spécialiste en maladies surprenantes ». *Stéphane est malade, il a la maladie du sommeil sans fin. C'est d'ailleurs le seul patient au monde à qui on a diagnostiqué cette maladie, qui n'apparaît dans aucun manuel et pour laquelle, c'était prévisible, il n'y a aucune cure possible. Le plus rassurant dans ce que lui a annoncé le médecin, c'est qu'il n'y a aucun symptôme pénible, aucune douleur. La maladie est douce et agréable tout comme la mort qui l'accompagne. Ce soir, lorsque Stéphane fermera les yeux et s'endormira, il ne se réveillera plus jamais. Après la surprise et les pleurs qui suivent cette annonce, Stéphane convainc Carole, Cédric et Cyrille de profiter de la journée au maximum avant la tombée de la nuit, jusqu'au moment où il s'endormira. Ils vont à la fête foraine et montent dans toutes les attractions, même celles qui ont l'air le plus dangereuses. Ils mangent des glaces aux parfums de* « fruits qui n'ont jamais existé » *et de la barbe à papa. Ils jouent à la pêche aux canards, et Cédric et Cyrille gagnent une montagne de cadeaux. En fin d'après-midi, ils se promènent le long du fleuve* « où l'eau n'est jamais transparente », *les enfants jouent à cache-cache, les parents s'assoient sur un banc, se tiennent par la main et s'aperçoivent que les eaux du fleuve ne sont jamais transparentes. Quand les enfants sont fatigués de courir, ils crient qu'ils veulent aller au cinéma voir un film dont ils ont vu la bande-annonce à la télévision, même si les parents n'ont aucune idée de ce dont ils parlent parce qu'il n'y a pas de télévision dans leur petite maison de bois. Tandis que les enfants dévorent leur pop-corn et regardent fascinés sur le grand écran les images du* « film le plus merveilleux de ce côté de l'horizon », *Stéphane prend la main de Carole dans l'obscurité de la salle de cinéma et la serre avec force. Même si le film, fidèle à ce qui est annoncé sur les affiches à l'extérieur, est la comédie la plus drôle depuis* Orange mécanique, *elle sanglote comme si elle voyait le plus triste des mélodrames. Après la séance, ils vont tous les quatre dans un photomaton de la gare et prennent un instantané sur lequel ils sourient comme s'ils étaient la famille la plus heureuse du monde. Le soir, ils dînent dans un de ces restaurants de hamburgers appartenant à une chaîne bien connue et se bourrent de cette* junk-food *que Carole refuse toujours aux enfants et qu'ils lui réclament tout le temps. Avant de rentrer, ils font un dernier tour dans le parc et Stéphane demande aux enfants ce qu'ils veulent faire quand ils seront grands. Cédric veut être astronaute et explorer* « des planètes qui volent bas » *et Cyrille veut écrire* « des romans qui font des chatouilles ». *Lorsqu'ils arrivent à leur maison de bois, dont les gitans se sont rapprochés, osant presque la toucher, Stéphane se couche dans son lit, Carole et les enfants autour de lui, comme se préparant à veiller un mort. Et, comme si tout était normal, ils font tout à l'envers, inversent les règles qui veulent que les parents racontent des histoires aux enfants pour qu'ils s'endorment. Ce soir, ce sont les enfants qui racontent une histoire à leur père pour le maintenir éveillé. Les enfants improvisent une histoire rocambolesque qu'ils interprètent sur le lit. Ils sautent, chantent, dansent et se battent pour montrer comment c'est une bataille au Moyen-Âge ou quelle danse sera à la mode en l'an 3000. Mais les enfants finissent par fatiguer et s'assoient sur le lit à côté de leur père. Maintenant, c'est au tour de Carole, qui raconte des anecdotes sur l'enfance des garçons, qui rappelle leurs bêtises et leurs diableries, et les premiers à s'endormir sont les garçons, qui ne peuvent s'empêcher de fermer les yeux.*

— « Faites de beaux rêves, mes enfants », *dit leur père en leur caressant les cheveux.*

Alors Carole se met à pleurer et dit qu'elle ne pourra pas vivre sans lui. Elle étreint son mari et pleure jusqu'à ce qu'elle s'endorme, épuisée, sur sa poitrine.

— « Fais de beaux rêves, Carole », *lui dit-il en lui caressant les cheveux.*

Et, tout seul, il fait un dernier effort pour rester éveillé, lutte contre ce poids surnaturel qui pèse sur ses paupières. Comme s'il s'agissait des portes de bronze du château que ses enfants décrivaient dans leur histoire. Et quand il n'est plus capable de maintenir ses yeux ouverts, quand il commence à perdre conscience et à sombrer, il se dit à lui-même, tout bas, presque sans bouger les lèvres :

— « Fais de beaux rêves, Stéphane. »

2
SUPPRIMER

À tous ceux que je n'oublierai jamais

Jour 3

Sa mémoire flanchait-elle ou bien était-elle si prémunie contre les désagréments qu'elle parvenait à fausser la réalité ?

John Cheever, *Le Nageur*

Et alors, lorsque l'étreinte est si forte qu'elle ne me laisse pratiquement pas respirer, je me réveille.

Je ne sais pas où je me trouve. Je ne sais pas qui je suis, où je suis, ni quel lien m'unit à l'homme qui dort à côté de moi. Je frotte mes yeux de mes deux mains et attends qu'ils s'accommodent à la lumière qui entre par la fenêtre dont les rideaux sont grand ouverts. J'observe le visage de l'homme mais pour l'instant il ne me semble pas familier. Je le reconnaîtrai peut-être plus tard, mais là, je suis incapable de lui donner un nom. J'aime les traits de son visage, marqués, son nez proéminent et doté de personnalité, les poils de sa barbe dure qui percent comme des pointes d'acier sa peau. L'haleine qui sort de sa bouche ne sent pas mauvais et j'ai l'impression qu'il respire par la bouche parce que son nez est bouché. Ses sourcils sont épais mais soignés, je suppose qu'il fait attention à son apparence. Sa peau n'a pas l'air abîmée et, au repos du moins, ne présente aucune ride d'expression, même s'il doit bien avoir plus de trente ans. Ses cheveux sont très courts et ils n'ont pas l'air d'être teints. D'un doigt, je suis les contours de son visage, mais il ne se réveille pas. Je descends dans son cou, fin, qui me plaît, je passe dans son dos et continue le long de son bras. Son torse est poilu, guère fourni cependant. Mon doigt descend vers son nombril et s'y attarde avant de suivre le chemin de poils qui rejoint son pubis et passe sous son caleçon. Je caresse son pénis à travers le tissu mais je n'ai pas l'intention de l'exciter. Il bouge et, comme si j'étais en train de commettre un crime, je retire ma main et reste immobile, dans l'attente de son réveil. Il se gratte un bras et laisse sur sa peau une trace blanche, mais il continue à dormir comme si de rien n'était. J'observe la marque sur son bras et vois que c'est une espèce de piqûre d'insecte. Probablement de moustique. Puis je me rends compte que son corps porte tout un tas de marques de piqûres alors que le mien n'en a aucune. Mon sang est peut-être mauvais. Ça m'inquiète. Cette découverte pique ma curiosité et je me redresse, m'assois sur le lit, prête à explorer l'endroit où nous nous trouvons. J'ai un léger vertige alors que je me lève et avance lentement vers la fenêtre en traînant les pieds sur la moquette de cette chambre qui me semble décorée de façon bien artificielle. Une brise agréable passe dans mes cheveux et sous le T-shirt de coton blanc dans lequel j'ai dormi. Mes yeux s'ouvrent en grand lorsque je vois la mer en face de nous, où naviguent des embarcations, mais sans plage. Je retourne au lit et m'allonge à côté de l'homme qui dort encore. Je me place dos à lui et souhaite qu'il se réveille et m'explique qui il est. Je vois une photo sur la table de nuit où un couple et deux enfants m'observent en riant. Je devrais les reconnaître ? Je ne sais pas pourquoi mais leur présence me rassure, comme s'ils faisaient partie de ma famille, même si je sais que ce n'est pas le cas. L'homme s'agite nerveusement et je ferme les yeux pour feindre de dormir. Je peux sentir son souffle dans le creux de ma nuque, parce que mes cheveux blonds sont étalés sur l'oreiller comme un éventail. Il soulève le drap et l'odeur de nos corps monte vers moi. Je sens son regard qui me parcourt, qui s'arrête sur mes jambes, la seule partie dénudée de mon corps. D'un doigt, il suit sur le tissu de mon T-shirt, une par une, les vertèbres qui jalonnent le chemin partant de ma nuque vers mes hanches pointues. Il laisse retomber le drap et notre odeur me parvient à nouveau. Elle me plaît. Je l'entends se gratter et jurer à voix très basse. Il ne bouge pas. Je ne bouge pas. Nous ne bougeons pas, comme si nous avions peur que le lit puisse se briser. Quelques minutes plus tard, alors que je crois qu'il s'est rendormi, je sens qu'il recommence à bouger, change de position et se met sur le dos. Il respire profondément, comme s'il était épuisé ou ennuyé. Il joue avec l'élastique de son caleçon, qu'il tire et fait claquer contre son ventre. Par la fenêtre ouverte entrent la brise de la mer sans plage et les cris d'un père qui gronde son fils. Je crois qu'ils parlent en français. Nous sommes peut-être en France. Mes yeux se posent sur la porte fermée qui se trouve devant moi, la seule chose que je peux regarder sans révéler que je suis réveillée. Ça doit être celle de la salle de bains, j'ai l'impression que nous sommes dans un hôtel. C'est trop impersonnel ici pour être une maison. Quelqu'un, dans le couloir, parle fort et répète à de nombreuses reprises le mot « Maréchal » dont j'ignore le sens, même si je parle français. Lui, à côté de moi, ne bouge toujours pas d'un pouce. Je retiens ma respiration pour écouter s'il respire encore. Il fait un bruit de la bouche ou du nez qui me confirme qu'il est vivant. Je me souviens de l'étreinte, si forte qu'elle ne me laissait pratiquement pas respirer, mais je suis incapable de voir le visage de la personne qui me serrait contre elle. Je crois qu'aujourd'hui j'ai encore pleuré et qu'il a encore parlé. Il se retourne sur le côté et s'approche de moi. Il passe un bras sur ma taille et la serre mais l'enlève immédiatement comme s'il avait peur d'être électrocuté. Il colle son corps tout contre le mien, en cuiller, et je sens comme il place son sexe durci entre mes fesses. Quel dommage que le tissu de nos sous-vêtements rende impossible un contact plus intime. Je sens sa respiration qui s'accorde à la mienne et devient un sédatif puissant qui fait que je me rendors.

Lorsque le réveil sonne, il me faut quelques secondes pour réagir et savoir ce qui se passe. Je ne sais toujours pas qui je suis, où je suis, ni quel lien m'unit à l'homme qui dort à côté de moi. Le bruit me dérange, aussi strident qu'une alarme antiaérienne. Il me rend nerveuse. Comme lui ne bouge pas, je me redresse rapidement et en cherche la source. Je repère un portable sur sa table de nuit et pour l'éteindre, je dois passer par-dessus lui, qui dort toujours, et lui plante un genou dans les côtes. Je reste assise sur le lit, en tailleur, à regarder autour de moi et chercher une piste pour m'aider à retrouver la mémoire. Il se frotte les yeux et me regarde avec un sourire idiot. Je souhaite qu'il dise quelque chose me permettant de l'identifier mais quand il voit que les moustiques l'ont attaqué toute la nuit il dit :

— *Fills de puta.*

La langue qu'il parle m'est familière mais je suis surprise de l'entendre. Il se lève tout à coup et ôte son caleçon, qu'il jette sur le lit, et, tout en cherchant d'autres traces de piqûres sur son dos, entre dans la salle de bains sans me jeter un regard. Il ferme la porte à clé et ça me déconcerte davantage. Quand le bruit de l'eau me confirme qu'il est sous la douche, je me lève, pleine d'énergie, et cherche de quoi l'identifier. Je trouve son passeport et l'examine attentivement. Espagnol. Gerard Guix Badosa. Né le 23 février 1975 à Vic, près de Barcelone. Je range le document là où je l'ai trouvé, me rappelle que je sais parler catalan et suis certaine que son injure était en catalan. Ça me rassure de savoir au moins dans quelle langue je dois lui parler. Je cherche parmi ce que je comprends être mes affaires et trouve mes papiers d'identité, que je reconnais grâce à la photo. Un passeport belge indique que je m'appelle Kira Stieglitz, née le 31 octobre 1988 à Bruxelles en Belgique. Ça m'étonne de voir que je fréquente un homme bien plus âgé que moi. Je n'ai pas le temps de fouiller davantage. Je l'entends couper l'eau et cours à la fenêtre regarder le paysage mais il met encore quelques minutes à sortir. Un bruit dans mon dos me fait sursauter et je sens tout à coup qu'il est à côté de moi, et qu'il regarde aussi par la fenêtre. Il s'est déjà habillé et je le trouve très séduisant avec sa barbe de quelques jours. Il me sourit et laisse son regard se perdre en direction de la mer. Il reste comme ça si longtemps que j'ai l'impression qu'il s'est pétrifié. Quand mes yeux ont parfaitement mémorisé ce paysage paradisiaque, il ouvre la bouche mais tarde quelques secondes à émettre un bruit.

— Tu prends ta douche, Anastasia ? dit-il sans cesser de regarder la mer, ce qui me déconcerte toujours plus.

Je voudrais lui dire que je m'appelle Kira, mais je ne saurais pas comment lui expliquer tout ça parce que je ne me rappelle rien, de moi, de lui, ni de notre vie. Je quitte la fenêtre, entre dans la salle de bains où, même s'il n'a pas l'air dangereux, je m'enferme à clé, comme il l'a fait. Je me regarde dans le miroir et examine attentivement mon visage. Ce qui m'inquiète c'est de savoir si c'est aussi compliqué chaque matin, au réveil. Sous l'eau, je m'efforce de recomposer les dernières heures écoulées. Je crois que je le connais depuis longtemps. Je dirais que cette nuit nous n'avons pas couché ensemble parce que je ne me sens pas sale. Je me rappelle une longue route à trois voies que nous avons parcourue à 130 km/h dans une voiture bleue. De la pluie et un accident. Je vois un hôtel, mais pas celui-ci. Un restaurant, une station-service, une aire d'autoroute. Un gâteau d'anniversaire. Un enfant. L'enfant souffle une, deux, trois bougies, parce qu'il a trois ans. Une femme et la proposition d'un voyage. Nous avons besoin de voyager pour que tout s'arrange entre nous. Ce voyage, je suppose. Noir. Un noir immense. Comme si quelqu'un avait effacé cette partie de la bande de mes souvenirs. Nous mangeons et préparons le voyage. L'enfant est avec la femme. Ce n'est pas ma mère, c'est celle de Gerard. L'enfant est notre fils. Nous sommes partis en voyage et elle le garde. Nous voulions aller à Londres, où nous nous sommes rencontrés, mais finalement nous allons en Suisse pour un de ses projets qu'il ne veut pas m'expliquer. Je me rappelle le voyage en voiture. Un lit d'hôtel où nous faisons l'amour, mais pas aujourd'hui, non, parce que je ne me sens pas sale. Très lentement, les bulles d'oubli s'en vont comme celles du shampoing avec lequel je lave mes longs cheveux. Je ne sais pas si l'eau chaude a joué un rôle dans tout ça ou s'il me fallait du temps après le réveil. Tout retrouve peu à peu des contours clairs. Quand je me sèche, je me rappelle très vivement le voyage et quand je brosse mes cheveux foncés par l'eau, je me rappelle Yul et son sourire espiègle. C'est le plus bel enfant du monde et je ne pourrais pas vivre sans lui.

Je sors de la salle de bains et trouve Gerard en train de fixer un angle vide de la pièce. Ça fait plusieurs jours qu'il fait ça, il observe des endroits bizarres, comme s'il y voyait des choses. Il se lève et essaye de donner le change, mais aujourd'hui il ne peut pas faire semblant d'attacher ses chaussures parce qu'il porte des tongs. Pendant que je m'habille, il ramasse ses affaires, prépare tout ce dont il aura besoin pour sa réunion avec Findlay Kennedy, pour le projet top-secret qu'il manigance et qu'il ne m'explique pas parce qu'il ne m'explique jamais rien. Il me traite comme une idiote et croit que je ne pourrais pas comprendre son projet. Ça, je me le rappelle parfaitement. Avec le temps, je me suis habituée à me sentir comme une nullité et à ce qu'il fasse comme si je n'existais pas. Il emporte la biographie de Kennedy et ça m'agace parce que plus tard, quand j'en aurai assez de tourner toute seule en ville et que je reviendrai à l'hôtel, je l'aurais peut-être lue. Avant de sortir, il vérifie quelque chose dans le coffre de l'armoire puis le ferme à clé. Je me mets de la crème solaire pendant qu'il cache la clé dans le frigo qui se trouve sous le téléviseur. Nous descendons les escaliers parce qu'il est claustrophobe et qu'il évite le plus possible les ascenseurs. Au rez-de-chaussée, sur le panneau qui annonce les activités de l'hôtel, se trouve encore le post-it que j'ai laissé hier soir pour retrouver les photos de la famille de Stéphane, mais personne n'a téléphoné. Nous entrons dans le restaurant de l'hôtel, dont la décoration est agréable et qui donne sur le lac que je prenais il y a quelques minutes encore pour une mer. L'offre est riche : dégustation variée de fromages, de pains, de charcuteries, de confitures. On nous apporte une petite cafetière d'aluminium et un pot à lait, qui nous permettent de nous faire plus d'une tasse de café au lait chacun. Même s'il mange peu le matin, il dévore ici, je suppose que c'est parce que c'est inclus dans le prix de la chambre. D'autres personnes prennent leur petit-déjeuner, la majorité des couples âgés, bien plus que nous, mais tout se fait en silence. Ils sont peut-être tous fâchés, ou bien eux non plus ne se rappellent rien de leur passé.

Tandis qu'il dépose la clé à la réception, je sors dans la rue et regarde l'heure sur mon portable. Je veux appeler la mère de Gerard pour savoir comment va Yul, mais j'ai peur de les réveiller. Gerard sort et nous avançons quelques mètres au bord du lac, sur la promenade et ses nombreux espaces verts emplis de fleurs et de couleurs. Il s'arrête devant sa voiture mais regarde avec inquiétude la place vide qui se trouve devant lui. Puis il inspecte le pare-brise de sa voiture comme s'il s'attendait à y trouver un mot. Dans la voiture, je me rends compte que tout est propre. Ça sent bon et les ordures accumulées pendant le voyage ont disparu. Le seul moment où il a pu faire ça, c'est cette nuit, après mon départ du restaurant, furieuse. Il est capable d'avoir passé la nuit à tourner au volant de sa voiture avant de la nettoyer. Lorsqu'il démarre, le CD fait de même et la voix de la Callas nous assourdit. Le volume est poussé à fond. Il se dépêche de l'arrêter et reste pensif quelques secondes avant de commencer à rouler sur la chaussée.

— Fais attention. Roule doucement, lui dis-je, consciente qu'il ne m'écoute pas.

Nous avançons le long du lac et il tourne dans la première rue sur la gauche, où se trouve un grand bâtiment, le Casino. Il tourne encore à gauche et je peux voir au bout de la rue un grand château et ses quatre tours défensives, très bien conservé. Je devais dormir, hier, quand nous sommes passés à côté. Nous en faisons le tour et, sans quitter cette rue, passons à côté d'une grande esplanade où se succèdent des terrains de foot à la pelouse très bien entretenue. Un panneau indique le cimetière et je me dis que je pourrais le visiter si je m'ennuie ce matin. Nous arrivons à un rond-point et Gerard choisit sans hésiter la voie de droite, où un nouveau panneau indique que c'est la bonne direction pour arriver à Tolochenaz. Nous passons sous une voie ferrée, l'autoroute au-dessus de nos têtes. Le paysage s'ouvre et devient de plus en plus vert. La journée est splendide et je me dis que je pourrais rentrer à pied à Morges. Quand nous atteignons le petit village, il ne suit pas le panneau qui en indique le centre mais continue sur la même route, entre des maisonnettes de pierre et des jardins qui nous font comme une haie d'honneur. Plus loin, après un rond-point, il continue encore sur quelques mètres. De mon côté, les maisons ont disparu et tout ce que je peux voir par ma vitre ce sont des champs. Il arrête la voiture au milieu de la route et, après avoir laissé passer deux véhicules qui venaient en sens contraire, il tourne puis se gare sur un parking de gravier près de balançoires colorées et d'un bâtiment qui ressemble à une école. Dans le fond, j'aperçois l'arrière d'une petite église.

Nous descendons de voiture et il me dit que la maison est près de la route et qu'il faut marcher. Il me propose de ne pas l'accompagner. Me dit que si je veux je peux faire un tour dans le village ou ailleurs, selon mon envie. Je lui réponds que j'ai envie de voir la maison où vit l'écrivain et l'accompagne sans lui laisser le choix. Ça m'énerve qu'il essaye de se débarrasser de moi, comme si je lui faisais encore honte, pour la millionième fois. La maison n'est pas loin, juste à quelques mètres, et complètement collée à la route par laquelle nous sommes venus. Juste en face, il y a une grande ferme et des vaches qui paissent dans un pré, une image typiquement suisse. Nous nous arrêtons devant le mur de pierre qui sépare la propriété privée de l'extérieur et il l'observe attentivement. Je crois qu'il scrute les fenêtres pour voir si quelqu'un est derrière elles. On dirait un psychopathe, un voyeur. Je commence à croire que je ne connais pas l'homme avec qui je vis. Il regarde l'heure sur son portable et prend une profonde inspiration. Il est nerveux mais ne l'admettra pas. J'ai l'impression qu'il est en train de réviser son discours ou son plan dans sa tête, pour convaincre Kennedy, quelle que soit la chose dont il veut le convaincre.

— Tu vas faire quoi, ce matin ? me demande-t-il.

— Me promener. Si je m'ennuie ici, je retournerai à Morges ou à l'hôtel.

— Comment ?

— À pied.

— Prends quand même les clés de la voiture si tu veux t'y asseoir un moment. Je t'appelle quand j'ai fini. Garde ton portable allumé.

Il s'approche de moi et m'embrasse sur les lèvres, me prenant par surprise. Puis il avance lentement vers la clôture de bois blanc et cherche une sonnette sur le mur de pierre mais n'en trouve aucune. Il essaye d'ouvrir la porte en bois et se rend compte qu'elle n'est pas fermée à clé. Il entre dans le jardin. Il me regarde, hésitant, puis laisse échapper un sourire. Je sais que cette aventure presque illégale l'excite. Tandis qu'il monte les marches vers la porte d'entrée, qui se trouve curieusement au deuxième étage, j'observe le contraste entre le ciel bleu et le paysage vert. La maison est longue et possède deux étages. Elle a de nombreuses fenêtres blanches aux volets bleu ciel qui doivent laisser entrer énormément de lumière. Gerard cherche une sonnette ou une cloche sur la porte mais il n'y en a pas non plus. Il me regarde, grave, et je cherche à mon tour sur le mur de pierre, sous le lierre épais, au cas où elle lui aurait échappé. Ce que je découvre, ce sont des lettres en fer forgé, peintes en blanc mais décolorées par le temps : *La Paisible*. Quand je relève les yeux vers Gerard, il frappe timidement aux carreaux de la porte d'entrée et me regarde, préoccupé. J'ai la sensation qu'il est piégé de l'autre côté du mur de pierre et qu'il ne pourra plus jamais revenir. Il frappe de nouveau, un peu plus fort, et finalement une femme, que je ne peux pas bien voir parce qu'il est dans mon champ de vision, ouvre la porte. Ils échangent quelques mots et, juste avant d'entrer dans la maison, il se retourne une dernière fois et me lance un regard, mais cette fois ce n'est pas de l'agacement que reflète son visage, c'est bien pire. Tout à coup se lève un vent étrange qui agite les feuilles des arbres du jardin, comme s'il voulait nous mettre en garde. Gerard entre dans la maison et je ne détourne pas le regard tant que l'ombre ne l'a pas complètement avalé. Je ne sais pas pourquoi, mais cette sensation de perte que j'éprouve m'est étrangement familière. La femme qui a ouvert la porte reste sur le seuil et me fixe, les yeux froids comme la glace. Elle doit avoir une cinquantaine d'années, de complexion plutôt forte, mais pas très grande. Elle porte un tailleur bleu marine qui ressemble à un uniforme. C'est peut-être la femme à qui j'ai parlé hier au téléphone et qui m'a semblé désagréable au seul son de sa voix. Je voudrais détourner les yeux mais en suis incapable. Le vent continue à secouer fortement les branches des arbres mais s'arrête au moment où elle se retourne et entre dans la maison. La pression qui m'étouffait diminue avant de disparaître rapidement, remplacée par un sentiment de solitude qui m'envahit soudainement. La seule personne que je connais vient d'entrer dans une maison mystérieuse et je ne sais pas quand elle en sortira.

Je ne devrais pas avoir peur parce que le paysage qui m'entoure est beau et la paix qui y règne totale, mais je ne peux m'empêcher de ressentir une gêne étrange. Je ne sais pas combien de temps je reste immobile là, à attendre qu'il sorte et me dise peut-être de venir avec lui, mais personne ne sort. Même les vaches qui paissent de l'autre côté de la maison se sont cachées derrière la ferme et je ne peux plus les voir. Cette sensation de solitude est si grande qu'elle me donne le vertige. Je retourne à la voiture, en marchant au bord de la route, attentive car le trafic est dense, ce qui m'étonne dans un si petit village. Lorsque j'arrive sur le parking de gravier, je m'appuie sur la voiture et regarde l'école et ses balançoires, mais il n'y a aucun enfant parce que c'est le mois d'août. La petite église, dont la façade est peinte dans les tons ocre, semble vide elle aussi. J'ouvre la voiture avec la télécommande et m'assois sur le siège conducteur, les deux jambes à l'extérieur. J'allume l'autoradio en me disant que c'est peut-être de musique que j'ai besoin pour que les choses aillent mieux. La Callas chante un aria dont, même si je l'ai entendu des milliers de fois, j'ignore le nom et le compositeur. Il est obsédé par cette diva et moi je la déteste parce que c'est le souvenir d'une femme qu'il a oubliée, heureusement. Enfin, je crois. Il n'a jamais soupçonné que je le sais mais il y a des choses qu'il ne peut pas me cacher. Le parfum, la musique ou son insistance, un temps, à me transformer en une autre femme, comme si celle qu'il avait créée ne lui plaisait plus. J'ai même été tentée de m'inscrire à un cours d'italien mais je préfère qu'il pense que je suis idiote, comme toujours. Ça me donne un bel avantage. J'ai toujours pensé que la meilleure façon de le retenir à mes côtés, c'était de l'aimer. De lui donner tout ce que j'avais. Moi, d'abord, puis notre fils. Je sais que ces choses n'ont pas de valeur pour lui. C'est un être pratique et égoïste. Il est totalement indépendant et ma dépendance l'exaspère. Mais, malgré toutes les Francesca du monde, il ne me quittera jamais. Il est trop lâche, ou peut-être qu'il m'aime en fin de compte. Je connais le nom de toutes ses maîtresses, leur adresse et quand elles ont couché avec lui, mais aucun de leur visage. Ce ne sont que des monstres difformes qui veulent détruire notre relation. L'image mythologique de l'Hydre de Lerne me vient à l'esprit, son corps de serpent et ses multiples têtes, une pour chaque femme qui est entrée dans son lit. La musique de la Callas me rend nerveuse et je l'éteins. J'écoute le silence de ce calme matin à Tolochenaz et pense qu'au fond je ne suis pas si malheureuse. J'ai un fils qui m'aime. Je cherche mon portable dans ma poche et appelle la mère de Gerard pour prendre des nouvelles de Yul. Après cinq sonneries, le répondeur se déclenche. Je raccroche et range mon téléphone, certaine qu'ils sont allés au parc et, comme toujours, qu'elle aura laissé son portable chez elle. Je joue un moment avec un caillou sous mon pied tandis que je décide comment rentrer à Morges et ce que je ferai ce matin. Je mets de la crème solaire pour protéger la peau de mes jambes et de mes bras, qui sont nus, et sors, pleine d'énergie, de la voiture. Je suis prête à rentrer à pied parce que je n'ai pas l'impression que la distance soit grande mais j'aurais dû mettre des chaussures plus confortables et pas ces claquettes de piscine.

Et comme si j'avais tout mon temps, je commence à rebrousser chemin en suivant l'itinéraire fait en voiture. Je marche du côté opposé de *La Paisible* pour avoir les voitures de face. Je contemple l'étendue de champs sur ma gauche et mets mes lunettes de soleil parce qu'il commence à frapper fort. Devant moi, sur une petite butte, je vois le cimetière. Rien ne semble le protéger des intrus. Lorsque j'arrive au premier rond-point, je prends une autre direction, m'éloignant de la route qui mène à Morges. Même si de loin le portail en fer semble fermé, j'ai l'impression qu'il ne va pas être difficile d'accéder au petit cimetière, parce qu'en fait seul un muret de pierre l'entoure. Un sentier s'enfile sur la butte, dans l'ombre de deux grands arbres, jusqu'à l'entrée. Deux bancs offrent une halte à ceux qui ont besoin de se reposer après l'effort ou dont les jambes tremblent d'émotion. Je m'appuie sur le mur et regarde les tombes, creusées dans la terre. Aucun de ces murs emplis de niches qui donnent aux cimetières catalans un air de barres d'immeubles abandonnées. Sur la plupart, il y a des fleurs séchées, comme si personne ne s'intéressait aux personnes qui y sont enterrées. Il y a aussi une fontaine de pierre en plein milieu et deux arrosoirs de plastique coloré à disposition des membres de la famille et des visiteurs. Depuis ici, on voit la route par laquelle je suis arrivée mais pas *La Paisible*, qui est cachée par un virage. J'aime les cimetières, même si je n'en ai pas visité beaucoup. J'aime la paix qui y règne, comme si le temps y était arrêté, et ici, cette sensation s'accentue parce que toutes les tombes regardent vers les champs qui s'étendent à l'horizon. Je suppose que si j'avais déjà enterré un proche, j'aurais d'autres sensations. Quand j'en ai assez d'être appuyée contre le mur, qui m'a laissé des marques sur les coudes et les bras, je descends le sentier et recommence à avancer sur la route, laissant Morges dans mon dos.

Derrière le cimetière, il y a un parking immense mais sans aucune voiture. À côté, un très grand bâtiment, très laid, même s'il est récent. On dirait un pavillon sportif ou un auditorium. Juste derrière, il y a un terrain de foot, si grand qu'il s'agit peut-être de deux terrains. L'herbe est verte et invite à s'allonger et à dormir. Plus loin, un petit bâtiment qui ressemble à une de ces écoles en préfabriqué. Je crois qu'il est abandonné et pas seulement en été. Plus personne n'a l'air d'y pénétrer parce que la façade blanche, ses grandes fenêtres aux montants et volets d'aluminium, comme les marches qui conduisent à l'entrée, tout est sale. Son utilisation a peut-être été temporaire, le temps de construire l'école derrière l'église, là où j'ai laissé la voiture. Je passe devant le buste en bronze d'une femme, menacé d'être dévoré par le lierre si personne ne vient à sa rescousse. Je continue mon chemin, qui commence à descendre, à pas lents, traîne presque les pieds au risque de perdre une claquette. Sur ma droite, je retrouve des champs et, sur ma gauche, il y a maintenant des maisons similaires à *La Paisible*, même si elles sont plus petites et plus récentes. Elles ont toutes un joli jardin très soigné mais aucune ne possède de piscine. C'est dommage, parce que le paysage me rappelle celui du film *Le Plongeon*. J'aurais aimé faire comme Burt Lancaster et rentrer à Morges en nageant d'une piscine à l'autre. Je suppose que c'est le climat qui empêche d'en construire. Au bout de la rue, je tombe sur la voie ferrée qui me coupe le passage. De l'autre côté, je vois une petite gare qui n'est qu'une fine structure d'aluminium et de verre, dotée d'un banc pour se réfugier en cas de pluie ou s'il fait froid, et d'un distributeur de billets. Sur l'une des cloisons, je vois un grand panneau bleu qui l'identifie de ses lettres blanches comme « Prélionne ». Je m'assois sur le banc et me demande si je prends le train pour rentrer à Morges ou si j'y vais à pied. Je pose mes lunettes sur le haut de ma tête, ôte mes claquettes et m'assois en tailleur sur le banc. Dans cette position, dans cette petite gare suisse, dans l'attente d'un train qui ne passera peut-être pas, je me sens comme l'héroïne d'une comédie romantique. Dans le train, je ferai certainement la connaissance d'un séduisant touriste américain, qui voyagera seul, avec qui je commencerai à parler. Il aura un vol demain matin pour rentrer dans son pays mais nous passerons la nuit à bavarder en marchant dans les rues de Morges, et sur la rive du lac Léman naîtra une romance passionnée même si nous saurons tous les deux qu'elle devra prendre fin à l'aube. Quel dommage qu'Ethan Hawke et Julie Delpy aient déjà interprété une histoire semblable dans *Before sunrise*. Je ne me rappelle plus si j'ai vu ce film à la Cinémathèque ou si c'était dans un cinéma commercial. Heureusement que j'avais le cinéma, à cette époque, quand Gerard me mettait dehors pour écrire un roman qu'il n'a jamais terminé. Peut-être qu'il le faisait juste pour être avec d'autres femmes. Je ne sais pas s'il est conscient de la quantité de films que j'ai pu voir. En fait, je crois qu'il n'a aucune idée de tout ce que j'ai fait quand il me mettait dehors. Je me lève et regarde des deux côtés de la voie pour voir si un train approche. Il n'y a pas un chat mais je ne me sens pas seule. À Barcelone, malgré les milliers de personnes que je croise dans la rue chaque jour, ça m'est souvent arrivé, de me sentir seule. Je regarde à nouveau dans la gare et décide d'acheter un billet, qui me coûte 1,50 franc suisse. Sur l'une des cloisons extérieures, il y a un panneau vert qui attire mon attention : « demande d'arrêt ». Les instructions disent qu'il faut actionner l'un des deux grands interrupteurs en fonction de la direction que l'on veut prendre. Celui de gauche pour Bière et celui de droite pour Morges. J'actionne l'interrupteur de droite et une lumière s'allume. J'ai un rire nerveux et regarde autour de moi pour vérifier que personne ne m'a vue.

Une alarme orange très bruyante sonne à pleine puissance dans une grande salle remplie de maquettes de train qui reproduisent le réseau ferroviaire suisse. Les trains miniatures parcourent les voies, comme le font à cet instant les trains réels qui voyagent dans tout le pays. Des employés, aux physiques identiques et portant le même uniforme, courent d'un côté à l'autre, à la recherche de la personne qui l'a déclenchée. Ils inspectent à la loupe tous les quais des centaines de gares réparties sur la maquette et détectent finalement une poupée de tissu aux cheveux jaunes assise devant la petite boîte en carton peinte pour ressembler à une structure en aluminium avec des ouvertures plastifiées en guise de fenêtres, sous un écriteau bleu aux lettres blanches qui indique Prélionne. L'employé communique à son supérieur l'information : une jolie poupée de tissu veut monter dans le train. Et son supérieur informe le préposé au train qui se dirige vers Morges à cet instant. Après une courte manipulation, le préposé avertit le machiniste du train et ce dernier se prépare à faire un arrêt dans la gare de Prélionne pour que monte la jolie poupée de tissu. Le responsable en chef, qui observe ce spectacle sur la maquette, assis dans une chaise haute semblable à celle d'un arbitre de tennis, éteint l'alarme et se replonge dans le journal qu'il était en train de lire, jusqu'à ce qu'un autre voyageur, dans une autre gare, l'active à nouveau pour demander l'arrêt d'un train.

Je ne sais pas combien de temps a passé, parce que ma rêverie sur l'alarme a duré longtemps, me semble-t-il, mais je vois au loin arriver un train et mon cœur bat rapidement. Je me lève, désireuse de voir si cette aventure se terminera bien. Je remets mes claquettes et mes lunettes de soleil parce qu'elles glissent tout le temps à cause de mes cheveux si fins. Le train réduit sa vitesse et siffle lorsqu'il passe devant moi, sous l'impulsion du machiniste. La locomotive verte et blanche s'arrête devant la petite gare et j'actionne l'ouverture de la porte, monte en souriant comme une petite fille, heureuse de voir que ça a fonctionné. Personne ne monte ni ne descend et je suis contente parce que le train s'est arrêté juste pour moi. Je sais que c'est dû à un mécanisme automatique mais j'aime croire qu'en réalité je le dois aux employés qui contrôlent la maquette. À l'intérieur, il y a peu de monde et je cherche des yeux le séduisant américain avec qui je vais débuter une romance, mais je ne le vois pas. Je m'assois face à une femme qui dort profondément, la tête appuyée contre la vitre et la bouche ouverte. Je regarde par la fenêtre pendant que je plie en petits morceaux le grand billet bleu et rose qui est sorti du distributeur. Nous dépassons une autre gare, identique à celle où j'étais, mais nommée La Gottaz. Qui peut bien choisir ces noms ? Nous ne nous arrêtons pas parce qu'aucune poupée de tissu aux cheveux jaunes n'a déclenché le mécanisme. Le soleil essaye de se poser sur ma peau blanche et, même s'il ne m'a pas l'air aussi nocif que celui de Barcelone, je l'esquive, au cas où. Quand je serai à l'hôtel, je me remettrai une couche de crème solaire. Tout à coup, un bruit strident me fait sursauter et réveille la femme qui dormait. J'ai d'abord du mal à l'identifier, puis me dis que ça ressemble à mon portable, et je le cherche dans mon sac, rempli d'objets dont je n'aurai probablement jamais besoin. Quand je mets la main dessus, la sonnerie s'est interrompue et la femme me fulmine du regard. Je vois sur la liste des appels que c'était Susanna, la femme de ménage. Il s'est peut-être passé quelque chose à la maison, elle a peut-être reçu un appel de Vic qui lui disait que Yul ou la mère de Gerard étaient malades. Ça m'inquiète. Je me lève et regarde par la fenêtre. Je me rassois et, au moment où je vais la rappeler, je sens le train ralentir et s'arrêter. Un panneau annonce que nous sommes à la gare de Morges. Heureusement que je ne suis pas tombée amoureuse d'un touriste parce que les six minutes qu'a duré le voyage ne nous auraient pas permis d'échanger autre chose que des regards. Je me lève rapidement et perds quasiment une claquette.

Je descends du train et observe la locomotive verte et blanche qui redémarre péniblement et s'en va sur la voie ferrée. En sortant de la gare, j'appelle Susanna, mais elle ne décroche pas. Je laisse sonner et regarde un jeune homme, aux habits militaires, qui attend, dos contre un lampadaire, ses bagages posés devant ses pieds. Ce n'est pas le premier que je vois depuis notre arrivée. J'appelle la mère de Gerard mais son portable est éteint ou sans réseau. Je traverse la place en direction de ce que je crois être le centre. Ce n'est pas difficile de s'orienter et le lac me sert de repère. Les rues sont propres et les maisons n'ont pas plus de deux étages. Aucun HLM pour briser l'harmonie des lieux. Plus le jour avance, plus il fait chaud. Si je trouve le château, je pourrais peut-être le visiter. Faire un peu de tourisme, puisque je suis ici, ça ne serait pas une mauvaise idée. J'ai faim depuis un moment déjà et quand je passe devant une pâtisserie, L'Arlequin, avec une terrasse, des petites tables et des chaises colorées dans une rue piétonne, je regarde longuement sa vitrine. Tout fait envie et j'ai du mal à choisir. Mon portable sonne à nouveau et je sursaute, certaine que je vais recevoir la mauvaise nouvelle que j'ai évitée juste avant. C'est Susanna et sa voix est calme et apaisante. Elle me dit qu'elle a parlé avec l'assurance et que c'est impossible d'ouvrir la porte de l'appartement, avec la clé cassée, sans l'autorisation écrite des propriétaires. Elle leur a expliqué que nous nous trouvons en Suisse et ils ont répondu que si nous ne voulons pas attendre notre retour, nous devrons leur envoyer un fax avec la copie de nos cartes d'identité ou passeports et une lettre autorisant Susanna à gérer toutes les démarches avec eux. Je lui dis de m'envoyer un SMS avec le numéro de fax et que cet après-midi je m'occuperai de tout ça. L'idée de rentrer et de ne pas pouvoir ouvrir la porte de chez moi me fait paniquer. C'est comme si nous n'avions plus de maison, comme si nous n'appartenions à aucun lieu. Je cherche mon porte-monnaie dans mon sac et vérifie que j'ai encore les francs suisses que m'a donnés Gerard pour mes dépenses, et entre dans la pâtisserie.

Je suis immédiatement enveloppée par le doux parfum du chocolat et des croissants tout chauds. J'attends qu'une vendeuse serve en français la femme devant moi, et regarde pendant ce temps une étagère remplie de confiseries dans de belles boîtes. Je pourrais peut-être acheter quelque chose pour Carme, et du chocolat, ça c'est sûr, pour Yul, il en est fou. Quand la vendeuse s'adresse à moi, ça me surprend qu'elle le fasse en allemand. Mon physique lui fait peut-être croire que je suis allemande. Mais ce qui me surprend davantage, c'est que je lui réponds tout naturellement dans cette langue et lui demande deux croissants et une tasse de chocolat chaud en terrasse. Je lui donne un gros billet de 10 francs suisses et, quand elle me rend la monnaie, elle me sourit et me dit qu'on m'apportera ma commande. Je ressors et choisis une table rouge que le soleil n'atteint pas encore. J'attends en écoutant les conversations des autres clients autour de moi. Un jeune couple se parle d'amour en italien. Devant moi, deux femmes âgées en critiquent une troisième absente, en français. Sur ma gauche, un cadre reprend en allemand par téléphone l'un de ses employés. Derrière moi, une famille qui voyage avec leur fils d'un peu moins d'un an organise en anglais sa journée. Et moi, au milieu de tous ces gens, je me rends compte que je comprends toutes ces langues et que je ne sais pas quand ni comment je les ai apprises. Je me concentre aussi sur les conversations des passants et, même si la majorité est en français, je suis surprise de tout comprendre. J'ai la tête qui tourne et quand une jeune femme que je n'avais pas encore vue m'apporte les croissants et le chocolat chaud, je sais que je ne pourrai rien avaler. J'ai envie de vomir et tout autour de moi tourne si vite que j'en ai le vertige. Un couple âgé s'arrête à quelques mètres de ma table et l'homme me demande dans un français horrible si je peux les prendre en photo, mais quand il s'adresse à sa femme c'est dans une langue nordique, peut-être du suédois ou du finnois, et je comprends parfaitement qu'il lui dit que je ressemble beaucoup à leur fille quand elle était petite. Lorsqu'ils s'éloignent, après que je les ai pris en photo, je quitte la terrasse sans avoir rien touché. Je marche et sens le malaise décroître. Comme je veux arriver à l'hôtel rapidement, je me déchausse, les claquettes me gênant, et me mets à courir.

À l'hôtel, je demande la clé à la réception, à un jeune homme que je n'avais pas encore vu et qui me sourit d'une drôle de façon quand il voit mes pieds nus. Le porte-clés est si lourd que personne ne peut oublier de le laisser à la réception en sortant. Pendant que j'attends l'ascenseur, je peux entendre des clients se plaindre auprès du réceptionniste dans un très mauvais anglais, puis parler portugais entre eux. Et eux aussi, je les comprends. Dans l'ascenseur montent avec moi une femme et son petit garçon qui lui fait remarquer, dans une langue de l'est que je comprends sans pouvoir l'identifier, que je marche pieds nus, et la femme lui répond qu'on n'aurait pas dû me laisser entrer dans l'hôtel. Je vois que je tiens encore mes claquettes dans une main mais ne les enfile pas pour ne pas leur montrer que je les comprends. Lorsque je sors de l'ascenseur, je vois le chariot de la femme de ménage, chargé de serviettes et de draps sales, de bouteilles de détergent, de mignonnettes pour le bar et de *goodies* pour la salle de bains. J'attrape une serviette propre, que je glisse sous mon haut comme si j'étais enceinte d'un enfant difforme, parce que mon ventre a deux bosses. Je m'enferme dans la chambre 308. Le ménage n'a pas été encore fait et je ne veux pas être dérangée maintenant. Il ne manquerait plus que je découvre que la femme de ménage à qui j'ai volé une serviette parle une autre langue que je peux comprendre. Je me sens comme l'héroïne d'un film, qui vient de découvrir qu'elle a le pouvoir de communiquer avec l'au-delà et dont la tête est envahie par des milliers de voix qui parlent toutes à la fois. C'est sûr, je ne parle pas toutes ces langues, je ne les comprends pas. Je suis simplement en train de devenir folle. Ça pourrait être le premier symptôme d'une tumeur cérébrale, ou peut-être que je suis fatiguée et que j'ai besoin de sommeil.

L'eau brûlante, autant que peut le supporter ma peau délicate, nettoie mon corps et spécialement mes pieds, d'où s'écoule un filet noir qui s'éclaircit sous le jet et le savon avant de s'engouffrer dans la bonde. Si je ferme les yeux et laisse l'eau tomber directement sur ma tête, je peux déconnecter et imaginer que je me trouve n'importe où ailleurs. Je me sèche avec la serviette volée que j'emporterai chez moi, comme celle de Montpellier. Je me regarde dans le miroir et j'aime voir ma fragilité, mes petits seins et mes os qui marquent ma peau quasiment transparente, qui laisse mes veines apparentes. Ça leur facilitait la vie à l'hôpital quand ils devaient me prélever du sang pendant la grossesse, et ça me sera très utile si je veux un jour me les couper. C'est peut-être à cause de la lumière chaude qui se trouve sur le miroir, mais mes yeux aujourd'hui n'ont pas leur couleur bleue surnaturelle de tous les jours. Comme ceux de Yul, qui peut faire peur quand il te fixe. Je sors nue de la salle de bains, sens comme la moquette essuie mes pieds et absorbe les gouttes qui tombent de mes cheveux. Je m'appuie à la fenêtre et observe le lac mais une brume m'empêche de voir les Alpes. J'imagine que quelqu'un, depuis les bâtiments en face de moi ou depuis le Casino, est peut-être en train de profiter de ma nudité. Je reste là longtemps, à faire sécher mes cheveux au soleil, et essaye de compter les îlots de fleurs colorées au centre de la promenade. Tout à coup, j'ai la sensation d'être observée et immédiatement après, du coin de l'œil, je perçois le flash d'un appareil photo provenant de la fenêtre de la chambre d'à côté. Lorsque je tourne la tête, je vois une silhouette rentrer précipitamment. J'allonge le cou le plus possible et sors le torse mais pas trop, sinon je vais tomber dans la rue. C'est peut-être notre voisin de Barcelone, celui qui nous espionne quand nous nous déshabillons, qui nous a suivis jusqu'à Morges. Ça me plairait de savoir qu'il y a ici quelqu'un que je connais, même si je ne l'ai jamais vu. J'entre dans la chambre et ferme la fenêtre. Je m'habille, une culotte blanche, un jean et un haut rouge à manches courtes. Je cherche mes Victoria blanches sous le lit et me rappelle que je les ai rangées dans l'armoire, mais elle est fermée à clé. J'attrape la clé gelée que Gerard a cachée dans le frigo, ouvre l'armoire et sors mes chaussures. Je les noue assise sur le lit, et regarde sur la table de chevet la photo des membres de la famille de Stéphane qui nous regardent avec leurs sourires figés. Je la prends et embrasse chacun d'entre eux, parce qu'aujourd'hui je ne m'en suis pas trop occupée. Je cherche des yeux l'enveloppe avec le reste des photos mais ne la vois pas. Je fouille dans mes affaires, dans celles de Gerard, dans toute la chambre, comme si ma vie en dépendait, jusqu'à ce que je me rappelle le restaurant où nous avons dîné hier soir, notre dispute et mon départ rapide. Elles sont certainement restées là-bas, sur la table, impassibles face à nos problèmes de couple. Je vais passer voir si c'est ouvert et s'ils les ont trouvées. Je me mets de la crème solaire sur les bras et le visage. Je cherche un pull de coton fin dans ma valise et l'attache à ma taille parce qu'ici la température baisse vite. Je prends mon portable, mes lunettes de soleil, que je place sur ma tête, mon sac, la clé et je sors.

Dans le couloir, une jeune femme a du mal à pousser le chariot du ménage et me sourit quand je passe à ses côtés. J'appelle l'ascenseur et pendant que j'attends, je vois la fille entrer dans notre chambre. J'aurais dû cacher la serviette volée. Elle l'emportera certainement mais tant pis, demain j'en volerai une autre. Je monte dans l'ascenseur vide et consulte l'heure sur mon portable pendant la descente. Je vois alors que j'ai un manqué un appel, quand j'étais sous la douche. Le numéro commence par le préfixe +33. Je suppose que c'est Gerard, depuis la maison de l'écrivain. Ça ne doit pas être important parce qu'il n'a pas laissé de message. Il est presque 12 h 30 et nous allons bientôt manger. Ici, ils suivent les horaires européens, que Gerard déteste tant. J'arrive à la réception et attends que le réceptionniste finisse de s'occuper de deux hommes âgés d'un peu plus de cinquante ans qui parlent un français horrible. J'ai envie de régler toute cette histoire de clé cassée et veux demander si je peux envoyer un fax. À notre retour, nous serons fatigués et aurons envie de rentrer tout de suite chez nous. En plus, nous devons passer chercher Yul à Vic, ce qui rallongera un peu plus notre retour. Quand les deux hommes ont terminé, ils s'éloignent, mais le jeune homme répond à un appel téléphonique avant de s'adresser à moi. J'observe les deux hommes et écoute leur conversation, dans une langue que je crois être du polonais ou quelque chose d'approchant. Ils se disent que même si le réceptionniste ne les a pas beaucoup aidés, ils lui proposeront peut-être de monter dans leur chambre à la fin de son service. Je sens que je rougis et me tourne pour éviter qu'ils se rendent compte que je les ai compris. Le réceptionniste raccroche et me présente ses excuses en français avec un sourire qui me subjugue. Je ne m'en étais pas rendu compte mais il est très séduisant. Il me rappelle les premiers rôles du cinéma muet et, s'il portait la moustache, il leur ressemblerait encore plus.

— J'aurais peut-être besoin d'envoyer un fax très urgent cet après-midi et je voulais savoir si je pouvais le faire depuis ici.

— Bien sûr. Nous pouvons l'envoyer pour vous.

— Merci beaucoup. Est-ce que par hasard vous auriez les horaires des trains ?

— Oui. Quelle ligne désirez-vous voir ?

— Je dois aller à Tolochenaz.

Il me regarde comme s'il n'avait jamais entendu le nom de ce village à cinq minutes d'ici.

— Le village où se trouve l'arrêt de Prélionne.

— Ah ! s'exclame-t-il en m'offrant un autre sourire enchanteur. Tolochenaz ! répète-t-il, mais en prononçant le mot de façon complètement différente. Un moment...

Il se retourne et cherche dans un tiroir. Je me rends compte que les deux hommes sont toujours à côté de moi et me jettent un regard noir parce que le jeune homme s'intéresse plus à moi qu'à eux. Il me tend les horaires de train et moi la clé de ma chambre. Quand je me suis déjà retournée pour m'en aller, il me rappelle :

— Excusez-moi. À quelle heure pensez-vous envoyer votre fax ?

— Je ne sais pas. Après le déjeuner, peut-être.

— Si je suis encore là, je m'en occuperai moi-même.

— Merci !

Je lui souris et vois l'un des hommes prendre la main de l'autre et dire « quelle pute » dans sa langue avant de partir tous deux, offensés, en direction de l'ascenseur. Le réceptionniste et moi éclatons de rire face à leur réaction et je me dis que si les choses ne s'arrangent pas avec Gerard, il pourrait faire un bon beau-père pour Yul.

En sortant, je mets mes lunettes de soleil et regarde autour de moi en essayant de me rappeler quelle direction j'ai prise hier soir pour aller au restaurant où nous avons dîné. Je me rappelle que nous avons tourné longtemps et je voudrais y aller directement. Sur la promenade au bord du lac, je croise un groupe de touristes japonais qui regardent les Alpes, que l'on voit parfaitement maintenant que la brume s'est levée. Vu d'ici, on dirait une scie gigantesque aux dents inégales posée de l'autre côté de l'eau. Les Japonais écoutent attentivement les explications de leur guide et sourient sans cesse tout en prenant en photo tout ce qui bouge. La curiosité et la peur mêlées font que je m'avance, tellement hypnotisée par cette image qu'une voiture manque de me renverser. À chaque pas, je perçois mieux et plus clairement ce que raconte la guide. Je ne sais pas si je veux en faire davantage, des pas, et découvrir un élément perturbateur et excitant. La guide, une jeune femme qui parle un japonais parfait même si elle n'est pas Japonaise, leur raconte l'histoire de la première ascension du mont Blanc.

En 1760, Horace Bénédicte de Saussure, un riche Genevois portant l'habit tyrolien typique, des moustaches en guidon de vélo qu'il passait deux heures à brosser chaque matin et qui se déplaçait rapidement comme dans les vieux films du cinéma muet, désirait être le premier homme à escalader le mont Blanc.

Mais, conscient que tout l'argent qu'il possédait ne lui permettrait pas de le faire si personne n'ouvrait de route praticable, il mit une annonce dans un journal, dans laquelle il offrait une grande quantité d'argent à celui qui la créerait, et attendit des semaines durant une réponse, tout en amassant une montagne d'argent sur laquelle il s'assit, dans une belle métaphore de la montagne qu'il ne pourrait peut-être jamais gravir. Vingt-six années passèrent, des milliers d'annonces furent publiées dans des milliers de journaux de par le monde, dans toutes les langues imaginables, avant qu'Horace Bénédicte de Saussure trouvât quelqu'un disposé à faire de son rêve une réalité. Un soir se présenta en sa demeure Jacques Balmar, un séduisant explorateur, habillé comme l'étaient les colons à cette époque, et Michael Paccard, un médecin prestigieux qui portait une blouse impeccable et un stéthoscope autour du cou. Tous deux, qui se déplaçaient tout aussi rapidement qu'Horace Bénédicte, lui promirent de le conduire sur la cime du mont Blanc et de trouver un itinéraire accessible à tous. Paccard et Balmard prirent congé du riche Genevois qui faisait ondoyer un mouchoir blanc du haut de sa montagne d'argent, heureux parce que son rêve allait peut-être devenir réalité. Les deux explorateurs s'aventurèrent à escalader la montagne, luttèrent contre les intempéries, la faim et la fatigue. Par un beau matin ensoleillé, ils parvinrent tout en haut de la montagne et, heureux, y plantèrent un drapeau à l'effigie d'Horace Bénédicte de Saussure, représenté assis sur sa montagne d'argent. Paccard et Balmar redescendirent du mont Blanc et devinrent propriétaires de la montagne d'Horace Bénédicte qui, tout joyeux, un sac sur le dos, s'en fut par l'itinéraire tracé par les deux alpinistes. Il ne s'attendait pas à trouver un chemin aisé ni joli, parsemé de bancs de bois et de fontaines d'eau thermale, de chariots de hot-dog et de glaces et offrant, à son sommet, un centre commercial où rien ne manquait.

Une dame japonaise commente à voix basse à sa voisine que cette histoire lui semble très jolie, un homme dit à un autre que cette information lui semble sortie de Wikipedia et qu'il n'y croit pas, et moi, déconcertée au milieu de ce groupe de Japonais, je les regarde s'éloigner lentement, prendre tous les mêmes photos des mêmes choses. Je ne sais pas combien de temps je reste plantée là, sur la promenade qui longe le lac Léman, à passer en revue toutes les langues que j'ai l'impression de comprendre ou de parler sans jamais les avoir étudiées. Je ne sais pas non plus pourquoi je n'avais pas encore découvert ce pouvoir avant aujourd'hui. Et je ne sais pas à quoi il peut me servir. Mais surtout je me demande qui je peux bien être.

Lorsque je tourne dans la rue Louis-de-Savoie, je vois à quelques mètres le Balzac, signalé par un portrait de l'écrivain. Je suis certaine que c'est pour son nom que nous y sommes allés. J'ai remarqué que, depuis notre départ de Barcelone, tout est lié à des écrivains ou des dramaturges. L'hôtel de Montpellier se trouvait boulevard Victor-Hugo, à l'angle de la place de la Comédie. Et hier nous avons dîné au Balzac. Je ne sais pas si ça a quelque chose à voir avec son projet secret, celui qu'il ne veut pas m'expliquer. C'est encore l'une de ses prémonitions ou manies, c'est sûr. De loin, j'ai l'impression que la lumière est allumée, mais quand je monte les quatre marches qui conduisent à la porte du restaurant, je vois qu'il est fermé. Je regarde à l'intérieur mais rien ne bouge. J'espère qu'ils ont trouvé les photos et qu'ils ne les ont pas jetées. Ils doivent savoir que c'est un crime, de jeter des photos. Je frappe à la vitre et quand je suis certaine qu'il n'y a personne, qu'ils ont peut-être simplement laissé les lumières allumées, je vois un écriteau avec leurs horaires. Je suis déçue parce qu'ils ont précisément choisi cette journée pour leur repos hebdomadaire. Je mémorise les horaires pour revenir demain, si je n'ai pas trouvé les photos avant.

Je continue dans la même rue et quand j'arrive devant l'église que nous avons vue hier avec Gerard, je fais marche arrière. Je m'éloigne trop de l'hôtel. Je ne sais pas pourquoi il ne veut plus entrer dans les églises maintenant. Il a changé depuis l'anniversaire de Yul. Il est peut-être moins tendu qu'avant, notre relation l'est en tout cas, mais c'est comme si de nombreuses choses s'étaient passées et que je les avais toutes manquées. Quand je reviens près de l'hôtel, je vois un bâtiment qui doit être la mairie. Il a une espèce de tour ancienne, en pierre marron, et un portail avec un bel arc orné de corbeilles de fleurs jaunes. Je reçois un SMS de Gerard, qui me dit qu'on le raccompagne à l'hôtel et me demande de le retrouver à la réception dans une dizaine de minutes. Je suppose que c'est la femme qui lui a ouvert la porte qui le ramène, et ça m'ennuie si elle se joint à nous pour le déjeuner. Pour ne pas arriver en retard, et poussée par l'envie de revoir le réceptionniste au beau sourire, j'accélère le pas vers l'hôtel comme une ado amoureuse.

Quand j'entre, je vois tout de suite qu'il n'y est pas. Je le cherche derrière le comptoir de la réception, caché par les deux lampes qui s'y trouvent, mais il n'y a qu'une fille qui consulte l'ordinateur. Il est peut-être dans la petite pièce d'à côté, derrière le photocopieur, ou alors il est parti. J'aime bien ce lieu. Il est très accueillant, avec ses canapés tapissés de tissu à rayures blanches et rouges et ses rideaux à fleurs dans les mêmes tons. Une lampe sur pied dont l'abat-jour semble fait de parchemin s'accorde à celles du comptoir. Je m'assois sur l'un des canapés à deux places et pose mes yeux sur la petite table de bois qui se trouve sur ma gauche, couverte de dépliants touristiques sur la région, ses joyaux architectoniques, ses fleurs et sa gastronomie. Il fait froid. Je ne sais pas s'ils ont mis la clim ou s'il fait toujours froid ici. Je pourrais enfiler le pull que je porte à la taille mais je reste immobile comme une statue et j'ai l'impression que je ne peux plus bouger. Mes yeux sont la seule partie de mon corps en mouvement, mais comme ma tête est fixe, je ne peux pas détacher mon regard de toute cette information touristique. Un dépliant en anglais explique que la région de la Côte, avec ses 2 000 hectares de vignes, offre un intéressant itinéraire : la fameuse Route des Vins, sur plus de 50 km, traverse de fantastiques paysages autour du lac Léman et dans les Alpes. Je lis et relis ces informations tout en essayant de bouger d'autres parties de mon corps. Je ne sais pas si c'est la panique qui me paralyse ou un autre symptôme de la tumeur cérébrale qui est en train de me tuer. Je ferme les yeux et compte jusqu'à dix. À dix, je pourrai bouger.

— Anastasia ?

La voix de Gerard, comme s'il avait prononcé la formule magique dissipant l'enchantement, me permet d'ouvrir les yeux et de tourner la tête vers lui. Il me sourit et me montre de la main la femme qui l'accompagne, la même que celle de ce matin, celle qui lui a ouvert *La Paisible* et qui est restée longtemps à me regarder. Elle porte toujours son ensemble bleu marine qui ressemble à un uniforme, mais a posé maintenant sur sa tête un chapeau ridicule de la même couleur, doté d'un ruban fuchsia.

— Je te présente Vanessa.

Je me lève et lui tends la main, qu'elle serre avec force, sans me sourire. On dirait que tous les traits de son visage sont paralysés, eux aussi.

— Tu faisais quoi ? demande-t-il.

— Je me reposais.

Ils restent silencieux quelques secondes, comme si l'enchantement les avait touchés. Je regarde autour de moi pour m'assurer que le réceptionniste n'est pas témoin de cette scène insolite. C'est Vanessa qui prend l'initiative, dans un anglais marqué par un accent allemand à couper au couteau, et qui nous ordonne, plus qu'elle ne nous le suggère, d'aller manger parce qu'à dix-sept heures pile Gerard et monsieur Kennedy devront reprendre leur séance de travail. Ces termes me surprennent. Gerard parlait toujours de projet, mais les mots « séance de travail » sont encore plus étonnants. Nous sortons de l'hôtel et la température extérieure est bien plus agréable que celle de l'intérieur. Le soleil est haut et je mets mes lunettes, que je portais sur la tête. Elles me protégeront aussi un peu du regard froid de cette femme, qui vue de près a l'air plus jeune que ce que j'avais cru ce matin, lorsque je la voyais sur le seuil de la maison. En silence, elle devant et nous deux derrière, comme si elle nous avait punis, nous marchons sur le trottoir et tournons dans une rue à gauche. Gerard me regarde et me montre les fesses de la femme. Son sourire me gagne, il s'agrandit, et nous devons arrêter de nous regarder, sinon elle va se rendre compte que ses habits nous font rire, surtout son chapeau en fait. Sa façon de marcher est étonnante aussi, droite comme si elle avait un balai dans le fondement. Nous montons dans son Opel Astra vert foncé à trois portes, garée juste à côté. Je m'assois derrière, où je me sens prisonnière. Si nous avons un accident, je n'en réchapperai pas. La voiture sent le désodorisant au citron et tout est extrêmement propre, même si elle est plutôt vieille. Dans la poche de rangement arrière du siège du mort se trouve un exemplaire d'une revue que je n'avais jamais vue, *Curve*, dont la couverture montre la photo d'une top-modèle noire magnifique.

Nous restons sur l'avenue qui borde le lac, le quai du Mont-Blanc, qui devient le quai Lochmann, et après un virage serré à gauche nous voyons apparaître devant nous l'église que j'ai déjà vue plusieurs fois. Derrière se trouvent un parc pour enfants, des balançoires et un joli bateau de bois peint en bleu ciel. Yul adorerait. Il y a aussi un arbre étrange qui aurait pu avoir été taillé par Édouard aux mains d'argent. Nous nous arrêtons à un stop où la femme nous fait admirer un vieux bâtiment qui a l'air d'une maison hantée et nous explique qu'il s'agit du commissariat. Après ça, il y a de moins en moins de maisons, moins de gens aussi mais davantage de voitures. Nous passons devant deux stations-service et des panneaux indiquent la direction de Lausanne et de l'hôpital. De toute évidence, nous sortons de Morges. Je remarque qu'il y a de très nombreux brocanteurs et antiquaires sur cette route. Elle ralentit enfin et entre sur le parking d'un luxueux hôtel 4 étoiles, La Fleur du Lac. Nous descendons de la voiture et j'admire un bateau de pêche à l'entrée qui porte sur l'un de ses flancs le nom de l'hôtel. Trois drapeaux ondoient très haut au-dessus de nos têtes, mais je ne reconnais que le suisse. L'entrée du café-restaurant Les Amins est assez confidentielle, et se fait par quelques marches sur l'un des côtés de l'hôtel. Un écriteau, extrêmement discret et qui pourrait facilement passer inaperçu, en indique l'accès. Elle avance d'un pas décidé et je suis certaine que ce n'est pas la première fois qu'elle vient. Nous la suivons et, alors que nous n'avons rien dit, elle nous explique que ce déjeuner nous est offert par Monsieur Kennedy, même s'il ne se joindra pas à nous. Et je ne sais pas pourquoi, mais j'ai l'impression que Gerard est plus rassuré que moi par ces mots.

Dans le restaurant, la femme parle au *maître* qu'elle semble bien connaître. L'homme nous salue et nous sourit aimablement avant de nous conduire sur la terrasse qui donne sur le lac, où se trouvent des tables dressées pour le déjeuner. Le jardin qui nous sépare du lac et de la promenade est rempli de chaises et de tables en osier. Autour de l'une d'elles, un couple âgé. La femme lit un livre et l'homme dort, ou il est mort et personne ne s'en est rendu compte. Vanessa explique au *maître* que nous sommes assez pressés et il nous suggère le « menu du poissonnier » avant de nous apporter la carte. *Salade de filets de rougets saisis en escabèche, servie froide. Filet d'omble chevalier du lac de Constance en croûte d'herbes sauce au thym citron et/ou Pavé d'espadon à l'huile d'olive, thym frais et pavot sur une tombée d'*épinards et, en dessert, des *profiteroles, sauce chocolat parfumée aux épices douces.* Je traduis pour Gerard et lui explique qu'il peut choisir trois ou quatre plats. Trois plats pour 86 francs, quatre pour 98. Il sourit et répond quatre, évidemment, pour une fois qu'on nous invite. Il me demande de m'assurer qu'il n'y a pas d'oignon dans les plats. Je ne pourrai jamais terminer quatre plats, alors je choisis le *Pavé d'espadon à l'huile d'olive, thym frais et pavot sur une tombée d'*épinards. Vanessa commande la même chose que moi. Le serveur prend note et nous recommande un vin de la région dont la tradition viticole, comme je l'ai lu plus tôt, est réputée. Il nous apporte une bouteille d'Évian, ce n'est pas pour rien que la source se trouve juste de l'autre côté du lac et, comme nous dit le serveur, nous pouvons l'apercevoir d'ici quand il n'y a pas de brouillard. Nous attendons les boissons en silence. Vanessa ôte son chapeau et le pose sur la chaise vide à côté d'elle. Ses cheveux sont courts et coiffés sur un côté, retenus par beaucoup de gel. Comme si une vache lui avait léché un côté de la tête. Elle cherche dans son sac ses cigarettes et en allume une. Gerard consulte son portable, même s'il n'y a que moi et monsieur Kennedy qui avons son numéro, enfin c'est ce que je crois. Je regarde le paysage fantastique qui s'ouvre devant nous. Une brise agréable s'est levée, elle soulève mes cheveux mais ne me dérange pas. La fumée de cigarette de la femme vient dans mon visage mais elle s'en rend compte et change sa cigarette de main. Il y a un petit embarcadère devant l'hôtel et quatre bateaux amarrés, qui bougent lentement. Dans le fond, on voit très bien les Alpes, telles des dents inégales mais très aiguisées. Je me suis peut-être trompée. La famille de Stéphane ne vit peut-être pas dans une maison de bois entourée par un jardin avec une balançoire sur laquelle Cédric et Cyrille se balancent chaque jour.

Ils vivent sur un petit voilier qui navigue sur un lac tel que celui-ci. Cédric et Cyrille sont habillés en marins, mais pas comme ces enfants qui font leur première communion. Plutôt comme les marins de Jean-Paul Gaultier, dans la pub pour son parfum. Ils courent d'un côté à l'autre de l'embarcation, hissent les voiles et nettoient le pont. Mais jamais ils ne se plaignent ni ne se fatiguent. Ils sont très heureux, rient et jouent. Stéphane, habillé comme un pirate, avec une jambe de bois et un foulard autour du crâne, gouverne le navire et lance ses ordres d'une voix forte pour que tous puissent l'entendre. Carole passe presque toutes ses journées au soleil et humecte son corps de poisson à l'aide d'un seau, parce qu'en réalité c'est une belle sirène. Sur le mât ondoie le drapeau pirate, mais les enfants, malicieux, ont remplacé les tibias entrecroisés par deux cuisses de poulet. Au début, quand ils ont commencé à naviguer, tous étaient très heureux et pensaient qu'ils vivraient de nombreuses aventures. Bien sûr, ils ont dû lutter contre certains équipages qui prétendaient voler leur trésor, ou prendre garde lors de leurs baignades dans le lac, parce qu'il est rempli de requins aux dents plus affilées que les cimes des Alpes. Mais un jour, Stéphane enlève son déguisement de pirate et le jette à l'eau. Carole retire sa queue de sirène faite d'écume et la range dans un coffre de la cabine. Les enfants se défont également de leurs habits de marins et les brûlent sur le pont dans une espèce de rituel de purification. Ils ont compris que, malgré la liberté qu'ils croyaient avoir, celle de naviguer à leur guise pour toujours, ils étaient en réalité prisonniers de cette île d'eau au milieu d'un océan de terre, condamnés à tourner en rond tels des hamsters dans leur roue.

Et quand je commence à craindre que tout le déjeuner se passe en silence, chacun dans son coin, plongé dans ses pensées, perdu dans ses rêveries, Vanessa brise le silence tout en éteignant sa cigarette sur la rambarde de fer avant de la jeter par terre parce qu'il n'y a aucun cendrier :

— Vous avez eu le temps de faire du tourisme ?

Cette question me prend par surprise. Gerard n'a même pas envisagé cette possibilité, je le connais. Il pense toujours à son travail, à sa carrière, à son évolution personnelle. S'il se détendait, peut-être qu'un jour tout irait mieux entre nous.

— Je voulais visiter le château, dis-je, consciente que c'est la première fois que Vanessa entend tant de mots sortir de ma bouche, mis à part notre échange téléphonique lorsque nous étions à Montpellier.

— Le château de Morges ? Ne perdez pas votre temps. Il est très beau à l'extérieur, mais vous n'y trouverez qu'un musée militaire, des maquettes et de l'artillerie. Ils organisent parfois des expositions temporaires, mais là, ils sont en train de rénover la salle. Je ne vous conseille pas de le visiter, sauf si vous aimez tout ce qui est militaire. Mais vous n'aimez pas ça, non ?

Je souris, intimidée par le ton sec de sa question, et secoue la tête. Je suis consciente que si je la contredis, je pourrais provoquer un incident diplomatique. Je ne lui plais pas, je le sais. Elle n'a d'yeux que pour Gerard et quand elle parle, c'est à lui qu'elle s'adresse. Enfin, c'est peut-être juste une impression. En fait, j'ai toujours l'impression que les gens m'ignorent, qu'ils pensent que je suis une quantité négligeable. Ça doit être une autre forme d'égocentrisme, de penser que personne ne fait attention à toi.

— Je vous montrerai ce qui vaut la peine d'être vu ici, dit-elle sur le même ton, en s'allumant une autre cigarette et en regardant à l'intérieur du restaurant pour voir si le serveur nous apporte les boissons et l'entrée.

Gerard regarde maintenant le lac, mais je suis certaine qu'il ne voit rien, que son cerveau continue à explorer sans fin ses pensées, son projet.

— Comment s'est passée la séance de travail ?

Je l'ai dit en toute innocence, comme si c'était la question la plus naturelle du monde, mais Gerard n'a pas l'air d'avoir entendu, ou il fait semblant. Vanessa me fulmine du regard en allumant encore une autre cigarette. Puis elle se lève et va chercher le serveur.

— Tu m'as appelée, avant ? dis-je à Gerard, qui cesse de regarder le lac et consulte à nouveau son téléphone.

— Appelée ? Quand ?

— Plus tôt. Au milieu de la matinée. Depuis la maison de l'écrivain.

— Non.

— Tu es sûr ?

— Oui. Je suis sûr.

— C'est que quelqu'un m'a appelée d'ici.

Je cherche mon portable dans mon sac pour lui montrer le numéro. Vanessa revient à table, éteint sa cigarette sur la rambarde et la jette par terre. Elle nous regarde attentivement et s'intéresse à notre conversation, ce qui me dérange.

— Qu'est-ce qu'il y a ?

— Quelqu'un l'a appelée d'ici. Plus tôt.

— Qui ?

— Elle ne sait pas.

— C'est pas grave, dis-je en rangeant mon téléphone.

— Elle croyait que c'était moi depuis la maison.

— Quel est le numéro ?

Je voudrais prendre mon portable et le jeter dans le lac mais je me contente de lire à voix haute le numéro sur l'écran.

— Ce n'est pas le numéro de *La Paisible*.

Cette conversation m'agace.

— Ce n'est même pas un numéro suisse.

Ça devient intéressant.

Elle allume une cigarette de plus au moment où le serveur arrive avec nos boissons. Il ouvre la bouteille de vin et le lui fait goûter. Elle le fait avec cérémonie, comme si elle s'y connaissait, retardant absurdement son verdict. Finalement, d'un hochement de tête, elle donne son approbation et le serveur remplit nos verres. Sa réponse a généré un mystère auquel elle ne s'attendait pas : si ce n'est pas un numéro suisse, de quel pays s'agit-il, alors ? Quand le serveur s'en va, j'attends que la femme reprenne la conversation, mais elle se contente de fumer et de boire son vin.

— Comment ça, ce n'est pas un numéro suisse ? dis-je impatiente.

— Le préfixe de la Suisse, c'est le 41. Votre numéro commence par 33.

— Et c'est quel pays ?

— La France.

Je regarde fixement le numéro de l'appel perdu qui commence par 33 sur l'écran de mon portable. Je ne sais pas qui peut m'appeler depuis la France. Gerard, qui a l'air de ne rien avoir écouté du tout, mange un morceau de pain et boit un peu de vin, et quand le serveur revient avec les entrées il me force à lui demander s'il y a des oignons dans son plat. Nous mangeons en silence, sans lever le nez de nos assiettes. Quand nous avons terminé nos entrées, elle s'allume une autre cigarette, je regarde à nouveau vers le lac et Gerard consulte son portable. Le reste du repas, personne ne dit rien. Elle est la seule à prendre la parole lorsqu'elle voit que je mange plus que ce qu'elle aurait imaginé, et dit qu'au début elle croyait que j'étais boulimique mais qu'elle est sûre maintenant que je dois souffrir d'un autre désordre alimentaire. Elle dit que ce n'est pas normal que je mange autant et que je sois si mince. Gerard, qui continue à penser à son projet secret, me fait demander au serveur, à chaque plat, s'il y a de l'oignon. Même au dessert. Je ne pense qu'à l'appel perdu et regarde le couple qui mange dans le jardin et qui n'a presque pas bougé. Ce sont peut-être des silhouettes en carton placées là par l'hôtel pour décorer. Vanessa n'arrête pas de fumer et crée à ses pieds une espèce de cendrier improvisé dans ce restaurant de luxe où fumer est interdit, mais personne n'ose rien lui dire.

Elle nous ramène en voiture à la porte de notre hôtel dans le même silence que celui qui nous a accompagnés quasiment tout au long du repas. À pied, nous n'aurions mis que quinze ou vingt minutes et la situation aurait été moins tendue. Quand nous sommes sur le point d'entrer dans l'hôtel, elle baisse sa vitre et m'appelle. Ça me surprend parce que c'est avec Gerard qu'elle traite.

— Venez à 17h à *La Paisible*, quand Gerard et monsieur Kennedy commenceront leur séance de travail. Je vous emmènerai voir des choses intéressantes.

Ce qui aurait dû être une invitation sonnait comme une menace.

Pendant que Gerard prend une douche, j'essaye d'écrire sur son ordinateur une lettre à l'assureur pour autoriser Susanna à tout gérer en notre nom afin de changer la serrure de notre porte. J'en ai parlé à Gerard et il m'a dit de m'en occuper moi-même mais de me dépêcher, parce que son ordinateur n'a presque plus de batterie. Il n'a pas l'air d'être très inquiet de ne pas pouvoir rentrer dans notre appartement, comme s'il avait oublié que nous devions y retourner. Parfois, je pense qu'il oublie beaucoup de choses importantes, par exemple que nous avons un fils, que nous sommes un couple, que je n'ai jamais cessé de l'aimer. J'espère pouvoir imprimer ma lettre à la réception, tout comme j'espère que le séduisant réceptionniste y sera pour m'aider. À notre retour du déjeuner, il n'y était pas et j'ai peur qu'à notre départ pour Tolochenaz il soit toujours absent. L'eau de la douche ne coule plus mais il ne sort pas. Il fait souvent ça en ce moment. Parfois, je me dis qu'il se masturbe peut-être pour éviter de coucher avec moi. Je ne sais pas où est passée la passion d'il y a cinq ans, lors de notre rencontre à Londres. Peut-être que plus de temps a passé que ce dont j'ai conscience. Je me rends compte que je suis en train d'écrire des phrases incohérentes sur le document Word que j'ai ouvert sur l'ordinateur. Chacune d'entre elles dans une des différentes langues que, récemment, j'ai découvert que je parlais. Gerard sort, une serviette autour de la taille, attrape l'appareil photo sur la table et retourne dans la salle de bains. Le curseur de l'écran attend et clignote, dans l'attente d'un ordre de ma part, comme un métronome silencieux qui me rappelle que la batterie s'épuise. La chambre est dans la pénombre parce qu'il a fermé les volets aux panneaux horizontaux et les rideaux à fleurs. Il veut faire une sieste même si moi, je n'ai pas sommeil. Je ne veux pas m'en aller non plus. Si je sors, j'aurai l'impression qu'il m'a mise dehors comme il le faisait dans le Raval. Quand Gerard ressort, il repose l'appareil photo là où l'a trouvé, enlève sa serviette et s'allonge nu sur le lit. Je ferme le document sans l'enregistrer, éteins l'ordinateur et abaisse l'écran. Je m'allonge à côté de lui même si je n'enlève pas mes vêtements. J'aimerais l'étreindre, me tourner et coller mon corps contre le sien, en cuiller, mais j'ai toujours peur qu'il me repousse. J'aime son corps, j'aime le goût de son sexe, même si je l'ai presque oublié. Si je n'avais pas provoqué nos retrouvailles, il y a deux nuits, à l'hôtel de Montpellier, nous aurions battu un triste record d'abstinence. Parfois, ça me surprend que nous ayons eu un enfant vu le peu que nous faisons l'amour ces dernières années. Je suis aussi étonnée qu'il ne m'ait pas encore quittée pour une autre. Ce ne sont pas les opportunités qui ont manqué. Je crois que plus jamais nous ne coucherons ensemble comme au début, la distance entre nous est trop grande. Comme maintenant, alors que nos corps se trouvent à peine à deux doigts l'un de l'autre mais n'osent pas se toucher. Lorsqu'il me semble qu'il s'est endormi, je me retourne lentement, passe un bras par-dessus sa taille et le fais descendre tout doucement vers lui, et il me surprend quand il attrape ma main et l'approche de son torse. Je sais que c'est un réflexe de sa part parce qu'il dort, mais j'aime croire qu'il l'a fait consciemment. Je sens comme sa respiration s'adapte à la mienne. Nos yeux se ferment et tout autour de moi s'éloigne, comme si le lit était un radeau et que nous dérivions au milieu de l'océan.

Quand je me réveille, je m'assois sur le lit mais vois avec étonnement que la chambre a disparu et qu'il n'y a que de l'eau autour de moi. Quelle que soit la direction vers laquelle tendent mes regards, il n'y a que de l'eau aussi bleue que le ciel et le soleil est brûlant au-dessus de ma tête. Gerard dort encore à côté de moi, nu, mais sa peau est carbonisée et se décolle par lambeaux. À l'horizon, je peux voir une petite embarcation aux voiles blanches qui s'approche lentement de nous. Je me lève et fais des signes pour qu'elle vienne à notre secours, mais le lit commence à couler. Autour de moi un aileron de requin fait des cercles rapides de plus en plus proches du lit. J'essaye de réveiller Gerard, mais je comprends qu'il est mort. Je jette son corps à l'eau, puisqu'il n'est plus qu'un fardeau qui accélère notre naufrage. Quand l'eau a presque englouti tout le lit et que je peux voir les dents du requin qui me rappellent le profil des Alpes, le voilier arrive à côté de moi et Stéphane m'appelle et me dit d'attraper la bouée de sauvetage que Cédric et Cyrille me lancent. Je monte sur leur bateau, où Carole m'enveloppe dans une couverture, me donne une tasse de bouillon bien chaud et me caresse les cheveux. Les enfants courent, joyeux, sur le pont et hissent un drapeau pirate avant de se lancer dans un combat d'épées de bois. Stéphane vient près de moi, ouvre une carte déchirée et sale devant nous. Un emplacement est marqué d'un X et je me dis que c'est celui d'un trésor. Très certainement un galion français qui a coulé, chargé d'or. Mais Stéphane me dit que la croix indique le lieu où se trouve Yul, sur la plage qui apparaît chaque nuit dans mes rêves et où je retrouve tous les gens que j'ai oubliés. Stéphane, devant le gouvernail, met le cap vers le X tandis que Carole continue à caresser mes cheveux et me dit dans le creux de l'oreille de ne pas m'inquiéter, que tout ira mieux.

Un bruit strident m'alerte. J'ouvre les yeux et cherche son origine. C'est mon portable qui sonne. Je l'attrape sur la table de chevet et appuie par erreur sur le bouton pour raccrocher. Je m'assure que Gerard ne s'est pas réveillé. Mon cœur bat rapidement et mes mains transpirent. Je regarde l'appareil, craintive, comme s'il s'agissait d'une grenade dégoupillée. Sur l'écran, toujours éclairé, apparaît encore la notification « Voir l'appel manqué ». Je la relis plusieurs fois, comme si je ne comprenais rien. J'appuie finalement sur l'écran et accède à la liste des appels récents. Encore ce numéro inconnu, avec son préfixe français. Tout doucement, pour ne pas le réveiller, je m'assois sur le lit et me demande quoi faire. Je mets tout d'abord le téléphone en silencieux, comme ça, s'il sonne encore, ça sera plus discret. J'accède à mes SMS et en écris un nouveau : *Qui est-ce ?* Je l'envoie au numéro qui vient de m'appeler. Je pose mon portable sur le lit, parce que je le serrais si fort que ma main me fait mal, mais je ne peux pas le quitter des yeux. Au début, je ne cligne même pas des paupières, mais comme personne ne me répond et que mes yeux se dessèchent, je décide de lui laisser le temps de répondre. Je me lève du lit, inquiète, et regarde autour de moi la chambre qui n'est éclairée que par la lumière filtrant entre les rideaux. Je m'assois devant l'ordinateur mais ne l'ouvre pas. Mes orteils frottent la moquette et le pied de la chaise qui se trouve devant moi. Je me lève et regarde le tableau sur le mur. Les feuilles d'une plante exotique qui de loin forment un ensemble abstrait. Gerard dort toujours, placide et nu, sur le lit. Son torse bouge doucement, mû par sa respiration. Mon portable, à ses pieds, ne reçoit aucun message. Je vois l'appareil photo sur la table. Je l'attrape et regarde s'il a pris des photos avant, quand il l'a amené dans la salle de bains. Des photos du carrelage. Je ne sais pas pourquoi parce qu'il n'y a rien d'étrange. Je regarde les photos antérieures et la majorité sont des photos de murs, de carrelage et d'angles de pièces. Je crois qu'il devient fou. Il a peut-être lui aussi une tumeur cérébrale. Je pose l'appareil sur la table et m'agenouille au bord du lit. Je prends mon portable pour vérifier qu'il n'est pas éteint, qu'il a de la batterie et du réseau. J'ouvre ma messagerie et écris un autre SMS : *Je ne peux pas parler. Qui est-ce ?* Je l'envoie au numéro du préfixe français qui m'a appelée deux fois et reste immobile, à genoux au pied du lit, le portable dans la main parce que je sais que maintenant il va me répondre. Trois secondes plus tard, mon écran s'allume et le portable vibre dans ma main. Mon cœur bat encore plus vite et ma respiration s'accélère. Je lis le message que je viens de recevoir : *C'est Stéphane.* Je le relis au moins deux fois mais je dois m'interrompre parce que je tremble de plus en plus fort.

— Qu'est-ce que tu fais ?

La voix de Gerard me fait peur. Il se redresse et, les yeux pleins de sommeil, me regarde, aussi déconcerté que moi. J'éteins mon portable pour éviter les problèmes et me relève en souriant, essayant de dissimuler mon trouble.

— J'ai envoyé un message à ta mère pour lui dire que nous allons bien et pour lui demander comment va Yul.

Il regarde l'heure sur son portable et, comme il n'est même pas quinze heures encore, il se rallonge sur le lit et se rendort, ou bien fait semblant. Il ne rêve jamais lors de la sieste. Il dit qu'il n'a jamais ces cauchemars qui le réveillent la nuit, mais qu'il oublie à l'instant où il ouvre les yeux. Une fois, il m'a demandé de le réveiller quand il était en plein milieu d'un rêve. Je lui ai dit que j'avais essayé mais qu'il ne se réveillait pas malgré tous mes efforts. C'est faux. Il s'est réveillé, c'est sûr. Mais on aurait dit une autre personne. On ne voyait que le blanc de ses yeux et sa voix, quand il parlait, était déformée et désynchronisée, je ne l'entendais que quelques secondes après que ses lèvres avaient bougé. Je ne sais pas ce qu'il a raconté, je ne l'ai pas écouté parce que j'étais terrorisée. Ensuite il s'est rendormi comme si de rien n'était. Je n'ai jamais voulu le lui raconter, je sais qu'il s'inquiéterait et qu'il m'obligerait certainement à reproduire l'expérience. J'attrape mon sac, mes lunettes de soleil et mon portable éteint avant de sortir sans un bruit de la chambre. Je me sens plus calme dans le couloir, alors que j'attends l'ascenseur, et je regarde une machine à nettoyer les chaussures. Personne à écouter dans l'ascenseur, pour découvrir si je connais aussi sa langue, et à la réception je vois une jeune femme qui écrit sur un morceau de papier, mais pas mon réceptionniste. Dans la rue, je mets mes lunettes de soleil même si le ciel est couvert et marche d'un pas décidé vers le Balzac. Je dois récupérer les photos, maintenant que Stéphane a pris contact avec moi. Si maintenant qu'il m'a trouvée je lui dis que je les ai perdues, ça serait vraiment idiot.

Le temps a changé, ce n'est pas seulement que le soleil s'est caché, mais les nuages ont envahi tout le ciel et un vent chargé d'électricité s'est levé. Je la sens dans mes cheveux, les poils sur mes bras, chaque fois que j'inspire. À chacun de mes pas, plus je m'éloigne de l'hôtel et m'approche du Balzac, plus l'intensité lumineuse du ciel semble baisser, comme si quelqu'un là-haut s'amusait à éteindre des ampoules. Heureusement, c'est tout à côté d'ici, parce qu'il fait si sombre maintenant qu'on dirait l'hiver. De l'autre côté du lac, en direction des Alpes, le ciel est encore plus noir. Le Balzac est toujours fermé. Les lumières qui étaient allumées sont désormais éteintes et l'intérieur est aussi sombre que le ciel menaçant. Je sais que c'est absurde de revenir alors que c'est leur jour de fermeture, mais ce qui était de la préoccupation est maintenant devenu de l'urgence et elle est telle que je persévère dans mes tentatives de trouver quelqu'un. Je frappe au carreau avec force et essaye d'ouvrir la porte, qui est fermée à clé. Je fais le tour du bâtiment et cherche une autre entrée mais n'en trouve aucune. Je reviens devant la porte et observe plus attentivement l'écriteau avec les horaires. Il y a aussi le nom des propriétaires, comme sur les serviettes et la carte de visite, et un téléphone. Peut-être que Cay ou Anne Nielsen sont à l'intérieur et ne m'ont pas entendue frapper. Je prends mon portable, l'allume et marque le numéro indiqué, avec un préfixe suisse en 41. Je l'entends sonner à l'intérieur et, c'était prévisible, personne ne répond. Je raccroche et éteins de nouveau mon portable. Je m'assois sur les marches et essaye de réfléchir à un moyen de les contacter, pour savoir s'ils ont trouvé les photos. J'ai envie de fumer. Je cherche dans mon sac mais je n'ai pas de paquet de cigarettes. C'est bizarre, j'ai commencé à fumer quand je suis tombée enceinte de Yul mais je ne me souviens pas d'avoir arrêté. En fait, au cours de sa fête d'anniversaire, il y a quelques jours, je suis certaine d'avoir fumé, oui, après avoir allumé les trois bougies de son gâteau, j'ai allumé une cigarette. Les gens qui passent dans la rue accélèrent parce que des gouttes tombent. Il fait froid et le vent souffle, mauvais, déviant les gouttes vers moi. Mon cerveau s'active, à la recherche d'un moyen pour récupérer les photos. Je cherche dans mon sac les post-it vert fluo et un stylo pour laisser une note aux propriétaires. Je leur dis que j'ai besoin de récupérer les photos et leur demande de m'appeler, que c'est très important. Je note mon numéro de téléphone et colle le post-it sur le carreau de la porte. Quand je repars vers l'hôtel, les voitures ont allumé leurs phares et mis leurs essuie-glaces. Les gens, du moins ceux qui en possèdent, ont ouvert leur parapluie et ceux qui n'en ont pas se replient sous les portails et les balcons. J'arrive à l'hôtel complètement trempée et vois de loin Gerard devant la porte, sous la marquise au nom de l'hôtel.

— On peut savoir pourquoi ton portable est éteint ? Tu étais où ?

— Je suis allée faire un tour.

— Tu veux me faire le plaisir de ne plus disparaître des chambres d'hôtel ? Allez, on y va, on va être en retard.

— Je monte un moment me changer.

Il va me répliquer quelque chose mais, lorsqu'il voit que je suis trempée, il se retient et me fait un signe approbateur de la tête. J'entre dans l'hôtel et espère y voir le réceptionniste mais il n'y est toujours pas. Je commence à croire que je l'ai imaginé. Je demande la clé de notre chambre à la jeune fille, qui me fait un sourire aimable, et, pour gagner du temps, je monte en courant les escaliers en laissant des traces humides derrière moi. Ça me surprend de voir un cheval de bois sur chacun des paliers, comme dans les attractions de foire. Dans la chambre, j'enlève tous mes vêtements et les jette par terre. Je veux en prendre des secs dans l'armoire mais elle est fermée à clé et la clé n'est pas sur la porte. Je la cherche dans le frigo, où Gerard l'a cachée hier, mais elle n'y est pas non plus. Sa paranoïa atteint des sommets inquiétants. J'essaye d'imaginer où il a pu la cacher aujourd'hui et même en fouillant nos valises et la trousse de toilette je ne la trouve pas. Je me sèche avec une serviette et cherche dans un de mes bagages posé sur une chaise. Heureusement, j'y trouve un pantalon et un pull, mais pas de chaussettes. Je remets mes baskets trempées parce que les autres sont dans l'armoire, attrape mon sac et sors de la chambre. Je descends en courant les escaliers et lorsque je dépose la clé à la réception, je vois que le beau réceptionniste est de retour. Il me sourit et me demande si je pense sortir sous cette pluie.

— Oui. Nous devons aller à la gare.

Il me fait signe de l'attendre, ouvre un placard à côté de lui et cherche à l'intérieur. Par la fenêtre je vois Gerard qui attend, impatient.

— Tenez, dit le réceptionniste en me tendant un parapluie noir. Vous me le rendrez après.

— Vous n'en aurez vraiment pas besoin ?

— Pour l'instant, il ne pleut pas à l'intérieur.

Et il me fait l'un de ses sourires qui me font craquer. Dehors Gerard consulte un plan sous la marquise. Il me dit de le suivre, qu'il sait comment aller à la gare même s'il n'y a jamais mis les pieds et moi si. S'il me l'avait demandé, je le lui aurais dit mais, comme toujours, il croit que je ne sers à rien. Il a pris aussi les horaires, qu'il a dû demander à la réception, identiques à ceux qui se trouvent dans mon sac.

— D'où tu sors ce parapluie ?

— On me l'a prêté à la réception.

— Eh bien. J'en ai demandé un avant et ils m'ont dit qu'ils n'en avaient pas.

Nous arrivons en avance à la gare, parce que c'est à côté et parce qu'il m'oblige à suivre son allure, rapide pour moi, normale pour lui, et si caractéristique, avec ses sautillements. Comme le train part à 16 h 46 et que nous avons vingt minutes à tuer, nous prenons un café dans la cafétéria à côté de la gare, le Croco's Café. Il regarde dans le vide et moi j'écoute les conversations des gens qui nous entourent. La majorité parle français sauf quelques étrangers qui discutent en anglais. Un homme lit le *Corriere della Sera* et un gros titre annonce : « *Via alla guerra ai falsi malatgi Brunetta vara la "svolta"* ».

— Tu as envie de passer du temps avec cette femme ?

Sa question me prend par surprise et m'oblige à arrêter de regarder l'homme qui lit le *Corriere della Sera*. J'ai l'impression que sur la table devant lui se trouve un autre journal en arabe et j'attendais qu'il le prenne pour voir si je suis capable de le comprendre.

— Ce n'est pas la sympathie incarnée, hein...

— J'ai l'impression qu'elle veut quelque chose de toi.

Mon regard interrogateur le fait continuer.

— À propos du projet, j'ai l'impression que c'est une tactique pour être seule avec toi et te faire parler.

— Elle va vite comprendre.

— Une des raisons pour lesquelles je ne t'ai rien dit, c'est précisément pour éviter ça. Je ne veux pas qu'on t'associe à cette merde.

— Ton projet est une merde ?

— Moi, je suis une merde. Là, je n'ai pas le temps, mais ce soir je t'explique tout. Il est temps que tu saches avec quelle espèce de monstre tu vis.

Ses mots m'effrayent et quand je veux lui demander plus d'explications, il détourne le regard et met fin à la conversation.

Le train arrive, à l'heure, et, assis tous les deux à côté de la fenêtre, nous n'échangeons plus un mot. Il regarde le paysage sous le rideau de pluie et moi le parapluie, qui forme à mes pieds une flaque d'eau. La possibilité d'apprendre ce soir quelque chose sur son projet m'inquiète. Non pas tant l'histoire en elle-même, mais à cause de cette menace, de l'idée que je vais découvrir que je ne connais pas l'homme dont je suis tombée amoureuse, le père de mon fils, qui m'a conduite jusqu'ici sans m'en donner les raisons. D'une certaine façon, je ne peux pas l'accuser, je suppose que maintenant nous sommes ex aequo. Nous ne savons rien l'un de l'autre, malgré nos années ensemble. Je cherche mon portable et l'allume. Je reçois une notification, j'ai un appel manqué.

— Ça doit être moi, dit Gerard.

Je regarde l'écran et mon cœur accélère quand je vois qu'en réalité j'en ai onze, d'appels manqués. Un d'entre eux, effectivement, est celui de Gerard. Les dix autres sont du téléphone dont le préfixe est 33. De Stéphane. Il n'a laissé aucun message, il a juste téléphoné encore et encore comme un psychopathe. Je mets le portable en silencieux au cas où il rappellerait et le range dans mon sac. Je laisse mon regard se perdre à l'horizon, sur un point qui se déplace à la vitesse du train. Les gouttes de pluie s'écrasent sur la vitre et se déplacent à toute vitesse, créant d'étranges chemins d'eau. Je pourrais facilement m'endormir mais je n'en ai pas le temps parce que nous arrivons immédiatement à la gare de Prélionne. Lorsque nous descendons, nous nous protégeons sous le parapluie parce que c'est le seul endroit où le faire, exception faite de la structure en aluminium et en verre. Gerard regarde autour de lui, déconcerté. Je suppose qu'il imaginait une vraie gare et pas cette boîte préfabriquée au milieu de nulle part. De l'autre côté de la voie, nous regardons un vieil homme qui marche lentement vers nous et siffle un air que je connais, mais que je suis incapable d'identifier. Il a dû être surpris par la pluie et il s'est couvert la tête avec un sac en plastique. Il regarde des deux côtés pour s'assurer qu'aucun train n'arrive, même si le passage à niveau est ouvert, puis traverse difficilement.

— Demande-lui où est *La Paisible*, dit Gerard en me montrant l'homme.

— Je sais où est la maison. Ce matin, j'ai marché depuis là-bas pour prendre le train.

— Oui, mais tu as certainement pris le chemin le plus long et on n'a plus le temps, là.

Comme je n'ai pas envie d'une dispute, je m'approche de l'homme un sourire aimable aux lèvres et lui demande en français où est la maison. Il me répond dans une langue que je n'identifie pas et que je ne peux pas comprendre non plus. Je lui repose la question en allemand, en italien et en anglais mais il me répond exactement la même chose. Je lui demande même en russe mais il refait le même geste avec ses mains et me répète les mêmes mots dans cette langue incompréhensible. Je lui souris à nouveau et il continue à marcher en sifflant cet air que je connais.

— Il a dit quoi ?

— Il m'a indiqué le chemin le plus court.

Je mens parce que je ne veux pas reconnaître que le pouvoir que je pensais avoir s'est volatilisé.

Nous n'avons pas fait deux pas sur la route qui monte vers Tolochenaz que nous entendons l'homme nous appeler dans sa langue, que je ne comprends pas. Nous nous retournons et il nous fait des grands signes, on dirait qu'il nous dit de nous éloigner mais la route est vide et nous ne gênons personne.

— Merci ! Merci ! *À revoir* ! Merci ! *Sivouplé* ! *Trébian* ! crie Gerard à l'homme, qui est resté planté au milieu de la voie et a enlevé le plastique qu'il portait sur la tête.

— Gerard !

— C'est juste un vieux cinglé !

— Pauvre homme. Il veut juste nous aider.

— Imagine qu'un train passe et l'écrase ?

Il se met à rire.

— Laisse-le tranquille, idiot.

Gerard me prend par la main et, protégés de la pluie sous le parapluie, comme deux amoureux au début de leur histoire, nous avançons sur le chemin entre les immenses champs et les petites maisons de plain-pied aux jardins sans piscine. Lorsque nous arrivons au bâtiment préfabriqué et abandonné qui selon moi était une école provisoire, il s'arrête et le regarde, comme s'il reconnaissait l'endroit. Il lâche ma main et s'éloigne du parapluie. Il s'approche du buste de la femme menacé par une grande plante qui risque de le dévorer si personne ne la taille. Il la fixe quelques secondes, trempé de la tête aux pieds, puis revient vers moi, mais l'expression sur son visage est très sérieuse et il ne me prend plus la main. Après un long silence, quand nous avons dépassé le cimetière et que nous arrivons à *La Paisible*, j'ose lui demander quelle était la chanson que sifflait l'homme de la gare.

— « Moon River », dit-il sans me donner plus d'explications, comme si c'était un crime de l'ignorer.

— « Moon River ».

Je répète le titre sur un ton convaincu, comme si c'était suffisant.

Lorsque nous arrivons sur le parking où est garée notre voiture, derrière l'église et l'école, il s'arrête et me regarde dans les yeux. Je pense qu'il va m'embrasser parce que, sous ce parapluie, seuls quelques centimètres nous séparent.

Mais comme il reste immobile, j'imagine qu'il m'avouera que ce matin il a couché avec monsieur Kennedy ou avec Vanessa. Peut-être avec les deux.

— Tu sais que j'ai un pouvoir ? dit Gerard comme si de rien n'était.

— Un pouvoir ? Qu'est-ce que tu veux dire ?

— Tout le mal auquel je pense devient réalité. Tu verras, le vieux qui était à la gare va se faire écraser par un train.

— C'est pas drôle, lui dis-je.

J'en ai marre de son humour noir et tordu.

— J'ai déjà provoqué deux accidents de la route. Plus, peut-être. Je ne sais pas trop.

— Moi, je pensais avoir un pouvoir, mais j'ai découvert que non.

— Quel pouvoir tu as ?

— Aucun.

— Allez, raconte... insiste-t-il.

— Je n'ai pas l'intention de te le dire, tu vas rire.

Il ouvre le coffre de notre voiture et cherche l'étui des CD. Il en prend un et le met dans le lecteur. Il me fait asseoir sur le siège du mort et ferme la porte. Lui est resté dehors, droit comme un I sous le parapluie, immobile. Je descends ma vitre et m'y accoude tandis que commence à résonner une guitare acoustique puis qu'une voix d'homme chante la chanson que le vieux sifflait à la gare. Des gouttes m'éclaboussent le visage.

— « Moon River », dit Gerard. Henry Mancini l'a composée, mais là, c'est Morrissey, l'ex-chanteur des Smiths, qui en a fait une version en 1994 sur son disque *World of Morrissey*.

C'est bizarre. Je peux comprendre la plupart des langues du monde mais pas un seul des mots qu'il vient de prononcer. Il s'accroupit devant la portière, pour être à ma hauteur, et me dit :

— Ne lui dis rien sur mon projet, à cette femme.

— Mais puisque je ne sais rien...

— Ne lui dis pas que ce soir, je t'expliquerai tout.

Tout en se redressant, il m'embrasse sur les lèvres et me sourit, espiègle, comme s'il m'avait volé ce baiser. Et sans un mot, il se retourne puis quitte le parking et, même si je sais que le parapluie le protège, la sensation que le rideau de pluie l'a fait disparaître est terrifiante. Morrissey, dont je n'avais jamais entendu parler, continue à chanter « Moon River ». La chanson, si, je l'avais déjà entendue, mais je ne me rappelle pas où. Ça n'a pas d'importance, elle est très belle. Je vois les balançoires derrière l'école, vides sous la pluie. C'est triste, un endroit pareil sans l'activité de ses petits habitants. Nous devrions peut-être faire un petit frère à Yul. Il a l'âge idéal maintenant. Quand la chanson se termine, je la remets, m'accoude à nouveau à la fenêtre et ferme les yeux, essayant d'imaginer que je suis très loin d'ici.

— Il ne vous manque qu'une guitare et une serviette autour de la tête, dit une voix sèche en allemand.

J'ouvre les yeux et, sous un parapluie rouge, là où se tenait Gerard, Vanessa m'observe. Elle est différente. Elle porte un autre tailleur, de la même coupe que celui d'avant, mais couleur ivoire. Elle a aussi changé de chapeau, celui-ci est marron, comme sa ceinture, avec un ruban blanc. Trop estival pour la journée qu'il fait. Même s'il y a peu de lumière sous le parapluie, j'ai l'impression qu'elle s'est maquillée.

— Pardon ? dis-je, déconcertée par sa remarque.

— Pour ressembler à Holly Golightly, il ne vous manque qu'une guitare et une serviette autour de la tête.

— Qui ?

— Holly Golightly dans *Diamants sur canapé*, quand elle chante « Moon River » accoudée à sa fenêtre, avec sa guitare et sa serviette autour de la tête. Vous n'avez pas vu le film ?

— Je ne me rappelle pas.

— Vous avez un chat ?

— Non. Gerard les déteste.

— C'est dommage. Je n'avais jamais écouté cette version, dit-elle en se référant à la chanson qui passe toujours en fond parce que j'ai baissé le volume au début de notre échange.

— Henry Mancini l'a composée, mais là, c'est Morrissey, l'ex-chanteur des Smiths, qui en a fait une version en 1994 sur son disque *World of Morrissey*, dis-je en répétant ce que m'a expliqué Gerard, comme une bonne élève.

— Il y a eu des milliers de versions de cette chanson, et Mancini disait que la meilleure était celle d'Audrey dans le film. Si vous voulez bien, nous prendrons ma voiture. Nous reviendrons chercher Gerard avant l'heure du dîner. Ne vous inquiétez pas.

J'éteins l'autoradio, prends mon sac, retire la clé du contact et sors de la voiture, que je ferme avec la télécommande. Son Opel Astra vert foncé est garée un peu plus haut, je ne l'avais pas remarquée. Lorsque je m'assois sur le siège du mort et que je ferme la porte, je commence à ressentir une étrange sensation d'étouffement mais je ne peux descendre la vitre tant qu'elle n'a pas démarré. Lorsque c'est enfin possible, la sensation ne disparaît pas, peut-être à cause de l'odeur du parfum bon marché qu'elle s'est mis en abondance et qui se mêle à celle du désodorisant de la voiture, dans une combinaison irrespirable.

— Vous n'avez vraiment jamais vu *Diamants sur canapé* ? L'histoire d'une fille au passé mystérieux, on ne sait pas trop de quoi elle vit. Elle tombe amoureuse d'un écrivain qui traverse une crise d'inspiration et qui un jour commence à écrire un roman sur elle...

— Si je l'ai vu, je ne me le rappelle pas.

— Avec Audrey Hepburn et George Peppard.

— Gerard aime beaucoup Audrey Hepburn.

— Alors il est venu au bon endroit.

— Ah bon ?

— Tu ne sais pas où tu es, ma belle ? Tolochenaz ! dit-elle en détachant les syllabes de façon exagérée. Audrey Hepburn a vécu très longtemps ici et elle y est morte.

— Vraiment ?

— Encore mieux. Tu sais quelle était sa maison ? Tu n'as pas une petite idée ? *La Paisible.*

Je regarde par la fenêtre mais ne vois que des champs verts sous la pluie infatigable. Je ne sais pas si Gerard est au courant pour Audrey Hepburn et si ça a quelque chose à voir avec son projet.

— L'histoire de ce village est liée à celle d'Hepburn et tous ses habitants l'idolâtrent. La majorité l'a connue et nous l'avons tous aimée. Nous savons tout d'elle et de ses films. Si tu veux, nous allons commencer l'itinéraire Hepburn par la fin de sa vie et nous rembobinerons jusqu'à ses débuts dans le village. Ça te convient ?

Je ne réponds pas parce que je sais qu'elle n'attend aucune réponse. Tout est pensé et programmé et la moindre objection serait dangereuse. La voiture s'arrête, elle prend son parapluie rouge, ouvre la portière et sort sans un mot. J'attends dans la voiture sans savoir quoi faire jusqu'à ce que je me rende compte qu'elle est de l'autre côté de ma portière et attend que je descende. Elle est venue me protéger de la pluie et je ne sais pas si ça me plaît. Dans la proximité créée par le petit espace sous le parapluie, nous montons par le sentier qui conduit au cimetière, que j'ai regardé hier, appuyée contre le mur de pierre. Quand elle ouvre le portail en fer, elle s'arrête et me regarde, troublée.

— Excusez-moi. On dirait que vous n'aimez pas trop les cimetières. Si vous voulez, nous pouvons aller ailleurs.

— Les cimetières m'ont toujours semblé des lieux paisibles et agréables. Je suppose que le jour où je perdrai un proche, cette perception changera.

Elle ouvre le portail et, une fois que nous sommes passées de l'autre côté, la referme avec précaution, comme si elle avait peur que quelqu'un entre ou sorte. Nous restons un moment debout près du portail, à regarder le petit cimetière sous la pluie. Je ne sais pas si elle ignore où est la tombe ou si elle me laisse le temps d'observer ce si joli paysage. Puis elle avance et m'oublie. Je me dépêche de me réfugier sous le parapluie et nous faisons quelques pas, dans une lente procession respectueuse, avant de nous arrêter devant une tombe marquée par une croix de granit.

— Elle a beaucoup souffert.

Elle me donne le parapluie et s'accroupit pour arranger les fleurs qui se trouvent sur la tombe, tout naturellement, comme si elle venait souvent ou qu'elle les avait apportées elle-même. L'inscription sur la croix est sobre : « Audrey Hepburn, 1929-1993 ». Deux jardinières fleuries se trouvent de chaque côté de la tombe, il y a des pots de fleurs encore plus garnis sur le marbre, comme sur la plupart des tombes de ce petit cimetière de village. Quelqu'un y a déposé il y a longtemps un petit cadre avec une photo de l'actrice mais le soleil et la pluie l'ont décolorée et on ne distingue presque plus son visage. Une très grande simplicité pour une star d'Hollywood.

— Une très grande simplicité pour une star d'Hollywood, dit Vanessa tout en arrachant les mauvaises herbes dans les pots, et la coïncidence me surprend.

— Vous l'avez vraiment connue ?

— Tout le monde au village la connaissait plus ou moins. Pour nous, ce n'était pas l'actrice de cinéma, c'était la voisine qui sortait acheter son pain et qui arrosait ses fleurs. Elle adorait jardiner. Je crois bien que personne ne lui a jamais demandé d'autographe, ici. Nous la respections énormément de son vivant, et nous la respectons encore plus après sa mort.

Elle se lève tout à coup, énergique, et regarde sa montre. Puis elle se rend compte que ses mains sont pleines de terre et, gênée, claque des lèvres. Elle sort du parapluie, se dirige vers la fontaine de pierre et lave ses mains. Ça aurait été presque plus efficace et moins pénible de les sortir du périmètre du parapluie et de laisser l'eau de la pluie les nettoyer. Une impulsion me vient et je m'accroupis tout à coup, puis, sans qu'elle me voie, j'essaye d'arracher une poignée de fleurs violettes qui poussent sur l'un des côtés de la tombe. Je tire fort mais ne peux pas les arracher. J'imagine une petite armée de vers blancs qui tirent sur les racines sous terre pour m'empêcher de les emporter. J'essaye encore plus fort et vois la terre s'ouvrir, puis la main du squelette d'Audrey Hepburn surgir et saisir mon poignet. Je me jette en arrière en criant et chute sur les fesses, directement sur la tombe qui se trouve derrière moi. Le parapluie me tombe sur la tête, on dirait une tente.

— Tout va bien ? demande la femme.

Je sens qu'elle attrape le parapluie et, au moment où elle le soulève, je vois que je tiens une poignée de fleurs dans la main. Je les cache rapidement dans mon sac avant qu'elle ne les aperçoive. La femme m'aide à me relever et me passe la main dans le dos parce qu'elle dit que je me suis salie. Je profite de l'eau de pluie pour nettoyer ma main pleine de terre.

— Allons-y, je vais te montrer quelque chose.

Nous repartons dans la même procession silencieuse jusqu'à sa voiture, sous le parapluie rouge. Une fois à l'intérieur, elle pose le parapluie trempé à mes pieds et je sens la toile humide de mes baskets qui s'imbibe encore plus. Elle s'allume une cigarette, baisse sa vitre sans s'inquiéter de la pluie qui entre et mouille son bras. Elle démarre et s'insère sur la route en commettant une imprudence pour changer de sens, mais ça n'a pas l'air dangereux parce que personne ne passe.

— Tu ne fumes pas ?

— Non.

— Tu n'as jamais fumé ?

— Si. J'ai commencé à fumer quand je suis tombée enceinte.

— Ça alors. Le moment idéal pour commencer.

Ça me gêne qu'elle me juge.

— Audrey fumait beaucoup. D'abord des Will's Gold Flake, une marque britannique qui a été retirée du marché à cause de son taux élevé de goudron. Puis des Kent. Ça a été dur d'arrêter ?

Nous restons un moment silencieuses à écouter la pluie frapper le toit de la voiture, jusqu'à ce qu'elle l'arrête dans une rue étroite et me montre ma vitre, qu'elle vient d'ouvrir. À travers le rideau de pluie, je vois au bout d'un petit chemin goudronné l'église dont je n'avais vu que l'arrière jusqu'à présent. Elle est petite mais, sous ce rideau de pluie, elle m'a l'air d'être un refuge physique et spirituel idéal.

— Je me rappelle encore le jour où nous l'avons enterrée. Une cérémonie privée. Mel Ferrer, l'acteur, est venu, c'était son premier mari. Ses enfants et Bob, son dernier compagnon. Le chemin jusqu'à l'église était rempli de fleurs et de couronnes. Ils savaient que ses derniers jours venaient, le cancer est implacable, mais quand c'est finalement arrivé, ils se sont effondrés. Tout le monde, d'ailleurs, s'est effondré, même si nous ne faisions pas partie de sa famille. Le prêtre n'est pas là maintenant, mais ce n'est pas un problème, je lui ai parlé et quand il reviendra nous pourrons visiter l'intérieur.

Elle remonte ma vitre et continue à rouler, tourne sur la droite dans une rue étroite, et je me rends compte que *La Paisible* est sur notre gauche. Alors que je suis sur le point de lui demander si nous y allons, elle retourne sur la route où nous étions et dépasse la maison. Nous passons devant le parking où se trouve la voiture de Gerard, je vois de loin le petit cimetière sous la pluie persistante et nous continuons en direction de Morges. Peut-être que là-bas, nous irons voir des lieux liés à la vie de l'actrice. Vanessa allume l'autoradio. Nous écoutons la voix d'une femme qui, en anglais, parle de façon agréable de princesses et de châteaux. C'est l'un de ces livres audio avec des histoires pour enfants, de la musique et des effets spéciaux.

— L'une des dernières activités d'Audrey avant sa mort, à part son engagement humanitaire auprès de l'UNICEF, a été cet enregistrement d'*Enchanted Tales*, en 1992. C'est une sélection de contes de fées sur la musique des suites de *Ma mère l'Oye* de Maurice Ravel. Un an plus tard, après sa mort, il a remporté le Grammy posthume du meilleur disque de contes pour enfants. Je crois qu'il y a eu des rééditions, mais mon neveu m'a téléchargé celui-là sur Internet. Tous les enfants du monde devraient l'écouter.

Juste avant d'arriver à Morges, je vois qu'elle tourne et prend l'autoroute, ce qui m'inquiète. La femme monte le chauffage et je sens l'air chaud qui frappe mon visage. Sans prévenir, elle enlève le CD et en met un autre qui se trouvait juste en dessous. Carla Bruni commence à chanter la chanson qui la rendue célèbre, sur son premier disque.

— Je suis désolée. Ce n'était certainement pas une bonne idée de mettre des histoires pour enfants. Tu aimes Carla Bruni ?

J'acquiesce, mais je ne l'ai pas vraiment écoutée.

— J'aimais bien Carla Bruni sur ce disque. Quand elle a annoncé son histoire avec Sarkozy, j'ai cru que nous avions une nouvelle Grace. Je l'ai même imaginée en nouvelle Audrey, l'artiste qui se retire pour vivre une vie de famille aristocratique. Mais ce n'est qu'une vulgaire imitation de Marilyn. Elle nous a tous déçus.

Je ne sais pas qui est ce « tous » dont elle parle, mais je ne pose pas de question. Bruni chante doucement, c'est comme un sédatif, comme si elle voulait détourner mon attention du danger qui m'entoure. La chaleur dans l'habitacle l'aide. Et le va-et-vient des essuie-glaces aussi. Tout s'allie pour que je ne me révolte pas contre cette séquestration. Vanessa est concentrée sur la route et conduit agrippée au volant des deux mains. J'ai la sensation qu'elle roule très vite mais je ne peux pas voir l'aiguille du compteur. Sa façon de conduire me fait peur. Surtout avec cette pluie. À voix très basse, qu'elle ne perçoit pas à cause de la musique qui fait barrière, je lui dis de faire attention et de rouler doucement. Je me rappelle les deux accidents de Gerard. Au cours de deux jours pluvieux, dans deux voitures similaires, dans deux virages semblables. Je ferme les yeux et respire à fond mais l'air chaud qui entre en moi me fait tousser. J'ai des remords pour avoir arraché les fleurs de la tombe d'Audrey Hepburn. C'est sûrement un sacrilège. J'observe le paysage sous la pluie, pour me faire une idée de notre direction. Je pourrais peut-être plus tard donner des pistes à Gerard ou à la police quand ils devront venir me sauver. Nous avons dépassé le lac Léman et les champs verts et sommes près de rails, où plusieurs trains sont arrêtés. C'est une espèce de parking de trains, ou une station de marchandises, et je ne sais pas pourquoi mais cette île de fer au milieu de tant de vert me rend triste. Les noms des villages et des villes annoncés par les panneaux de l'autoroute, sauf Lausanne, sont du chinois pour moi, même si j'ai le soupçon que je peux comprendre cette langue aussi. Je l'ai peut-être mal jugée, cette femme, elle veut peut-être juste me montrer le siège olympique. Le manque de communication de sa part et ses manières si sèches la rendent plus désagréable qu'elle ne l'est. Plus nous laissons derrière nous des villes et des villages comme Echandes, Ecublens, Renens ou Vevey, plus mon intuition que nous nous dirigeons vers

Lausanne se vérifie. Ça ne me dérange pas de faire un peu de tourisme dans le coin. Je pensais déjà rentrer sans avoir rien vu. Plus nous approchons de la ville, plus l'autoroute vire et borde de nouveau le lac dont nous nous étions éloignées. Je ne sais pas si nous aurions été plus vite en bateau depuis le port de Morges jusqu'à Lausanne, mais en voiture nous n'avons mis que quinze minutes. Mes attentes quant à cette visite grandissent.

Depuis la voiture, je peux voir une belle ville, des maisons qui ressemblent à des palais, des espaces verts et quelques embouteillages parce que la pluie ne facilite pas le trafic. J'ai l'impression que nous ne passons pas au centre, qui doit être un ensemble historique ancien. Nous croisons un tramway et l'image que je perçois depuis l'intérieur de la voiture est celle d'une ville propre, lavée par l'eau de pluie aujourd'hui, mais qui doit l'être également lors des jours de soleil. Chaque pierre de chaque maison porte gravé le mot « santé ». Je crois que j'aimerais me promener dans les rues mouillées de Lausanne, visiter les monuments les plus connus et les recoins les plus secrets. J'ébauche un sourire de joie parce que je me sens libérée de la captivité dans laquelle Gerard m'a maintenue pendant tant d'années. Mais rapidement, mes attentes sont tronquées quand elle se gare dans le parking souterrain d'un grand hôpital. Lorsque nous sortons, je vois que c'est une cité hospitalière, que les bâtiments sont nombreux et répartis sur un très grand terrain vert. Beaucoup sont anciens, parfaitement restaurés, et certains modernes. Les panneaux indiquent les spécialités médicales qu'ils abritent. Nous entrons dans le bâtiment principal, le plus grand et le plus haut du moins, une construction typique des années soixante-dix dans laquelle elle se déplace comme chez elle. Ça m'étonne parce que ça ne ressemble pas à l'accueil d'un hôpital. Les murs sont dans des tons chauds, les meubles de bois massif, les lumières design, et si on me disait que c'est un centre de congrès, je le croirais. Même la cafétéria, qui se trouve derrière l'accueil et deux boutiques de fleurs et de cadeaux, est spéciale. Elle est située près d'une grande baie vitrée qui laisse entrer énormément de lumière naturelle, même si aujourd'hui elle est diluée par la pluie. Les tables et les chaises ont des couleurs joyeuses, comme dans les crèches, et des plantes placées un peu partout donnent un air vivant à l'endroit, je suppose que c'est un symbole des vies sauvées ici. Seule la présence de quelques médecins en blouse blanche et de deux, trois patients en fauteuil roulant ou sous perfusion indique la véritable nature de cet endroit.

Nous nous assoyons autour d'une table rouge aux chaises jaunes, près de la fenêtre marquée de nombreuses traces laissées par la pluie. Pendant qu'elle va chercher deux thés, j'observe le visage des patients et des membres de leur famille, qui parlent de façon animée aux autres tables. Peut-être que leur maladie n'est pas très grave, parce qu'ils ont tous l'air radieux comme s'ils avaient passé une bonne nuit. Personne n'élève la voix, tout est très propre et très correct. Ça frôle tellement la perfection que, sincèrement, c'en est effrayant. Je n'aurais jamais imaginé faire du tourisme dans un hôpital. Vanessa revient avec deux tasses orange qu'elle dépose sur la table. Même les sachets de sucre sont plaisants, avec leurs motifs fleuris en couleur, qui adoucit encore plus les moments amers. Elle vide la moitié d'un sachet dans sa tasse, mélange et m'avertit que ça brûle, tout ça sans lever le nez, comme si maintenant qu'elle m'a en face d'elle, elle n'osait pas me regarder. Au bout d'un moment, alors qu'il me semble que nous n'allons rien nous dire, elle lève la tête et me regarde dans les yeux.

— Tu sais, j'ai beaucoup de souvenirs dans cet hôpital.

J'imagine des naissances, des maladies, la mort de certains membres de sa famille.

— C'est ici qu'est né Luca, le deuxième fils d'Audrey. Elle était si mince qu'ils avaient peur qu'elle ne se casse pendant l'accouchement, et ils lui ont fait une césarienne. C'était le 8 février 1970. C'était un bébé magnifique, ce garçon. Mais il n'y a pas eu que des bonnes nouvelles dans cet hôpital. À son retour de Somalie, où elle était ambassadrice de bonne volonté de l'UNICEF, elle se sentait mal. Cet hôpital n'a pas su diagnostiquer le cancer qui a volé sa vie. Ils lui ont dit qu'elle avait un virus ou une bactérie africaine. Incroyable, non ? Ils lui ont fait une ordonnance de métronidazole et l'ont renvoyée chez elle. Le métronidazole peut provoquer des effets secondaires très handicapants : nausées, fortes diarrhées, névropathie périphérique et fourmillements dans les extrémités. Elle les a tous eus. C'était en 1992. Et c'est arrivé dans cette ville, pionnière en matière de recherche oncologique. Ils n'ont pas été capables de voir son cancer.

Elle avale une gorgée de thé et regarde autour d'elle comme à la recherche de quelqu'un. Elle garde le silence quelques secondes, j'ai l'impression qu'elle essaye de dissimuler sa colère contre les responsables de ce mauvais diagnostic.

— Gerard m'a dit que tu n'aimais pas les hôpitaux.

— Ils me laissent indifférente. Je suppose que si j'avais déjà été hospitalisée, les choses seraient différentes.

— Comment vous êtes-vous rencontrés ?

Je me rappelle l'avertissement de Gerard avant de partir pour *La Paisible*, mais je me dis que je peux lui raconter, ça n'a rien à voir avec son projet.

— Je me promenais dans Londres quand je l'ai vu tout à coup devant Big Ben, et je lui ai demandé si je pouvais marcher avec lui. Il a accepté, nous avons passé un moment ensemble jusqu'à ce qu'il me laisse parce qu'il devait aller au théâtre. Le lendemain, il m'a téléphoné et nous nous sommes retrouvés.

— Que faisais-tu à Londres ?

— J'y étais allée en voyage de fin d'année.

Ce mensonge a toujours fonctionné.

— Comme c'est romantique. On dirait la trame de *Vacances romaines*, où Audrey, qui joue une princesse, s'échappe du palais où elle loge pendant son séjour romain et s'en va visiter la ville. Elle rencontre un journaliste, interprété par Gregory Peck, et se fait passer pour une étudiante en voyage d'études pour qu'il ne découvre pas son identité. Peck lui montre la ville, comme Gerard a dû le faire avec toi à Londres.

— Eh bien... Il me l'a montrée à sa façon...

Je sens que je rougis et espère qu'elle ne posera pas d'autres questions.

— Tu n'es pas une princesse ?

Je ris mais ne sais pas quoi répondre.

— Et après, tu es allée vivre avec lui à Barcelone ?

— Oui, quelques semaines plus tard, après avoir gardé contact par mail et par téléphone, je suis allée le voir. Je suis restée.

— Et tu faisais quoi, à Barcelone ?

— Il m'a enseigné le catalan et le castillan, il m'achetait des habits, il m'emmenait au théâtre, au cinéma, il m'a montré tout un tas de choses.

— Intéressant. Un peu comme Rex Harrison et Audrey dans *My Fair Lady*, non ?

— Je n'ai pas vu ce film.

— Je suis sûre que si. Rex Harrison parie avec un ami qu'il sera capable de transformer une vulgaire vendeuse du marché de Covent Garden en demoiselle raffinée. Il lui enseigne à parler correctement, à s'habiller, à adopter des manières aristocratiques, à se conduire en société... Mais il en tombe amoureux, il fallait s'y attendre. En fait...

Elle ne termine pas sa phrase, le regard perdu à l'extérieur, même si je doute qu'elle puisse voir quoi que ce soit parce que l'eau a transformé les vitres en rideaux opaques. Je fais tourner ma cuiller dans ma tasse et joue avec le sachet de sucre vide. Je regarde les gens assis aux tables à côté de nous et essaye de deviner leur maladie. Nous sommes trop loin d'eux pour que j'entende leurs conversations et vérifie si j'ai encore le pouvoir de comprendre toutes les langues.

— En fait... répète-t-elle comme si ces longues minutes ne s'étaient pas écoulées, je crois que la plupart des films d'Audrey tournent autour de cette idée. La transformation. Je n'y avais jamais réfléchi mais écoute : *Vacances romaines*, la princesse se transforme en citoyenne lambda. *Sabrina*, la fille du chauffeur devient une femme fatale. *Drôle de frimousse*, la vendeuse d'une librairie devient un mannequin haute couture. *Au risque de se perdre*, la jeune femme normale qui prend le voile devient une missionnaire qui sauve des vies. *Charade*, la veuve ruinée devient une espionne internationale. *Ariane*, la fille innocente d'un détective devient une maîtresse expérimentée. L'histoire du vilain petit canard qui devient cygne. L'histoire de la jeune fille qui n'a pas de place dans le monde et qui tout à coup trouve la sienne. Tu veux autre chose ?

Elle montre ma tasse vide. Je lui dis non merci. Elle se lève et s'éloigne mais je ne la vois pas aller payer au comptoir. Elle part, tout bonnement. Elle est peut-être allée aux toilettes. Je me sens idiote ici, à regarder une fenêtre qui ne laisse rien voir, devant ma tasse vide, dans un lieu agréable mais étrange. J'entends au loin le son léger d'une télévision, comme si quelqu'un la cachait sous un coussin pour ne pas déranger. Cet air me dit quelque chose et j'essaye d'y prêter plus attention, puis je comprends vite qu'il s'agit de la sonnerie de mon portable, dans mon sac. Je vide lentement mon sac sur la table et mets enfin la main dessus. Je regarde le numéro sur l'écran, je ne le connais pas et son préfixe est suisse, 41. Je décroche. Un homme très aimable me dit en français qu'il a trouvé mon mot sur la porte du Balzac. Ils n'ont pas mes photos. Ils ont bien regardé mais ils sont certains qu'elles ne sont pas dans le restaurant. Il me dit qu'un autre client les a peut-être emportées. Je le remercie pour son appel et raccroche. C'est à mon tour de rester là, le regard perdu sur la vitre, et j'ai l'impression qu'il ne pleut plus. Je ne comprends pas pourquoi un client les aurait prises. Je ne comprends pas qu'ils n'aient pas trouvé les photos sur la table quand ils ont débarrassé. C'est peut-être Gerard qui les a prises. Non, il n'a même pas dû les voir. Il devait avoir suffisamment honte après que je lui ai jeté mon verre d'eau à la figure. Obsédée par les photos, je ne vois pas Vanessa qui revient et je sursaute de peur lorsqu'elle s'assoit face à moi. Elle regarde d'abord le désordre sur la table puis mon visage, comme si elle attendait une explication.

— Je ne trouvais pas mon portable.

Je me justifie tout en rangeant mes affaires. Elle prend les fleurs que j'ai arrachées sur la tombe d'Audrey Hepburn et les observe. Elle me fixe ensuite de son regard froid qui me blesse comme le ferait le dard d'une abeille.

— Je suis désolée. Je n'aurais pas dû les arracher.

— Non, tu n'aurais pas dû, dit-elle sur un ton glacé, et elle me les rend.

Elle ne me quitte pas des yeux tandis que je remets tout dans mon sac, mais ensuite, comme si elle n'y pensait déjà plus, elle retrouve le ton qu'elle employait juste avant.

— Tu parles combien de langues ?

Sa question me déconcerte. J'ai deux options : la version officielle ou la découverte que je viens de faire. Comme je sais que je ne pourrai pas justifier mon pouvoir, j'opte pour la solution de facilité.

— Russe, français, anglais, catalan et castillan.

— Tu as parlé en allemand avec moi par téléphone.

— Et allemand, j'ajoute, même si ça fait partie de mon pouvoir.

— Tu ne sais pas combien de langues tu parles ?

— Si. Celles-là. Je suis certaine.

— Mais je suis certaine que tu as de grandes facilités avec d'autres langues, ajoute-t-elle comme si elle lisait dans mes pensées. Audrey en parlait quatre à la perfection : anglais, français, italien et néerlandais, et un peu le castillan. Elle avait aussi de fortes connaissances dans d'autres langues. Où les as-tu apprises ?

— À l'école.

— Eh bien, c'était une sacrée école. Moi, je parle allemand, français, anglais, néerlandais et suédois. Mais c'est normal, j'ai eu une éducation à l'européenne, enfin, du nord, des pays développés. Pas comme Gerard, qui a de grandes difficultés avec l'anglais.

— Il parle très bien anglais, dis-je pour le défendre. En plus du castillan et du catalan.

— Parler ces deux langues, c'est comme n'en parler aucune. Il ne peut pratiquement pas sortir de son pays.

— Mais il est ici, non ?

— Heureusement qu'il t'a. Tu es déjà allée à Paris ?

— Non. Je crois.

— Tu crois ?

— Non. Je n'y suis jamais allée.

— Paris est la ville où Audrey a tourné le plus de films : *Sabrina*, *Drôle de frimousse*, *Ariane*, *Deux têtes folles*, *Comment voler un million de dollars* et *Liés par le sang*. Mais elle n'y a jamais habité. Par contre, elle a vécu à Rome avant de s'installer ici.

J'espère qu'elle ne me demandera pas si je suis déjà allée à Rome.

— Vous êtes venus en voiture de Barcelone, non ?

— Oui.

— Ce n'était pas trop pénible, le voyage ?

— Non. Nous nous sommes arrêtés à Montpellier.

— Audrey et Albert Finney ont traversé l'Europe en voiture dans *Voyage à deux*. C'était un voyage réel, mais émotionnel également, au travers de leur histoire. Un couple en crise qui se rappelle son histoire au cours de ce voyage en voiture. Un peu comme vous.

— Notre couple n'est pas en crise.

Je mens. Cette conversation me met mal à l'aise depuis longtemps. Depuis qu'elle a commencé à parler de Gerard. Comme si elle était parfaite, elle.

— Il est écrivain, non ?

— Gerard ? Oui.

— Combien de livres a-t-il publiés ?

— Trois. Trois romans. Mais il écrit aussi des pièces de théâtre et il a gagné des prix, dis-je, mais elle ne m'écoute pas.

— J'adore les livres. Mais juste les lire. Je serai incapable d'en écrire un. Mais j'adore mon travail avec monsieur Kennedy. Ça me permet d'être proche de son œuvre. Proche de ses livres. C'est fascinant. Tu l'aides, Gerard, quand il travaille ?

— L'aider ?

— Oui, passer au propre ses notes, transcrire ses manuscrits ou, s'il écrit à l'ordinateur, faire pour lui des sauvegardes et archiver ses documents. Monsieur Kennedy travaille sur une vieille machine à écrire.

— Je croyais qu'il n'écrivait plus. Qu'il avait pris sa retraite.

— Il écrit toujours. Plus que jamais. Mais il ne publie rien, c'est la seule différence.

Dehors, la pluie a cessé.

— Audrey aidait William Holden dans *Deux têtes folles*, continue Vanessa. Elle y joue une secrétaire engagée par un scénariste qui doit rendre un travail en deux jours. Mais il ne l'a pas commencé parce qu'il a passé les derniers mois à faire la fête et à dépenser son avance sur droits. Finalement, la fiction qu'ils écrivent ensemble et la réalité finissent par se confondre. C'est un film merveilleux.

— Une fois, il m'a demandé de traduire ses romans dans les langues que je maîtrise.

— Et tu l'as fait ?

— Non. Je n'ai pas réussi à en commencer un seul.

Elle va penser que je n'ai lu aucun de ses romans.

— Tu n'en as lu aucun ?

— À une époque, quand nous habitions encore dans son petit appartement du Raval, il me faisait sortir de chez nous pour pouvoir se concentrer. Au début, je passais de nombreuses après-midis à la Cinémathèque, mais ensuite quelqu'un m'a raconté qu'il allait dans une maison de retraite faire la lecture aux personnes âgées. J'ai trouvé ça très intéressant et je me suis portée volontaire. Chaque jour, je leur lisais un passage de *Dia de caça*, le dernier roman que Gerard a publié jusqu'à présent.

L'histoire que je lui raconte est plus ou moins véridique. Je leur lisais bien un passage chaque jour, mais c'était toujours le même. Les retraités, atteints d'Alzheimer ou de maladies similaires, écoutaient attentivement le premier chapitre dans lequel une mère souffre parce que son fils ne rentre pas à la maison. Mais chaque jour, quand je revenais, les retraités avaient oublié jusqu'à mon identité. Au lieu d'avancer dans l'histoire, je relisais le premier chapitre, comme si j'avais pu lutter ainsi contre leur oubli. Quelque chose chez ces personnes âgées sans souvenirs m'unissait à eux. Avant de partir de Barcelone, j'ai mis dans ma valise l'exemplaire de *Dia de caça* que j'avais acheté pour faire la lecture aux retraités et que je n'ai jamais eu le courage de terminer parce que je me rappelais leur visage, lorsqu'ils écoutaient attentivement l'histoire qu'ils avaient écoutée des dizaines de fois, comme si c'était toujours la première. Les pages de ce premier chapitre sont jaunies, tandis que les autres sont restées blanches. Si je feuillette le livre comme pour m'éventer, je peux encore sentir l'odeur de neuf.

— Gerard pourrait écrire l'histoire de votre rencontre. Votre histoire. Comme William Holden dans *Deux têtes folles* ou George Peppard dans *Diamants sur canapé*.

— Gerard a déjà des projets et je doute qu'il se soit rendu compte que nous en avons une, d'histoire.

— Mais toi, tu l'aimes ?

— Je n'ai que lui au monde, à part Yul, qui est la lumière de ma vie.

— Qui est Yul ?

— Notre fils.

Vanessa baisse les yeux et regarde sa tasse vide. Elle brasse de sa cuiller l'air qui maintenant la remplit. Elle regarde sa montre, dans un geste qui ne me semble pas naturel, puis fait comme s'il était tard.

— Nous devrions y aller si nous voulons voir quelque chose.

Je me force à sourire même si le souvenir de l'histoire des retraités m'a rendue triste. La plupart d'entre eux doivent être morts maintenant et ceux qui sont encore vivants m'ont oubliée au moment même où j'ai quitté le petit salon de lecture. Je n'ai jamais existé à leurs yeux.

Je me lève, dans l'espoir que le tour dans Lausanne me rende ma bonne humeur, mais Vanessa m'emmène visiter la cité universitaire. Nous nous arrêtons devant la maternité, où Lucas est né par césarienne, et devant le bâtiment du service d'oncologie, où ils n'ont pas su détecter le cancer de l'estomac qui a tué Audrey Hepburn. Lorsque nous revenons sur le parking, je veux repartir à Morges ou à Tolochenaz tout de suite, mais elle a encore pensé à un dernier arrêt dans son circuit macabre. Alors qu'elle conduit dans les rues agréables de Lausanne - il ne pleut plus et le soleil fait même mine de vouloir sortir -, elle me raconte la vie d'une autre actrice, une Française, qui se faisait appeler Capucine et qui a été rendue célèbre grâce à ses rôles dans les films de la Panthère rose, aux côtés de Peter Sellers. C'était une grande amie d'Audrey, toutes deux ont été les maîtresses de William Holden à des époques différentes, et elles se consolaient mutuellement au cours de leurs dépressions. Capucine vivait à Lausanne et a été le témoin d'Audrey lors de son second mariage en 1969 avec le psychiatre Andrea Dotti. Vanessa arrête sa voiture dans une grande rue et descend sans un mot. Depuis l'intérieur de la voiture, je la vois regarder en l'air, en direction d'un bâtiment de huit étages. Je descends de la voiture et me place à côté d'elle, l'imite sans savoir ce que je regarde.

— Au huitième étage, dit-elle sans baisser les yeux, vivait Capucine, depuis le début des années soixante-dix. Le 17 mars 1990, en plein milieu de l'une de ses graves dépressions, elle a décidé de sauter de là-haut.

Elle me montre une fenêtre.

— Son cadavre était juste à côté de cette poubelle. Huit étages, tu peux imaginer dans quel état il était. Sa nécrologie, dans le *New York Times*, disait qu'elle ne laissait aucun héritier, à l'exception de ses trois chats.

Elle se met à rire et répète tout bas :

— Trois chats.

Puis, en silence, elle remonte dans sa voiture et allume une autre cigarette. Je reste plantée dans la rue, à regarder le bâtiment. J'ai l'impression que la fenêtre par laquelle Capucine a sauté est celle qui est ouverte et dont les rideaux bougent dans une douce brise. Je suis hypnotisée par le mouvement du tissu qui sort de l'encadrement, comme s'il voulait lui aussi s'échapper. Je ne comprends pas les gens qui se suicident. Il faut vraiment être désespéré pour vouloir mettre fin à sa vie. Ou très lâche. Il y a toujours une chose à laquelle se raccrocher. Une raison pour lutter. Moi, même si les choses vont très mal, j'aurai toujours Yul. Je monte dans la voiture et souhaite que tout cet itinéraire fait de maladie et de mort s'achève. Elle a rallumé la radio et Carla Bruni chante les morceaux sucrés de son premier disque. À la sortie de la ville, quand nous prenons l'autoroute, certaine que tout est terminé, je ne peux m'empêcher d'être triste.

Je vois que mes habits ont changé. Mon jean et mon pull ont disparu et je porte maintenant un habit rayé de prisonnier, et sous ma casquette mes cheveux blonds ont disparu, il n'y a que la peau. Je regarde mes pieds, où mes tongs ont été remplacées par des bottes noires et des chaînes qui attachent mes chevilles, reliées à un boulet de forçat. Lorsque je relève les yeux, je vois que je ne suis plus dans la voiture de Vanessa mais dans un fourgon de police des années trente. À côté de moi se trouvent trois policiers, aux uniformes caractéristiques de cette époque, des moustaches fournies collées sous leur nez. Le plus inquiétant, c'est que tous trois ont le même visage, celui de Vanessa. Je regarde par la fenêtre et vois que nous nous éloignons de Lausanne, qui resplendit maintenant plus que jamais sous un soleil radieux, et ses rues humides brillent comme si elles étaient faites d'or. Après un virage serré, le fourgon s'arrête et les trois policiers me font descendre. L'un d'entre eux se place devant moi et ouvre la voie, les deux autres me tiennent chacun par un bras et me conduisent vers une espèce d'entrepôt où trône une grande potence. Ils me placent sous la corde, me couvrent la tête d'une grande capuche noire puis je sens la corde sur mon cou. Quelqu'un me demande si je veux dire une dernière chose avant de mourir mais rien ne me vient à l'esprit, aucune phrase capable de passer à la postérité. Je ferme les yeux et juste à l'instant où je me dis que je pourrais faire mes adieux à Yul, je sens la terre m'engloutir et la corde ne me laisse plus respirer.

Je pensais que, protégée par la musique de Bruni, ce retour serait plus calme, mais elle baisse rapidement le volume pour me raconter des choses qui ne m'intéressent absolument pas. Je lui répète de faire attention et de rouler doucement, plusieurs fois, mais elle ne fait aucun cas de ma demande mentale. Le chauffage est toujours au maximum et, même s'il ne pleut plus, le ciel est pratiquement plongé dans l'obscurité. Tout est plus éteint, plus noir, plus lugubre. Même les couleurs semblent avoir disparu, et tout est désormais en noir et blanc.

— Au cours d'un voyage à Los Angeles, Audrey en a profité pour faire des examens et le premier résultat a été « étiologie inconnue ». Dans une seconde visite au célèbre hôpital Cedars-Sinai, on lui a fait une laparoscopie, un examen de l'intérieur de l'abdomen, et on a découvert que son cancer partait du bassin et s'étendait au colon. Elle a subi une colectomie partielle. La plupart des gens, dans son cas, choisissent d'essayer toutes les options médicales possibles. Pas elle. Après une deuxième opération, même si les médecins le déconseillaient, le créateur de mode Hubert de Givenchy, son ami, lui a prêté son jet privé pour qu'elle rentre à Tolochenaz. Son seul désir était d'être à *La Paisible* et d'y passer ce qui a été, selon elle, le meilleur Noël de sa vie. Une fois rentrée chez elle, elle était plus sereine, même si les hélicoptères des paparazzi survolaient la maison comme des vautours. Le mercredi 20 janvier 1993, les trois hommes les plus importants de sa vie, ses fils et Roby, son dernier amour, ont fait venir le prêtre qui avait officié lors de son premier mariage avec Mel Ferrer. Quelques heures plus tard, Audrey quittait ce monde avec la même élégance avec laquelle elle y avait vécu.

À la fin de son histoire, Vanessa baisse totalement le volume de la musique et le silence nous entoure. Je n'ose pas la regarder, mais j'ai l'impression qu'elle pleure et qu'elle s'essuie le nez une ou deux fois. De mon côté, je pense aux photos de la famille de papier et me demande qui a bien pu les prendre. Mais ce qui m'inquiète le plus, c'est que Stéphane rappelle. Je devrais lui dire que je les ai perdues. Lorsqu'un panneau annonce la sortie de Morges, elle met son clignotant et dit, sans me regarder :

— Si tu veux, nous pouvons aller à la mairie de Morges, où Audrey s'est mariée en secondes noces avec Andrea... Sauf si tu es trop fatiguée...

Fatiguée n'est pas vraiment le mot mais j'acquiesce, lui dis que je le suis et que j'aimerais abréger notre itinéraire touristique atypique. Je voudrais aussi lui dire que ce n'était pas exactement ce à quoi je m'attendais, qu'aller voir un cimetière, une église, un centre hospitalier et l'immeuble d'où s'est défenestrée une top-modèle et actrice dépressive n'entre pas dans ma définition du tourisme.

— Tu ne t'attendais pas à ça, non ?

— Pardon ?

Je suis surprise qu'elle dise ce que je viens de penser.

— Notre itinéraire touristique. Tu ne t'attendais pas à voir un cimetière, une église de village, un centre hospitalier et l'immeuble où s'est suicidée une actrice dépressive.

J'y avais songé, mais maintenant j'en suis convaincue. Vanessa aussi a un étrange pouvoir qui la rend différente des autres. Comme Gerard, dont toutes les pensées négatives deviennent réalités, et comme moi, qui peux comprendre toutes les langues du monde sans les avoir étudiées. Elle peut lire dans mes pensées, et dans celles de tout le monde, je présume.

— Je me disais que, demain, nous pourrions faire quelque chose de différent. Nous pourrions aller à l'Évian Royal Resort. C'est un centre thermal qui se trouve juste de l'autre côté du lac, à Évian-les-Bains, du côté français. Juste au pied des Alpes, là où on embouteille l'eau d'Évian. Il y a un spa et des thermes fantastiques. Nous nous baignerons et nous ferons masser. Je te promets que ça n'a rien à voir avec Audrey et sa vie. Si tu veux, je peux réserver une chambre et nous pouvons y passer la nuit.

J'ai peur de réfléchir à sa proposition parce que je sais qu'elle va m'entendre. Elle a dit une chambre. Au singulier. Je garde le silence et regarde par la fenêtre vers le paysage vert qui s'ouvre à côté de moi. Je reconnais les rues de Tolochenaz et souhaite arriver tout de suite au parking près de *La Paisible*. Vanessa gare sa voiture, coupe le contact et descend sans un mot. J'ai du mal à bouger. C'est comme si j'étais de nouveau paralysée. C'est peut-être la tumeur cérébrale qui a grandi. Je ne peux bouger que mes yeux et ces derniers, c'est surprenant, se fixent sur le CD d'histoires pour enfants d'Audrey Hepburn que nous avons écouté à l'aller. Très lentement, mon bras se déplie et, lorsque la pointe de mes doigts frôle le disque, mon corps recouvre sa mobilité. Je le prends et le range dans mon sac tout en vérifiant par la fenêtre qu'elle ne me voit pas, parce qu'elle me tourne le dos. Yul aimera certainement que je commence à lui chanter des chansons en anglais, maintenant. Je descends de la voiture et vois qu'elle se trouve déjà près de celle de Gerard. Elle m'attend, appuyée sur la carrosserie, fume une autre cigarette.

— Après avoir vécu dix ans à *Villa Bethania*, dans un village du canton suisse germanophone qui s'appelle Bürgenstock, Audrey a senti que la maison était trop petite après la naissance de Sean. En plus, elle voulait que son fils soit scolarisé en français. En 1965, elle a acheté *La Paisible*, cette demeure de pierre du XVIIIe siècle, restaurée, deux étages, neuf pièces, trois acres de terrain couverts de cerisiers, de nombreux arbres et de plusieurs potagers bien soignés. Audrey, qui voulait arrêter le cinéma pour se consacrer à sa famille, est tombée enceinte à nouveau mais a avorté, ce n'était pas la première fois. Elle a eu cinq avortements dans sa vie. Ça doit être très dur de perdre un enfant.

Lorsqu'elle prononce cette phrase, elle détourne le regard vers la route et prend de profondes bouffées. Nous restons silencieuses un long moment, à écouter le vent qui fait bouger les arbres au-dessus de nous et qui envoie la fumée de sa cigarette directement dans mes yeux. Quand elle est terminée, Vanessa jette le mégot par terre et l'écrase du pied.

— Demain, je passerai te chercher à l'hôtel à 10 heures pour aller à Évian-les-Bains. Sauf si tu as peur.

— D'aller à Évian-les-Bains ?

— Non. D'y aller avec moi.

Je souris, essaye de paraître aimable, mais je ne peux m'empêcher de sentir un nœud se former dans mon estomac parce que, décidément, il y a quelque chose qui rend cette femme désagréable.

— Ce sera avec plaisir.

Je mens.

— D'accord. À demain, alors.

Après quelques pas, elle se retourne et me regarde droit dans les yeux sans aucune trace de compassion.

— Au fait, pas la peine de me voler le CD d'Audrey. Je te l'aurais offert avec plaisir.

Et, sans rien ajouter, elle quitte le parking et je la vois s'éloigner sur la route en direction de la maison, que je ne peux pas discerner d'ici. J'ouvre à distance la voiture et m'assois derrière le volant parce que mes jambes tremblent. S'il fallait que je parle, je sais que ça serait en bégayant. Mon cœur bat si vite que j'ai la sensation angoissante qu'il va sortir par ma bouche. Je ne comprends pas comment elle a su, pour le CD. L'atmosphère rafraîchie par la pluie m'aide à me rasséréner un peu. Il y a de nombreuses flaques par terre et la cigarette jetée par la femme flotte sur l'une d'elles. La voiture de Gerard semble plus neuve qu'avant d'avoir été nettoyée par la pluie. Les tons verts des champs de l'autre côté de la route sont plus vifs mais les vaches qui ce matin paissaient ont disparu. Derrière moi, les balançoires ont également l'air neuves, mais je suis certaine qu'elles sont un danger pour les enfants. Surtout le toboggan, sous lequel se trouve une énorme flaque, juste à l'endroit où ils terminent leur glissade. J'allume la musique et Morrissey chante toujours « Moon River », mais je change de chanson et mets la première du CD. J'ai envie de voir si c'est toujours aussi bon. Les guitares énergiques et les paroles de « Whatever happens, I love you » me surprennent et me saisissent. Je ferme la porte et monte le volume. Je ferme les yeux et suis le rythme en frappant de mes mains la boîte à gants. Je verrouille mon cerveau pour éviter que rien ni personne n'y pénètre et fais le vide. Je pourrais me trouver n'importe où ailleurs. Je pourrais attendre n'importe qui. Je pourrais même être quelqu'un d'autre. Tout à coup, la musique s'arrête.

— Qu'est-ce que tu fabriques ?

Je sursaute et ouvre les yeux. Gerard a ouvert ma portière et me regarde comme s'il n'avait jamais vu quelqu'un les yeux fermés en train d'écouter de la musique à fond. Je suis de retour à Tolochenaz, j'attends toujours Gerard, je suis toujours moi.

— J'écoutais Morrissey, dis-je dans un filet de voix, comme une petite fille que l'on gronde.

— Et tu dois le mettre à fond ?

Parfois, son sens pratique est tel qu'il en est pathétique.

— On t'entend depuis la maison. Tu vas devoir t'asseoir à l'arrière parce que nous devons conduire ce monsieur à Morges.

Il s'écarte et je vois derrière lui un homme qui attend, timide, quelques mètres plus loin. De petite taille, mais assez costaud. Ses cheveux sont blonds et il porte des lunettes aux montures métalliques qui glissent sur son nez. Sa veste est un peu trop grande pour lui et il tient avec force une mallette en vieux cuir. Même s'il n'a encore rien dit ou fait, il projette une image décadente et j'ai l'impression d'être salie.

— Henry Pearson, dit Gerard tandis que je sors de la voiture et qu'il s'approche, je vous présente ma femme, Anastasia, ajoute-t-il en anglais.

L'homme me tend une main trempée de sueur, même s'il ne fait pas chaud. J'abaisse le siège avant et m'installe à l'arrière. Je vois que le siège de Yul a disparu. Je ne dis rien mais m'assois à côté comme si seul mon fils pouvait occuper cette place. Pearson s'assoit devant et ferme la porte. Il a l'air timide et son visage ruisselle de sueur. Quand Gerard monte j'ai envie de lui demander où est le siège enfant mais l'homme me devance et commence à parler en anglais, avec un accent américain.

— Je suis vraiment désolé. J'ai l'impression que ma présence vous gêne, dit-il à Gerard tout en mettant sa ceinture.

— Ne vous en faites pas. Ce n'est pas votre faute.

— Je ne m'attendais pas à ce qu'il y en ait d'autres. J'ai peut-être été un peu naïf de croire que j'étais le seul.

— Oui. Ça doit être ça.

Gerard met le contact mais tarde quelques secondes à démarrer. Il regarde dans le rétroviseur, comme dans l'attente de quelqu'un ou d'un signe.

— Fais attention. Roule doucement, dis-je à voix très basse.

Aucun des deux ne peut m'entendre.

Nous circulons dans les rues vides de Tolochenaz, en direction de Morges, et je ne sais pas si c'est juste une impression, mais les roues ont l'air de ne pas toucher le sol. La voiture glisse dans les airs et nous transporte. Je ne sens aucun défaut de la chaussée, aucune secousse. Au loin, je vois le petit cimetière éclairé par les rayons du soleil qui se couche à l'horizon. Tout est calme autour de nous, comme toujours après une tempête. Comme toujours avant une tempête. Ni Gerard ni Pearson ne parlent. J'observe leurs profils concentrés sur la route, désireux de préserver ce moment si magique. J'aimerais leur demander s'ils ont vu le fantôme d'Audrey Hepburn dans la maison. Je demanderais aussi à Gerard qu'il me dise s'il m'aime encore ou s'il m'a jamais aimée. Je lui demanderais de me donner un vrai baiser. Mais je me contente de regarder ce paysage qui m'est familier maintenant. Je suis surprise lorsqu'un feu nous retient longtemps, sans qu'aucune voiture ne passe dans l'autre sens. Je crois que c'est un signe, parce que juste devant ma vitre, je vois un grand panneau bleu et l'image d'une cigarette barrée au-dessus des lettres blanches d'un slogan nous avertit des dangers du tabac : « *Respirer la vie* ». Je ne me rappelle pas pourquoi j'ai arrêté d'un jour à l'autre.

Gerard se gare devant l'hôtel et sort en claquant fort sa portière, comme s'il était en colère. Pearson prend congé, gêné, et part sur la promenade en direction de son hôtel, d'un pas fatigué. Gerard ne m'attend pas et entre dans l'hôtel comme s'il y avait urgence. Je passe la porte au moment où il monte en courant les escaliers, comme s'il voulait que personne ne fasse le lien entre nous. Le séduisant réceptionniste est ici, mais je ne m'en rends compte que lorsqu'il m'appelle et me demande si j'ai pu envoyer mon fax. Son sourire de jeune premier du cinéma muet me réconforte. Je lui dis que non, que je vais essayer de rédiger mon courrier maintenant mais que je ne sais pas comment l'imprimer. Il me suggère de l'envoyer à l'adresse mail de l'hôtel et me dit qu'il l'imprimera lui-même à la réception. Il me donne un papier avec le code wifi, qui change tous les jours pour des raisons de sécurité. Nos doigts se frôlent, je ne sais pas si c'est fortuit ou si l'un de nous deux a provoqué ce contact. Il me dit qu'aujourd'hui il travaille de nuit et que, si je veux, nous pouvons l'envoyer à n'importe quelle heure. Je ne sais pas comment interpréter cette proposition, mais elle suscite bien plus d'intérêt chez moi que celle de Vanessa. Je lui dis que je vais lui envoyer tout de suite le document par mail, et qu'à notre retour, après le dîner, nous pourrons envoyer le fax. Il me sourit encore pendant que j'attends l'ascenseur et je me sens rougir. J'adore comme ses yeux plissent et montrent quelques rides vers les tempes, ce qui prouve qu'il est plus âgé qu'il n'en a l'air.

Dans le couloir, je croise un couple âgé mais je ne peux pas vérifier mon pouvoir parce qu'ils ne parlent pas. Juste devant la porte de la chambre, je m'arrête et compte jusqu'à dix avant d'essayer de l'ouvrir, mais elle est fermée. Je frappe doucement et, comme il ne m'ouvre pas, je frappe plus fort. J'entends la clé tourner et la porte s'ouvre un peu, mais quand j'entre il s'est de nouveau enfermé dans la salle de bains et j'entends le bruit de la douche. Je me déchausse et prends plaisir au contact de mes pieds nus sur la moquette qui absorbe l'humidité accumulée au cours de la journée. Je m'assois devant le petit bureau et allume l'ordinateur de Gerard. J'observe attentivement le démarrage rituel de Windows avec sa musique idiote. L'ordinateur cherche le réseau wifi de l'hôtel et un écran s'ouvre, me demandant le code d'accès. Je cherche le papier que le réceptionniste m'a donné et frappe : qy7s=8f. L'ordinateur se connecte au réseau et quelques applications, dont Messenger, s'ouvrent automatiquement. J'attends que Word le fasse pour écrire le courrier permettant à Susanna de gérer les travaux de notre serrure avec l'assurance, et insère le CD des histoires d'Audrey Hepburn. Je commence à l'écouter du début. Après le titre, l'actrice commence le premier récit, sur une musique de Maurice Ravel. Alors que je n'ai encore rien écrit sur le document, resté blanc comme mon esprit, et que le curseur clignote dans l'attente d'un ordre, une petite fenêtre orange s'ouvre en bas de l'écran et m'annonce qu'une conversation commence sur Messenger. Quelqu'un a cru que Gerard s'était connecté et veut parler avec lui. Je l'ignore. La fenêtre continue à clignoter, toute petite au coin de l'écran. Je vérifie la batterie, qui est bien à 55 pour cent. Peut-être qu'ils ont un adaptateur, à la réception, pour la brancher sur une prise, ce qui nous éviterait de vivre avec cette inquiétude. J'en ai assez de penser que nous ne pourrons pas rentrer dans notre appartement à notre retour. Une notification m'avertit qu'un nouveau message est arrivé sur Messenger. Ma main droite déplace lentement la souris et ferme la fenêtre, mais l'interlocuteur insiste et la fenêtre reparaît. Je me dis que c'est peut-être important s'il insiste autant. J'augmente la taille de la fenêtre et sens mon estomac se resserrer. Je regarde vers la porte de la salle de bains pour vérifier qu'il n'est pas sorti. Je lis :

> Carlota: Salut mon beau. Qu'est-ce que tu fais ? Je m'inquiète beaucoup pour toi. Comment vas-tu ?

Ça m'a toujours étonné que ses ex veulent rester amies avec lui à la fin de leur liaison. Comme poussée par une force incontrôlable, mes doigts se placent sur le clavier et écrivent :

> Gerard : Je vais bien.
> Carlota : Non. Tu ne vas pas bien. Tu as disparu de Barcelone. Ton portable est éteint. Mes mails me sont renvoyés et tes voisins ne savent pas où tu es. J'aimerais te voir. Où es-tu ?
> Gerard : Loin.
> Carlota: Où ? Je viendrai te voir.
> Gerard : Tu ne peux pas. J'ai besoin d'être avec ma femme.
> Carlota : On ne s'est pas vus depuis l'enterrement. Et je n'ai pas pu te parler là-bas. Je sais qu'écrit ce n'est pas pareil, c'est plus froid, mais je suis désolée. Vraiment. Je suis désolée pour ce qui est arrivé.

Cette conversation m'inquiète, je voudrais m'arrêter, mais quelque chose me pousse à écrire en son nom.

> Gerard : Quel enterrement ?
> Carlota : Tu es sûr que tu vas bien ?
> Gerard : Moi, oui. Et toi ?
> Carlota : Je voulais te dire un truc depuis longtemps à propos de l'appartement de ta mère. J'aimerais te le dire en personne. Je serais plus tranquille si on se voyait. Ou si tu me disais où tu es.

Gerard : Je te l'ai déjà dit. Loin. Quel enterrement ?
Carlota : C'est pas drôle. Je voulais te dire que c'est moi qui ai acheté l'appartement.
Gerard : Quel enterrement ?
Carlota : Celui de ta mère et de ton fils.

Je relis la dernière phrase des centaines de fois et ne la comprends toujours pas.

Carlota: Tu vas bien, Gerard ?

Mon cœur bat très fort. Je tremble. Mes doigts frappent avec force le clavier.

Gerard : Je ne suis pas Gerard. Je suis Anastasia. Fiche la paix à mon mari. Espèce de pute.

Je ferme la fenêtre et éteins la session de Messenger. Puis, avec rage, je supprime son contact. Et comme si cela ne suffisait pas, je supprime tous les contacts de Gerard, un par un, hommes et femmes, tous, pour que cette fois nous soyons tous les deux à égalité. Maintenant, il n'a plus d'amis, ni de maîtresses, ni de connaissances. Dans ce bel hôtel romantique, il n'a que moi, je n'ai que lui. Égalité. J'essaye de me concentrer sur la page Word blanche qui attend que j'écrive. Mon cœur bat à cent à l'heure et j'entends ses battements par-dessus la voix d'Audrey et la musique. Une voix dans ma tête répète tous les noms que j'ai effacés. Mes remords sont similaires à ceux que j'aurais si je les avais tués, ces gens. J'entends du bruit derrière moi et vois que Gerard touche un mur et retire sa main immédiatement, comme s'il s'était brûlé, même s'il n'a rien. Puis il regarde ses doigts et les renifle.

— Qu'est-ce que tu fais ?

Ma question le surprend, comme s'il ne se rappelait pas ma présence dans la chambre. Il me regarde, confus, et ne sait pas quoi répondre.

— Arrête de chercher dans les coins des chambres. Tu as l'air parano, lui dis-je.

Il me regarde, regarde sa main et la frotte sur sa serviette.

— Si tu n'écris rien, éteins l'ordinateur, je ne vais plus avoir de batterie.

— Tant mieux. Ça annulera toutes les possibilités.

J'ai l'impression qu'il ne comprend pas ce que je veux dire. Il prend des habits propres dans sa valise et retourne s'habiller dans la salle de bains. J'éteins l'ordinateur et regarde par la fenêtre. Le jour se termine mais je peux encore voir les Alpes de l'autre côté du lac. On dirait que nous sommes tout proches. Si demain je dois fuir Vanessa depuis les thermes, je pourrais peut-être le faire à la nage. Je prends dans ma valise une culotte et un soutien-gorge blancs et m'assois sur le bord du lit en attendant qu'il sorte de la salle de bains. Je regarde autour de moi. C'est là que je vois la photo de la famille de papier sur la table de chevet. La seule qui a survécu à l'enlèvement. Heureusement que je l'avais mise de côté. Stéphane n'a pas donné signe de vie de tout l'après-midi. Il s'est peut-être lassé, ou alors il a décidé que ça ne valait pas la peine de s'embêter autant pour quelques photos. J'approche la photo de mes yeux pour observer précisément les détails de leur visage. Les dents de Carole sont très blanches, Stéphane a des rides au coin des yeux, marquées lorsqu'il rit, comme le réceptionniste. La couleur des yeux des enfants n'est pas la même. Je ne m'en étais pas rendu compte avant, mais Cédric a les yeux bleu-gris et Cyrille marron.

— Arrête de regarder cette famille. Tu as l'air folle, dit Gerard qui range ses habits sales dans un sac en plastique.

J'entre dans la salle de bains et la pose à côté du miroir parce que j'ai peur qu'il leur fasse du mal. Je me déshabille et entre dans la douche. Il peut être très cruel parfois, son sens de l'humour est difficile à comprendre et me blesse la plupart du temps. J'ai l'impression que je n'ai jamais été importante à ses yeux. Je ne comprends pas pourquoi ça fait tant d'années que nous sommes ensemble. D'ailleurs, quand j'ai atterri à l'aéroport de Barcelone, je savais que notre histoire était en train de finir et j'étais sur le point de lui dire que j'étais tombée enceinte à Londres, pour pouvoir le retenir près de moi. Je n'ai jamais compris pourquoi il ne m'a pas chassée. Pourquoi il a préféré faire semblant et continuer à s'enfoncer dans cette espèce de cancer dont nous souffrons depuis cet instant. Parfois, je me dis que notre fils ne compte pas pour lui non plus. Quand j'appelle sa mère pour prendre de ses nouvelles, il ne me pose aucune question. Il fait comme si elle n'existait pas. Pourtant, malgré tout le mal qu'il m'a fait subir, je l'aime encore. Je le vois, qui ment à sa mère, m'est infidèle, provoque un conflit avec d'autres écrivains, altère son histoire, ploie sous ses fantasmes, lutte contre ses propres malédictions, s'invente de nouveaux pouvoirs, trompe Findlay Kennedy, arnaque son éditeur, ment à ses lecteurs, méprise ses amis, ignore son fils, déçoit tous ceux qui s'inquiètent pour lui, mais je l'aime encore. Lui, au contraire, ne se préoccupe que de produire une collection de best-sellers pour que les générations futures se rappellent son existence. Il s'attend sûrement à ce qu'on nomme une rue ou place d'après son nom. Au moins à Vic.

Je m'essuie avec la même serviette que lui parce que je veux mettre dans ma valise celle qui est encore sèche. Je me regarde dans le miroir et touche mes cheveux, qui ont l'air plus foncés quand ils sont humides. Je saisis mes seins de mes deux mains. Ils sont petits et on dirait que je n'en ai pas. Même quand j'étais enceinte de Yul, ils n'ont pas vraiment grossi. Ils m'ont toujours plu, avec leurs veines bleues qui partent comme des rivières de mes tétons et parcourent ma peau si blanche qu'on dirait qu'ils sont pleins de lait. Yul ne les a jamais tétés, parce que le médecin m'a dit que j'avais une carence en fer et que le biberon était meilleur que l'allaitement. Parfois, j'imagine comme ils seraient si je me faisais opérer, mais ensuite je pense qu'ils n'intéressent personne. Je pose une main sur mon ventre lisse qui ne laisse pas deviner que j'ai été enceinte ; j'ai peut-être tout rêvé et Yul n'existe plus, mais la cicatrice de la césarienne est la preuve de son existence. Je suis si mince qu'à l'hôpital ils m'ont dit que si j'avais un accouchement par voie basse, je me briserais. Littéralement. Que les os de mon bassin ne supporteraient pas la pression. La famille de Stéphane m'observe sous le miroir. Ça m'est égal qu'on me voie nue. Je demande à Carole si ses accouchements ont été par voie basse ou par césarienne mais elle me sourit et ne me répond pas. J'enfile ma culotte et mon soutien-gorge propres, ramasse mes habits sales et sors de la salle de bains la photo dans une main.

Gerard est accoudé à la fenêtre et regarde le soleil disparaître et laisser place à la nuit. Je range mes habits sales dans le sac en plastique et laisse la photo à côté de l'ordinateur. Je m'accoude à la fenêtre, à côté de lui, mais nous restons silencieux. Nous ne faisons qu'observer l'obscurité autour du lac comme si nous étions en train d'assister à un spectacle fabuleux. Il se rend compte que j'ai froid et passe un bras autour de mes épaules. Un geste qui me surprend et me réconforte tout à la fois. La chaleur de son corps me fait du bien et le poids de son bras me fait me sentir en sécurité. Et c'est à cet instant, quand tout autour de nous s'arrête, que je pense que nous pourrons peut-être sauver notre couple. D'ailleurs, c'est pour ça que nous avons commencé ce voyage mystérieux. Je n'en ai rien à faire de son projet de travail. Ce que je veux, c'est sauver notre projet de couple. S'il m'avait proposé de le suivre en enfer, je l'aurais suivi les yeux fermés. Je dis son prénom à voix très basse, ce qu'il confond peut-être avec un soupir. Je voudrais lui dire qu'en dépit de tout je l'aime. Je répète son prénom, un peu plus fort, dans l'espoir qu'il m'entende à présent.

— Quoi ?

Et quand mes lèvres sont sur le point de laisser passer les mots qui changeront nos vies, mon téléphone sonne, intrusif, inopportun, insupportable, et me fait ravaler ce que j'étais sur le point de dire. Il retire son bras et je me sens vulnérable. Son visage froid, dur, fâché, est de nouveau tourné vers le paysage enfoui dans l'obscurité. J'aimerais qu'il m'enlace encore, lui dire que je ne pense pas répondre mais j'ai peur que ça soit sa mère et que quelque chose soit arrivé à Yul. La sonnerie cesse quand je quitte la fenêtre. Je n'avance pas davantage et me dis qu'il est peut-être encore temps pour moi de revenir en arrière et de reprendre les choses là où nous les avons laissées. J'ai l'intuition que mes mots allaient être suivis d'un baiser. Et peut-être qu'après ce baiser, comme la nuit à Montpellier, nous allions faire l'amour. C'est ce que nous a dit le conseiller conjugal, que ça nous ferait du bien de faire l'amour. Si j'étreins sa taille, si je pose ma tête sur son épaule et si j'écoute sa respiration, peut-être alors pourrons-nous retrouver ces moments passés. Mais quand je me retourne vers lui, le téléphone recommence à sonner. Je le cherche avec impatience dans toute la chambre parce que je ne me rappelle pas où je l'ai posé. C'est sûrement Carme. C'est sûrement Yul, qui ne va pas bien du tout. De la fièvre, peut-être. Il nous a déjà fait passer une semaine horrible. Nous sommes allés aux urgences trois fois parce qu'il vomissait tout ce qu'il avalait et qu'il avait quarante de fièvre. Les bains d'eau froide avaient beaucoup aidé. C'était pendant l'été, c'est vrai, mais il était si petit. Quand je trouve mon portable, je réponds sans regarder qui c'est pour éviter de manquer l'appel.

Un long silence suit mon « Allô » et je sais immédiatement qu'il ne s'agit pas de Carme. Une voix d'homme, en français, profonde et chaude comme pourrait l'être celle d'un présentateur radio ou d'un doubleur, me salue et me dit que c'est Stéphane. Je regarde en direction de la fenêtre où Gerard est toujours immobile et contemple le paysage. Sans qu'il s'en rende compte, je vais dans la salle de bains pour parler tranquillement.

— Comment vas-tu ? demande-t-il.

— Bien.

— J'aimerais te voir, dit-il sans me poser de questions sur les photos. Où es-tu ?

— Loin.

— Où ? Je viendrai te voir.

Je mens :

— Je suis à Lausanne.

— J'arrive dans deux heures.

— Je serai déjà partie.

— Où ?

— Encore plus loin.

— Où ? répète-t-il, sur un ton plus menaçant cette fois.

— Ailleurs, dis-je, effrayée.

— Où iras-tu ? À Lutry ? À Montreux ?

— Je ne peux pas te le dire.

— À Morges. Tu iras à Morges, non ?

Quand j'entends ce nom, j'écarte le téléphone de mon oreille comme si j'avais reçu une décharge électrique et raccroche. Je sors de la salle de bains et trouve Gerard assis sur le lit, il zappe d'une chaîne à l'autre.

— Tout va bien ? me demande-t-il lorsqu'il voit que je tiens mon téléphone d'une main tremblante.

— Oui, dis-je sans cesser de regarder mon portable, me demandant comment Stéphane peut savoir où je me trouve. C'était ta mère. Yul a un peu de fièvre…

Il cherche quelque chose dans sa valise sans me prêter attention.

— Comme quand il était petit et qu'on l'a emmené à l'hôpital. Tu te rappelles cette semaine ?

— Nous devrions aller dîner.

Il prend ses affaires mais laisse son portable. Il ferme l'armoire à clé et range la clé sous un pied du lit. Je range mon portable dans mon sac et le passe à mon épaule. Au moment où il ouvre la porte, quand nous sommes sur le point de sortir, il me dit :

— C'est une ville propre, mais il vaudrait mieux que tu te chausses.

Je mets mes tongs, parce que mes baskets sont encore humides, et nous sortons de la chambre. Sur le palier, une femme âgée sort de l'ascenseur et nous tient aimablement la porte. Gerard est claustrophobe mais par politesse ou peur du ridicule s'il doit expliquer dans son français pathétique qu'il préfère les escaliers, nous montons dans la cabine. À l'intérieur, nous sommes obligés de descendre dans une promiscuité excessive. Ma main frôle la sienne et il ne l'écarte pas. Je suis sur le point de la saisir mais n'en fais rien. « Moon River » me vient en tête et je commence à chantonner, dans l'espoir que ça soit une étape de plus dans mon plan de rapprochement. Il ne me regarde même pas, son regard est fixé sur la porte de l'ascenseur, mais le ton sur lequel il prononce sa question briserait l'armure la plus solide qui soit :

— Tu veux bien arrêter de chanter ce truc idiot ?

— Je pensais que tu aimais cet air.

— Tu n'as aucune idée de ce que j'aime.

Je ressens une brûlure au cœur et mes yeux se remplissent de larmes. J'ai l'impression qu'il y en a aussi dans les siens, parce qu'il se les essuie d'un revers de la main.

— Tu ne sais pas ce que c'est de vivre avec quelqu'un comme toi.

S'il continue à parler de la sorte je vais tomber par terre et me briser en mille morceaux.

— Je la chantais à Yul pour l'endormir.

L'ascenseur s'arrête en douceur et les portes s'ouvrent. D'un pas ferme, il passe devant la réception et sort dans la rue. Je reste quelques secondes encore dans l'ascenseur. Je sais que ça l'a blessé que je ne me le rappelle pas, et je sais que ça le dérange que je ne me rappelle quasiment rien. Je sais que ça crée un problème dans notre couple mais ce n'est pas non plus facile de vivre sans souvenirs. La plupart du temps, quand je fais quelque chose, je ne réussis qu'à le mettre encore plus en colère. Et quand je veux provoquer sa colère, il se met à rire. Je ne sais jamais ce qu'il veut. Quand les portes commencent à se refermer, je sors comme si on m'avait poussée. Derrière le comptoir se trouve le réceptionniste, qui me sourit et me fait un clin d'œil avant de poursuivre son échange avec une jeune femme habillée en serveuse. Je sors, Gerard m'attend sous l'auvent même s'il ne pleut pas et que rien n'indique qu'il va pleuvoir de nouveau parce que le ciel est rempli d'étoiles.

— On va où ?

— Monsieur Kennedy m'a recommandé un restaurant à côté du château mais je crois que ça va être trop cher.

— On pourrait retourner à l'endroit où on a dîné hier... On y mange bien, dis-je en feignant l'indifférence, mais j'aimerais parler avec la serveuse qui s'est occupée de nous pour voir si elle se rappelle les photos.

— On ne reste que deux jours, on va essayer des endroits nouveaux.

— Tu as raison.

Je ne sais pas si c'est parce que je lui ai donné raison ou si c'est son cœur qui parle, mais il me prend la main et nous marchons dans les rues humides de Morges comme si nous nous aimions. Je suppose que c'est précisément comment tout doit fonctionner. Un acte contre un autre. Une chaîne de services. Donner et recevoir. Tirer sur la corde et la relâcher. Ça semble facile mais l'un des deux doit toujours accepter de céder le premier. Nous marchons rue Louis-de-Savoie, comme hier, et lorsque nous passons devant le Balzac, qui est ouvert et plein, j'ai envie de feindre un malaise pour qu'il soit obligé d'y entrer. Nous le dépassons. Un peu plus loin, de l'autre côté de la rue, nous voyons le Métropolis, qui lui plaît mais je ne sais pas pourquoi. Sur une petite place très chaleureuse avec une fontaine à demi-remplie de fleurs violettes. Les propriétaires du café ont envahi la place avec leurs nombreuses tables rondes en bois et chaises de réalisateurs en toile blanche, qui portent dans le dos le nom de l'établissement. L'ambiance est très parisienne et ça nous plaît, même si j'ai peur d'avoir froid tout à l'heure. Nous regardons la carte placée à l'extérieur : de nombreuses salades variées, du gaspacho andalou, des pâtes et du risotto, du poisson et des viandes. Les prix sont très corrects. Nous nous assoyons à une table et observons cet endroit pittoresque. Au centre de la place, juste au-dessus de notre table, se trouve un grand lampadaire doté de trois lumières qui colorent nos visages en orange. Même si la plupart des tables sont occupées, les gens parlent à un volume agréable et ne se dérangent pas les uns les autres, mais je ne parviens pas à entendre dans quelle langue ils parlent. Gerard me montre le panneau avec le nom de la place et sourit : place des Philosophes.

Un serveur nous apporte deux menus et demande ce que nous voulons boire. Une Heineken et un jus de pomme, sans bulles. Nous regardons la carte en silence. On dirait qu'il veut essayer de faire son choix tout seul, sans que je traduise pour lui. Nous partagerons une salade en entrée, puis il prendra un risotto et moi des gnocchis. Quand le serveur revient, Gerard insiste pour que je m'assure qu'il n'y a pas d'oignons, ni dans la salade ni dans le risotto.

— J'espère qu'aujourd'hui tu ne me lanceras rien à la figure. Il fait plus froid qu'hier et je prendrais froid.

Il l'a dit sérieusement mais j'ai l'impression que c'est une blague. J'ai encore du mal à savoir s'il se moque de moi ou pas. Le serveur nous apporte la bière et le jus de pomme sans bulles. Il remplit son verre et boit une gorgée. De la mousse reste accrochée à sa lèvre supérieure et il la lèche.

— Il est comment ?

— Qui ?

— Monsieur Kennedy. Il est comme sa photographie sur la biographie ?

— Plus vieux. Ça se voit que de nombreuses années ont passé. Il a du mal à parler et il se déplace avec un appareil à oxygène. J'ai l'impression que son sens de l'humour est semblable au mien. Il fait tout le temps des blagues sur Vanessa.

J'ai du mal à croire qu'on puisse oser en faire.

— Je l'ai toujours vu assis mais je crois qu'il ne peut pas marcher. Il y a un fauteuil roulant dans une autre pièce.

— Et s'il doit aller aux toilettes ?

— Je ne sais pas. Il a peut-être une sonde.

— Mais il n'y avait aucune infirmière ?

— J'en ai vu une mais elle n'est pas entrée. Au cours de cette séance de travail, il n'y avait que lui, Pearson et moi.

— Pearson fait partie de ton projet.

— Il semblerait que oui, maintenant.

Il avale une autre gorgée de sa bière, mais cette fois aucune mousse ne se dépose sur sa lèvre.

Vanessa a toujours admiré les romans de Findlay Kennedy. Quand elle a appris qu'il s'était installé à La Paisible, *elle a tout fait pour se faire engager comme secrétaire. Une fois sur place, elle a eu toute la liberté qu'il lui fallait pour exécuter tranquillement son plan. Elle l'a isolé du monde, l'a obligé à renoncer à publier de nouveaux livres. Il peut marcher, mais elle lui a brisé les jambes à coups de marteau et elle le retient maintenant prisonnier chez lui et le force à écrire les romans qu'elle veut. Et elle n'a pas la moindre intention de les partager avec quiconque.*

L'arrivée de Gerard et de Pearson a mis en danger son plan et elle a dû improviser. Elle a menacé Kennedy. S'il parle, s'il appelle à l'aide, elle devra tous nous tuer. C'est pour cette raison qu'elle passe ses journées avec moi, je serai la première qu'elle assassinera si l'écrivain demande de l'aide ou s'il essaye de s'échapper. Il est tout à fait possible que demain, quand nous serons dans l'une des piscines d'eau chaude des thermes, elle essaye de me noyer. Elle tuera ensuite Gerard et Pearson. Elle trafiquera certainement les freins de la voiture pour qu'ils s'écrasent contre l'un des arbres sur la route du retour vers Morges.

— Il y a aussi l'avocat de monsieur Kennedy, dit Gerard, et tout ce que je viens d'échafauder s'effondre. Il ne dit rien mais écoute tout ce que nous disons attentivement.

Le serveur nous apporte un bol de salade et une assiette chacun. Il nous souhaite un bon appétit sans nous regarder. Nous nous servons et commençons à manger.

— Comment est la maison ?

Je pose cette question en espérant que ça soit bien un sujet neutre.

— Grande, dit Gerard, et il continue à manger comme si de rien n'était.

— Tu savais qu'Audrey Hepburn y a vécu ? dis-je, tout heureuse de pouvoir lui donner cette information.

— Oui. Je le savais avant de venir. En fait, on n'a parlé que de ça, ce matin.

— D'Audrey ?

— Pour passer le temps en attendant que Pearson arrive. Il a manqué son vol et n'est arrivé que l'après-midi. Monsieur Kennedy m'a raconté des anecdotes et m'a montré une peinture à l'huile qu'elle a faite en 1969. C'est un bouquet de fleurs très coloré.

— Elle est belle, la maison ?

— J'aimerais bien en avoir une comme ça. Je changerais la décoration, par contre. Le jardin est très beau, très grand, avec des cerisiers et un potager. Au deuxième étage, il y a une pièce avec un projecteur et un équipement audiovisuel très moderne. Nous avons regardé des films tout l'après-midi.

— Vous avez regardé des films ? dis-je, surprise que nous soyons venus de si loin pour ça.

— Pas en entier. Des séquences. Pour le projet. Et toi, comment ça s'est passé ? Elle t'a lancé des fleurs ?

— Des fleurs ?

Je répète les mots, parce que je ne comprends pas.

— Elle a essayé de te draguer ?

— Vanessa ?

— Eh bien, j'ai l'impression qu'elle préfère les fruits de mer...

— Non. Elle s'est contentée de me faire faire le tour du parc d'attraction macabre d'Audrey Hepbrun qu'elle a créé elle-même. Je deviens experte, sur cette actrice. Elle m'a dit que demain elle m'emmènerait dans des thermes, du côté français du lac.

— Ouh là... dit-il, un sourire malicieux aux lèvres.

— Je n'irai pas. Elle me met mal à l'aise, cette femme.

— Alors, avertis-la avant qu'elle vienne te prendre. Elle m'a dit que vous alliez y passer la nuit.

Le serveur emporte le bol de salade et les assiettes avant de nous apporter immédiatement après les plats principaux. Il nous souhaite un bon appétit sans nous regarder.

— Il sort d'où, Pearson ?

— Il est Américain. Professeur d'écriture scénaristique à la New York Film Academy.

— Tu veux faire une adaptation cinématographique du livre ?

— Tu sais quoi ? dit-il, après une gorgée de bière. On pourrait se chercher une maison ici et commencer une nouvelle vie.

Ce changement de sujet si brutal me dérange.

— À Tolochenaz ?

— Oui. Ou à Morges. Elles sont belles, les maisons autour du lac, après l'église. Tu les as vues ? Tu devrais aller faire un tour là-bas. Tu adorerais. C'est très agréable et j'ai l'impression qu'on pourrait le faire.

— Tu y penses sérieusement ?

— Recommencer de zéro. Toi et moi. Rien ne nous retient.

— Gerard.

— J'écrirai, je peux le faire ici. J'ai besoin d'un endroit comme celui-ci. Tu pourras rester à la maison, t'occuper du jardin, faire tout ce que tu voudras. Tu aimes peindre ?

— Non.

— Tu pourras faire tout ce que tu voudras, sauf peindre.

— Gerard.

— Une maison à côté du lac. On peut s'acheter un bateau et naviguer.

— Et Yul ?

— Tu imagines ?

— Et Yul ?

L'espoir dans ses yeux, le sourire que ses lèvres avaient dessiné dans cette construction imaginaire, tout s'évanouit et un voile vient troubler son regard. Il détourne les yeux et gratte du coin de l'ongle la table de bois. Le serveur interrompt ce moment délicat et emporte la bouteille vide de Heineken.

— Et Yul ?

Je repose la question, parce que ça me dérange que dans ses plans égoïstes il n'y ait pas de place pour son fils.

— Pour l'instant, il peut rester avec ma mère et, plus tard, quand on sera installés, il viendra, dit-il sans me regarder dans les yeux.

— Tu veux qu'on vienne vivre ici sans notre fils ?

— Anastasia, ce n'était qu'une idée.

— Tu me proposais de venir vivre ici sans notre fils ? Dis-moi que j'ai mal compris, s'il te plaît.

— Anastasia...

— Dis-le-moi !

Il ne dit rien. Le volume de ma voix est si élevé que les autres clients se taisent et nous regardent. Je baisse d'un ton mais reste indignée.

— Gerard, où est le siège de Yul ?

— Le siège ?

— Pourquoi il n'est pas à l'arrière de la voiture ?

— Il est dans le coffre. Je l'ai enlevé parce qu'il nous gênait avec Pearson.

— Tu es sûr ?

— Je te le jure.

— Tu le jures ?

Je sais qu'il ment.

— Sur la tête de qui ?

— Je te le jure sur la tête de Yul.

— Aujourd'hui, tu ne mérites pas que je te jette quelque chose à la figure. Tu mérites que je te casse la figure.

Je voudrais m'en aller très loin mais je sais que ça sera plus humiliant pour lui si je reste et si nous passons le reste du repas en silence. Chacun à regarder dans une direction différente sans nous adresser la parole, comme ces couples pathétiques qui nous font rire quand nous les voyons. Cette situation tendue me permet de me concentrer sur la conversation d'un couple qui vient de s'asseoir à la table d'à côté et qui parle dans une langue que je ne peux pas identifier mais que je comprends parfaitement. Ça me confirme que je possède encore mon pouvoir, même si je n'ai pas pu comprendre l'homme âgé de la gare de Prélionne. Je profite également de ce moment de silence pour réfléchir à la façon de quitter Gerard et retourner au Balzac pour voir s'ils ont trouvé les photos. Nous ne voulons ni dessert ni café. Je suppose qu'aucun de nous deux n'a envie que cette souffrance dure plus longtemps. Lorsque nous nous levons, après que Gerard a payé en espèces, je glisse mon portable sous ma serviette. Le serveur nous dit au revoir sans nous regarder, soulagé parce que nous ne nous sommes pas donnés en spectacle, même si ça en prenait le tour.

Dans la rue, un vent très froid nous surprend et soulève mes cheveux. Nous marchons vite, comme si nous étions très pressés, maintenant une distance de sécurité entre nous, au cas où nous nous toucherions par hasard et nous rappellerions qu'un jour nous nous sommes aimés. Arrivés à la porte de l'hôtel, je lui fais mon numéro du portable oublié et, comme je l'avais prévu, il ne m'accompagne pas le récupérer. Je rebrousse chemin et retourne à la terrasse du Metropolis où les assiettes sont encore sur la table que nous occupions. Il y a aussi mon portable, que je prends sans adresser la parole à quiconque avant de repartir. Je le regarde et vois que j'ai un appel manqué, qui a dû avoir lieu pendant mon oubli prémédité. C'est Stéphane et il a laissé un message sur mon répondeur, que j'écoute en allant au Balzac.

— C'est Stéphane. Je suis déjà arrivé à Morges. Où es-tu ?

Puis il garde le silence quelques secondes, et j'entends une espèce de bourdonnement en fond sonore.

— Es-tu au Métropolis ?

Je raccroche et regarde autour de moi, terrifiée. Il a peut-être le pouvoir de localiser les personnes juste en les contactant par téléphone. Je dois trouver les photos. C'est la seule façon que j'ai d'en finir avec tout ça. Heureusement que le Balzac est dans la même rue parce que je suis si nerveuse que je marche en regardant sans arrêt derrière moi, comme si je voulais me briser la nuque, à la recherche de l'ombre de celui qui me suit. Je me rappelle parfaitement le visage de Stéphane tel qu'il apparaît sur les photos. Ce qui m'effraye de ce Stéphane qui m'appelle et insiste maladivement, c'est qu'il ne lui ressemble pas du tout. Gerard m'avait prévenu. Si un psychopathe me poursuit, ça sera bien fait pour moi. Mais au fond j'ai encore l'espoir de mettre la main sur les photos et que l'homme qui m'appelle est vraiment Stéphane, le mari de Carole, le père de Cédric et Cyrille.

Je monte les quatre marches de l'entrée du Balzac, mais m'arrête avant d'ouvrir la porte. Je regarde à l'intérieur et vois la table où nous avons dîné hier, Gerard et moi. Deux jeunes femmes y prennent un thé. La serveuse n'est pas la même. Je reste là un moment, à épier derrière la vitre, jusqu'à ce que je sois certaine que la fille d'hier n'y est pas. Pas la peine d'entrer pour poser une question dont je connais la réponse. Je m'assois sur les marches, déçue, exactement comme hier, et observe les hommes qui passent dans la rue, me demandant si Stéphane est l'un d'entre eux. Une voiture ralentit en passant devant moi et j'ai l'impression que le conducteur me regarde, mais il continue. Ça doit être mon imagination. Je cherche dans mon sac les post-it verts et le stylo que j'ai volés à Gerard. J'écris plusieurs fois, en français : si quelqu'un a trouvé une enveloppe de photo Kodak, j'aimerais être contactée à ce numéro. Que je note. Quand j'en ai fait plusieurs, je me lève et commence à les coller dans des endroits bien visibles. Dans la rue piétonne, celle de la cafétéria où j'ai pris mon petit-déjeuner ce matin, la pluie recommence à tomber et je ressens tout à coup une sensation étrange, comme si j'étais observée de très près. Une voix d'homme, derrière moi, me souhaite bonsoir en anglais. Je m'immobilise. La paralysie a encore envahi mon corps et je ne peux bouger que mes yeux qui, malgré mes efforts pour me retourner, butent contre leurs orbites. Il m'a trouvée. Il m'a finalement trouvée et je ne sais pas ce qui me fait le plus peur. Lui dire que j'ai perdu les photos et donc qu'il a fait un long voyage en vain, ou découvrir que ce n'est pas le Stéphane que je recherche et qu'il n'est pas venu pour les photos. Mes pieds commencent à tourner lentement et avec eux le reste de mon corps, et quand je me retrouve face à lui, ce sont mes yeux qui maintenant ne veulent pas s'ouvrir. Très lentement, j'oblige mes paupières à se soulever et devant moi apparaissent un visage connu et un sourire idiot. C'est Henry Pearson, l'homme que nous avons transporté de *La Paisible* à Morges.

— Je n'étais pas sûr que c'était vous, dit-il sans arrêter de sourire.

— Salut, dis-je, déçue parce que la scène que j'imaginais a été gâchée, mais aussi rassérénée parce que je suis sauve.

— Comment allez-vous ? Vous avez déjà dîné ?

— Oui. Nous avons déjà dîné. Gerard est rentré à l'hôtel.

— Ça alors. Et vous mettez des avis de recherche ? Vous avez perdu votre chien ?

— Mon chien ?

— Ce n'est pas ce que font les gens quand ils ont perdu leur chien ? Ils mettent des avis de recherche, non ?

— Si. Je suppose.

— Alors ?

— Quoi ?

— Il est de quelle race ?

— Je n'ai pas perdu de chien. Juste des photos.

— Ah bon. C'est ennuyeux. Moi, je suis sorti faire un tour. J'en avais assez de rester à l'hôtel. J'ai dîné là-bas, vous savez. Je me suis acheté des croissants et une part de quiche dans une pâtisserie et je suis resté dans ma chambre. Je n'aime pas aller tout seul au restaurant. C'est comme si je n'avais pas d'amis, que j'étais célibataire. Comme si j'étais seul.

Je souris parce que je ne sais pas quoi lui dire. Il n'a pas changé d'habits. Il porte exactement les mêmes qu'avant et on dirait que ce sont les vêtements dans lesquels il a voyagé. Il a l'air sale et je suis certaine que si je m'approche un peu, je sentirai qu'il a mauvaise odeur.

— Vous en avez mis beaucoup, des avis de recherche ?

— Quelques-uns.

— Je vous le demandais parce que vous aurez peut-être envie de boire un verre. Un café ou une bière. Quand vous aurez terminé de les coller.

— Merci, mais je suis très fatiguée et quand j'aurai terminé, j'aurai envie d'aller à l'hôtel.

— Bien sûr. Ne vous en faites pas. En fait, moi aussi je suis fatigué. Le voyage, le décalage horaire, la réunion de cet après-midi. Je n'ai qu'une envie, rentrer à l'hôtel et me mettre au lit. Pour dormir, précise-t-il sans que ça soit nécessaire.

— Peut-être une autre fois, dis-je plus par politesse que parce que ça me fait envie.

— Je vous prends au mot. Demain, je vous inviterai boire un café.

Il porte toujours sa mallette de cuir et ça m'étonne qu'il soit sorti faire un tour avec les documents du projet. Il se rend compte que je la regarde.

— Je ne fais pas confiance aux coffres des hôtels.

Comme Gerard.

— Vous voulez que j'en colle sur mon chemin vers l'hôtel ? Comme ça, vous couvrirez une plus grande zone.

Ça m'a l'air d'une bonne idée et je lui donne quelques post-it. Il les regarde et sourit.

— Très astucieux, ces papiers qui collent tout seuls.

Il lit ce qui est écrit et sourit à nouveau comme s'il avait reçu une bonne nouvelle.

— C'est votre numéro ?

Nous nous séparons, chacun dans une direction différente. Ça ne me plaît pas trop qu'il ait mon numéro, même s'il n'a pas l'air dangereux. En fait, il me fait de la peine.

Le réveil a sonné à six heures du matin dans la chambre du petit appartement de Pearson, dans un quartier humble de New York. Il a traîné quelques minutes, enlaçant son ours en peluche qui n'a plus qu'un œil, celui avec lequel il dort depuis son enfance. Puis il s'est levé et a enlevé le bonnet qu'il met la nuit pour ne pas se décoiffer. Mais il portait déjà son pantalon, sa chemise et sa veste trop grande. Il a mis l'ours dans sa mallette de cuir et il est sorti de son appartement. Il a voyagé en métro jusqu'à la New York Film Academy, dans la 17ᵉ rue, est allé en classe, où un groupe de cinéastes en herbe l'attendait avec impatience pour écouter une passionnante (ou soporifique) leçon sur l'histoire du cinéma. Il a mangé un sandwich, qui se trouvait dans sa mallette, dans la cafétéria de l'école, puis un taxi l'a conduit à JFK, où il a pris un vol direct pour l'aéroport international de Genève. Là, il est monté dans un train qui a longé le lac Léman jusqu'à Morges où, en taxi, il est enfin arrivé à La Paisible. *Il a passé l'après-midi à regarder des films avec monsieur Kennedy, son avocat et Gerard. Puis on l'a raccompagné jusqu'à Morges, et il est entré pour la première fois dans son hôtel. Il a sorti l'ours en peluche de sa mallette et l'a serré avec force. Puis il l'a placé sur le lit et ils ont regardé ensemble la télévision. Il est ensuite sorti faire un tour et l'ours est resté lire un livre :* La Métamorphose, *de Kafka. Il est tombé sur moi et a pensé que ça serait agréable d'aller boire un verre mais ça n'a pas marché. Maintenant, il retournera à son hôtel, se mettra au lit sans enlever ses habits, pas même ses chaussures, puis serrera l'ours contre lui jusqu'à ce que tous deux s'endorment.*

Sur le chemin vers l'hôtel, je passe devant la voiture de Gerard, garée sur la promenade du lac, et je me rappelle le siège de Yul, qui a disparu. Je pose mes mains de chaque côté de ma tête pour mieux voir l'intérieur de la voiture, et mon estomac se noue. Je ne supporte pas de voir que le siège de mon fils n'y est pas. Je ne crois pas qu'il soit dans le coffre. Je ne crois pas qu'il l'ait enlevé pour que nous puissions voyager tous les trois, parce qu'il y avait largement la place. J'essaye d'ouvrir le coffre mais il est fermé. Je lui donne alors un coup de pied, de rage, et cherche par terre de quoi faire levier. Il y a un bout de bois mais il se casse et je finis par l'utiliser pour rayer un côté de la voiture, mais il en prend tellement peu soin qu'il ne s'en rendra même pas compte. Je cherche une pierre, que je trouve dans un petit conteneur près d'une maison en travaux, et frappe le pare-brise qui se fend. Je rapporte ensuite l'arme du crime là où je l'ai trouvée. Épuisée, je m'assois par terre, appuyée contre la roue arrière de la voiture, et cache mon visage entre mes mains tout en pleurant comme une enfant. Je ne sais pas comment nous en sommes arrivés là, ni ce qu'il faut que nous fassions pour que tout redevienne comme avant. Nous sommes devenus des monstres d'égoïsme et de destruction. Une notification m'avertit que j'ai reçu un message. Je sors mon portable et sèche mes larmes. C'est Stéphane, qui me demande si je suis au Balzac. J'éteins mon portable, convaincue qu'il me localise par satellite. Quand je me relève, je regarde entre les voitures pour m'assurer qu'il n'a pas encore découvert où je me trouve. Si seulement mon pouvoir servait à quelque chose.

De loin, je peux voir de la lumière dans la chambre qui est la nôtre, enfin je crois. Quand j'arrive devant la porte, je n'entre pas immédiatement. Je reste dans la rue et réfléchis. Je ne sais pas si je préfère passer la nuit avec un homme qui ne m'aime pas ou tomber sur un psychopathe qui me cherche frénétiquement. À travers les deux fenêtres qui donnent sur la rue, je peux voir la réception. Je m'en approche discrètement et observe l'intérieur de l'hôtel pour voir si le beau réceptionniste est là. Quelqu'un est assis, mais je ne suis pas certaine que ça soit lui. Cette personne a la tête en arrière et on dirait qu'elle dort, même s'il n'est pas tard. J'approche mon doigt de la vitre et caresse l'espace où apparaît cette tête réduite. Quand j'entre, je suis maintenant sûre que c'est lui, qu'il ne s'est pas encore rendu compte que j'étais là. Il dort. Je l'observe de plus près et m'imagine dormir à ses côtés, avoir le droit de caresser son nez et ses cheveux, d'embrasser ses lèvres, de lui murmurer dans l'oreille que je l'aime. Le jeune homme respire si profondément qu'il en ronfle presque et ça me fait rire. Mon rire le réveille et lorsqu'il me voit, il a d'abord peur puis il se met à rire et m'adresse son sourire de toujours. Il se redresse sur sa chaise tout en frottant ses yeux de ses deux mains, sans cesser de me sourire.

— Le café ne me fait plus aucun effet. Je m'endors partout. On dirait un vieux. Je crois que je dois aller voir un médecin pour m'assurer que je ne suis pas narcoleptique, mais je sais qu'il me dira de travailler moins et de dormir plus.

— C'est ce que je me disais, aujourd'hui. Ou tu couvres tous les horaires, ou tu as un frère jumeau.

— On a deux arrêts maladie et je fais le double d'heures. J'ai besoin d'argent.

— Tu veux être riche ?

— Je veux terminer mes études.

J'ai l'impression qu'il attend que je lui demande ce qu'il étudie mais je ne le fais pas. Il se lève de sa chaise, attrape une thermos cachée sous le comptoir de la réception et me la montre.

— Je peux t'offrir un café.

— Merci, mais je crois qu'à moi ça me ferait de l'effet et j'aimerais dormir.

— Dommage. Moi qui voulais te proposer de faire la fête ici à la réception jusqu'à l'aube.

Il me sourit encore et se sert tranquillement un café dans sa tasse, posée près de l'ordinateur. Puis il y met du sucre et mélange le tout pendant que je l'observe, comme si j'avais tout mon temps. Et un instant magique est en train de naître, que je ne voudrais briser pour rien au monde. Il prend une gorgée de café et me regarde. Il sourit à nouveau, comme s'il me voyait pour la première fois, et je me dis que s'il continue à me regarder comme ça je vais me jeter sur ses lèvres et l'embrasser. Tout à coup, je pense au parapluie qu'il m'a prêté ce matin et que Gerard a dû oublier à *La Paisible*.

— J'ai oublié le parapluie.

— Quel parapluie ?

— Celui que tu m'as prêté ce matin.

— Ah ! Ce parapluie ! Pas de problème, tu n'as pas besoin de me le rendre, il fait partie des objets oubliés par les clients dans les chambres. Tu devrais voir tout ce qu'ils oublient, et tout ce qu'ils volent. Au fait, tu as déjà envoyé ton fax ?

— Je ne l'ai même pas encore écrit.

— Ah bon. Ça ne doit pas être très important.

— Non. C'est juste qu'à notre retour nous ne pourrons pas ouvrir la porte de chez nous.

— Je serai là toute la nuit.

— Oui, mais je crois que je ne le ferai pas aujourd'hui. Peut-être demain matin.

— Je serai là jusqu'à dix heures.

Je bâille, ce qui le fait bâiller, et nous nous mettons tous les deux à rire.

— Tu me laisses coller un mot ? dis-je en montrant le panneau qui se trouve à côté de l'ascenseur, dans un cadre ancien et placé sur un chevalet.

— En principe, c'est pour les informations de l'hôtel et la carte du restaurant, mais comme je suis tout seul cette nuit, vas-y. Je devrai l'enlever demain matin avant l'arrivée des autres.

Je sors de mon sac les post-it et en colle un sur la carte du restaurant. Il m'observe attentivement.

— Tu as perdu quoi ?

— Un chien.

Je réponds en riant.

— Un chien ? Vraiment ?

— Non. Des photos.

— Et c'est ton numéro ?

J'acquiesce avec un sourire malicieux tout en appelant l'ascenseur et lorsque les portes s'ouvrent, je le regarde à nouveau et lui souhaite une belle nuit. Dans l'ascenseur, je me regarde dans le miroir et vois que j'ai rougi. Je suis certaine qu'il pense que cette histoire de post-it, c'était pour lui donner mon téléphone. J'ai l'impression d'être une ado surexcitée. Je suis d'un doigt le reflet de mes lèvres sur le miroir, mais imagine en fait qu'il s'agit des siennes. Quand je sors dans le couloir, je me concentre pour feindre la sérénité face à Gerard. Je suis certaine qu'il s'est débarrassé des photos et du siège, mais je n'ai aucune preuve ni aucune envie de me disputer. Je veux garder en moi toute la nuit ce moment magique que je viens de vivre. J'aurai peut-être de la chance et je rêverai du réceptionniste.

Je frappe doucement à la porte et il vient immédiatement m'ouvrir. Une puanteur terrible pénètre mes poumons et je vois, sur le bureau, à côté de son ordinateur allumé, un flacon de produit antimoustiques. Je ne sais pas s'il a vu que j'ai effacé tous ses contacts Messenger. Qu'il est exactement comme moi, maintenant. Il ne me dit rien, retourne à son ordinateur, qu'il éteint. Je sors la bouilloire de l'armoire et la remplis dans la salle de bains. Lorsque j'en sors, il est déjà au lit, en boxer et T-shirt. Je place la bouilloire sur sa base et attends que l'eau arrive à ébullition. Je mets un sachet de thé dans une tasse et la remplis d'eau. J'attends que ça refroidisse en me déshabillant et m'assois en culotte et débardeur sur la chaise, puis regarde Gerard qui zappe entre des chaînes muettes. J'ai peur d'aller au lit parce que j'ai l'impression qu'il pourra entendre mon cœur battre d'excitation pour un autre. Quand j'ai terminé mon thé, je lave ma tasse dans le lavabo, même si les femmes de ménage le font le matin. Mais comme ça, je gagne du temps pour me calmer. Je regarde mon visage dans le miroir et pense au dernier message de Stéphane. Quand je sors, je ferme la porte de la chambre à clé sans qu'il me voie et me dis que ça serait une bonne idée d'attacher un fil qui relie la porte et le porte-clés, que je poserais sur la table. Il est si massif que si quelqu'un ouvrait la porte, il ferait un trou en tombant et nous réveillerait certainement. Comme je n'ai pas de fil, je place deux valises devant la porte, en guise de barrière, petite et inutile, au cas où quelqu'un entrerait. Je me mets au lit et, inconsciemment, évite que nos corps se touchent sous les draps. Je suis déjà allongée mais il est assis, le dos appuyé contre la tête de lit, et la lampe de sa table de chevet est allumée même s'il a éteint la télévision et ne fait rien. Tout à coup, il commence à parler, sur un ton normal, comme si nous ne nous étions pas disputés. Il me parle de *La Paisible* et de Kennedy, m'explique comment il a acheté la maison et ce qu'elle signifie pour lui. Pourquoi il n'a plus publié de roman et la raison pour laquelle c'est avec une autobiographie qu'il a refait surface. Et son monologue dérive vers son projet. La raison de notre venue ici, le rôle des films qu'il a apportés, le profit qu'il veut en tirer. Même si j'ai envie de savoir, la fatigue accumulée au cours de la journée et le ton de sa voix, plat et monocorde, alors qu'il parle bas parce qu'il est tard, tout cela me fait fermer les yeux. Je ne peux pas m'en empêcher. J'entends sa voix, lointaine, mais je vois le visage du réceptionniste et j'entends en fond Morrissey qui chante « Moon River ». Ce n'est peut-être pas la meilleure version de cette chanson mais c'est la première que j'ai écoutée et c'est un hymne pour moi, maintenant. Puis arrive le moment, je ne sais pas combien de temps plus tard, où le visage du réceptionniste s'est évanoui et où tout est noir. Je n'entends plus la voix de Gerard, même s'il doit continuer de parler. Et Morrissey ne chante plus. Il ne reste alors que l'obscurité et le silence. La paix et le calme. Et rien d'autre. Le monde pourrait s'écrouler et je ne m'en rendrais pas compte.

Il ne reviendra pas. Il dit qu'il est parti et qu'il ne reviendra jamais. La confusion se change en panique. La panique m'empêche de respirer. Est-ce ma mère, cette femme qui me dit adieu depuis le précipice ? Dites-lui de nager jusqu'à la plage lorsqu'il arrivera à la mer, que nous l'attendrons. Non. Il ne reviendra pas. Il est tombé de trop haut et a chuté trop bas. Tu te rappelles comment tu t'appelles ? Tu as eu de très nombreux noms depuis la première fois mais la question est la suivante : te rappelles-tu comment tu t'appelais au début ? Comment tes parents t'ont baptisée ? Mes pieds sont brûlants, c'est la faute du sable sur la plage. Le soleil le chauffe depuis trop longtemps et je ne peux pas t'atteindre. Il ne reviendra pas. Depuis son départ, il n'a pas donné signe de vie. Le souvenir de son visage s'efface et ça me blesse de savoir que je ne me le rappellerai plus jamais. Quand ils me parleront de lui, je ne saurai pas à qui ils feront référence. Et les personnes âgées écoutent attentivement les mots que je lis dans le livre mais je sais que lorsque l'heure se sera écoulée et que j'aurai refermé le livre, ils auront tout oublié. C'est pour ça que je n'y place jamais aucun marque-page. Ils auront tout oublié et lui ne reviendra pas. Aucun de ceux que j'ai oubliés ne reviendra, sauf dans mes rêves la nuit, mais j'ai du mal à mettre un nom sur les visages que je vois. Je sais que l'une de ces femmes aux longs cheveux blonds est ma mère, mais elle pourrait être ma grand-mère ou ma sœur. Je sais que l'un de ces hommes qui passent, flous, devant moi, corpulents, la peau dure, la barbe longue et les sourcils fournis, est mon père. Était-ce lui qui fumait la pipe ou bien mon grand-père ? Je sais que l'un de ces enfants qui jouent sur cette plage au sable brûlant est mon fils. Je sais que Yul est ici mais je ne le reconnais pas parmi tous ces enfants. Je sais que l'une des petites filles qui font voler leur cerf-volant est moi, enfant. Je sais que sur cette plage se réunissent tous les souvenirs que j'ai effacés au fil des années et quelqu'un, Gerard peut-être, ou un autre homme que j'ai aimé, m'avertit de ne pas m'approcher de l'eau parce que les vagues peuvent emporter les souvenirs que je conserve sur cette plage. L'une des femmes me demande si je me rappelle comment je m'appelle tout en étalant sa serviette sur le sable. Je crois que c'est Carme, la mère de Gerard, mais elle ne lui ressemble pas du tout. De la musique résonne et je vois un orchestre lorsque je me retourne, sur une estrade en bois qui sort de l'eau. Tous ceux qui se trouvent sur la plage se mettent par deux et commencent à danser, même si le sable leur brûle les plantes des pieds, sous le puissant soleil. Une maison en bois peinte en blanc est située à côté de la plage et un enfant joue devant sa porte. Je m'en approche mais, quand il me voit, il se lève et entre en courant dans la maison. Sur l'un des côtés de la porte, des lettres peintes en bleu ciel indiquent : « La Paisible ». *Les fenêtres ont des volets bleu ciel et leurs rideaux blancs s'agitent sous la brise marine, sortent à l'extérieur et s'envolent comme s'ils voulaient s'échapper. J'entre dans la maison et suis surprise car elle est vide. Le sol est lui aussi en bois mais je ne vois aucun meuble ; seuls les rideaux qui volettent dans la brise et la lumière du soleil qui éclaire la pièce me sont perceptibles. L'enfant n'y est pas. Je l'appelle : « Yul ! » Je sais que c'est lui parce qu'on sait ces choses dans les rêves. Une femme âgée sort d'une pièce. C'est Carme, la mère de Gerard. Elle marche en souriant et commence à parler dans une langue que je ne comprends pas. Il ne reviendra pas. Il est tombé de trop haut et a chuté trop bas. Je regarde par la fenêtre et vois que l'orchestre se trouve désormais devant la maison et qu'il joue toujours, mais les gens qui dansaient sont enterrés dans le sable. Seule leur tête dépasse. La marée monte et les noiera tous bientôt. Ils ne reviendront pas, dit la mère de Gerard. Ce sont tous les morts que tu as oubliés. Puis elle recommence à sourire, avant de rire. Un rire qui devient de plus en plus exagéré. Elle me dit qu'elle a une mauvaise nouvelle à m'annoncer. Sur le sol de l'une des pièces, j'aperçois une flaque de sang qui s'étend de plus en plus. Elle passe la porte et progresse sur le sol en bois. Carme rit toujours et me dit que Yul est mort. Que si je veux le récupérer, je peux chercher les morceaux de son corps sous les roues de la voiture qui l'a écrasé, comme elle-même a été écrasée ensuite par une autre voiture. Et tout à coup, comme par magie, elle se décompose et rejoint le sang qui, maintenant, recouvre telle une moquette le sol de toute la maison et dans lequel mes pieds nus baignent. Il fait froid. Je suis seule. L'orchestre ne joue plus et, lorsque je regarde par la fenêtre, je vois qu'ils sont tous noyés sous les vagues et que les instruments partent à la dérive. Il ne reviendra pas. C'est ma seule certitude. Il ne reviendra pas.*

Le sol est froid. Très froid. Mes yeux ne peuvent contenir mes larmes. Aucune d'entre elles. Je n'ai pas le courage de lever la tête, heureusement que mes cheveux masquent mon visage. Je vois ses pieds nus devant la porte, comme s'il n'osait pas entrer. Puis je me rends compte que ma main serre mon portable si fort que j'en ai mal aux doigts et que mon sang ne circule plus. Je ne sais pas comment je suis arrivée ici. Je ne sais pas ce que je fais assise par terre dans la salle de bains, appuyée contre les toilettes. Le silence, et surtout sa présence, tout me dérange mais je n'ose toujours pas bouger. J'attends qu'il fasse le premier pas. J'ai besoin qu'il dise quelque chose ou qu'il m'aide à me relever. J'ai besoin qu'il me prenne dans ses bras et qu'il me dise que tout ira bien. Mais ses pieds nus ne quittent pas le seuil de la porte, comme si je lui faisais peur, ou comme s'il ne savait pas quoi me dire. Je veux appeler quelqu'un, mais je ne sais pas qui. Peut-être que si j'appelle sa mère elle me confirmera que tout n'a été qu'un cauchemar.

— Tu crois que je vais faire peur à ta mère, si je l'appelle ?

Ma voix résonne étrangement. Comme si elle ne sortait pas de moi. Comme si elle était enregistrée et que des haut-parleurs la déformaient.

— Il est quatre heures du matin. Tu ne dois téléphoner à personne.

— Gerard Guix.

Je lève la tête pour la première fois et le regarde. Appuyé contre le chambranle de la porte et vêtu d'un boxer et d'un T-shirt, il me regarde et attend.

— J'ai rêvé que Yul mourait.

Il se met à pleurer. Il s'approche doucement et m'aide à me relever. Il m'enlève mon portable, puis me prend par la main, comme si j'étais une petite fille. Il me met au lit et me borde. Depuis la table de chevet, la famille de papier me regarde en souriant et me transmet le calme dont j'ai besoin dans un tel moment. Il s'allonge à côté de moi et m'enlace. Il se rendort immédiatement. Sa respiration lente et profonde en est la preuve. Il me faut encore un peu de temps pour m'endormir à mon tour, même si j'ai vraiment sommeil. Je sais qu'à mon réveil tout redeviendra comme avant. Je sais qu'à mon réveil tout ça n'aura été qu'un cauchemar. Et surtout je sais qu'à mon réveil Yul sera vivant.

Jour 4

Je ne suis pas Holly. Ni Lula Mae. J'ignore qui je suis.
Je suis comme ce chat. Nous sommes des anonymes.
Des oubliés.
Nous n'appartenons à personne.
Audrey Hepburn
Dans *Diamants sur canapé*

Et alors, lorsque l'étreinte est si forte qu'elle ne me laisse pratiquement pas respirer, je me réveille.

Je suis perdue. Je ne sais pas qui je suis. Je ne sais pas où je suis. Je ne sais pas quel lien m'unit à l'homme qui dort à côté de moi. Je frotte mes yeux de mes deux mains et attends qu'ils s'accommodent à la lumière qui filtre entre les rideaux. J'observe dans la pénombre le visage de l'homme, mais pour l'instant il ne me semble pas familier. Je le reconnaîtrai peut-être plus tard, mais pour l'instant je suis incapable de lui donner un nom. J'aime les traits de son visage, marqués, son nez proéminent et doté de personnalité, les poils de sa barbe dure qui percent comme des pointes d'acier sa peau. L'haleine qui sort de sa bouche ne sent pas mauvais et j'ai l'impression qu'il respire par la bouche, parce que son nez est bouché. Ses sourcils sont épais mais soignés, je suppose qu'il fait attention à son apparence. Sa peau n'est pas abîmée et, au repos du moins, ne présente aucune ride d'expression, même s'il doit bien avoir un peu plus de trente ans. Ses cheveux sont très courts et ils n'ont pas l'air d'être teints. D'un doigt, je suis les contours de son visage, mais il ne se réveille pas. Je descends ensuite dans son cou, fin, qui me plaît, je passe dans son dos et continue le long de son bras jusqu'au bout de son index. Il porte un T-shirt publicitaire. De mon doigt, je dessine les lettres sur son torse, *inVICtro*, un mot qui m'a l'air exotique, certainement le nom d'un groupe de musiciens. Il bouge et, comme si j'étais en train de commettre un crime, je retire ma main et reste immobile, dans l'attente de son réveil. Il se gratte un bras et laisse sur sa peau une trace blanche, mais il dort toujours. Je me redresse et m'assois sur le lit, décidée à découvrir où je me trouve. Mon regard balaye cette chambre à la décoration impersonnelle et j'en conclus que ce n'est pas chez moi. Je me lève et sens comme ma tête tourne légèrement tandis que je me dirige lentement vers la fenêtre. La moquette caresse la plante de mes pieds et me chatouille. J'écarte un peu les rideaux, suffisamment pour que la lumière entre sans le réveiller, et me retrouve face à la splendide vue d'une mer sans plage. Les arbres sur la promenade maritime bougent et un grand drapeau suisse ondule dans le vent. Je sais au moins dans quel pays je me trouve. Les rares promeneurs sont habillés chaudement même si la journée est ensoleillée. Je retourne au lit et m'allonge à côté de l'homme qui dort encore. Je me place dos à lui en souhaitant qu'il se réveille et m'explique qui il est. Je vois sur la table de chevet la photo d'un couple et de leurs deux enfants qui m'observent, rieurs. Je ne sais pas si je devrais les reconnaître, mais leur présence me rassure, comme s'ils faisaient partie de ma famille. Je sens qu'il se réveille. Il s'agite, mal à l'aise, comme s'il était nerveux ou comme s'il sortait d'un cauchemar. Je ferme les yeux et fais semblant de dormir, mes cheveux étalés en éventail sur l'oreiller. Son souffle hérisse les poils de ma nuque. Il soulève le drap et l'odeur de nos corps monte vers moi. Je sens son regard qui me parcourt, qui s'arrête sur mes jambes, la seule partie dénudée de mon corps. D'un doigt, il suit sur le tissu de mon T-shirt, une par une, les vertèbres qui jalonnent le chemin partant de ma nuque vers mes hanches pointues. Il laisse retomber le drap et notre odeur me parvient à nouveau. Elle me plaît. Il ne bouge pas. Je ne bouge pas. Nous ne bougeons pas, comme si nous avions peur que le lit puisse se briser. Quelques minutes plus tard, alors que je crois qu'il s'est rendormi, je sens qu'il recommence à bouger, change de position et se met sur le dos. Il respire profondément, comme s'il était épuisé ou ennuyé. Il joue avec l'élastique de son caleçon, qu'il tire et fait claquer contre son ventre. Mes yeux se posent sur la porte fermée qui se trouve devant moi, la seule chose que je peux regarder sans révéler que je suis réveillée. Ça doit être celle de la salle de bains, j'ai l'impression que nous sommes dans un hôtel. Quelqu'un, dans le couloir, parle très fort et répète plusieurs fois le mot « Cheffo », dont j'ignore le sens même si je parle français. À côté de moi, il ne bouge toujours pas d'un pouce. Je retiens ma respiration pour savoir s'il respire encore. Il fait un bruit de la bouche ou du nez qui me confirme qu'il est vivant. Je me souviens de l'étreinte, si forte qu'elle ne me laissait pratiquement pas respirer, mais je suis incapable de voir le visage de la personne qui me serrait contre elle. Je crois qu'aujourd'hui j'ai encore pleuré et qu'il a encore parlé. Il se tourne sur le côté et s'approche de moi. Il passe un bras sur ma taille et la serre mais l'enlève immédiatement comme s'il avait peur d'être électrocuté. Il colle son corps tout contre le mien, en cuiller, et je sens comme il place son sexe durci entre mes fesses. Quel dommage que le tissu de nos sous-vêtements rende impossible un contact plus intime. Je sens sa respiration s'accorder à la mienne et c'est suffisant pour que je me rendorme profondément.

Un réveil sonne quelque part dans la chambre et il me faut quelques secondes pour réagir et comprendre ce qui se passe. Qui je suis. Où je suis. Qui est l'homme qui dort à côté de moi. Le bruit me rend nerveuse et comme il ne bouge pas, je me redresse et cherche son origine. Je repère un téléphone portable sur sa table de nuit et dois passer par-dessus lui pour l'éteindre, alors qu'il dort toujours. Je lui plante un genou dans les côtes. Il se frotte les yeux et me regarde, surpris, comme s'il ne s'attendait pas à me trouver ici. Je souhaite qu'il parle, ce qui m'aiderait à l'identifier, mais il se lève en silence, ôte son T-shirt et son caleçon, qu'il jette sur le lit, et entre dans la salle de bains sans me regarder. Il agit si naturellement que je suis convaincue qu'un lien très fort nous unit. Il ferme la porte à clé, ce qui remet en question ce que je viens de penser. Je me lève, pleine d'énergie. Certaine qu'il est sous la douche puisque j'entends l'eau couler, je cherche des indices dans ses affaires. Je trouve son passeport et l'examine attentivement. Espagnol. Gerard Guix Badosa, né le 23 février 1975 à Vic, province de Barcelone. Sur le bureau, je vois un ordinateur portable, un appareil photo et des documents. Deux valises bloquent la porte et deux autres se trouvent sur une chaise. J'en déduis que nous sommes en voyage loin de la Catalogne. Je fouille l'une des valises où je ne trouve que des habits féminins, à la recherche d'informations me concernant, et je trouve, caché dans le fond, un livre, intitulé *Dia de caça*, sur lequel figurent son nom et sa photo. Maintenant, je sais qu'il est écrivain. Je le feuillette et m'étonne parce que seules les premières pages sont jaunies tandis que les autres semblent neuves. Je le laisse là où je l'ai trouvé et cherche dans les poches extérieures, où je trouve un passeport. Ça doit être le mien, il y a ma photo. Belge. Kira Stieglitz, née le 31 octobre 1988 à Bruxelles, en Belgique. Sur la table de chevet, de mon côté, un téléphone charge. Je regarde les appels passés : Susanne, Carme et Gerard, ça doit être lui. Je regarde les appels reçus. Au moins une douzaine provient d'un numéro dont le préfixe est 33, de très nombreux messages aussi. J'en écoute un et ça m'étonne qu'un homme appelé Stéphane cherche tant à me joindre. J'entends que l'eau s'arrête de couler et je me dépêche de reposer le téléphone sur la table de chevet. Je me remets au lit, où je fais semblant de dormir, mais il tarde encore longtemps à sortir. Quand finalement il sort, il prend des habits dans une valise et les enfile. Il range l'ordinateur et les documents dans une sacoche et je pense qu'il m'a oubliée ou qu'il a réussi à me rendre invisible. Je m'assois dans le lit et le regarde, j'essaye de trouver ce que je sais de lui.

— Je descends pour le petit-déjeuner, il est déjà tard. J'ai rendez-vous avec Pearson pour aller à *La Paisible*. Rappelle-toi qu'elle viendra à 10 h. Comme tu ne l'as pas avertie, tu devras aller aux thermes avec elle, que ça te plaise ou non.

Il passe l'anse de la sacoche sur son épaule.

— Je t'appelle plus tard, quand je saurai ce que je ferai pour le déjeuner.

Comme je n'ai pas bougé, il doit penser que je me suis endormie assise, et il ajoute :

— Tu m'as entendu, Anastasia ?

Il est sur le point de sortir sans m'embrasser ou me toucher, mais il bute contre la barricade de valises.

— C'est pour éviter que je parte ou pour que personne n'entre ? demande-t-il en écartant les valises pour pouvoir ouvrir la porte.

Je ne réponds toujours pas parce que je ne rappelle pas les avoir placées à cet endroit. Il est parti. Je sens que mon angoisse monte. Je me dis que tout ça ne m'a pas beaucoup aidée à savoir qui je suis, ni quel est mon lien avec cet homme. Je me relève, plus lentement que tout à l'heure pour que ma tête ne tourne pas. Je marche dans la chambre comme un zombi. Comme je ne sais pas qui je suis, je ne sais pas non plus ce que je dois faire. Je me rappelle ce que Gerard a dit. Une femme viendra à 10 h, mais je ne sais pas qui ni pourquoi je dois aller dans des thermes avec elle. Dans la salle de bains, je m'assois sur les toilettes et fais pipi tout en m'observant dans le miroir. Puis je passe de l'eau sur mon visage, que j'approche du miroir, comme si je voulais m'embrasser sur les lèvres. Je caresse de mes doigts ce visage et demande à mon double pourquoi son compagnon l'a appelée Anastasia, si son nom est Kira. J'enlève mon débardeur blanc et le laisse tomber à mes pieds. J'observe mon corps nu dans le miroir, dans l'espoir d'obtenir davantage d'informations sur mon identité. C'est étonnant comme je suis blanche, je suis si mince, et je n'ai presque pas de seins. Mes cheveux longs tombent sur mes épaules, et dans cette lumière ils ont l'air blancs. Il y a une cicatrice sur mon ventre, trop grande pour être celle d'une appendicite. C'était peut-être une césarienne, et si j'ai eu un enfant mon corps ne porte aucune autre trace de cette grossesse. Je me concentre pour me rappeler si j'ai un enfant ou pas. Je fais des efforts, tente de reconstituer les dernières heures, mais tout est flou. Si un jour j'ai un fils, je l'appellerai Yul, ça j'en suis certaine, mais je ne sais pas si c'est parce que mon père s'appelait comme ça ou si j'aime ce prénom depuis que je l'ai découvert dans un film. Je ferme la bonde du lavabo que je remplis d'eau. Je remplis mes poumons d'air et plonge la tête sous l'eau froide, bien décidée à ne plus l'en retirer. Des mots résonnent dans ma tête. Montpellier, Barcelone, Londres et Lausanne. Je sens que l'air me manque mais ne sors pas la tête de l'eau. Nous avons fait un long voyage pour faire quelque chose d'important, mais je ne sais pas ce que c'est. Pas du tout. Ce n'est pas que je ne me le rappelle pas, c'est que je ne sais pas ce que c'est. Lorsque je sors la tête de l'eau et remplis à nouveau mes poumons d'air, je suis presque certaine que nous vivons à Barcelone, que nous sommes passés à Montpellier et que maintenant nous nous trouvons à Lausanne, ou juste à côté. Mes cheveux mouillés ont foncé et je ressemble à quelqu'un d'autre. Mes yeux, d'un bleu surnaturel, ont rougi et je ne sais pas si ce sont des gouttes ou des larmes, ce que je vois sur mes joues. Je me rappelle certaines choses. Je suis Anastasia et j'ai un fils, qui s'appelle Yul. Gerard est mon compagnon, mais nous ne sommes pas mariés. Peut-être que nous ne nous aimons pas, mais je n'en suis pas certaine. Sa mère s'appelle Carme, mais je ne me rappelle rien de mes parents, ni de ma famille. Peut-être que je ne me rappellerai jamais rien, ou peut-être que je n'ai jamais rien su. Stéphane, l'homme qui veut me trouver, est le père de la famille de papier qui se trouve sur la table de chevet et il veut récupérer ses photos. Tout se remet en place. Nous sommes à Morges, près de Lausanne, parce que Gerard a un projet. Et moi, je me résigne et fais comme si ça ne me touchait pas. Depuis notre rencontre à Londres, il m'a toujours traitée ainsi. Je n'aime pas la confiture d'abricot et je ne supporte pas les boissons à bulles. Et tous les matins, à mon réveil, je ne me rappelle pas qui je suis, mais je retrouve la mémoire après quelques minutes. Il reste pourtant toujours des trous ou, dans mon cas, des précipices.

Je vais dans la chambre en fredonnant une chanson qui tourne en boucle dans ma tête sans que je sache ce que c'est. Je m'assois sur le lit et allume la télévision, vérifie que toutes les chaînes fonctionnent, mais n'en regarde aucune. La sonnerie d'un téléphone me surprend et je cours chercher mon portable, mais je me rends compte que c'est le fixe de l'hôtel qui sonne. Je le regarde comme si c'était un objet non identifié puis, pleine d'appréhension, décroche et approche le combiné de mon oreille.

— *Hola*, dis-je en catalan, parce que je ne sais pas en quelle langue je dois parler.

— Bonjour, répond une voix d'homme en français. Madame Acherman vous attend à la réception.

— Acherman ?

— Madame Vanessa Acherman. Elle demande si vous descendez tout de suite.

— Je dois descendre ?

Ma question déconcerte le réceptionniste et je l'entends parler à la femme qui doit se tenir à ses côtés.

— Elle dit que vous avez rendez-vous à dix heures.

— Vous pouvez me dire quel jour on est ?

— Le 3 août.

— Et l'année ?

— L'année ?

Il est perplexe, maintenant.

— Vous allez bien ?

— Oui, merci.

Je raccroche, certaine qu'il a pensé que j'étais idiote ou droguée. J'ouvre la fenêtre et me penche, peu importe si je ne porte qu'une petite culotte. Je regarde en bas dans la rue et mon plan d'évasion, sur des draps noués ou en sautant dans la chambre d'à côté, s'effondre. Trois étages et aucune prise où m'accrocher. Juste en face de l'hôtel est garée une voiture vert foncé sur laquelle s'appuie une femme qui fume une cigarette. Elle porte un tailleur bleu marine, on dirait un uniforme, et un chapeau ridicule de la même couleur.

Un peu plus loin, je vois une promenade fleurie et une étendue d'eau. Je me rappelle qu'il s'agit du lac Léman et pas d'une mer. Les montagnes qui se découpent de l'autre côté sont les Alpes. Je me demande si les gens qui passent dans la rue ont eux aussi des problèmes d'identité au réveil, le matin. Le vent fouette mes cheveux mais la sensation est très agréable. Vanessa Acherman. La femme qui m'attend en bas s'appelle Vanessa Acherman et nous devons aller dans des thermes. C'est une information qui vaut le coup d'être connue. Tout à coup, j'ai la sensation d'être observée, et je vois du coin de l'œil un flash qui m'éclaire. Je regarde en direction de la fenêtre voisine et vois une ombre qui court se cacher. J'entends un bruit, comme si cette personne avait trébuché dans sa fuite. J'allonge le buste que je sors à demi par la fenêtre, mais je ne peux rien voir de plus et la seule chose que je vais réussir à faire, c'est tomber dans la rue. La femme qui m'attend près de la voiture lève la tête, impatiente, m'interpelle quand elle me voit, puis, comme si on lui avait pincé les fesses, entre dans l'hôtel. Alors je me rappelle que je ne voulais pas la voir et que je dois fuir à tout prix. Je cherche des habits et m'habille en urgence, quand le téléphone de la chambre se remet à sonner. Je noue un foulard sur mes cheveux et mets mes lunettes de soleil, attrape mon sac, mon portable, la clé et mes baskets, mais ne les enfile pas pour ne pas perdre de temps. Je sors de la chambre et file comme l'éclair, manquant presque de renverser le chariot de la femme de ménage qui se trouve juste devant ma porte. Sur le palier, tandis que j'hésite entre prendre l'ascenseur et descendre par les escaliers, mon portable sonne. Il est encore dans ma main, et je décroche en un acte réflexe, sans regarder qui m'appelle.

— C'est le réceptionniste, dit la même voix qu'avant. Elle monte par les escaliers.

Je n'ai plus le temps d'appeler l'ascenseur, alors je monte les escaliers en direction du quatrième étage et attends immobile, sans un bruit, tandis qu'elle frappe à ma porte et repart. Je reste cachée, par précaution, et quand je n'entends vraiment plus rien, je descends lentement au troisième étage et passe ma tête à l'angle du couloir pour vérifier que la femme n'est plus là. Je continue à descendre les escaliers et arrive à la réception, où je ne la vois toujours pas. Un couple âgé me sourit et je les entends dire en allemand que j'ai l'air d'une folle. Rien d'étrange à cela, vu que j'essaye de passer incognito : foulard, lunettes de soleil, pieds nus et chaussures à la main. Derrière le comptoir de la réception se trouve un jeune réceptionniste, très séduisant, mais même si sa tête me dit quelque chose, je ne me rappelle pas si je le connais. Lorsque je m'approche de lui, il me sourit et son visage me rappelle celui d'un acteur de cinéma muet.

— C'est qui, cette folle qui te poursuit ? demande-t-il.

— Je n'en ai vraiment aucune idée.

— À ta façon de répondre, je me suis dit que tu ne voulais pas la voir. C'est pour ça que je t'ai appelée sur ton portable.

Je ne sais pas comment il a eu mon numéro.

— Tu as le fax que tu voulais envoyer ?

— Quel fax ?

La surprise qui se peint sur mon visage le fait à nouveau sourire et sa façon de me parler, si peu habituelle dans une relation réceptionniste-client, me confirme que nous nous connaissons réellement. Ou du moins que nous avons déjà discuté, mais je ne crois pas que nous soyons devenus intimes.

— Je vois, on ne l'enverra jamais, ce fax.

Il se met à rire et ses yeux se posent sur la porte.

— Si tu ne veux pas voir cette femme, attention, elle revient. J'ai l'impression qu'elle est vraiment fâchée.

Je regarde par les fenêtres qui se trouvent derrière moi, et effectivement je la vois qui revient vers l'hôtel. Sans réfléchir à deux fois, je saute par-dessus le comptoir et m'accroupis aux pieds du jeune homme qui, toujours en me souriant, me montre une porte sur notre gauche. Je me dépêche de l'ouvrir et, même si c'est un réduit rempli de seaux et de balais, encombré par un escabeau, je m'y faufile comme je peux et referme la porte. Ma position n'est pas très confortable et l'odeur de javel qui monte d'un des seaux me fait tourner la tête. J'entends des voix de l'autre côté de la porte et sens mes muscles se tendre. Je deviens un bloc rigide. Je me concentre pour saisir tous les mots qui me parviennent de la réception.

— Mademoiselle Anastasia est descendue ?

— Oui, elle vient de sortir... Si vous vous dépêchez, vous pourrez la rattraper.

— Personne n'est sorti de l'hôtel, dit-elle sur un ton sec.

— Bien sûr que si. Elle est sortie il y a à peine une minute....

Suit un long silence qui me rend vraiment nerveuse. Je me demande ce qu'ils peuvent bien faire et pourquoi ils ne disent rien. Elle est peut-être partie et il attend d'en être certain pour me sortir d'ici. Cet endroit est très sombre, presque aucune lumière extérieure ne passe par-dessous la porte. J'ai des crampes dans la jambe droite, l'air me manque et je me sens mal. Je pourrais m'évanouir s'il y avait assez de place. Lorsque je n'en peux plus et que je suis sur le point de sortir, la voix de la femme retentit et me glace.

— Tu ne la cacherais pas dans ce placard, par hasard ?

Je me rappelle alors que cette femme a le pouvoir de lire dans les pensées, ce qu'elle doit être en train de faire maintenant avec le réceptionniste.

— Pardon ? dit-il, nerveux.

— Comme Peter O'Toole et Audrey Hepburn dans *Comment voler un million de dollars*. Ils se cachent dans le placard de service et attendent que le musée se vide pour le cambrioler.

— Ce n'est pas un musée, ici, dit le réceptionniste, et un rire m'échappe.

— Quelle insolence, dit-elle.

Et j'entends son pas sonore qui s'éloigne vers la sortie de l'hôtel. Il se dépêche de m'ouvrir la porte et la première chose que je vois, c'est son sourire et ses yeux brillants. Je ne peux presque plus bouger ma jambe droite et bute contre un seau, qui se renverse.

—Ça va ? demande-t-il en redressant le seau.

— Oui, ça va.

— Je ne veux pas savoir pourquoi tu te caches de cette femme, mais je peux te comprendre.

— Elle est mauvaise, mais je ne me rappelle pas exactement qui c'est, dis-je, et je respire à fond pour faire partir l'odeur de javel qui a pénétré mes narines. Merci de m'avoir sauvée.

— C'est pas ton fort, la mémoire. Tu ne sais pas quel jour on est, ni l'année, ni qui est cette femme qui te poursuit. On fait la paire ! Toi et ta mémoire de poisson rouge et moi qui m'endors partout. Je ne veux même pas imaginer comment ça sera quand on sera vieux.

Je prends de l'élan pour repasser par-dessus le comptoir, mais entre les baskets que je tiens dans une main et ma crampe à la jambe, je ne saute pas assez haut, et je tombe, entraînant avec mes pieds l'une des lampes qui s'écrase par terre. Il est pris d'un fou rire et, au lieu de m'aider, s'assoit sur son fauteuil où il rit sans pouvoir arrêter. Je me relève avec toute la dignité dont je peux faire preuve, tout en replaçant mon foulard. Je ramasse la lampe, mes lunettes qui sont tombées et mes baskets, qui ont atterri à deux endroits différents. Je les lui tends pour qu'il me les tienne, prends appui sur le comptoir et me hisse pour m'y asseoir. Il me rend mes baskets, que je mets solennellement. C'est alors que je vois une vieille dame, assise sur l'un des canapés rayés, qui s'amuse comme une petite folle. Je suppose qu'elle a assisté à toute la scène, depuis l'arrivée de Vanessa jusqu'à maintenant. Ça a dû lui plaire, parce qu'elle dit en français, avec un accent étonnant :

— On dirait une comédie romantique comme on en faisait avant.

Je saute de l'autre côté du comptoir et vérifie par la fenêtre que la voiture de la femme n'est plus là.

— Je crois que tu saignes, dit-il, et il montre mon bras droit.

C'est une égratignure qui saigne un peu mais ce n'est pas grand-chose.

— Ne t'inquiète pas. C'est rien du tout.

Nous restons là, à nous regarder dans les yeux, prolongeant cet instant. La dame du canapé me dit dans une langue que je comprends mais que je ne reconnais pas :

— Allez, embrasse-le, idiote.

Mais alors, prise par un surprenant accès de honte, je le remercie à nouveau et sors de l'hôtel. Cette aventure illuminera sa journée.

Dehors, il fait un temps splendide, qui invite à la promenade. Je m'assure que Vanessa est bien partie, qu'elle n'est pas cachée au coin de la rue ou derrière un arbre. Je m'éloigne du lac et me dirige vers le centre. Là-bas, il sera plus facile pour moi de me cacher si je retombe sur elle. Dans la Grand-Rue, il y a beaucoup de monde, surtout parce que c'est une rue très commerçante et piétonne. Parfait pour faire les magasins ou pour boire un verre dans l'un de ses salons de thé. Comme je n'ai pas pris de petit-déjeuner à l'hôtel, parce que tout est allé très vite, j'entre dans la même pâtisserie qu'hier, celle où je m'étais installée en terrasse. Je regrette de ne pas avoir goûté leur chocolat et leur croissant, qui sentaient si bon. Je commande la même chose, mais à emporter cette fois parce que j'ai envie de marcher. La femme qui me sert me dit que mon bras saigne. Elle me tend un gobelet en plastique rempli de chocolat chaud, un croissant et quelques serviettes en papier pour essuyer le sang. Je sors et pose le gobelet et le croissant sur l'une des tables colorées. J'appuie sur ma blessure, mais comme ça saigne toujours, je retire le foulard de ma tête et improvise un pansement. J'utilise une des serviettes en guise de gaze et noue mon foulard autour. Je me promène tranquillement, lunettes de soleil sur le nez, consciente que je devrais rechercher l'ombre parce que j'ai oublié de mettre de la crème solaire. Je regarde les vitrines et observe les gens que je croise. Je ne sais pas s'ils sont heureux, mais la majorité en a l'air. Je m'arrête devant la vitrine de la bijouterie *Christ*, dont la porte est ouverte, au mépris de toute sécurité. Chose impensable à Barcelone. Je regarde les bijoux exposés, surtout une collection qui associe diamants et argent. Mon visage se reflète dans la vitre et j'apprécie la jeune femme que j'y vois, dont les yeux sont cachés derrière des lunettes de soleil. Je prends une bouchée du croissant et une gorgée du chocolat et me demande si je serais plus heureuse avec une de ces bagues au doigt, ou bien si j'avais l'un de ces colliers autour du cou. En face de la bijouterie, mon attention est attirée par une vitrine remplie d'ours en peluche identiques. Sur la vitre, des lettres blanches comme calligraphiées annoncent que le nom de cet établissement est « Magie féerique ». Je m'en approche et regarde avec plaisir, me disant que Yul adorerait voir tous ces oursons. Je pourrais lui en acheter un. Je continue dans la Grand-Rue et finis par arriver devant l'église où Gerard n'a pas voulu entrer, puis, après avoir tourné sur la droite, je me retrouve au Métropolis, avant de voir ensuite le Balzac. Dans la lumière du jour, tout semble bien moins dangereux qu'hier soir, lorsque Stéphane me poursuivait. Le centre de Morges, ses boutiques et ses restaurants, ce ne sont que trois rues. Et on en fait vite le tour. Avant d'arriver au Balzac, sur le même trottoir, je découvre la librairie Le Petit Prince, et me dis que ça doit être un signe : Gerard est écrivain, et moi aussi j'en ai un à la maison, de petit prince.

C'est un petit local, rempli de livres de toutes les tailles et de toutes les couleurs. Un monsieur âgé me sourit quand j'entre, mais il parle au téléphone en français. On dirait qu'il s'agit d'un fournisseur qui ne lui a pas apporté la commande qu'il attend. Je regarde les étagères et les livres, mais j'ai du mal à repérer autre chose que des manuels de développement personnel, des ouvrages de médecine alternative et de choses semblables. J'aimerais bien trouver ici un livre de Gerard, si loin de chez nous. Je sais que c'est n'importe quoi, parce que jusqu'à présent aucun de ses livres n'a été traduit. Même moi, je ne l'ai pas fait quand il me l'a demandé, et je crois que je me sentirai toujours coupable. Une fois, dans l'appartement du Raval, il m'avait demandé de m'asseoir devant son ordinateur et, tout fier, il m'avait montré le catalogue de l'université de Hambourg, où se trouvait un exemplaire en catalan de son dernier roman. S'il était arrivé jusqu'en Allemagne, il est possible qu'il soit aussi en Suisse. Je ne sais pas ce qu'il a bien pu faire du roman pour lequel il me mettait dehors. Tellement de souffrance, et il n'en parle même plus. Comme s'il n'avait jamais existé. C'est peut-être pour ça que nous sommes ici, pour que monsieur Kennedy le lise et lui donne son avis. Lorsque l'homme raccroche, je lui demande s'il a des livres de Gerard Guix. Il me dit que ça lui dit quelque chose et me demande de préciser un titre ou une thématique. Je lui explique que c'est un auteur catalan et que ce sont des romans.

—Ici, notre spécialité, c'est le développement personnel, les médecines alternatives, l'ésotérisme et la spiritualité. Nous ne vendons pas de fiction.

J'ai l'impression qu'il prend un ton méprisant pour parler de ce genre.

Je lui demande s'il a des livres pour enfants. J'aimerais acheter des histoires en français pour Yul. Comme ça, entre le CD d'Audrey Hepburn en anglais et ces livres en français, il pourrait commencer à apprendre les deux langues. C'est peut-être de cette façon que j'ai appris toutes les langues du monde, enfant, et elles me reviennent maintenant après de longues années d'oubli. Les seuls livres qu'ils ont sont des manuels destinés aux adultes. Je pense que j'ai bien su élever mon fils. Je n'ai eu besoin ni de manuels ni de conseils. C'est comme ça, quand tu n'as personne autour de toi. Rien que la mère de Gerard, mais elle était loin lorsque les véritables problèmes sont arrivés. Je ne crois pas avoir besoin non plus de livres pour développer mon physique ou mon esprit. Je suis plutôt heureuse et les choses vont plutôt bien pour moi. Je le remercie et lui dis que je cherche de la fiction, et j'insiste sur le mot, parce que moi j'aime ça. Je sors de la librairie et chausse de nouveau mes lunettes même si le soleil ne donne plus sur ce côté de la rue. Je coupe par une rue plus étroite, où une fourgonnette mal garée bloque presque le passage, et m'immobilise devant le seul commerce qui s'y trouve. C'est un coiffeur « pour dames et messieurs » où le temps semble s'être arrêté depuis longtemps. J'aime son nom, Diminu'tifs, et lorsque je regarde à l'intérieur, par des vitres assez sales, je vois des fauteuils des années cinquante et une décoration largement passée de mode, mais aucun coiffeur ni client. Je suis passée plus tôt devant un ou deux salons de coiffure bien plus modernes bourrés de monde, où le personnel très occupé courait dans tous les sens. L'un dans la Grand-Rue,

Franck Provost, une chaîne je crois, qui faisait la coupe et le shampoing dames à 75 francs suisses et la même chose pour les hommes à 45. L'autre, Ada, en face de la librairie Le Petit Prince, était unisexe. Le prix n'était pas marqué à l'extérieur mais la vitrine était remplie de produits de marques connues. Ça m'inquiète de pouvoir me rappeler ces choses alors que des faits bien plus importants disparaissent tout simplement de mon esprit comme si de rien n'était. C'est certainement un autre symptôme de ma tumeur cérébrale.

Le Diminu'tifs a quelque chose de spécial qui le rend plus intéressant que tous les autres coiffeurs que j'ai vus. Son propriétaire, et j'imagine que ça doit être un homme sur le point de prendre sa retraite, ne doit pas connaître les dernières tendances parisiennes, ni ce qui est à la mode à Londres ou à New York, mais il a dû couper plus de cheveux que les gamins qui sont en stage dans les autres salons. Maintenant que je n'ai plus mon foulard sur la tête, je me dis que si je tombe sur Vanessa elle me reconnaîtra immédiatement, et c'est pour cette raison que j'entre d'un pas décidé. Une clochette sonne au-dessus de ma tête et la plante en plastique sur ma droite bouge dans l'air que je déplace. Le local est vraiment ancien et je suis sûre qu'il n'a jamais été retouché après son ouverture. Je ne crois pas que les murs aient été jamais repeints. Sur ma droite, quatre bacs à shampoing, et sur ma gauche, quatre miroirs et quatre chaises en osier avec des cousins à fleurs. Sous chaque miroir, un sèche-cheveux, des brosses et des ciseaux en désordre. Au centre, une espèce de salle d'attente avec deux canapés noirs qui ne sont pas en cuir, au cas où tout à coup la clientèle serait nombreuse. La pièce est remplie de plantes en plastique qui accentuent la tristesse du lieu, le rendent encore plus artificiel et inanimé. Je ne sais pas depuis combien de minutes je suis debout devant la porte, mais personne n'est apparu. Je souris et fais un timide pas en avant, puis dis bonjour en français mais personne n'arrive. Je rouvre et referme la porte pour que la clochette sonne, mais je dois encore attendre quelques minutes avant qu'un monsieur âgé, marchant lentement et maugréant en français, apparaisse. Il est de petite taille, on dirait qu'il a la soixantaine dépassée, et il porte une blouse aussi blanche que ses cheveux.

— J'étais au téléphone. Un peu de patience, nous avons toute la journée !

— Excusez-moi, dis-je sur le ton le plus aimable qu'il me soit possible d'adopter. Je ne savais pas que vous étiez au téléphone.

Je suppose qu'il comprend que ce n'est pas ma faute, et qu'il n'a pas assez de clients pour se permettre d'être désagréable, parce qu'il me sourit et, sur un ton bien plus professionnel, me demande si je suis venue pour un shampoing.

— Un shampoing et une coupe.

— Une coupe ? me demande-t-il en jetant un regard sur mes cheveux blonds.

— Oui. Une coupe.

— Les pointes ?

— Non. Courte.

— Courte ?

Il est encore plus surpris maintenant.

— Et une couleur.

— Une couleur ?

Sa surprise se change en confusion.

— Noire.

— Noire ?

— Comme le charbon.

Il commence à respirer bizarrement, comme s'il manquait d'air. D'une main, il m'indique la partie de droite où se trouvent les bacs. J'accroche mon sac sur un porte-manteau et m'assois sur l'un des fauteuils. Il me passe une serviette autour du cou et j'incline ma tête en arrière. Je ferme les yeux et laisse ses mains caresser mes cheveux. J'imagine que c'est le réceptionniste de l'hôtel et je sens un picotement qui monte depuis mon ventre. Le savon a un parfum de fruit que je ne reconnais pas mais qui me transporte dans mon enfance oubliée. Je ne sais pas combien de temps ça dure, une éternité peut-être, et quand il essore mes cheveux je regrette que ce fantasme s'achève. Il m'indique aimablement d'une main les miroirs et lorsque je m'assois sur l'un des fauteuils en osier, il commence à brosser mes cheveux, foncés par l'eau, et me redemande si je veux vraiment les couper.

— Je veux les couper, oui. S'il vous plaît. Et leur faire une couleur.

— Une couleur, répète-t-il, déçu parce qu'il pensait que j'avais oublié.

Il soulève mes cheveux et me montre les pointes.

— Je coupe ici ?

— Plus court.

Il remonte de quelques centimètres.

— Plus court.

Il remonte de quelques centimètres.

— Plus court.

— Plus court ? Vos cheveux sont magnifiques.

— Oui, mais courts, ils le seront aussi.

— Et vous les voulez courts comment ?

Je cherche des yeux une photo qui pourrait servir de point de repère sur les murs du salon et montre l'image en noir et blanc d'une mannequin qui se trouve à côté d'une plante en plastique. Il la regarde quelques secondes, comme s'il la mémorisait pour ensuite me faire exactement la même coupe, puis se met au travail sans un mot. Lorsqu'il a terminé, il va préparer la couleur pour teindre mes cheveux en noir et me demande si je l'ai déjà fait avant.

— Je ne me rappelle pas.

— Vous ne vous rappelez pas ? Ce ne sont pas des choses qu'on oublie.

Pour s'assurer que je n'aurai pas de réaction allergique, il en dépose d'abord un peu derrière mon oreille. Quelques minutes plus tard, quand il a vérifié que tout va bien, il recouvre tous mes cheveux de cette pâte collante dont la forte odeur me plaît. J'attends que cela fasse effet et regarde à nouveau la photo que j'ai montrée plus tôt comme modèle. Mon cœur bondit dans ma poitrine. C'est Audrey Hepburn au début de sa carrière, et elle me sourit, angélique. Dans l'une des marges, sa signature : *With Love, Audrey.* J'essaye d'imaginer ce qui se passera si Vanessa, avec son obsession, voit ma nouvelle apparence. Je retire d'un ongle une petite couche du produit pour voir si j'ai encore le temps de faire marche arrière, mais le coiffeur, derrière moi, me dit que c'est trop tard. Ensuite, il me relave les cheveux et tandis qu'il me coiffe et me sèche les cheveux, je peux voir dans le miroir le reflet d'Audrey à côté du mien et la ressemblance est si grande que je prends peur.

— Si je n'étais pas si vieux, je vous inviterais à danser ce soir, me dit le coiffeur en me montrant le résultat dans un miroir.

En sortant du salon, je ressens une étrange mélancolie, comme si un peu de l'ancienneté du lieu m'avait gagnée, mais c'est certainement parce que je me suis délestée d'une chose importante à mes yeux. Ça ne devrait pas avoir autant d'importance. Ce ne sont que des cheveux et ils repousseront. C'est bizarre, j'ai l'impression que tout le monde me regarde, et je ne reconnais pas la jeune femme que je vois dans le reflet des vitrines. Si j'avais des problèmes d'identité avant ça, maintenant je ne sais pas ce qui m'attend. Je suis fatiguée et commence à avoir faim. Je cherche mon portable dans mon sac pour regarder l'heure et vois qu'il est éteint. Je l'allume et tape mon code PIN : l'année de naissance de Yul. Ça me rassure de voir que je n'ai aucun message. Il est presque midi et je me dis que je pourrais aller m'allonger un peu. Lorsque je tourne dans la rue de l'hôtel, je vois de loin l'Opel Astra vert foncé et la femme qui m'attend en fumant. Je m'arrête comme si quelqu'un m'avait mise sur pause, mais lorsque je me rappelle ma nouvelle apparence, je suis certaine qu'elle ne me reconnaîtra pas. Je mets mes lunettes de soleil, au cas où, mais je sais qu'elle cherche une jeune femme blonde aux très longs cheveux. Je recommence à marcher, d'un pas d'abord incertain puis de plus en plus ferme lorsque je m'approche d'elle, pour éviter que soit mon attitude qui me dénonce, et pas mon apparence. Elle jette son mégot par terre et l'écrase. Puis elle lève la tête et me regarde. Mon cœur bat très vite lorsque je passe devant elle et que je l'observe du coin de l'œil, certaine que mes lunettes cachent mon regard. Elle me fixe bouche bée, comme si elle avait vu un fantôme. J'entre dans l'hôtel, passe les portes automatiques, que je trouve plus lentes que d'habitude, me dirige vers le comptoir, mais le beau réceptionniste n'y est plus. Une jeune femme très sympathique est à sa place et parle au téléphone. Je regarde par la fenêtre, mais d'ici je ne peux voir ni la voiture ni la femme. Je lui demande ma clé avec impatience mais elle me fait le geste de patienter. J'ai très envie de sauter à nouveau par-dessus le comptoir pour me cacher, mais la lampe sur ma droite, fendue sur sa base, me rappelle que l'idée n'a pas été fameuse. J'entends les portes automatiques s'ouvrir et reste immobile, sans même oser me retourner pour voir si c'est elle qui est entrée.

— Vous êtes pleine de surprises, vous, dit-elle d'un ton sec et agressif. D'abord vous vous échappez de l'hôtel comme une fugitive et maintenant vous changez d'apparence. Si vous vouliez que je perde votre trace, vous auriez dû choisir un autre déguisement.

La jeune réceptionniste raccroche et me demande avec un sourire aimable de lui répéter le numéro de ma chambre.

— Pas la peine, ma jolie, dit la femme. Changement de plan.

Elle me prend par le bras et me tire à l'extérieur. Je regarde la jeune femme, incapable de prononcer un mot, dans l'espoir que mon regard suppliant soit suffisant pour qu'elle vienne à mon aide. Si mon réceptionniste avait été là, je suis sûr qu'il aurait affronté cette femme. Lorsque nous nous retrouvons dans la rue, elle lâche mon bras.

— Et ce foulard ? me dit-elle en me montrant celui qui est noué autour de mon bras.

— Je me suis blessée.

— Quand ? Lorsque tu te cachais de moi ?

— Non. Après.

— Et ce changement d'apparence ?

— J'en avais assez d'avoir les cheveux longs.

— Eh bien... tu es impulsive, comme Audrey dans *Vacances romaines*. J'espère que le coiffeur ne t'a pas invitée à danser avec lui ce soir. Bon, comme nous sommes ici, je vais te montrer la mairie où Audrey a épousé son second mari. Ne t'inquiète pas, c'est juste à côté.

Je n'ai pas le choix. Elle reprend mon bras et, après avoir traversé, entre la rue Louis-de-Savoie et la Grand-Rue, nous nous arrêtons face à un bâtiment aux grandes arcades que des lettres dorées identifient comme « Administration communale ». À côté se trouve le palais de pierre rouge que j'ai vu hier. Sa tour est très haute et sa forme pointue rappelle celle d'un château. J'aime tout particulièrement les fleurs jaunes qui le décorent. Au pied de la tour, sous une arche de pierre, deux femmes discutent.

— Aucun respect, dit la femme en les montrant. Tu devrais voir comment c'est, le samedi matin, avec le marché. Il y a toujours des hippies qui installent ici leur stand. C'est ici qu'Audrey s'est mariée pour la deuxième fois, avec le docteur Andrea Dotti, le 18 janvier 1969. Son fils aîné, Sean, était invité. Tu as déjà dû voir cette photo si célèbre qui les montre après la cérémonie. Si tu regardes bien, tu verras que c'est cette arche.

Lorsque les deux femmes qui discutaient prennent congé l'une de l'autre, Vanessa s'approche et touche les pierres. Elle ferme les yeux, comme si le contact lui redonnait des forces. C'est peut-être ici qu'elle recharge le pouvoir qui lui permet de lire dans l'esprit des gens. Lorsqu'elle rouvre les yeux, elle me fait signe d'approcher et me dit de toucher la pierre, de laisser son pouvoir monter en moi. Je vois qu'un homme très âgé nous regarde de loin, certainement surpris de voir qu'Audrey Hepburn est sortie de son tombeau pour retourner sur les lieux de son mariage. Je ne ressens rien de spécial lorsque je touche la pierre mais elle me dit que mes yeux ont maintenant un éclat plus intense qu'avant.

— Dommage qu'ils soient si bleus.

J'ai peur, je me dis que si elle en a l'occasion elle est capable de me les arracher et de les remplacer par des yeux de verre de la même couleur que ceux de l'actrice. De retour devant l'hôtel, je regarde par la fenêtre de la réception pour vérifier si mon réceptionniste est là, mais ne le vois pas. Il était temps qu'il se repose.

— Je monte chercher ma valise ?

Je suis convaincue que je n'ai pas d'autre choix que de l'accompagner aux thermes.

— Pas la peine. J'ai annulé les deux chambres que j'avais réservées quand j'ai compris que tu n'avais aucune intention de venir avec moi. Monte dans la voiture, dit-elle, décidée à sauver ce qui reste de cette journée.

J'obéis à ses ordres et pense qu'il aurait peut-être mieux valu aller aux thermes. Maintenant, je n'ai aucune idée de l'endroit où elle m'emmène et j'ai l'impression que ma fuite me vaudra des représailles.

— J'avais prévu de faire un beau trajet en bateau jusqu'à Évian-les-Bains. Une fois arrivées, nous aurions pu passer la journée dans les thermes, à nous offrir des soins et des massages. Le soir, je voulais t'emmener manger dans un très joli restaurant au bord du lac. Le lendemain matin, j'avais pensé louer une voiture et aller à la station de ski de Megève, dans les Alpes françaises : tu aurais pu voir les lieux du tournage de la scène où Audrey rencontre Cary Grant dans *Charade*. Tu l'as vu, non ?

— Oui. Il y a longtemps, dis-je en regardant par la vitre, parce que j'essaye de comprendre où on va.

Pour le moment, le trajet m'est familier et j'ai l'impression que nous allons à Tolochenaz.

— Ma scène préférée, c'est quand ils sont à bord d'un bateau-mouche sur la Seine, la nuit, me confie-t-elle.

Elle modifie sa voix pour imiter Audrey Hepburn :

— « Merveilleux. Tu te rends compte que tu as eu trois noms au cours des deux derniers jours ? Je ne sais pas à qui je parle. » Et il lui répond...

Maintenant elle feint une voix grave comme si c'était Cary Grant qui parlait :

— « C'est toujours le même homme, même si le nom change. » Tu te rappelles ?

J'appuie ma tête contre la vitre et respire profondément. Je me concentre sur le paysage verdoyant et sur les maisons de maître. C'est étonnant, de tous les dialogues de ce film, c'est celui-ci qu'elle a choisi. Celui qui est le plus proche de qui je suis et qui me blesse le plus. Au deuxième rond-point, nous tournons sur la droite en direction du cimetière et je me dis qu'aujourd'hui, comme il fait beau, elle me le montrera peut-être avec davantage de dévotion. Mais nous dépassons le chemin sur la butte. Nous dépassons également la salle polyvalente et son grand parking où je n'ai jamais vu de voiture garée. Nous nous arrêtons devant le bâtiment qui ressemble à une baraque abandonnée, celui dont je pensais qu'il s'agissait d'une école provisoire pendant qu'on élevait l'école derrière l'église. Elle descend sans un mot et je la suis, certaine qu'il s'agit d'un nouveau lieu d'intérêt touristique dans son itinéraire Hepburn.

— Le pavillon Audrey Hepburn, dit-elle, montrant d'une main le bâtiment. Il a eu de meilleures années, mais pour moi, même s'il est en ruines, il conserve toujours l'essence de ce qu'il a été à son inauguration.

Nous traversons la route et elle s'arrête devant le buste en bronze qu'une plante est sur le point de masquer totalement par son feuillage. Elle fait face à la femme représentée et la regarde dans les yeux.

— On devrait ériger un monument à l'artiste qui a fait ce buste. Un monument au mauvais goût. Si c'est Audrey Hepbrun, moi je suis Mata-Hari.

J'observe la statue et c'est vrai que la ressemblance n'est évidente que si on sait quel est le modèle. Elle sort de son sac un porte-clés bien garni qu'elle me montre tout en le secouant.

— Tu as de la chance. J'ai pris les clés.

Et tandis que je la suis vers l'entrée du pavillon, je me dis que nous n'avons pas la même conception de la chance. Sur la porte sont encore marqués les horaires de visite et les informations sur le pavillon, dans des lettres blanches collées sur la vitre. Lorsque nous pénétrons dans le bâtiment, une bouffée humide me surprend et m'empêche de respirer. Tout est sale, sur le sol traînent des matériaux de construction. C'est triste de voir un lieu si abandonné. Je me rends compte que je marche sur un panneau qui dit « *Closed*/Fermé ». La désolation qui règne ici n'a pas d'effet sur la femme, qui sourit et respire profondément comme si cet air vicié lui faisait du bien. Elle attrape deux seaux remplis d'eau qui se trouvent dans l'une des deux salles.

— Des fuites. Je savais que la pluie d'hier allait remplir les seaux.

Elle ressort et les vide sur l'escalier, en profitant pour nettoyer les marches. Puis elle les replace au même endroit, avec une précision millimétrée afin qu'aucune goutte ne tombe en dehors lors de la prochaine pluie. Elle cherche deux chaises pliantes en bois accrochées au mur, les place en vis-à-vis et m'invite à m'asseoir au milieu de la salle.

— Ce n'est pas très confortable mais c'est tout ce qui reste, dit-elle tout en ôtant son chapeau, qu'elle pose sur sa jupe.

— C'était quoi, ici ?

— Le pavillon Audrey Hepburn.

Elle se redresse et adopte le ton d'un guide de voyage sur le point de fournir à son groupe une tonne d'informations qu'ils ne pourront jamais assimiler complètement :

— Quand Audrey est morte, en 1993, à 63 ans, de nombreux admirateurs de l'actrice ont commencé à visiter Tolochenaz. Ils allaient voir *La Paisible* et sa tombe, sur laquelle ils laissaient des figurines d'anges, des dessins et des fleurs. Un jour, son fils aîné, Sean, né de son premier mariage avec Mel Ferrer, est allé voir le maire de Tolochenaz et lui a dit qu'il aimerait faire quelque chose pour le village, pour que les visiteurs aient un lieu où ils pourraient se rappeler sa mère. Ils voulaient donner son nom à une rue mais elle n'aurait pas aimé cette idée. C'était une femme qui voulait toujours passer inaperçue. Être comme le reste des mortels. En 1995, j'ai lu une annonce dans le journal local qui demandait des bénévoles pour créer le futur musée qui allait être construit dans le village en son honneur et je n'ai pas hésité une seconde à m'inscrire. On a cherché un bâtiment sans prétention et plusieurs associations ont donné de l'argent pour en faire un lieu d'exposition digne de ce nom. Nous avons acheté le matériel et ça nous a pris deux ans, tous ensemble et de façon totalement bénévole, pour tout terminer. Les personnes qui ont travaillé au musée, tout au long de son histoire, soit une soixantaine en tout, étaient des bénévoles et la plupart d'entre eux avaient connu Audrey, c'était leur voisine depuis les années soixante. Quand tout a été prêt, nous avons inauguré le pavillon Audrey Hepburn. Quatre-vingt-dix pour cent des bénéfices générés par le musée avec son entrée symbolique et tout ce qu'on récoltait dans la boutique de souvenirs était destiné aux diverses causes qu'elle défendait, pour les enfants dans le besoin. Nous poursuivions son œuvre, celle qu'elle menait à l'UNICEF au cours des dernières années de sa vie. Le reste servait aux dépenses courantes. Dans le musée, on pouvait voir l'Oscar qu'elle avait gagné pour *Vacances romaines* et le prix humanitaire Jean-Hersholt qu'elle avait reçu en 1993. On pouvait aussi admirer la célèbre robe noire de *Diamants sur canapé*, et bien d'autres modèles conçus par son ami Hubert de Givenchy. Des photographies prises tout au long de sa vie et des affiches de ses films couvraient ces murs.

« L'objet le plus curieux du musée était un briquet que lui avait offert Cary Grant sur le tournage de *Charade*. Dans la boutique, on pouvait acheter des cartes postales avec des reproductions des œuvres d'Audrey, qui aimait peindre, surtout des motifs floraux. Elle adorait les fleurs. On pouvait également repartir avec un flacon du parfum Interdit, que Givenchy avait spécialement créé pour elle. Mais ce qui était encore plus intéressant, c'est qu'on y vendait des pots de la confiture préparée par des gens du village avec les fruits de *La Paisible*, dont Audrey avait pris soin peu de temps auparavant. Ça avait beaucoup de succès, mais ils ont arrêté d'en faire quand ses héritiers ont vendu la maison en l'an 2000 à monsieur Kennedy. Quatre-vingt pour cent des visiteurs étaient des Japonais. Tu sais pourquoi ?

Je fais non de la tête, fascinée par cette histoire et, surtout, gagnée par son émotion.

— Audrey incarnait l'élégance simple, qui fait partie des éléments les plus importants de la culture japonaise.

Elle interrompt son explication et regarde tout autour d'elle. Ses yeux brillent et je sais que même si ce lieu est sale et abandonné, elle peut voir tout ce qu'elle me raconte comme si rien n'avait changé.

— Tu as lu le roman d'Alan Brown, *Audrey Hepburn's Neck* ?

— Non.

— C'est l'histoire d'un jeune Japonais qui tombe amoureux à neuf ans d'Audrey après l'avoir vue dans *Vacances romaines*. Le livre est plutôt bon, même s'il commence sur une erreur. Il dit que la scène où Audrey coupe ses cheveux est au début du film, ce qui est faux. Ça m'a beaucoup gênée.

Elle s'arrête et regarde encore autour d'elle, longtemps.

— J'en ai passé, des heures, dans ce pavillon, continue-t-elle. Nous avons tous un lieu où conserver nos souvenirs. C'est le mien. Et toi, tu les conserves où, tes souvenirs ?

— Je n'aime pas penser au passé, dis-je pour changer de sujet.

— Tu sais qu'Audrey était comme toi ? Elle n'aimait pas penser au passé. Quelle est ta couleur préférée ?

— Le vert.

— Dommage. Elle, c'était le blanc.

— Je peux te poser une question ?

Elle sourit parce qu'elle croit que, bonne élève, je vais vouloir plus de détails sur ce qu'elle m'a raconté, mais elle ne sait pas, comme dit Gerard, que je pose toujours la mauvaise question.

— Cet endroit, avant d'être le musée d'Audrey, c'était une école ?

Elle me regarde, déconcertée, et se met à rire.

— Oui. Il y avait une école que la municipalité a cédée sans demander de loyer, pour que nous montions le musée.

Je la vois qui s'approche de moi et me prend le bras.

— Ta blessure saigne, dit-elle en montrant le foulard enroulé autour de mon bras.

— C'est le motif du foulard.

Je réponds très vite même si je sais qu'il n'en a pas, de motifs, parce que je veux éviter toutes ses manœuvres pour me toucher.

— Elle est vraiment grosse et très rouge, cette fleur, alors. Il en faut, des gouttes de sang, pour faire un dessin comme celui-ci.

— Ne t'en fais pas, je ne vais pas me vider de mon sang. J'en ai encore cinq litres.

Elle se relève en riant, pose son chapeau sur la chaise et sans un mot sort de la salle et du pavillon. Je me lève rapidement et vais à la fenêtre pour l'espionner à travers les rideaux métalliques, tout poussiéreux. Elle entre dans sa voiture et cherche quelque chose dans la boîte à gants. Face au pavillon, il n'y a qu'une étendue de prés verts qui ne me permettront pas de fuir. Je regarde la salle vide dans laquelle je me trouve et m'efforce d'imaginer comment elle pouvait être avant, telle que me l'a décrite Vanessa. Des plaques de faux plafonds sont posées en pile par terre et on peut voir la structure métallique du bâtiment. J'imagine l'endroit quand c'était encore une école et que ses murs étaient pleins de dessins d'enfants, de mappemondes, d'affiches sur le corps humain et d'images d'animaux. Je me demande où pouvait bien se trouver le tableau noir et ferme les yeux pour essayer d'entendre le rire des enfants. Ce que j'entends, c'est la porte d'entrée qui s'ouvre, puis ce qui me semble être le bruit d'une clé qu'on tourne dans la serrure. Je regarde vers le vestibule et la vois qui entre, une bouteille d'alcool à 90 degrés et de la gaze à la main. Elle me fait asseoir sur la chaise et dénoue mon foulard. La serviette en papier est imbibée de sang et elle la jette par terre. Elle imprègne un morceau de gaze avec le désinfectant et me dit que ça va piquer.

— J'ai vu plusieurs fois tous les films d'Audrey. Les plus anciens, c'est mon neveu qui me les a téléchargés sur Internet parce qu'on ne les trouve pas en DVD. La majorité est sous-titrée en japonais. Quand tu les as vus plusieurs fois, tu saisis toutes les coïncidences qu'il y a entre eux, comme dans la vraie vie.

Je ne sais pas si elle me raconte ça pour détourner mon attention pendant qu'elle me soigne ou parce que c'est l'heure de cette leçon, maintenant.

— Dans deux de ses films, on peut voir la place Vendôme de Paris, et sa colonne au milieu. Le premier, c'est *Ariane*, qui a été tourné à l'hôtel Ritz, sur cette place. C'est là que loge Gary Cooper. L'autre, c'est *Comment voler un million de dollars*, où Peter O'Toole y a un appartement. Sa coupe de cheveux dans *Au risque de se perdre* rappelle celle qu'elle avait des années plus tôt dans *Vacances romaines*.

Elle souffle sur ma blessure pour que l'alcool sèche, ce qui ne me semble pas très hygiénique.

— Hubert de Givenchy a conçu les vêtements de la majorité de ses films. Dans *Diamants sur canapé*, elle porte un très beau manteau rouge, avec de grands boutons, dans la scène où elle entre avec George Peppard dans un magasin pour voler deux masques d'animaux, qu'ils mettent pour ressortir dans la rue. Dans *Charade*, dans la scène où elle va avec Cary Grant aux jardins des Champs-Élysées, quand ils regardent un spectacle de marionnettes, elle porte un manteau pratiquement identique. Tout lui allait, une robe créée juste pour elle par un ami, une chasuble de nonne ou les haillons de lady Marianne. Lorsque j'ai vu pour la première fois *Au risque de se perdre*, quand j'étais enfant, j'ai voulu prendre le voile. Heureusement que j'ai vu juste après *Diamants sur canapé*, où elle joue une prostituée. Je suis restée à la croisée des chemins.

Elle rit de sa blague et observe un instant ma blessure, comme fascinée, avant de reprendre la parole.

— Mais la coïncidence que je préfère vient du récit de Truman Capote qui a inspiré *Diamants sur canapé*. Dans le livre, le jeune écrivain qui n'a encore publié aucun roman lit à Holly une histoire qu'il a écrite : celle de deux femmes, maîtresses d'école, qui vivent dans la même maison. Lorsque l'une d'elles se fiance, l'autre envoie des lettres anonymes qui font scandale et le mariage n'a pas lieu. À la fin de la lecture, Holly remarque que la femme qui écrivait les lettres était évidemment amoureuse de la première, et que c'est pour cette raison qu'elle le faisait. Une intrigue étonnamment proche de celle du film *La Rumeur* dans lequel une petite fille accuse les deux directrices d'un pensionnat pour filles d'avoir des rapports inavouables. Shirley MacLaine et Audrey Hepburn, fiancée dans le film à James Gardner, font tout leur possible pour prouver que c'est un mensonge, mais à la fin MacLaine se suicide parce qu'elle était vraiment amoureuse de son amie.

Elle pose une gaze propre sur ma blessure et l'entoure à nouveau avec mon foulard, qu'elle a retourné pour que la tache de sang ne se voie pas.

— On dirait que l'histoire se répète, dit-elle en me fixant du regard, et je dois écarter le mien car je ne supporte pas ce contact.

— Quelle histoire ? fais-je, feignant l'incompréhension.

— On dirait que la situation est la même ici, non ? Toi, moi et Gerard. Mais rassure-toi, je ne vais pas me suicider.

Elle se relève soudainement et s'éloigne de quelques pas en direction de la fenêtre sans me quitter des yeux. Elle cherche son paquet de cigarettes dans son sac et en allume une. Je me lève, nerveuse, et me promène dans la salle, tout en essayant de mettre entre nous une certaine distance de sécurité et en me demandant comment je peux faire baisser la tension qui est montée d'un cran. Je vois dans un angle une grande tache d'humidité qui descend le long du mur et attaque le parquet.

— Pourquoi tout est à l'abandon, maintenant ? Pourquoi il n'existe plus, ce musée ?

— Tu sais, dit-elle de l'autre côté de la salle vide, vue d'ici, dans cette lumière, tu es son sosie. Tu te déplaces même comme elle. Tu es bien plus convaincante que cette cruche de Jennifer Love Hewitt, dans ce biopic barbant et superficiel qu'on a fait d'Audrey il y a quelques années. Ils ont complètement omis les épisodes les plus émouvants de sa vie et le film donnait l'impression qu'elle était un peu idiote et que sa vie était un conte de fées. Rien à voir avec la réalité. Le seul personnage qui sortait son épingle du lot, c'était sa mère, la baronne Ella. Un jour, alors qu'elle était déjà une actrice célèbre, sa mère lui a dit : « Étant donné que tu n'as aucun talent, c'est vraiment extraordinaire, ce que tu as réussi. »

Elle avance de quelques pas et s'écarte de la fenêtre. Elle jette son mégot par terre, l'écrase. Puis elle le ramasse et le jette dans un des seaux qui recueillent l'eau des fuites du toit les jours de pluie.

— Ils nous ont dit qu'ils feraient des réparations. Qu'ils remettraient tout en état, comme c'était avant, et regarde le résultat. Ça fait sept ans.

Elle se dirige vers le vestibule et entre dans la deuxième salle, identique à la première. Mêmes dimensions, même distribution, même ruine. Je la suis de loin et reste sur le seuil. Elle allume une autre cigarette et s'appuie sur le mur du fond.

— Le pavillon a fermé ses portes en octobre 2002. Je ne sais plus quel jour exactement. Incroyable, non ? Une chose si importante, et je ne m'en souviens plus. J'ai pleuré pendant une semaine à sa fermeture et je suppose que mon esprit a voulu tout oublier. Mémoire sélective, comme dit l'autre. Ça ne t'est jamais arrivé ?

Je ne réponds pas, parce que sa question est rhétorique et que ma réponse la surprendrait, si elle connaissait la vérité.

— Il a été ouvert six ans. Six années consacrées à rendre hommage à la vie, la carrière et l'engagement humanitaire d'Audrey Hepburn. Trente-mille visiteurs venus du monde entier sont venus ici, on a récolté plus de deux-cent-quatre-vingt-dix-mille dollars, qu'on a donnés à la fondation Audrey Hepburn pour les enfants. Mais tout ce qui était exposé ici, ce sont ses fils, Sean Ferrer et Luca Dotti, qui nous l'avaient cédé pour cinq ans. Et tout à coup, un beau jour, ils nous ont demandé de tout leur rendre, et sans cela le musée n'avait plus aucun sens. On en a fait, des réunions, pour évoquer les moyens de continuer avec le musée, sans tout ce que nous y exposions avant, pour honorer encore sa mémoire.

— Mais pourquoi ont-ils voulu tout emporter, ses fils ? Ce n'était pas leur idée, ce musée ?

— Ils en avaient le droit, je suppose.

Même si je ne vois pas bien son visage, je crois qu'elle pleure mais je ne sais pas si c'est de rage ou de tristesse.

— Ils disaient qu'ils ne voulaient pas que cet endroit devienne un lieu de pèlerinage, plein d'autocars de touristes venus marcher sur la tombe de leur mère. Ils ne voulaient pas non plus que *La Paisible* se transforme en une espèce de Graceland. Ils disaient qu'Audrey n'était pas Elvis.

Elle fait quelques pas, jette son mégot par terre, l'écrase de la pointe du pied et le ramasse. Comme il n'y a pas de seaux ici parce que le toit ne fuit pas, elle le garde dans sa main.

— Ils ont même dit qu'ils trouvaient indécent que nous vendions de la confiture au nom d'Audrey Hepburn.

— C'est sûr, moi non plus je n'aimerais pas qu'on fasse de la confiture de ma mère.

Mon commentaire ne lui plaît pas, et elle veut me le faire comprendre en cherchant à me punir du regard lorsqu'elle passe près de moi.

— Allons-y, dit-elle en sortant le trousseau de clés de son sac et en ouvrant la porte qu'elle avait effectivement fermée à clé. Il n'y a plus rien à voir ici.

Nous restons silencieuses dans la voiture, elle n'allume pas la radio. Lorsque nous passons devant le petit cimetière où se trouve la tombe d'Audrey, je ressens une pointe de nostalgie, comme si j'avais enterré quelqu'un que j'aime. Ça me plairait bien, de voir à quoi ressemble ce cimetière une journée aussi ensoleillée qu'aujourd'hui. Le souvenir de ma première visite, sous la pluie, me rend encore triste. Au rond-point, lorsque nous ne prenons pas la direction de *La Paisible*, je m'étonne et brise ce silence pénible en lui demandant où nous allons.

— Gerard et Pearson vont déjeuner à La Fleur du Lac, comme hier. Mais nous avons un avantage sur eux. Ils croient que nous sommes aux thermes, et ne nous attendent pas. Je me disais qu'on pouvait faire quelque chose de spécial. Tu as rencontré Pearson, non ?

— Oui, hier quand nous l'avons ramené à Morges, dis-je, sans mentionner que je l'ai revu le soir alors que je collais mes affiches.

— C'est un drôle de personnage. On ne peut absolument pas lui faire confiance. Il est trop gentil pour être honnête. Enfin, il sourit trop, il est toujours prêt à rendre service. Je déteste les gens qui sont capables de se rabaisser et de s'humilier pour être bien vus. Tu sais comment je l'imagine ? Au lit, avec deux ou trois petites filles. Je suis sûr qu'il fait partie de ceux que les gamines excitent.

Je regarde par la vitre le paysage que je connais déjà par cœur et essaye de trouver un côté positif à sa proposition de faire quelque chose de spécial.

— Il n'y a rien de mal à cela, si un homme sort avec une femme plus jeune, continue-t-elle. Je trouve ça très bien. Mais Pearson, c'est avec des petites filles que je le vois. Très jeunes. Et ça, ce n'est pas bon. Audrey, au début surtout, on la mettait en couple avec des acteurs beaucoup plus âgés qu'elle, et parfois c'en était ridicule. Dans ses films, elle a été avec Gregory Peck, Humphrey Bogart, William Holden, Fred Astaire, Gary Cooper et Cary Grant, tous bien plus âgés qu'elle. Gerard est bien plus vieux que toi, non ?

— Oui, dis-je sans quitter le paysage des yeux.

— Dans le roman d'Alan Brown, dont je t'ai déjà parlé, le protagoniste, Toshi, un jeune homme de vingt-trois ans, a une histoire avec sa prof de trente ans. Nous aussi, on a le droit, non, d'être en couple avec des personnes plus jeunes ?

— Oui, on a le droit.

— Dans la vie réelle, elle a eu quatre partenaires officiels et de très nombreuses histoires. Mais les trois hommes les plus importants de sa vie ont été Robby et ses deux fils, Sean et Luca, pour qui elle a abandonné le cinéma pendant vingt ans. Elle leur a consacré tout son temps avant de retourner sur un plateau pour tourner *La Rose et la Flèche* avec Sean Connery. Combien de stars font d'abord passer leur vie de famille avant leur carrière professionnelle, hein ? Combien ?

Soudain, sans l'avoir prémédité, je la regarde et lui dis que je ne me sens pas bien. Que j'ai la tête qui tourne et que j'aimerais aller à mon hôtel pour me reposer.

— La tête qui tourne ?

— Oui. Je crois que c'est à cause de ma blessure.

— Dis donc, elle te donne le tournis, cette blessure qui n'existait pas ?

— C'est que je viens de me rappeler que j'ai donné mon sang la semaine dernière.

À notre arrivée à Morges, la première chose que je vois, c'est le majestueux château et ses quatre tours rondes, son chapeau pointu tout en haut. Nous passons près du vieux port et ses deux petites tours défensives, et elle s'arrête juste devant l'hôtel Mont-Blanc au Lac.

— Ce fut un plaisir de faire ta connaissance, Anastasia. Dommage, ça n'a pas donné grand-chose. J'espère au moins que tu emporteras un bon souvenir de Morges, de Tolochenaz et d'Audrey. Je vais en profiter pour aller à l'enterrement d'un habitant de Tolochenaz, un très vieux monsieur qui avait l'habitude se promener le long de la voie ferrée et qui a été écrasé hier par un train.

Je ne sais pas si c'est mon regard surpris, ou si elle recommence à lire dans mes pensées, mais elle a compris que quelque chose me perturbe.

— Cet après-midi, c'est la dernière séance de travail de monsieur Kennedy avec Gerard et Pearson. Je suppose que demain, vous retournerez à Barcelone. Ça serait bien si vous pouviez passer quelques jours de vacances ici, mais je ne crois pas que Gerard en ait envie. Enfin, si c'est le cas, passez-moi un coup de fil et je serai votre guide, je le ferai avec plaisir.

Elle tend sa main vers moi et quand je lui donne la mienne, elle la serre très fort. Je descends de sa voiture et reste plantée là, toute droite, observant comment son Opel Astra vert foncé tourne dans la rue qui borde l'hôtel. J'ai du mal à croire que je ne la reverrai plus jamais. C'est comme si tout n'avait été qu'un rêve étrange. Elle a surgi dans ma vie d'un coup, sans prévenir, et maintenant, sans prévenir, elle disparaît.

Je n'ai pas envie de m'enfermer dans ma chambre pour y trouver du réconfort. De me répéter que tout ira bien. De continuer à me mentir à propos d'un miracle possible. Je regarde les bateaux qui flottent dans le port et qui, s'ils n'étaient pas amarrés, s'échapperaient sans aucun doute sur le lac. Le portail en fer qui interdit l'accès à la digue de droite est ouvert et semble m'inviter à entrer. Comme une petite fille, je joue, pose un pied devant l'autre, au bord des rochers, cherche mon équilibre pour ne pas tomber à l'eau. Lorsque j'arrive à la fin de la digue, où se trouve l'une des deux petites tours de guet qui m'empêche d'aller plus loin, je fais une pirouette et observe le château au fond, à droite, et notre hôtel. Puis je me tourne vers le lac et me dis que j'aimerais bien sauter et nager. Sans savoir où. Nager. Sans savoir pourquoi. Nager. Sans rien savoir. Je m'assois sur l'un des rochers, jambes pendantes, et observe la ligne des montagnes de l'autre côté du lac. Ce n'est qu'un trait noir sur l'horizon, mais j'ai l'impression qu'elles me protègent des envahisseurs qui veulent attaquer cet endroit. Un voilier vogue en direction de Lausanne et je regrette de ne pas avoir visité correctement cette ville. J'ai la sensation étrange que si je ne revois pas Vanessa, elle me manquera, malgré son tempérament et ses insinuations. Je sais que c'est étrange, mais quand tu n'as personne à qui te raccrocher, tout est bon à prendre. Je ne comprends pas pourquoi Gerard ne m'a pas parlé de la possibilité de rentrer chez nous dès demain. Je n'ai toujours pas réussi à régler ce problème de porte. Je devrais prévenir sa mère et lui dire à quelle heure nous passerons chercher Yul. Parfois, j'ai la sensation que j'oublie les choses importantes, comme celle-là.

Deux cygnes s'approchent de moi, timidement, et je souris à leur vue. Le plus grand, ça doit être le mâle, nage en cercles autour de la femelle, qui fait comme si de rien n'était. Ils sont peut-être fâchés et c'est une réconciliation entre amoureux. Mais ils sont eux aussi trop fiers pour le reconnaître et discuter. Ou faire ce que font les cygnes pour communiquer entre eux. Des morceaux de papier flottent sur l'eau près des rochers et je me dis que les gens sont décidément des porcs. On dirait des photos déchirées et ça me met encore plus en colère parce que c'est un crime de jeter des photos. En faisant très attention à ne pas tomber dans le lac, je descends sur les rochers jusqu'au bord de l'eau et récupère quelques fragments, les plus proches de moi. Ma gorge se noue, mon estomac durcit et je ressens comme une pointe qui traverse mon cœur lorsque je découvre que ce sont les photos de la famille de papier. Telles des parties de cadavres dépecés, elles flottent depuis je ne sais pas combien de temps. Les larmes me montent aux yeux mais je ne sais pas si ce sont des larmes de rage ou d'impuissance. Je cherche mon portable dans ma poche et appelle Gerard, qui doit être en train de déjeuner avec Pearson. Je ne sais plus quand c'était, la dernière fois que je l'ai appelé. Je fais un effort pour me le rappeler, mais rien ne me vient. Ça doit faire des siècles que je ne lui ai pas téléphoné, et ça devait être pour une broutille, la dernière fois, c'est sûr. Après quatre sonneries, il répond.

— Qu'est-ce qui se passe ? demande-t-il, nerveux, comme si recevoir un appel de moi signifiait recevoir une mauvaise nouvelle.

— Tu pensais m'avertir aujourd'hui que c'est ta dernière séance de travail et que demain nous rentrons à la maison ?

Il a l'air surpris.

— Pourquoi tu dis ça ? Qui t'en a parlé ?

— Vanessa.

— Et elle t'a dit quoi, exactement ?

— Que cet après-midi, c'est votre dernière séance de travail, et que demain nous rentrerions à Barcelone.

— C'est ce qu'elle t'a dit ? Elle n'a rien dit d'autre ?

— Si, que si on voulait rester quelques jours pour faire du tourisme elle serait notre guide, mais que tu n'en aurais certainement pas envie.

Je l'entends parler en anglais à quelqu'un qui se trouve à côté de lui, ça doit être Pearson.

— Qu'est-ce qu'il y a ? fais-je lorsqu'il revient à notre conversation.

Sa voix est toute joyeuse :

— Je crois qu'ils vont accepter notre projet. Si c'est notre dernière séance aujourd'hui, ça veut certainement dire qu'ils vont nous faire une offre. Elle n'a rien dit d'autre ?

— Non.

— Vous êtes où ? Aux thermes ?

— Non. Je suis à Morges.

— À Morges ? Avec elle ?

— Non, seule. Elle est déjà partie.

— Tu es seule ? Qu'est-ce qui s'est passé ? Vous vous êtes disputées ?

— Non.

Je sais qu'il se dit que si c'était le cas, ça pourrait menacer son projet. Rien n'a changé. Il continue à ne penser qu'à lui.

— Tu veux venir déjeuner ici ? On est à La Fleur du Lac. Dis-moi où tu es, je viens te chercher tout de suite.

— Je suis au vieux port. Près d'une des tours de guet. J'ai trouvé un truc dans l'eau, et j'aimerais que pour une fois tu sois honnête avec moi, Gerard. Tu as jeté les photos de la famille de Stéphane dans le lac, non ?

Silence au bout de la ligne. Comme s'il n'avait pas compris la question. Comme s'il attendait que Pearson lui donne la réponse.

— Oui. Je suis désolé. Je n'aurais pas dû faire ça, avoue-t-il finalement.

— Non, tu n'aurais pas dû le faire. Et le siège de Yul, il est vraiment dans le coffre ou tu l'as jeté, lui aussi ?

— Attends-moi, j'arrive.

— Non. Ne viens pas.

— S'il te plaît, Anastasia. Je veux te parler. Je dois t'expliquer quelque chose de très important. Aujourd'hui, pour la première fois depuis si longtemps, je me rappelle mon rêve. On doit discuter, et je ne veux pas le faire par téléphone.

— Ne viens pas.

— Ne bouge pas, je viens te chercher.

— Je ne serai plus là quand tu arriveras.

— Attends qu'on puisse parler. Vraiment, je suis certain que tout ira bien.

— Non, Gerard. Quelque chose s'est brisé, et on ne peut pas réparer ça.

— Reste où tu es, j'arrive.

Il raccroche mais je garde encore un peu le téléphone près de mon oreille. Je regarde autour de moi, peinée, et pense que la meilleure solution, ça serait peut-être de me jeter à l'eau et de voir jusqu'où j'arrive avant que mes forces m'abandonnent, puis de me noyer dans ce si joli lac. Je range mon téléphone dans mon sac, avec les fragments de photos que j'ai sauvés, rebrousse chemin sur la digue, en observant les barques au mouvement calme et serein, tout le contraire de ce qui me traverse actuellement. Lorsque j'arrive devant l'hôtel, je continue mon chemin vers le château, qui est désormais fermé. Je passe devant le Club nautique, mais ne m'arrête pas. Plus loin, un panneau me souhaite la bienvenue dans le parc de l'Indépendance, et je vois le plan des lieux. Un point rouge et la mention « Vous êtes ici ». Le dessin d'une espèce de gloriette qu'ici ils appellent « kiosque à musique ». J'imagine que les chaudes nuits d'été, il doit y avoir des concerts pour les couples, et les dimanches après-midis des spectacles pour les familles. En traînant les pieds, ayant peu envie de me promener, je m'enfonce dans les allées bordées de grands arbres d'espèces variées et agrémentées de grands parterres de fleurs, certaines exotiques et spectaculaires. Même si, depuis l'endroit où je me trouve, je peux voir que le chemin conduit au lac, je préfère me diriger vers la partie la plus ombragée, celle où les arbres masquent le ciel et où les fleurs ont les couleurs les plus vives. Il y a très peu de promeneurs, les gens doivent être en train de manger chez eux, auprès de leur famille. Je cherche mon portable et appelle la mère de Gerard mais elle ne répond pas. Elle a encore dû laisser son téléphone dans son salon avant de faire un tour au parc. Un parc comme celui-ci mais à des milliers de kilomètres de moi. J'arrive à un croisement dont le centre est occupé par une grande gloriette en fer surmontée d'un toit en ardoise. Quelques marches de pierre permettent d'y grimper et une belle rambarde de fer forgé en fait le tour. Sous le côté droit de la rambarde, de très belles fleurs violettes. Sous le côté gauche, de très belles fleurs jaunes. Chaque colonne de fer soutenant la structure porte des globes blancs qui cachent l'éclairage nocturne du kiosque. Juste derrière la gloriette, un arbre géant pique ma curiosité, j'ai l'impression de l'avoir déjà vu dans un film. Un panneau indique son nom usuel, *Séquoia géant*, son nom latin, *Sequoiadendron giganteum*, et son lieu d'origine, *Sierra Nevada, Californie*. Un peu plus loin, les branches qui chutent forment une espèce de grotte où se trouve un banc pour se reposer à l'ombre. Je m'y assois et me dis que, d'ici, je pourrai observer des amoureux sur la gloriette sans qu'ils s'en rendent compte. C'est alors que mon téléphone sonne. Je le cherche dans mon sac, dans l'espoir que ça soit Carme, de retour du parc, et que je puisse parler à Yul. Sa voix me manque, quand il me dit qu'il veut me voir. C'est sûrement Gerard, qui a dû arriver sur le port, devant l'hôtel, et qui me cherche. Mais ce n'est pas lui. Le préfixe indique 33, c'est Stéphane. Ce qui m'étonne, c'est qu'il m'appelle toujours à partir de cette heure et jamais le matin, comme si son travail ou sa religion le lui interdisaient. Je réponds, prête à lui dire que je suis désolée mais que je ne pourrais pas lui rendre les photos parce qu'elles ont été assassinées, mais il me devance et me demande si je suis encore à Morges.

— Non.

Je mens.

— Tu es encore au parc de l'Indépendance, non ?

Je raccroche, convaincue qu'il m'observe, caché derrière un arbre exotique ou une plante tropicale, tout content de m'avoir trouvée. Je suis prise de panique et, sans y réfléchir à deux fois, je m'élance en courant dans le parc, cherchant la sortie comme si j'avais la mort aux trousses. Je passe devant le Club nautique et le château, et, devant moi, entre le vieux port et l'hôtel, je peux voir la Citroën C4 bleue de Gerard, mais il n'est pas là. Je m'arrête et regarde derrière moi, en direction du parc, mais personne ne me suit. Je m'approche prudemment de la voiture, vérifie que Gerard n'est pas dans les parages et m'arrête devant le coffre. Je tends la main, indécise, parce que je ne sais pas si je veux savoir. J'ouvre le coffre lentement et m'étonne parce qu'il n'est pas fermé. Le siège de Yul, comme je m'y attendais, n'y est pas. Je claque le coffre et regarde, inquiète, autour de moi tout en m'éloignant de quelques pas vers le centre de la rue. Lorsque je me retourne, je vois Gerard qui sort de l'hôtel et s'approche de sa voiture. Je m'immobilise parce qu'il m'a vue. Ses yeux m'ont regardée mais son expression n'a pas changé. Il ne m'a peut-être pas vue, ou alors il fait semblant. Il a continué à marcher vers sa voiture, est rentré dedans, a démarré et j'ai dû m'écarter pour éviter qu'il m'écrase. En voyant mon reflet sur la carrosserie de sa voiture, je comprends pourquoi il ne m'a pas reconnue. Je ne suis plus la jeune femme aux longs cheveux blonds qu'il connaît. Maintenant, je suis comme Kim Novak jouant avec James Stewart dans *Sueurs froides*. Sa voiture s'éloigne sur la promenade le long du lac et je cesse bientôt de la voir quand elle tourne. J'en déduis qu'il a tourné à droite devant l'église, au stop, et qu'il continuera tout droit direction La Fleur du Lac, où Pearson doit l'attendre.

Ils termineront tranquillement leur déjeuner, puis prendront un digestif, un whisky pur malt pour Gerard et une liqueur sucrée pour Pearson, de celles dont les femmes raffolent, parce qu'il a probablement un ulcère à l'estomac. Gerard se sentira comme un poisson dans l'eau avec son compagnon. Ils évoqueront certainement la possibilité de faire quelque chose ensemble. Gerard ne laisse jamais passer de telles occasions. Qui sait, peut-être sont-ils en train de voir si Gerard ne pourrait pas aller à la New York Film Academy pour y faire une présentation. Avant de retourner à La Paisible, *ils repasseront en voiture par ici, pour voir s'ils me trouvent, mais Gerard ne s'arrêtera pas. Il est bien trop excité par son projet, surtout maintenant que tout a l'air de marcher. Une fois arrivés chez monsieur Kennedy, ils signeront un contrat juteux et feront la fête dans le jardin, tous sauf moi, personne ne pensera à moi, pas même Vanessa. Puis Gerard, Pearson et son ours en peluche s'en iront en voiture à l'aéroport de Genève. Ils prendront un vol pour New York où, on a vu plus étrange, ils s'aimeront et vivront heureux tous les trois.*

La sonnerie de mon portable m'extrait de cette vision d'avenir. J'espère que c'est Gerard, qui insiste et veut me trouver, mais c'est toujours le préfixe 33. Je ne réponds pas et me mets à courir comme avant, mais je vais bien plus vite, parce que je suis plus légère. Je viens de perdre tout l'amour que j'avais pour Gerard. Je ne suis plus qu'une carcasse vide et je m'envole presque.

J'arrive à la gare essoufflée et dois m'appuyer contre un lampadaire pour reprendre mon souffle. Un jeune homme en uniforme, certainement en permission parce que son sac repose à ses pieds, me regarde mais ne fait rien. Un psychopathe pourrait être en train de me poursuivre, mais il ne bougera pas le petit doigt pour m'aider. Au guichet, je dois faire la queue pour acheter mon billet. Je n'ai même pas regardé les horaires, je prendrai le premier train qui passe. Je m'assois sur un banc, quai numéro 4, où est annoncé le train entre Genève et Lausanne. J'ai choisi la seule destination que je connais. Sur l'un des écrans annonçant les horaires, mon regard est attiré par un papier vert fluo. Je m'en approche pour vérifier que c'est bien un des post-it que j'ai donnés hier soir à Pearson. Je l'arrache et le jette dans une poubelle parce que je sais maintenant que c'est Gerard qui avait les photos et qui les a jetées dans le lac. Je ne veux même pas imaginer le nombre de personnes qui ont maintenant mon numéro de téléphone. Parmi les gens qui arrivent sur le quai, je me demande qui pourrait bien être Stéphane. Il viendra, je n'en ai aucun doute. Mais il prendra peut-être sa voiture, ce qui lui donnera l'avantage. J'ai entendu dans un film que les femmes font de meilleures espionnes que les hommes. Je ne regarde que les hommes seuls âgés de plus de trente ans. Je ne crois pas que Stéphane, si c'est bien le prénom de celui qui me suit, soit plus jeune. Je ne regarde pas les hommes âgés. Je ne crois pas qu'un homme du troisième âge perdrait la tête comme ça pour moi. Il y a peut-être une dizaine d'individus qui collent au profil que je m'en suis fait, et je surveille leurs mouvements. Quand le train arrive, j'attends qu'ils montent tous, et je suis déçue. Si l'un de ceux que je soupçonne me suivait, il serait monté après moi dans le train. Je grimpe dans la dernière voiture et m'assois sur un siège près d'une fenêtre qui donne sur le quai. Le train démarre, lentement, et je vois alors un homme qui correspond à mes critères. Il débouche du souterrain et regarde, étonné, depuis le quai le train qui lui échappe. Il sort son portable et le mien sonne dans l'instant. Je le cherche dans mon sac et vois que c'est encore un 33. J'ai l'impression que le train avance très lentement, qu'il a du mal à démarrer et que cet homme aura le temps de monter à bord. Je voudrais descendre et le pousser pour qu'il prenne de la vitesse, mais l'homme est resté sur le quai, il n'a pas couru derrière le train comme dans les films. Il le regarde juste, très sérieux, et le voit s'échapper. Quand je suis certaine qu'il ne pourra pas nous rattraper, je range mon portable sans lui avoir répondu et pose mon sac sur mon siège. Je ne crains pas les voleurs. J'ouvre la fenêtre et passe ma tête à l'extérieur pour sentir le soleil sur ma peau et le vent qui frappe mon visage, pour m'aider à prendre conscience que tout a réellement eu lieu.

Je pourrais traverser des continents entiers en train. Je crois que je n'en aurais jamais assez, d'avancer à toute vitesse sur les voies ferrées. Devant mes yeux apparaissent et disparaissent de petits villages, à toute vitesse. Devant mes yeux des maisons cachent et dévoilent le lac, à toute vitesse. Devant mes yeux les nuages semblent immobiles mais avancent. Je regrette de ne pas voir comme mes cheveux s'envolent derrière moi dans le vent. Je n'arrive pas encore à m'imaginer avec ces cheveux noirs et courts. Je passe une main dans ma nuque pour les rejeter en arrière, mais il n'y a rien à rejeter en arrière. Je mets mes lunettes de soleil et sors un bras que le vent frappe durement, comme s'il voulait me l'arracher. Je ris. Je fredonne « Moon River » et ris encore. Je monte sur mon siège et passe le buste à l'extérieur. Je sais que c'est dangereux mais j'ai besoin de cet instant, ici et maintenant. J'ai besoin de perdre la sensation de pesanteur et d'avoir l'impression de voler. Je défais le foulard noué autour de mon bras et la gaze posée par Vanessa tombe. Ma blessure ne saigne plus. Je tends le bras, le foulard entre les doigts. Le vent veut me le prendre. J'aime la forme de cette tache de sang. Je ne le laverai jamais. Comme une preuve de ma souffrance. Mais, tout à coup, je change d'avis. J'ouvre les doigts et le foulard s'échappe et s'envole. Je le vois tourbillonner puis tomber par terre, aussi majestueux qu'une feuille, derrière le passage du train.

La pluie qui tombera les prochains jours imprégnera le tissu et lavera le sang de la tache en forme de fleur. La même eau permettra au sang de pénétrer la terre et, lorsqu'elle en pénétrera une couche plus profonde, elle sera absorbée par une graine qui attend de croître. Lorsque la plante poussera, elle sera rouge sang, mais le plus étonnant sera qu'au printemps ses fruits seront de petites anastasias nues entre ses feuilles, se dorant au soleil, buvant l'eau de la rosée et riant aux baisers et aux chatouilles des abeilles.

J'aime l'idée qu'une part de moi, mon sang incrusté dans lc tissu, finira par faire partie de ce pays. Comme le corps d'Audrey Hepburn décomposé dans le petit cimetière de Tolochenaz.

La gare de Lausanne est semblable à toutes les gares du monde. Il doit y avoir une personne qui les conçoit toutes, identiques les unes aux autres, comme il doit y avoir une personne qui conçoit toutes les chambres d'hôtel du monde. Des métiers où l'on gagne bien sa vie mais assez peu créatifs. Une gare, ça reste une gare. Et une chambre, idem. J'aurais pu descendre dans n'importe quelle autre gare et ne voir la différence qu'en la quittant. Je me demande quelle serait ma réaction si en sortant de la gare je tombais sur une tour triangulaire en fer. Si en marchant dans la rue, en entendant parler français comme ici, je découvrais que je me trouve à Paris. Si en regardant au loin je découvrais Montmartre et si en me promenant le long de la Seine, je débouchais sur Notre-Dame. Je ne me rappelle pas être déjà allée à Paris, mais les films ont comblé mes lacunes. En sortant de la gare, je commence à avancer dans les rues en pente qui me conduisent vers le lac. J'en déduis que c'est là que doit se trouver le centre-ville. Plus je descends, plus les bâtiments ressemblent à des petits palais transformés en maisons modernes, de moins de trois étages chacune. Il n'y a presque pas de piétons et la zone ressemble à n'importe quel quartier résidentiel de n'importe quel centre-ville. La journée est belle et l'air que je respire est propre, comme les rues de cette jolie ville où, du moins dans cette zone, la circulation est vraiment réduite. C'est quand même étonnant, je n'ai pas vu une seule saleté nulle part. Gerard doit avoir raison, finalement : tant de perfection et d'amabilité occulte certainement de nombreux cadavres enterrés dans les jardins privés. Quand j'arrive au port, c'est sensiblement la même chose. Des touristes se prennent en photo devant le bel hôtel Aulac et l'imposant château d'Ouchy, avec sa tour de pierre sur laquelle le lierre a grimpé au fil des années jusqu'à atteindre le toit pointu et rouge. Quelques enfants s'amusent sur une immense structure en bois et descendent sur des toboggans en inox. Mais rien ne donne à penser que je suis arrivée dans un centre urbain important. Un groupe de Japonais s'approche de moi. Ils me demandent dans leur mauvais anglais si je peux les prendre en photo devant le château. Ils se font ensuite la remarque que je ressemble à Audrey Hepburn et qu'ils aimeraient bien une photo avec moi, mais aucun d'entre eux n'ose me le demander. Mon pouvoir est aussi intact qu'inutile. Lorsqu'ils me laissent tranquille, j'observe le lac. Un chemin de pierre me permet d'accéder à l'eau et, au bout de la digue, j'aperçois une étonnante sculpture blanche. Un demi-cercle géant en fer doté de rayons qui rappellent ceux d'une roue de vélo, mais coupée en deux. Je m'assois tout au bout, au plus près de l'eau, et j'ai l'impression d'interrompre un couple d'amoureux qui avait précisément choisi cet endroit pour se jurer un amour éternel et s'en faire la démonstration avec force baisers et caresses. Je devrais peut-être leur dire que ça ne dure pas. Qu'un jour il ne fera plus attention à elle. Qu'un jour il s'éloignera d'elle, même si elle est assise juste à ses côtés. Qu'un jour ils feront un enfant pour avoir quelque chose en commun. Qu'un jour.

Une mouette vole bas et fonce sur un poisson mais elle n'a pas l'air de l'avoir attrapé parce que son bec est vide quand elle reprend son vol. Un monsieur aux cheveux blancs passe en ramant dans une embarcation sportive et je me rappelle que je me trouve dans la capitale olympique, même si pour l'instant rien ne l'indique. Il fait beau, mais je ne peux pas voir les Alpes. Je ne sais pas si le lac est plus large ici, si une espèce de brume les cache, ou si c'est l'altitude qui ne permet pas de les voir. Le fait est que le lac Léman a plutôt l'air d'une mer, ici. Seuls les moustiques démentent cette impression. Je suis certaine que Capucine a passé de longues heures assise ici, à contempler l'eau, à penser qu'elle pourrait peut-être nager jusqu'à ce que ses bras faiblissent avant de mourir noyée. Bien plus romantique que de sauter d'un huitième étage et de s'écraser au sol. Mais elle a dû croire que quelqu'un pourrait plonger et la sauver. Je me dis que si tu veux vraiment mourir, le mieux, c'est une balle dans la tête, mais elle ne devait pas avoir de revolver. Je crois qu'elle n'avait pas d'enfants, parce que je ne comprendrais jamais qu'une mère s'ôte la vie. C'est abominable. Mais aujourd'hui, après tant d'années, plus personne ne s'intéresse à ce qu'a fait Capucine ni aux circonstances de sa mort. Juste Vanessa, et seulement parce que c'était l'amie d'Audrey Hepburn. J'aimerais qu'on retrouve mon cadavre flottant sur l'eau. Comme une Ophélie, mais sans Hamlet.

Depuis plusieurs minutes, un homme s'est installé de l'autre côté des amoureux qui maintenant se caressent timidement par-dessus leurs vêtements. Même si, quand je le regarde, il fixe le lac, comme s'il y avait des choses bien plus importantes à y voir que l'eau, j'ai la sensation qu'il m'observe. Il doit avoir dans les quarante ans, il est très grand, à la carrure sportive. Ses cheveux sont courts et en balai-brosse. Lorsque je me suis tournée vers lui tout à l'heure, il a baissé un appareil photo et on dirait bien qu'il m'a prise en photo. Les amoureux finissent par se lasser que de plus en plus de monde veuille partager leur amour. Ils ramassent leurs affaires et s'en vont. Je me concentre à nouveau sur l'eau et les mouettes qui cherchent leur repas. Quand je me retourne à nouveau pour regarder l'homme, je vois qu'il n'est plus au même endroit mais qu'il s'est assis là où se trouvait le couple. Bien plus près de moi. Son appareil photo est désormais dans ses mains, il ne le cache plus comme avant, et même s'il fait semblant de photographier les mouettes, je vois bien du coin de l'œil que c'est moi qu'il prend en photo. Je saisis mon sac et m'en vais en direction du château, où il y a encore plus de Japonais qui se prennent en photo et se sourient aimablement. Devant le château d'Ouchy, je m'accroupis et feins de refaire mon lacet dans l'espoir qu'il s'en aille. Mais il est derrière moi et fait semblant de photographier le château. De l'endroit où il se trouve, je doute qu'il puisse prendre autre chose qu'une photo du lierre qui grimpe sur la tour. Je traverse la route, attentive aux voitures et aux tramways qui ne roulent pas sur des rails, mais directement sur la route, et quand je me retourne je vois que lui aussi a traversé, même s'il maintient une bonne distance entre nous. La rue, bordée d'arbres verdoyants qui créent une belle ombre et de villas transformées en hôtels et cliniques de luxe, monte en pente raide, ce qui m'oblige à diminuer l'allure. Il y a plus de circulation ici que dans la rue qui descendait de la gare, mais je n'ai croisé aucun passant. De temps en temps, je tourne la tête, discrètement, et je peux voir comme il photographie ou regarde quelque chose d'intéressant sur des bâtiments qui n'ont rien d'intéressant. Quand j'accélère le pas, il fait de même, et quand je ralentis, curieusement, il trouve toujours une chose qui l'attire assez pour maintenir entre nous la distance de sécurité qu'il a créée. Aucun endroit pour se cacher, ici. Pas de boutiques, pas de bars, pas de commerces où entrer et me réfugier. Les rues résidentielles, en plein jour, forment un piège. Quand j'arrive au croisement où se trouve l'entrée du majestueux Hôtel Royal, un luxueux palais, je me rends compte que je suis coincée. C'est plus un symbole qu'autre chose, mais ça m'empêche de respirer. Au-dessus de ma tête flotte une espèce de toile d'araignée, formée par les câbles du tramway. La sensation de liberté que j'avais jusque-là s'évapore totalement face à cette électrique image d'emprisonnement. Quand je passe devant le Centre de chimiothérapie anticancéreuse, j'ai l'idée d'entrer et de faire semblant de mourir d'un cancer pour échapper à l'homme qui me poursuit. Je pourrais en profiter pour qu'ils regardent ma tumeur au cerveau, qui va bientôt me tuer, j'en suis convaincue.

Quand j'arrive à la gare, le nombre de voitures et de piétons augmente, comme si on leur avait donné la permission de sortir. J'ai l'impression que l'activité ne commence qu'au nord de la gare, dans cette ville. Je prends une rue piétonne qui grimpe, où les très nombreux bars, restaurants et magasins me permettront de me cacher plus facilement. Je me retourne de temps en temps pour voir si l'homme me suit encore. Quand je vois qu'il est arrêté devant une vitrine, je l'attends jusqu'à ce qu'il reprenne sa filature, comme si je ne voulais pas qu'il perde ma trace. La ville est bâtie à flanc de montagne, jusqu'au lac. Je découvre un peu plus haut une belle église mais, quand je regarde le ciel, le piège se resserre. Les câbles du tramway se multiplient et forment une toile d'araignée géante au-dessus de ma tête. Même si le trafic est de plus en plus dense, rien n'altère l'harmonie acoustique de cette ville. À partir de ce point, toutes les rues que j'emprunte sont semblables à celles des centres historiques de n'importe quelle ville d'Europe. Circulation restreinte, marques de vêtements bien connues installées dans les bâtiments les plus typiques, à des loyers astronomiques, bien entendu. Les gens se déplacent avec fluidité, entrent et sortent des magasins, et donnent vie à Lausanne. Tout cela me permet de me cacher devant deux femmes qui marchent très lentement, puis d'en profiter, quand l'homme nous double, pour me placer juste derrière lui et inverser nos rôles. Cette ville n'est pas l'endroit rêvé pour filer quelqu'un. Ses rues, avec leurs pentes raides, fatiguent vite. Après quelques tournants, nous atteignons une petite place au centre de laquelle se trouvent une fontaine de pierre et un curieux monument. C'est une espèce de colonne colorée. Sa base est couverte de fleurs et son sommet porte une statue de femme dont la robe bleue dévoile les jambes. L'homme s'y arrête et regarde autour de lui, à ma recherche. J'entre dans une boutique et surveille ses mouvements à travers la vitrine. Il reste longtemps, à chercher autour de lui, puis il prend son portable et compose un numéro. Je m'attends à entendre sonner le mien, parce que c'est la tactique que Stéphane a toujours employée, mais l'homme range son téléphone sans avoir parlé à personne et sans que le mien ait sonné. La déception pointe son nez. Une femme qui tient une enfant par la main s'approche de lui et, lorsqu'il les voit, il les appelle en souriant. Quand elles le rejoignent, il les embrasse et tous les trois s'en vont. Dans l'instant, je reçois un message. Je cherche mon téléphone dans mon sac et le lis, terrifiée. C'est Stéphane. Il me dit que j'ai filé le mauvais homme.

Tout à coup, une chose étrange m'arrive : ma peur s'envole totalement. Je sais que je n'ai pas le choix, je dois prendre l'initiative et passer à l'attaque si je veux en finir avec ce cauchemar. J'avance et regarde autour de moi pour le localiser. Je m'arrête au centre de la place, près de la fontaine et de la statue de la jeune femme aux genoux dénudés. Je veux qu'il me voie bien, qu'il ne me perde pas de vue. Je me promène au hasard dans les rues commerçantes, très agréables, à une allure normale pour que Stéphane puisse me suivre sans soupçonner que je lui tends un piège. Je me dis que je pourrais en profiter pour acheter un souvenir pour Carme et un jouet pour Yul mais, malgré mes recherches, je suis incapable de trouver un magasin pour enfants. Je passe devant un local en travaux où un panneau annonce l'ouverture prochaine d'un Massimo Dutti. Je me rappelle que Gerard a travaillé longtemps comme vendeur dans celui de la place Major de Vic. J'ai du mal à l'imaginer en costard cravate. Un peu plus loin, alors que j'ai l'impression de m'être un peu perdue, je vois la grande enseigne de la FNAC et je me dis que c'est l'endroit parfait pour l'attraper à son propre jeu. Quand je traverse la rue, je découvre que le bâtiment a deux entrées : l'une dans cette rue en hauteur, l'autre dans la rue en contrebas, jouant avec le relief singulier des lieux. Je prends les escalators pour descendre à l'étage des disques et CD. Même si la structure du bâtiment est complexe, avec son entrée par le sous-sol, celui-ci ressemble à n'importe quelle FNAC du monde : la même décoration, les mêmes offres et promotions, et les mêmes employés habillés du même gilet horrible qui les rend tous aussi ridicules les uns que les autres. Je ne sais pas si c'est une preuve du succès ou de l'échec de l'image de cette entreprise. Un morceau qui vient de sortir et que je ne connais pas sort de haut-parleurs. Je suis un peu perdue parce que je ne me rappelle jamais les noms des groupes qu'aime Gerard. Quand une chanson me plaît, je demande qui c'est puis j'oublie tout au bout de quelques minutes. Tout à coup, je me dis que ça ne serait pas mal de trouver un CD de Morrissey, je l'offrirais à Gerard mais c'est moi qui l'écouterais. Sur le mur pop-rock international, je trouve, à la lettre M, toute une rangée de CD de Morrissey, et ça m'étonne qu'il en ait sorti autant. Comme Gerard avait choisi une étonnante sélection de *Greatest Hits* pour le voyage, j'achète *Suedehead*, un CD qui reprend ses meilleures chansons. J'espère qu'il ne l'a pas déjà. Au deuxième étage, je trouve les DVD et les jeux vidéo. Je ne saurais même pas quel film m'acheter. En fait, j'ai l'impression que je ne me suis jamais acheté de DVD, même s'ils envahissent notre appartement, parce que Gerard n'a aucune limite quand il s'agit d'acheter des CD et des DVD. Un présentoir offre des coffrets avec des films variés et mes yeux sont attirés par un coffret rouge avec le visage d'Audrey Hepburn portant un chapeau noir à plumes blanches. Je m'approche et le saisis. Il contient quatre films : *Vacances romaines*, *Diamants sur canapé*, *Guerre et Paix*, et *Sabrina*. Le coffret est en promotion, comme l'indique l'étiquette « Prix vert », et ne coûte que 49,90 francs suisses. Je le prends, parce qu'à Barcelone je serai contente de regarder les films dont m'a parlé Vanessa. Au premier étage, je trouve les livres. Je regarde s'ils ont une section littérature en langue étrangère, mais ne trouve que des livres en anglais et ne demande pas s'ils ont des livres de Gerard Guix. Les caisses se trouvent à cet étage et je dois faire la queue pour payer car il y a beaucoup de monde. Tout à l'heure, au deuxième étage, j'ai eu la sensation d'être suivie. Chaque fois que je me retournais, un homme vêtu d'une chemise verte prenait un DVD et le regardait attentivement, mais j'ai bien vu qu'une fois il tenait le DVD à l'envers et qu'il n'avait pas pris la peine de le retourner. La vendeuse qui m'encaisse ne peut s'empêcher de sourire en voyant ce que j'achète. Je me rappelle mon apparence et souris également, certaine qu'elle me croit folle d'acheter des films d'Audrey Hepburn alors que je suis son sosie. Pendant qu'elle me rend la monnaie et met le coffret dans un sac, j'attrape mon portable et compose le numéro de Stéphane. Un téléphone sonne tout près de moi. Je me retourne et cherche qui va répondre. La sonnerie résonne encore deux fois avant de s'arrêter brutalement. La vendeuse attire mon attention pour me rendre ma monnaie mais j'attends dos tourné et vois l'homme que je soupçonnais sortir à toute vitesse. J'attrape l'argent et le sac et cours dans la rue pour ne pas perdre sa trace. Une fois dehors, je le rappelle. Impossible de le retrouver. J'aurais dû attendre qu'elle m'ait rendu l'argent avant de téléphoner.

J'ai faim. Je n'ai rien mangé d'autre que le croissant qui accompagnait mon chocolat ce matin et c'était il y a longtemps. À cette heure, je ne vais pas trouver beaucoup d'endroits ouverts, et je décide de ne pas courir de risques en entrant dans le McDonald de la rue de Bourg. Ce n'est pas que j'aime ça, mais un menu McSpeck moyen pour 13,10 francs suisses fera l'affaire pour le déjeuner. Je m'assois à une table vide près de l'escalier qui conduit au deuxième étage, où se trouve une grande salle, et organise mon repas sur le plateau. Je mets du ketchup sur mes frites et retire le cornichon du hamburger. L'authenticité s'est perdue en route, avec la mondialisation. Je pourrais me trouver dans n'importe quel McDonald du monde : la même décoration, les mêmes promotions et le même staff multiethnique, tous habillés du même uniforme, qui les rend aussi ridicules les uns que les autres. Je ne sais pas si c'est une preuve du succès ou de l'échec du système capitaliste. Mais ce qui me fascine, c'est que partout la nourriture a exactement le même goût.

Je sais que quelque part, caché sous terre peut-être, ou dans le cratère d'un volcan pour que personne ne puisse les détecter, se trouvent des cuisines géantes où travaillent des centaines de personnes. Elles préparent toutes les sortes de frites et de hamburgers servis ensuite dans leurs établissements. Des écrans leur indiquent les commandes de tous les clients du monde puis, avec une précision millimétrée, elles les préparent au fur et à mesure. Sur un mur immense apparaissent les noms de toutes les villes de la planète et un numéro indiquant le nombre de fast-foods. Sous chaque nom de ville, un trou, de la taille d'un hamburger. Ainsi, si au McDonald numéro deux de Moscou quelqu'un veut un Big Mac, elles le font passer par le trou correspondant et, grâce à un circuit souterrain, il arrive à destination, où les employés, habillés du même uniforme ridicule, le mettront dans son emballage et le serviront au client. C'est la seule explication possible, pour que tous les hamburgers, partout sur la planète, aient le même goût.

Quand j'ai terminé mon hamburger et mes frites, j'ai presque envie de commander un Sunday fraise, mais je me dis que je peux trouver quelque chose de plus typique en me promenant dans les rues de Lausanne. Je cherche mon portable pour regarder l'heure et me rappelle mon essai infructueux pour démasquer Stéphane. J'aurais dû continuer avec mon plan d'attaque. Autour de moi, les gens se lèvent et jettent le contenu de leurs plateaux dans les poubelles prévues à cet effet. D'autres personnes montent par les escaliers, leurs plateaux chargés de nourriture, s'assoient, rient et s'en vont. Les tables changent d'occupants plusieurs fois alors que je maintiens mon regard rivé sur un point indéterminé, mon portable à la main, sans bouger, comme si je m'étais transformée en statue.

Dans la rue, l'activité n'a pas diminué, même s'il est plus de six heures et que les boutiques vont bientôt fermer. Je marche un peu au hasard, j'attends qu'il me voie. Un panneau indique la cathédrale et je prends cette direction, certaine que si je m'éloigne de la foule, ça sera plus facile pour lui de ne pas me perdre. Je remonte plusieurs rues, me retourne de temps en temps en espérant voir quelqu'un se cacher derrière les arbres. Quand j'arrive à un spectaculaire pont pour voitures et piétons, parallèle à un autre sous une double voie ferrée, j'aperçois la cathédrale de l'autre côté, majestueuse, en haut d'une petite élévation. Ses deux hautes tours, l'une pointue et l'autre carrée, observent la ville à leurs pieds, en pente jusqu'au lac. Je traverse le pont et monte encore quelques marches de pierre avant d'atteindre l'esplanade devant la cathédrale. De très nombreux touristes, identifiables à leur appareil photo autour du cou, se promènent, se prennent en photo, consultent leur plan. Cet endroit est une espèce de paradis pour mon pouvoir inutile. J'écoute le plus possible de conversations, dans de très nombreuses langues, et je les comprends toutes. Absolument toutes. Un grand panneau indique l'entrée du monument, et un autre « Château Saint-Maire ».

Je mets mon téléphone sur silencieux avant d'entrer parce que je ne voudrais pas briser la paix que l'on respire dans un lieu sacré comme celui-ci. Quand j'ouvre la première porte, une petite salle en demi-cercle m'accueille chaleureusement avec ses statues de pierre de taille humaine. Quand j'ouvre la deuxième porte, une sensation de bien-être m'enveloppe et une étonnante chaleur m'invite à poursuivre. Je comprends ensuite que, sous mes pieds, à travers un système de grilles, circule un air chaud destiné à maintenir une température agréable dans la cathédrale. Je ferme les yeux et inspire à fond, j'essaye d'invoquer une image transcendante, mais je ne pense qu'à la tranche de cornichon que j'ai retirée de mon McSpeck. Une petite salle sur le côté me surprend, parce que ses murs ne sont pas en pierre. Elle a été refaite et ses cloisons sont vitrées, ce qui permet de voir au travers et crée un drôle d'effet dans le reste de la cathédrale, du fait de la lumière naturelle, indiscrète, qui s'y infiltre. Dans un coin, une table en bois, qui a l'air très ancienne, quatre chaises et une bougie blanche allumée sur son plateau. Cette dernière invite à s'asseoir et à méditer, à penser à la personne que tu as été et à ce que tu as fait, à faire un bilan avec celui d'en haut, s'il existe. Je ne m'assois pas. Il faudrait avoir des souvenirs, pour faire tout ça. Quand je m'approche de l'autel, entouré de grands vitraux colorés transpercés par le soleil qui teintent en bleu et rose le sol et le visage de tous ceux qui les admirent, j'ai à nouveau cette sensation étrange d'être observée. Je regarde autour de moi, espérant voir une ombre se cacher derrière les colonnes, mais tout est calme. Je cherche mon téléphone et appelle Stéphane. Quelque part dans la cathédrale, un téléphone sonne. Même si un panneau à l'entrée demande de les déconnecter, personne ne semble gêné alors que le silence est brisé. Je cherche des yeux la personne qui se dépêche de l'éteindre, mais le téléphone continue de sonner. Je m'avance prudemment dans une espèce de passage en arc de cercle, semblable à un cloître, derrière l'autel. J'ai l'impression que la sonnerie vient de là, le volume augmente à chacun de mes pas et je me dépêche avant que le répondeur se déclenche. Pile au milieu de l'arc de cercle, je vois une tombe, et sur la tombe, le portable qui sonne. Je me penche sur l'écran et vois mon nom. Quand je raccroche, la sonnerie s'interrompt. Je sais que je suis tombée dans son piège, mais c'est trop tard maintenant. Je sens ses yeux sur ma nuque, son haleine sur mes cheveux, la chaleur de son corps envahissant mon espace vital. Je ne bouge pas. Il ne bouge pas. Nous ne bougeons pas. Comme si nous avions peur de découvrir ce que nous refusons tous les deux de reconnaître. Je ne sais pas combien de temps nous restons ainsi, jusqu'à ce que, de sa voix de présentateur radio, il brise le silence.

— Tu ne vas pas te retourner ?

— Non.

— Tu m'as fait venir de si loin et maintenant tu ne vas même pas te retourner ?

— Je ne vais pas me retourner.

— Tu ne veux pas savoir à quoi je ressemble ?

— Je sais déjà à quoi tu ressembles. J'ai vu les photos.

— De quoi as-tu peur, Anastasia ? C'est comme ça que tu t'appelles, maintenant, non ?

— Je ne vais pas me retourner.

— Tu as peur de te retourner et de voir que je ne suis pas la personne sur ces photos, ou de te rendre compte que je suis quelqu'un que tu connais ?

— Je ne connais personne.

— Quelqu'un que tu pensais avoir oublié mais qui est revenu.

— Je ne vais pas me retourner.

— Tu devras le faire pour me donner les photos.

— Je ne les ai pas avec moi.

Je ne sais pas pourquoi je ne lui dis pas la vérité.

— On devra se revoir, alors.

— D'accord. Je te les rendrai.

— Où et quand ?

— Au kiosque du parc de l'Indépendance.

Je me surprends moi-même d'avoir tout planifié.

— À huit heures.

— D'accord. Ne sois pas en retard.

— Je ne le serai pas.

— Tu ne vas vraiment pas te retourner ? Tu n'es pas curieuse de me voir ?

— Non, je ne vais pas me retourner.

— Tu devras le faire de toute façon pour me donner mon téléphone.

Je regarde mes pieds et vois son téléphone silencieux, posé sur le marbre de la tombe. Je respire profondément tout en m'accroupissant, et, quand ma main saisit l'appareil, je sens une petite décharge, comme s'il me transmettait un courant électrique de bas voltage. Tout aussi majestueusement, je me redresse et je me retourne, mais quand nous sommes face à face, je ne peux pas le voir parce que j'ai fermé les yeux. Je les ai fermés aussi fort que Yul quand il a peur, pour que le terrible monstre disparaisse. Je tends mon bras, le téléphone dans la main, et reste un long moment ainsi, mais il ne le prend pas. Quand je pense qu'il est parti et suis sur le point d'ouvrir les yeux, je le sens qui serre avec force mon poignet, il enfonce même ses ongles dans ma peau, il me fait très mal. Mais je garde les yeux fermés et ne les ouvrirai pas, même sous la torture. De l'autre main, sans me lâcher, il prend son téléphone et frotte ses doigts contre ma peau. Il tire sur mon bras, qu'il tient maintenant moins fort, et l'approche de son visage. Je le sais parce que je sens son souffle chaud sur ma peau. Tout doucement, il place ma main sur son front et m'oblige à parcourir son visage de mes doigts, comme une aveugle. Je sens de nombreuses rides d'expression et une peau ferme. Ses sourcils sont épais, sa barbe fournie et très longue.

— Tu reconnais ces traits ?

Tout à coup, j'écarte ma main de son visage. J'ai la nausée. Je remplis mes poumons au moment où j'ouvre les yeux, mais il n'y a personne devant moi. Je regarde effrayée des deux côtés de la tombe, mais ne vois qu'un couple de personnes âgées qui s'éloigne en admirant les vitraux qui colorent nos visages.

Dehors, je m'appuie sur la rambarde de l'esplanade, d'où l'on peut voir la ville tout entière et le lac. L'instant pourrait être beau, le soleil me réchauffe le visage, mais je suis encore sous le choc de ce qui vient de se passer dans la cathédrale. Je ne sais pas si cela a vraiment eu lieu ou si je délire. Ma tumeur a dû grandir et je ne dois plus avoir que quelques heures à vivre. Mes hallucinations seront de plus en plus réalistes et terrifiantes. Ça fait des heures que je ne mets plus de crème solaire sur ma peau, si blanche. L'idéal serait que les rayons du soleil provoquent une combustion spontanée, comme ça je n'aurai plus de problème. Des enfants ont fait des dessins à la craie sur le sol. Une maison blanche, une enfant blanche, une fleur orange et jaune et une fusée rose. Comme par réflexe, je sors mon portable de mon sac pour appeler Carme et savoir si Yul va bien. Je dois lui dire que nous reviendrons peut-être demain. Que j'ai envie de voir mon fils. Et que je l'aime. J'ai un appel manqué et je vois que c'est Gerard. Il a dû m'appeler quand j'étais dans la cathédrale. Il a laissé un message sur mon répondeur. Pendant que mon téléphone le cherche, je ferme les yeux et laisse le soleil frapper mon visage. Quelques secondes de silence, d'abord, une toux, puis Gerard qui commence à parler :

— Bon, je comprends que tu ne veuilles pas me parler. Vraiment. Je suppose que je mérite tout ce qui m'arrive. Ça fait trop longtemps qu'on vit avec ce poids et maintenant on ne sait plus comment s'en débarrasser. Je voulais juste te dire que cette nuit j'ai refait ce rêve, comme toutes les nuits depuis des mois, mais aujourd'hui, à la différence des autres fois, je me le rappelle. Je me le rappelle parfaitement, et j'y ai pensé toute la journée. Je sais que c'est un signe, mais je ne sais pas de quoi. Mon rêve se passait dans un cimetière. Il y avait beaucoup de monde, c'était un enterrement. Le mien. Je sais que c'était le mien parce qu'on sait ces choses, dans les rêves. Mais parmi tous ces gens, toi, tu n'étais pas là. Tu n'étais pas venue à mon enterrement. C'est tout ce que je voulais te dire. Que je me rappelle mes rêves à nouveau. Rien d'autre. Prends soin de toi.

Il attend un peu avant de raccrocher, et je peux entendre sa respiration. Je n'ai pas ouvert les yeux, je n'ai pas baissé mon téléphone. La voix enregistrée sur mon répondeur me dicte des instructions pour raccrocher ou réécouter le message, l'enregistrer ou l'effacer. Je ne pense qu'à une chose. Sa dernière phrase a été « Prends soin de toi », comme si nous ne devions jamais nous revoir. « Prends soin de toi. » Comme si, à partir de maintenant, il ne serait plus à mes côtés pour le faire. Comme il l'a toujours fait. À sa façon, d'accord, mais je n'ai jamais manqué de rien. Je veux ouvrir les yeux mais n'y arrive pas. J'ai besoin de ses bras autour de moi, qu'ils me serrent fort, au point que j'aie du mal à respirer. Que ses lèvres m'embrassent et me disent qu'il m'aime et que tout ira bien. Petit à petit, je réussis à baisser mon bras, mais je ne peux toujours pas ouvrir les yeux. Certaines choses demandent du temps. Comme savoir qui tu aimes, comme savoir accepter les réponses à des questions difficiles. Comme trouver des solutions quand il ne semble pas y en avoir. L'heure est venue de fermer certaines portes. L'heure est venue de couper certains ponts L'heure est venue d'oublier certains conflits. C'est révélateur, que les choses se fassent ici, précisément ici, au moment où je me rends compte que si ce n'est pas moi qui fais le premier pas, il ne pourra pas le faire, même s'il le voulait. Tout repose sur moi. J'ouvre les yeux et le paysage merveilleux en face de moi frappe mes rétines. Je respire profondément, encore, remplis mes poumons de cet air qui apporte la santé à chacune de mes cellules. Et comme si une main invisible avait remonté mon mécanisme, je me mets en route et commence à descendre deux par deux les marches en bois sur le flanc de la cathédrale pour rejoindre rapidement le centre. Comme si mon cerveau était tout à coup doté d'un GPS, je cours dans les rues sans hésiter, passe rapidement entre les gens comme si ma vie en dépendait. Ce qu'ils ignorent, c'est que tout redeviendra comme avant quand j'aurai retrouvé Gerard. Je le sais. Quand je passe devant l'église proche de la gare, je me fais presque écraser par un tramway. Je ne regarde pas la couleur du feu. Je n'en ai pas le temps. Je veux juste attraper le prochain train pour Morges et arriver le plus vite possible pour le retrouver. Dans la gare, j'achète mon billet et attends impatiemment sur le quai. Je ne peux pas m'asseoir. Je marche nerveusement de long en large. Décidée à trouver une solution à tous mes problèmes et à avancer dans ma vie. Je souris. Je le vois dans une vitre qui reflète mon image. Les changements ont commencé ce matin, quand j'ai coupé et teint mes cheveux. Mon estomac se serre. Mon cœur bat très vite, mais le temps dans cette gare passe trop lentement. Le quai se remplit peu à peu tandis que l'heure d'arrivée du train approche. J'observe deux jeunes gens, assis sur un banc, leur sac à leurs pieds. Ils se tiennent la main mais ne se regardent pas. Chacun regarde de son côté, mais je me dis que c'est beau quand on n'a pas besoin de parler ni de prouver quoi que ce soit. C'est ce que je vais faire à partir de maintenant. Quand les choses seront réglées et que tout sera comme avant. Comme au début. Comme elles auraient toujours dû l'être. C'est en regardant ce couple que dans un coin de mon cerveau se déclenche une alarme bruyante. Sur un écran de LEDs, je peux clairement lire ma nouvelle mission : trouver une solution à tous mes problèmes.

Quand le train arrive, je grimpe dans la première voiture pour avoir la sensation que j'arriverai plus vite à Morges. Je m'assois, mais j'ai l'impression que le train avance tout doucement. Si je pouvais, je sauterais pour le pousser, jusqu'à la vitesse de la lumière, au moins. Je veux arriver tout de suite pour en terminer avec mes problèmes et cesser de souffrir. Maintenant, rien ni personne ne pourra arrêter ma course frénétique vers le bonheur. Je me détends en regardant le paysage de vignes et me rappelle que je suis dans une zone viticole. Je n'avais pas remarqué jusqu'à présent le jeune homme qui se trouve en face de moi et que j'ai surpris deux fois à me regarder. Il porte une casquette verte, un T-shirt rayé noir et mauve et doit avoir mon âge. Sa tête est penchée sur le côté, comme s'il voulait dormir, mais il est réveillé. Il écoute de la musique grâce à ses écouteurs et, quand il ne me jette pas un coup d'œil, regarde par la fenêtre. Ses yeux sont magnifiques et me rappellent ceux de Yul. Ce n'est qu'une sensation, mais je crois que nous pourrions être amis. Parfois, il suffit d'un regard pour savoir que tu pourrais t'entendre avec quelqu'un. Lorsque je le regarde à nouveau, il a fermé les yeux. Il dort peut-être. C'est dommage de nous rencontrer ici, maintenant que j'ai pris une décision qui l'exclut. Je sais que c'est lui, l'étranger dont je devais faire la connaissance dans le train et avec qui je devais passer la nuit. Il est arrivé trop tard et je devrais me résigner à l'idée que le monde est rempli de personnes intéressantes que je ne connaîtrai jamais. Je cherche mon appareil photo dans mon sac et le photographie, alors qu'il dort, appuyé contre la fenêtre. Je sais que nous ne nous reverrons jamais, mais au moins je veux pouvoir me le rappeler, parce que nos vies se sont croisées dans cet endroit si intime et public à la fois qu'est un compartiment de train. Quand nous arrivons à Morges, le train ralentit mais il ne se réveille pas. Je me lève, espère un dernier échange de regards, mais je dois me contenter de lui dire adieu mentalement, parce qu'il ne m'aurait pas entendue avec ses écouteurs de toute façon.

Depuis le quai, je peux encore le voir et attends que le train redémarre pour être certaine qu'il reste endormi et que c'est juste un autre train qui s'en va. Le trajet vers l'hôtel est étrange. Les rues me sont familières maintenant, mais je les regarde différemment. La lumière du ciel semble autre, l'atmosphère a changé. J'ai même l'impression d'être plus légère et que mes pieds ne touchent pas terre. C'est peut-être un autre symptôme lié à ma tumeur cérébrale, qui a empiré et provoque ces distorsions de la réalité. J'entre dans l'hôtel en trombe, demande ma clé à la jeune femme de l'accueil et me réjouis parce que le réceptionniste qui me plaît n'est pas là. Il ne ferait que me gêner, maintenant que j'ai décidé de récupérer Gerard. En montant les escaliers, je lui passe un coup de fil, mais son téléphone est éteint. Je lui laisse un message bref mais précis : Je t'aime. Dans la chambre, j'enlève tous mes habits, les laisse sur le lit, et file sous la douche. Je ferme les yeux sous l'eau qui coule et essaye de chasser mes pensées, mais c'est impossible. Je vois mon foulard taché de sang qui s'envole loin du train. Je vois l'homme que je soupçonnais embrasser sa femme et sa fille. Je vois l'homme qui ramait sur son embarcation sportive, sur le lac. Je vois les vitraux dont les couleurs se projetaient sur le sol de la cathédrale et les visages des touristes, mais ce qui m'inquiète le plus, c'est que j'entends toujours la voix de Stéphane dans mon oreille, qui insiste pour que je me retourne. Je m'essuie en frottant fort et sursaute en voyant une femme brune aux cheveux courts dans le miroir. Je ne m'habituerai peut-être jamais à cette image. Je rappelle Gerard depuis la chambre. Je lui laisse un autre message : Je t'aime passionnément. Je mets des habits confortables, un jean, un T-shirt et des baskets. Je devrais peut-être partir en courant. Je dois être prête à tout. Je regarde l'heure sur mon portable, encore trente minutes avant mon rendez-vous avec Stéphane. Même si je suis tout à côté, je veux y aller en avance, au cas où. Avant de sortir, je mets de la crème solaire sur mon visage et mes bras, même si le soleil va bientôt se coucher. Des manies inévitables. J'attrape mon sac, la seule photo de la famille qui a survécu au massacre, et ferme la porte. En descendant les escaliers, j'appelle Gerard et lui laisse un autre message : Je t'aime à la folie. Je sais que ça le mettra en colère quand il l'écoutera. Il ne supporte pas d'allumer son téléphone et de voir qu'on l'a appelé de manière obsessionnelle pour ne rien lui dire d'important. Mais c'est important pour moi et j'aimerais que pour une fois, aujourd'hui, ça le soit aussi pour lui. Je remarque que mon sac est lourd, et me rappelle que le coffret DVD d'Audrey Hepburn et le CD de Morrissey sont toujours à l'intérieur. À la réception, je laisse la clé à la jeune femme et lui demande de garder pour moi les DVD et le CD parce que je n'ai pas le temps de remonter. Je sors rapidement, mais une fois dehors je m'arrête un instant et regarde la promenade au bord du lac. Des familles se baladent avec leurs enfants. Des personnes âgées assises sur les bancs regardent le spectacle offert par les parterres de fleurs et les bateaux qui naviguent vers Lausanne. Près du vieux port, des enfants pêchent à la ligne et contemplent leur trésor, des poissons dans un seau rempli d'eau. Le château a déjà fermé ses portes de fer parce que les horaires de visite sont terminés, et du Club nautique sort un groupe d'hommes qui ont probablement passé la journée sur le lac et rentrent maintenant chez eux, pour passer la soirée avec leur famille. Pour jouer avec leurs enfants. Pour aimer leur femme.

La lumière a beaucoup changé depuis midi, dans le parc de l'Indépendance. Maintenant le soleil est couché, les couleurs des fleurs comme le vert des arbres sont moins intenses, moins éblouissants. Je croise deux jeunes hommes qui courent et une jeune femme qui promène son bébé dans une poussette. Plus loin, j'aperçois un groupe de jeunes assis dans l'herbe, qui discutent et fument, du cannabis certainement, tout en riant et en faisant les idiots pour impressionner les filles. Heureusement, au kiosque à musique, où j'ai donné rendez-vous à Stéphane, il n'y a personne. Même si la température a baissé, il ne fait pas froid, mais je frissonne. Mes jambes tremblent et la photo que je tiens dans la main s'agite comme une feuille sous le vent. Je monte avec solennité les marches de la gloriette puis, arrivée en son centre, fais un tour sur moi-même pour contempler le paysage. Des arbres de toutes les espèces et des parterres de fleurs de toutes les couleurs revêtent ce paradis de paix et de tranquillité. Je cherche mon téléphone et regarde l'heure. Je ne peux pas rester longtemps, sinon il m'attrapera ici, plantée au centre du kiosque. Je m'accroupis et dépose la photo par terre mais, quand j'ai fait deux pas pour m'en éloigner, une légère brise l'emporte vers le bord de la structure. Je vois des pierres au pied des escaliers. J'en prends une, la pose sur la photo pour éviter que le vent la dérobe à nouveau. Quand je me redresse et cherche des yeux un coin pour me cacher et observer sans être vue, j'entends la musique. De la musique classique que je connais, mais je ne saurais pas l'identifier ni nommer son compositeur. Elle vient de loin, le volume est très bas, comme si elle provenait d'une maison près du parc ou d'une voiture garée près de l'entrée. Derrière le séquoia géant, ça pourrait être un bon endroit, mais j'aurais du mal à passer la tête discrètement. Je descends de la gloriette et me cache à côté, dans la grotte naturelle formée par des arbustes et des plantes, pensant que j'y serai bien. D'ici, je ne peux pas voir la photo ni la pierre qui la retient. Je ne peux pas non plus identifier la provenance de la musique mais je l'entends davantage. Je fixe le kiosque et ne cligne pas des yeux pour ne pas manquer le moment où Stéphane arrivera.

Je veux savoir si c'est vraiment l'homme des photos ou si c'est quelqu'un d'autre qui m'a raconté n'importe quoi. Un couple âgé approche tranquillement de la gloriette et j'ai peur qu'ils le fassent fuir. Ils la regardent un certain temps puis s'en vont tout aussi lentement. Je ne saurais dire quand, parce que mon attention était fixée sur eux, mais la musique s'est arrêtée. Maintenant, j'ai beau tendre l'oreille, je ne peux entendre que les branches des arbres mues par le vent. De longues minutes passent sans que personne approche de la gloriette. Quand je suis sur le point de partir, certaine qu'il ne viendra pas, j'entends des pas sur le gravier qui mène au kiosque et vois une personne arriver d'un pas décidé. Je me cache derrière les arbustes les plus épais et sens ma respiration s'arrêter, mon cœur se figer.

La sonnerie stridente de mon téléphone dans mon sac m'effraye et me met fin à mon immobilité. Je me dépêche de le chercher et l'éteins sans regarder qui appelle, craignant d'avoir révélé ma cachette. Je relève les yeux. Aucun signe de l'homme. Je le soupçonne de faire le tour de ma cachette pour me surprendre par-derrière. Mais il n'y a personne non plus derrière moi, et quand je m'approche de la gloriette j'ai la sensation qu'il est parti. Je monte les marches, vois la pierre que j'ai posée par terre mais pas la photo, qui a disparu. Je regarde autour de moi, déconcertée, cherchant une silhouette qui s'éloigne, mais il n'y a personne sur les chemins qui partent de la gloriette. Je m'en vais, un étonnant mélange de soulagement et de peine m'envahit, comme si je ne voulais pas vraiment que tout cela prenne fin.

Quand j'arrive devant le château, je m'appuie sur la grille et observe un couple entrer dans le Club nautique. Je prends mon téléphone, j'espère que c'est Gerard qui m'a appelée tout à l'heure. À cette heure, il a dû quitter *La Paisible* et écouter mes messages. J'attends quelques secondes, le temps que l'appareil trouve le réseau, puis vérifie la liste des derniers appels reçus. C'est un numéro que je ne connais pas, et je suis incapable de dire de quel pays est cet indicateur. Ça commence à ressembler à un cauchemar, tout ça. J'appelle Gerard mais son portable est éteint ou n'a pas de réseau. S'il est encore avec monsieur Kennedy et qu'il ne m'en a rien dit, ça m'étonne. Cette femme l'a peut-être kidnappé, elle va me demander de lui jurer un amour éternel si je veux le revoir sain et sauf. Je lui laisse un message :

— J'ai fait des choses terribles, mais tout est réglé, maintenant. Je suis de nouveau avec toi, Gerard. J'ai envie de te voir. Je t'aime.

En raccrochant, je suis prise d'un doute et appelle Stéphane. J'entends un bruit bizarre et me dis d'abord que je n'ai pas de réseau, puis je m'inquiète quand j'entends une voix grave me dire que le numéro demandé n'existe pas. Je reste un moment immobile, à fixer mon téléphone, j'ai même l'idée de le jeter dans le lac pour nier l'évidence. Je cherche dans mes SMS, pour vérifier que Stéphane m'en a bien envoyé un paquet, mais je découvre stupéfaite qu'il n'y en a aucun. Ils ont peut-être été effacés par erreur, ou alors il est possible que je ne les aie jamais reçus. C'est comme si la terre s'ouvrait sous mes pieds, le vertige s'empare de moi. Je marche en traînant les pieds, les bras pendants, le portable dans une main. Je suis abattue, comme si je sortais d'une violente bataille. Sur le port, les enfants ne pêchent plus mais sont toujours là, leurs cannes à pêche par terre et leurs seaux vides, parce qu'ils ont certainement relâché les poissons dans l'eau. Devant l'hôtel, j'aperçois Henry Pearson qui regarde les bateaux dans le vieux port. Le voir me met mal à l'aise. S'il n'est plus à *La Paisible*, je ne comprends pas pourquoi Gerard n'est pas avec lui. Quand il me voit, il lève un bras pour me saluer, et dévoile l'auréole de sueur qui couvre toute son aisselle. Il porte les mêmes vêtements qu'hier.

— Je vous ai appelée tout à l'heure, mais votre téléphone fait des trucs bizarres, comme si vous m'aviez raccroché au nez, me dit-il avec un sourire nerveux.

Et comme je ne réponds pas, il continue :

— Il fallait que je vous trouve pour vous parler.

— Et Gerard ? Il est où ?

— C'est de ça que je dois vous parler, dit-il en remontant ses lunettes, qui glissent le long de son nez.

Son visage est couvert de sueur.

— Qu'est-ce qui lui est arrivé ? dis-je, en m'arrêtant à deux pas de lui.

— Rien. Ne vous inquiétez pas. C'est lui qui m'a demandé de vous voir et de tout vous expliquer.

J'ai du mal à croire que c'est ce que Gerard lui a dit, je n'ai pas confiance en lui. Je ne sais pas si je dois le croire. Je cherche mon téléphone et rappelle Gerard. Pearson porte une boîte à chaussures rouge sous un bras et je me dis que c'est vraiment un homme très étrange. Le portable de Gerard est éteint ou n'a pas de réseau.

— Je ne pense pas qu'il va répondre. Il m'a dit qu'il allait l'éteindre.

— Pourquoi ?

— Pour que je vous explique tout.

— Alors, allez-y.

— Pas ici. Il m'a demandé de vous emmener dans un endroit où vous vous sentirez à l'aise.

— Je me sens très bien ici.

— Gerard m'a dit d'aller manger un morceau au Balzac.

— Je n'ai pas faim, fais-je en mentant, parce que j'ai très faim, mais je suis trop tendue pour avaler quoi que ce soit.

— Un thé, alors.

— Je n'ai pas soif.

— Alors vous me regarderez manger et boire mon thé.

Nous marchons côte à côte, une distance de sécurité raisonnable entre nous deux. Nous passons devant l'entrée de l'hôtel et je regarde au travers des fenêtres qui donnent sur la réception pour voir si le beau réceptionniste y est, mais il n'y a personne. Nous ne parlons pas sur le chemin, comme si nous étions fâchés, ou plutôt parce que nous n'avons rien à nous dire, vu que nous ne nous connaissons pas. Au Balzac, il monte en premier les marches de l'entrée, ouvre la porte et me cède le passage, affable. Cette attention à l'ancienne me fait sourire, mais il l'a peut-être fait simplement pour regarder mes fesses.

C'est moins rempli qu'il y a deux soirs, quand Gerard et moi sommes venus dîner. La serveuse, la même que l'autre jour, nous installe à la table de l'angle, même si j'aurais préféré m'asseoir à la même table. Elle nous apporte deux serviettes et deux menus. Pearson, qui connaît encore moins le français que Gerard, me demande de lui traduire la carte et, chose étonnante, sans le savoir, il choisit exactement les mêmes plats que lui. Je me dis que c'est un signe, mais je ne sais pas dire s'il est bon ou mauvais. Je commande seulement une salade et un thé parce que j'ai l'estomac noué. Il essuie ses mains, qui transpirent, avec la serviette en papier puis regarde, curieux, le portrait de Balzac qui s'y trouve imprimé.

— C'est bizarre comme ils mettent le nom des propriétaires partout, dit-il, parce que sur les serviettes se trouvent ceux du Balzac, que j'avais appelés pour savoir s'ils avaient trouvé les photos. C'est pareil dans la chambre d'hôtel. Ça doit être une habitude, ici.

Mon silence lui fait comprendre que je n'ai pas envie de poursuivre cette conversation absurde et que j'attends qu'il me dise où est Gerard et ce que nous faisons ici. La serveuse nous apporte nos thés mais nous n'y touchons pas.

— Vous savez pourquoi Gerard est venu ici ?

— Pour son projet.

— Oui. Mais vous connaissez l'origine de ce projet ?

— Non.

— Il est évident qu'il traverse une espèce de crise de créativité. Ça, vous devez le savoir.

— Non, je ne le sais pas.

— Vous savez quoi, alors ?

— Sur Gerard ? J'ai l'impression de ne rien savoir sur lui.

Il passe la serviette en papier sur son visage pour éponger les gouttes de sueur qui tombent de son front. Il regarde le plafond et voit que les ventilateurs sont éteints.

— Il fait chaud, non ?

La serveuse nous apporte nos salades et nous souhaite un bon appétit. Pearson ne peut s'empêcher de regarder ses fesses quand elle se retourne et lorsqu'il voit que je l'ai surpris, il sourit et rougit. Il remonte ses lunettes, qui ont encore glissé, et commence à attaquer son assiette comme s'il n'avait rien mangé depuis des jours. Je regarde la mienne mais ne prends pas mes couverts.

— Un jour, chez moi, après mes cours à la Film Academy, m'explique-t-il, la bouche pleine de feuilles de salades de diverses sortes, j'ai décidé de lire l'autobiographie de Findlay Kennedy. Ça m'avait toujours fasciné, qu'un auteur de sa trempe décide de ne plus jamais rien publier. Le truc de l'autobiographie, expliquer tout à coup ce qu'a été sa vie au cours des quinze années où il s'était dissimulé aux yeux du monde, me semblait brillant. Plus que brillant. Sublime.

Il verse deux sachets de sucre dans son thé, mélange et prend une gorgée bruyante.

— Ma spécialité, c'est le cinéma européen d'après-guerre. Je ne sais pas si je vous l'ai dit. Bon, ça n'a pas d'importance. Parfois, je travaille sur des références qui vont jusqu'au milieu des années soixante. Selon moi, on ne peut pas découper l'histoire de façon extrêmement précise, pas même celle du cinéma. Le fait est qu'en lisant la biographie de Kennedy, j'ai commencé à dresser certains parallélismes avec plusieurs films. Ce sont surtout les ressemblances avec les films de Truffaut sur le personnage d'Antoine Doinel qui me semblaient intéressantes. Des enfants problématiques des *Quatre-cents coups* à l'adulte et son fils de *L'Amour en fuite*. Au début, je trouvais ça drôle, mais après ma lecture j'en ai fait une analyse précise, et j'ai vu qu'en associant les synopsis de plusieurs films, on pouvait recomposer la même histoire que celle de son autobiographie. Je ne sais pas si je suis clair. Ce que je veux dire, c'est que j'en étais arrivé à la conclusion que Kennedy avait plagié tous ces films pour élaborer sa biographie.

— Mais pourquoi ?

— Une vie peu intéressante ? Un exercice de style ? Une mémoire défaillante ne lui permettant pas de se rappeler sa véritable vie ? Qui sait. J'ai cherché où il vivait, et je dois dire que ça n'a pas été très difficile, parce que mon université avait ses coordonnées, et je lui ai téléphoné. Au bout de quelques semaines, il m'a donné rendez-vous ici, en Suisse, pour un entretien. J'ai manqué mon premier vol et je suis arrivé en retard. Ce à quoi je ne m'attendais pas, c'était trouver une autre personne ici, mais j'ai tout compris par la suite. Je n'étais pas le seul à avoir échafaudé cette hypothèse.

— Gerard avait les mêmes soupçons que vous ?

— Oui. Mais nous n'étions pas d'accord sur les films. Sa liste comprenait des comédies romantiques d'Hollywood. La mienne, des films européens. Mais l'idée était la même. Plus tard, nous avons découvert qu'une vingtaine de personnes étaient passées par cette maison, avec la même théorie. Ça nous a un peu refroidis, tous les deux. Je dois le reconnaître.

La serveuse emporte l'assiette vide de Pearson mais la mienne reste intacte sur la table. Il prend une autre gorgée de thé, tout aussi bruyante, et regarde les ventilateurs. Il transpire énormément et sa chemise colle à sa peau. Ses lunettes sont de nouveau sur le bout de son nez comme si elles voulaient faire le grand plongeon.

— Il fait très chaud, non ? Vous pourriez demander à la serveuse d'allumer les ventilateurs ?

Je fais signe que oui. Il essaye d'essuyer son front mais sa serviette est très sale et froissée.

— Je peux ? me demande-t-il en montrant la mienne, qui est toujours sagement pliée à côté de mon assiette, sous mes couverts.

Je les écarte et il la prend, s'essuie le visage et les mains.

— Vous pouvez lui demander d'en apporter d'autres ? Ça me rendrait service.

La serveuse apporte à Pearson ses brochettes de crevettes et son riz, et je lui demande si elle peut nous donner d'autres serviettes et allumer le ventilateur du plafond. Pearson attaque son plat principal tout aussi férocement que son entrée.

— Et pourquoi vous êtes venus ici ? Vous vouliez obtenir quoi, de monsieur Kennedy, avec cette histoire de plagiat ?

— Évidemment, tout se réduit à un triste chantage, mais celui de Gerard était bien mieux planifié que le mien, dit-il, une crevette en bouche et de la sauce au curry au coin des lèvres. Je crois que son idée était bonne, en fait. Parmi ceux qui nous avaient précédés, beaucoup avaient exigé des sommes exorbitantes. Mais Gerard avait un très bon plan.

Findlay Kennedy a dit, après la publication de son dernier roman, *The Survivor*, que le jour où il n'aurait plus une seule mauvaise critique et où tout le monde apprécierait ce qu'il écrirait, il cesserait d'écrire. Son roman a été un succès, et il a mis en œuvre sa menace. Mais il n'a pas véritablement arrêté d'écrire, juste de publier. Au cours de ces quinze années, il a écrit trois romans, qui seront tous, selon sa volonté, détruits à sa mort. Gerard n'en voulait qu'un, de ces romans. Un roman sur lequel mettre son nom. Rien d'autre. Très intelligent, pour sûr. Et sensé, puisqu'il demandait à Kennedy une chose qui ne lui coûterait rien.

— Et vous ? Vous vouliez quoi en échange ?

— De l'argent, je suppose. Même si je n'y avais pas vraiment réfléchi. Je voulais voir si c'était faisable. Je crois que ce qui me motivait le plus, c'était de vérifier ma théorie du plagiat. D'être le premier et peut-être le seul à avoir compris. Une preuve de mon intelligence, quoi. Je m'attendais à ce que Kennedy me dise qu'il l'avait fait exprès, pour voir qui découvrirait le pot aux roses en premier.

Il se concentre sur son assiette et ne dit plus rien jusqu'à l'avoir vidée et saucée avec du pain. La serveuse nous apporte d'autres serviettes.

— Vous n'allez pas manger votre salade ? me demande-t-il en enfournant un morceau de pain dans sa bouche déjà pleine.

Je fais signe que non et lui tends mon assiette, qu'il pose sur celle qu'il vient de terminer. Il regarde encore le plafond, ennuyé parce que le ventilateur ne tourne pas. Il cherche la serveuse des yeux mais elle est passée dans l'autre salle ou dans la cuisine.

— J'ai vraiment cru que Gerard allait réussir, au cours de ces deux derniers jours. Monsieur Kennedy nous a traités comme des rois. Aujourd'hui, il nous a invités à déjeuner dans un très bon restaurant et Gerard m'a dit qu'ils y étaient déjà allés hier. Étonnant, non, que la personne que nous cherchions à faire chanter ait ce genre d'attentions pour nous. Tous nos échanges étaient détendus et il prenait avec beaucoup d'humour les ressemblances que nous lui signalions en regardant les films dans sa salle de projection. C'était drôle, d'ailleurs, quand son avocat, ou cette femme, sa secrétaire, n'étaient pas là. Il disait qu'ils le retenaient prisonnier dans la maison, et riait en ajoutant qu'elle était comme Kathy Bates dans *Misery*, et que l'avocat avait encore moins de scrupules que Robert Duvall dans *Le Parrain*. Il a même demandé à Gerard quel genre de romans il écrivait, et aujourd'hui, à table, il lui disait qu'il réfléchissait à ses trois romans pour voir s'il n'y en avait pas un qui collerait à son style. Pour que ça n'ait pas l'air étrange.

La serveuse emporte les assiettes vidées par Pearson et nous demande si nous voulons des desserts. Il lui dit oui tout en épongeant son front avec une serviette et me supplie de lui redemander d'allumer le ventilateur. Lorsqu'elle nous apporte la carte des desserts, je le lui dis et elle nous demande de l'excuser, elle avait oublié. Les yeux de Pearson parcourent avidement la liste des desserts, Je n'ai même pas ouvert la carte. La serveuse note ce que Pearson lui indique du doigt sur la carte et, quand elle est sur le point de prendre la corbeille à pain, il la devance et se dépêche de prendre mon petit pain, que je n'ai pas touché. Elle me regarde, surprise, et me sourit mais je suis incapable de quitter des yeux le visage de Pearson, j'attends que tout ce qu'il me raconte fasse sens.

— Cet après-midi, tout a changé, annonce-t-il avant de mordre dans le pain. À notre retour, après le déjeuner, monsieur Kennedy nous a conduits dans le jardin de *La Paisible*, qui est vraiment très beau. Vous saviez que c'était la maison d'Audrey Hepburn ?

— Oui.

— Nous nous sommes promenés avec lui, et c'est Gerard qui poussait son fauteuil roulant. Nous avons vraiment cru pendant un instant que c'était bon. Toute cette intimité avec le vieil homme nous permettait de le croire. Gerard et moi avons échangé quelques regards et nous ne pouvions pas nous empêcher de sourire, sous le coup de l'émotion. Comme plus tôt, Gerard avait discuté avec vous et que la femme avait dit que cette séance était la dernière, nous avons vraiment cru que nous allions obtenir ce que nous voulions. Mais quand nous sommes retournés vers la maison, sur le porche arrière, sa secrétaire et son avocat avaient organisé une espèce de barbecue et les trois manuscrits se trouvaient sur une table près d'eux. Kennedy nous a dit qu'il s'agissait des trois romans qu'il avait écrits au cours des quinze dernières années, que c'étaient les seules copies qu'il avait, et qu'il allait mettre un terme à la cupidité des personnes comme nous. Et, sans un mot, son avocat les a placés dans le barbecue et la femme les a arrosés d'alcool à brûler avant d'allumer le feu. Vous auriez dû voir la tête de Gerard. Les flammes se reflétaient dans ses yeux remplis de larmes. Je ne sais pas si c'étaient vraiment les seules copies ou s'ils jouent ce numéro à tous ceux qui ont eu la même idée que nous, mais je dois dire que c'était très impressionnant. La secrétaire a écarté Gerard du fauteuil roulant et a conduit Kennedy vers la maison. Juste avant de passer la porte, il a tourné la tête vers nous et nous a dit, très sérieux et avec une expression que nous ne lui avions jamais vue : « Chaque instant de notre vie semble provenir d'un film. » Puis il est rentré et nous ne l'avons plus jamais revu. Son avocat nous a dit que si nous intentions quoi que ce soit pour accuser monsieur Kennedy de plagiat, nous perdrions beaucoup plus qu'un procès. Il a ajouté que nos affaires étaient pas mal risquées, une phrase qui semblait tirée d'un film sur la mafia. Ça ne m'étonnerait pas si je me réveille un jour à côté de la tête d'un cheval mort. Quand l'avocat est entré à son tour dans la maison, Gerard s'est lancé sur le feu et a essayé de sauver quelques pages, mais tout était déjà en cendres. Même s'il s'était brûlé les mains, sa plus grande souffrance était intérieure, invisible à l'œil nu.

Les larmes que j'essaye de retenir depuis un long moment coulent sur mes joues. La chanson qui passe dans le restaurant est si joyeuse, pourtant. Je ne comprends pas. Si Gerard a les mains brûlées, pourquoi n'est-il pas ici ? Je veux le soigner. Il est peut-être à l'hôpital. Je suis certaine qu'il est à l'hôpital et que ce ne seront que des brûlures superficielles. Ses blessures intérieures, nous aurons le temps de les guérir ensemble. La serveuse apporte à Pearson une espèce de coulant au chocolat, qu'il dévore exactement comme tout le reste.

— Il est où ?

— Il m'a dit qu'il partait, mais pas où il allait.

— Qu'il partait ? Où ?

Il me regarde, sa cuiller dégoulinant de chocolat en face de sa bouche.

— Je viens de vous le dire. Je ne sais pas où.

Et il avale le contenu de sa cuiller, comme un goinfre.

— Il m'a dit d'aller à l'hôtel et de l'attendre.

— Mais il va revenir ?

— S'il m'a dit d'attendre, je suppose que oui.

— Aujourd'hui.

— Je ne sais pas. Il ne m'a pas dit.

— Et il vous a dit quoi ?

Il ne me répond plus. Il termine son dessert et demande d'un geste l'addition à la serveuse, qu'il paye avec son American Express. Il essuie son front et regarde le ventilateur au-dessus de nos têtes, qui commence à tourner précisément à cet instant.

— Ah oui, maintenant, juste quand je m'en vais.

Il signe son reçu et range sa carte dans son portefeuille. Il se lève avec difficulté et, quand nous arrivons à la porte du restaurant, la serveuse nous appelle et nous dit que nous oublions la boîte à chaussures rouge. Je retourne la chercher et il me dit que je peux la garder.

— C'est pour vous. C'est Gerard qui me l'a donnée.

Je veux l'ouvrir mais il m'interrompt et me la prend brusquement des mains.

— Il a insisté, vous ne devez l'ouvrir que dans votre chambre d'hôtel.

Il m'accompagne en silence jusqu'à l'hôtel, comme si nous avions perdu un proche. Au moment de prendre congé, il semble nerveux et ses mots sortent difficilement.

— Mon avion décolle demain de l'aéroport de Genève. J'aimerais vous revoir avant de partir.

— Qu'est-ce que vous allez faire, maintenant que votre plan a échoué ?

— Rien de particulier. Pour moi, tout ça, c'était comme des mini-vacances assez excitantes. Je pourrai raconter à mes enfants, si j'en ai un jour, que j'ai rencontré Findlay Kennedy et que je suis allé dans la maison d'Audrey Hepburn. Et vous ? Vous allez faire quoi ?

— Attendre Gerard.

— Et s'il ne revient pas ? Vous ferez quoi ? Si vous voulez, demain je peux vous téléphoner, et si vous n'avez nulle part où aller, vous pourriez venir avec moi.

— Aux États-Unis ?

— Oui. J'ai un appartement et un bon travail, là-bas.

— Il va revenir. C'est sûr.

— Et s'il ne le fait pas ? Vous ferez quoi si demain, à votre réveil, vous voyez qu'il n'est pas là ?

— J'oublierai tout, alors.

Je sais qu'il n'a pas compris cette réponse, mais elle est suffisante car nous nous disons au revoir définitivement. Je ne peux m'empêcher de regarder par les fenêtres qui donnent sur la réception, et je sens comme un frémissement dans mon ventre. Pearson lui aussi peut voir d'ici le réceptionniste qui dort, presque couché sur le comptoir.

— Bon... fait-il tristement, ou peut-être est-il juste fatigué. C'est comme dans les films, la jolie fille termine avec le joli garçon.

Il me rend la boîte à chaussures rouge.

— Je suis désolé, nous n'avons pas trouvé mieux. Je ne vous dis pas combien de temps nous avons fait les magasins pour que Gerard trouve ce qu'il voulait.

Et sans rien ajouter d'autre, il s'en va en direction de la promenade qui borde le lac. Quand il arrive à l'angle de la rue, je m'attends à ce qu'il se retourne pour me dire adieu. Je ressens la même sensation d'abandon qu'avec Vanessa, mais il n'en fait rien, il avance et je ne le vois plus. Je reste encore un peu dehors, à respirer l'air frais et à écouter le silence de cette nuit d'été à Morges. Je regarde le réceptionniste dormir tranquillement et entre, décidée, dans l'hôtel.

Quand la deuxième porte automatique s'ouvre, le réceptionniste se réveille, comme si un capteur le prévenait de l'arrivée d'un client. Il me regarde, à moitié endormi, frotte ses yeux, et me sourit tout en s'assoyant correctement sur sa chaise pour mieux m'observer.

— Eh bien... ça, c'est un sacré changement d'apparence. Tu ne voulais pas que je te reconnaisse ?

— Oui. Après mon lamentable spectacle de ce matin, je me suis dit que c'était le mieux.

— Il faudrait plus qu'une coupe de cheveux et une couleur. Je sais reconnaître la beauté sous n'importe quelle apparence.

Je me sens rougir mais j'espère qu'il pensera que c'est le reflet de la boîte à chaussures.

— Je peux te proposer un café, dit-il comme pour me retenir quand il voit que notre conversation stagne.

— D'accord, fais-je, parce que je n'ai pas envie de partir.

— Vraiment ? Tu n'as pas prévu de dormir, aujourd'hui ?

— Je crois que je pourrais quand même dormir.

Il se lève, attrape sa thermos sous le comptoir et remplit deux tasses. Je touche du doigt la lampe que j'ai fait tomber ce matin en sautant par-dessus la réception. Il me tend une tasse, un sachet de sucre et une petite cuiller. Nos doigts se frôlent volontairement. Nous buvons en silence, comme si nous nous connaissions depuis longtemps et que nous n'avions plus rien à nous dire.

— J'ai un pouvoir, lui dis-je quand j'ai terminé mon café, pour rester un peu plus avec lui.

— Sauter par-dessus les objets sans les casser ? fait-il, rieur.

— C'est pas un pouvoir, ça. C'est un sport.

— À risques ? continue-t-il, en souriant. Alors, c'est quoi, ton pouvoir ?

— Je comprends toutes les langues du monde sans les avoir étudiées.

— Vraiment ? fait-il, m'adressant son sourire captivant.

— Mais j'ai l'impression que ça ne me sert à rien.

— Quand tu es réceptionniste, c'est plutôt bien vu, les langues. Justement, on recherche du monde, ici. Tu n'aurais pas ton CV sur toi, par hasard ? Si tu travaillais ici, je ferais moins d'heures et je pourrais dormir.

— J'aimerais bien travailler dans un endroit comme celui-ci, dis-je en regardant cet espace si accueillant. Surtout de nuit, comme toi.

— Ce n'est pas si drôle que ça. Bien sûr, c'est beaucoup plus calme que la journée, mais je préfère quand il y a de l'activité, comme ça le temps passe plus vite.

— J'aime bien, moi, que le temps passe lentement. Je voudrais même qu'il s'arrête, parfois. Je crois que le moment est venu que je monte dans ma chambre.

— Je n'aurais rien contre, si le temps s'arrêtait maintenant.

Il ne sourit pas, il parle sérieusement

Il cherche la clé de ma chambre et me la donne.

— Attends, me dit-il en lisant une note qui était avec la clé. Tu n'oublies rien ?

Il cherche sur l'étagère près du comptoir et me tends le coffret DVD d'Audrey Hepburn et le CD de Morrissey.

— Tu aimes Morrissey ? fais-je.

— Morrissey ? Le chanteur des Smiths ?

— Tiens.

Je lui donne le CD et nos doigts se touchent à nouveau.

— Je te l'offre.

Et je m'en vais rapidement parce que sinon, je devrai encore sauter de l'autre côté du comptoir et l'embrasser passionnément. Je monte les escaliers en courant et le froid dans la chambre me surprend lorsque j'ouvre la porte. Tout est pareil qu'avant. Mes affaires et celles de Gerard occupent tout l'espace, mais je perçois un changement. Je pose les films sur le bureau, à côté de l'ordinateur, et la boîte rouge sur le lit. Je cherche mon téléphone et rappelle Gerard. Son portable est éteint ou n'a pas de réseau. Je ne laisse pas de message. Je rappelle aussi Stéphane, dans l'espoir qu'avant ce n'était qu'un problème sur la ligne, mais la même voix enregistrée me répète que ce numéro n'existe pas. Je m'assois sur le lit et regarde la boîte sans l'ouvrir, comme si son contenu pouvait me sauter dessus. J'observe attentivement la chambre, comme si je devais tout enregistrer pour ensuite la dessiner de mémoire. Je veux ouvrir l'armoire pour prendre la bouilloire et un sachet de thé, mais elle est fermée et je ne sais pas où Gerard a caché la clé. Je la cherche dans les tiroirs, dans sa trousse de toilette, dans le frigo, mais ne la trouve pas. J'ouvre la mignonnette de whisky du mini-bar et l'avale d'une seule longue gorgée, même si je n'aime pas ça. Je me rassois sur le lit et ouvre la boîte rouge sans plus réfléchir. Rien d'effrayant ni d'étonnant à l'intérieur : une feuille de papier pliée en deux, quelques bougies parfumées, une boîte d'allumettes et une touche de clavier d'ordinateur. Je ne sais pas ce qu'il veut que j'en fasse, de tout ça. Je prends la lettre et la déplie lentement. C'est son écriture, mais j'ai du mal à la déchiffrer parce qu'il a dû écrire avec ses mains brûlées. Il dit qu'il a toujours aimé aller à contre-courant, nager contre les marées, tracer tout seul sa voie. Il a crié sur la place publique que la Terre était plate, orgueilleux, mais il n'est pas idiot et sait pertinemment qu'elle est ronde. Il est fatigué de lutter, d'aller à contre-courant, de nager contre les marées et de s'ouvrir tout seul son chemin. Il dit qu'il ne reviendra pas. Qu'il est tombé de trop haut, qu'il a chuté trop bas et qu'il ne veut pas recommencer. Qu'il ne reviendra pas parce que rien n'a marché comme il le voulait. Qu'il a perdu la dernière bataille de la dernière guerre et qu'il en a assez d'être le roi des causes perdues. Qu'il ne lui reste plus rien et que je serai mieux sans lui. Que tout le monde sera mieux sans lui. Il dit que j'ai un pouvoir et que je peux tout effacer. Et que maintenant qu'il ne reviendra plus et que je n'ai plus rien ni personne, c'est la meilleure chose qu'il me reste à faire. Il dit que lui a un autre pouvoir, que tout le mal auquel il pense devient réalité. Et qu'il a pensé mourir. Qu'il a pensé avoir un accident de voiture et qu'il est certain que ça va lui arriver, parce que ça ne sera pas la première fois. Qu'il est maintenant sur la route, qu'il accélère pour que ça arrive. Il dit qu'il ne peut pas lutter contre son destin. Qu'il ne veut pas le faire et qu'il ne reviendra pas parce que lorsque je lirai cette lettre, il sera certainement mort, écrasé dans un virage sur une route ou une autoroute quelconque de ce pays merveilleux. Il dit que je dois rembobiner ma vie jusqu'au moment précédant notre rencontre et tout supprimer, comme je l'ai déjà fait. Ainsi, je n'aurai plus aucun souvenir de ma vie avec lui et je pourrai recommencer à zéro. Renaître. Il me dit de profiter de ce pouvoir, qui lui aurait permis de s'en sortir s'il l'avait possédé. Il ne reviendra pas. Sa lettre est claire. Il dit aussi que son projet a échoué et qu'il ne pourra pas rembourser ses dettes. Que tout joue en sa défaveur et qu'il ne le supporte pas. Il dit aussi que chaque instant de notre vie semble provenir d'un film et que sa vie ressemble à une mauvaise comédie qui ne fait rire personne. Que quelqu'un a choisi la bande-son et que le générique est sur le point de se déclencher, maintenant. Il m'aime, dit-il, comme il aimait Yul, mais il n'en peut plus. Il m'aime, même s'il ne me l'a jamais montré. Mes longs cheveux blonds lui manqueront. Il ne reviendra pas. Il n'y a pas de retour possible, sa destination est finale. Il signe de ses initiales en minuscules « g. g. ». Et c'est tout.

Je pose la lettre sur le lit, à côté de la boîte, passe la main dans mes cheveux courts et noirs. Je prends une profonde inspiration. J'essuie les larmes qui coulent le long de mes joues. J'attrape la touche du clavier et la regarde : *Suppr.* Je la pose à côté de la lettre et me lève comme si je pesais très lourd ou comme si mes gestes se faisaient au ralenti. Je prends la boîte et l'emporte dans la salle de bains, où je recouvre le sol de serviettes de toilette. Je place les bougies dans des endroits stratégiques et pose les allumettes et la boîte sur la cuvette des toilettes. Je me déshabille, pends soigneusement mes habits sur la vitre de la baignoire. Je craque une allumette puis allume toutes les bougies qui m'entourent. J'éteins la lumière de la pièce, attends que mes yeux s'habituent à la pénombre et au mouvement des flammes, qui projettent des ombres étranges sur les murs. Je m'allonge sur les serviettes, ferme les yeux et respire profondément. À chaque expiration, je sens un poids s'envoler, mon corps s'ancrer davantage sur le sol. Se détendre. Je ne fais qu'un avec les serviettes, les carreaux, le ciment, le fer des poutres, je deviens la structure du bâtiment. Et quand j'ai tout absorbé, je sors de mon corps, que je peux voir, allongé sur le dos, les yeux fermés et profondément endormi. Alors, comme si j'étais une cassette vidéo, comme si ma vie était une bande VHS, je commence à rembobiner.

J'ouvre les yeux. Je me redresse et reste assise par terre. J'allume la lumière, inspire, et l'allumette que je tiens dans la main s'enflamme. Je l'approche des bougies enflammées qui, une à une, s'éteignent. Je me lève, attrape les habits soigneusement pendus sur la vitre de la baignoire et m'habille. Je range les bougies stratégiquement placées un peu partout dans la salle de bains dans la boîte qui se trouve sur la cuvette des toilettes. Je ramasse les serviettes de toilette et les accroche sur le porte-serviettes. Je sors de la chambre à reculons, la boîte dans les bras et m'assois sur le lit. J'attrape la touche Suppr *qui est à côté de la lettre et la range à l'intérieur de la boîte. Je sens mes larmes remonter le long de mes joues et se cacher dans mes yeux. J'expire profondément. Je retire une main de mes cheveux noirs et courts. J'attrape la lettre qui est à côté de la boîte et la lis en commençant par la fin, où se trouvent deux lettres en minuscules. Mes yeux remontent tout en haut de la feuille mais j'oublie ce que je lis au fur et à mesure de ma lecture. Je plie soigneusement la feuille, la place dans la boîte, avec la touche et les bougies. Je ferme la boîte. Je me lève et attrape une mignonnette de whisky et quand elle touche mes lèvres l'alcool remonte le long de mon œsophage et la remplit. Je la ferme hermétiquement, et la range dans le mini-bar. Je cherche partout dans la chambre et m'arrête devant l'armoire fermée à clé. Je m'assois sur le lit et regarde la boîte comme si j'en avais peur. Je me lève, écoute quelque chose dans mon téléphone, marque un numéro et le range. Je prends la boîte sur le lit, un coffret DVD sur le bureau et, en marche arrière, j'éteins la lumière et sors de la chambre. Je traverse le long couloir et descends en courant les escaliers, de dos, jusqu'à la réception. Là, lorsque je me retourne, je vois le réceptionniste qui me sourit et me donne un CD, mais je le lui rends immédiatement avec les DVD, qu'il range sur une étagère à côté de lui. Je lui tends la clé de ma chambre et il la range également. Nous discutons un peu et chaque fois que je bois une gorgée de la tasse vide que j'ai prise sur le comptoir, celle-ci se remplit de café. Quand elle est pleine, je la lui donne et il en vide le contenu dans une thermos qu'il place sous le comptoir avant de s'asseoir sur son fauteuil. Nous parlons encore un moment, il me sourit, frotte ses yeux, et alors que je commence à reculer lentement vers la porte, il s'endort comme s'il était narcoleptique. Les portes automatiques s'ouvrent et je sors dans la rue. Je le regarde dormir à travers la fenêtre. Je tourne la tête et vois Pearson marcher à reculons vers moi. Quand il arrive près de moi, il se retourne tout à coup. Il me prend des mains la boîte que je tiens et nous reculons tous les deux jusqu'au Balzac. J'entre et donne la boîte à la serveuse, ressors et Pearson et moi rentrons finalement tous les deux.*

Nous nous assoyons à une table couverte des reliefs d'un dîner. Pearson efface sa signature sur un reçu et la serveuse lui tend une carte de crédit qu'il range dans son portefeuille. Le ventilateur qui tournait au-dessus de nos têtes ralentit et s'arrête. Maintenant, la serveuse nous apporte des assiettes vides, qui se remplissent au fur et à mesure que l'homme sort de la nourriture de sa bouche. La serveuse retire les couverts et les serviettes de notre table et nous sortons du restaurant, toujours en marche arrière. Nous retournons devant l'hôtel, nous arrêtons et discutons un peu. Ensuite, à reculons, nous allons sur le port et je prends congé de Pearson, qui un peu plus loin me salue, bras levé, dévoilant une auréole de transpiration sous son aisselle. Je place mon téléphone contre mon oreille, laisse un message et appelle un numéro. J'arrive au parc à reculons et monte sur la gloriette où une pierre m'attend. Je me cache entre des arbres et quand je ressors au bout d'un moment je regarde à nouveau la pierre et vois qu'elle est placée sur la photo de la famille de papier. Je prends la photo et la range dans mon sac. Je sors du parc, croise des gens qui courent en arrière et reviens à l'hôtel, où la jeune femme de la réception me tend les DVD et le CD. Dans ma chambre, j'enlève la crème solaire de mon visage et la remets dans son tube. Je me déshabille, vais sous la douche toute mouillée et en ressors complètement sèche. J'enfile des habits sales, attrape le sac des DVD et du CD et quitte la chambre, l'hôtel et Morges dans un train qui, lui aussi, recule. Un jeune homme dort en face de moi et quand nous arrivons à Lausanne il se réveille, me regarde et nous descendons tous les deux avant de nous perdre dans la foule. Je cours le plus vite possible, en arrière, jusqu'à la cathédrale et observe depuis l'esplanade toute la ville à mes pieds. J'écoute un message sur mon téléphone et cherche ensuite sur mon répondeur. J'entre de dos dans la cathédrale et sens le soleil filtrer par les vitraux colorés, fais un tour et ressors. Les grandes portes s'ouvrent toutes seules mais je dois les pousser pour qu'elles se ferment. Je me promène dans la ville et finis par entrer dans un McDonald, où je remonte à reculons des marches, attrape un plateau sale rempli de restes et m'assois à une table. La nourriture et la boisson sortent de ma bouche, remplissent les emballages et quand tout est plein je redescends jusqu'au comptoir, où je donne le plateau à un employé qui me tend de l'argent en échange. À la FNAC, je rends mon sac de courses à la vendeuse, elle en sort le contenu et me le tend sans le sac, avec de l'argent. Je dépose le CD et les DVD sur les étagères qui leur correspondent et m'en vais les mains vides. Sur une place, je vois une fontaine étonnante près de laquelle un homme dit au revoir à sa femme et à sa fille avant de s'en aller à reculons et je le suis en le précédant tout en me retournant pour vérifier où il se trouve. Nous descendons jusqu'au port, où je m'assois et regarde le lac. Il s'installe près d'un couple qui s'embrasse et peu après je retourne à la gare, toujours en marche arrière, et monte dans un train dont la dernière voiture est la locomotive, qui roule en reculant. Je passe mon torse par la fenêtre et vois tout à coup un foulard tourbillonner devant moi jusqu'à ce que le vent le place entre mes doigts. Je le saisis, le fais onduler comme un drapeau et rentre dans le train, où je le noue autour de mon bras. En arrivant à Morges, j'aperçois un homme quitter le quai lorsqu'il voit le train entrer en gare. Sur le quai, je colle un post-it vert fluo sur un écran et marche à reculons jusqu'à l'hôtel, devant lequel la voiture de Gerard me dépasse. Il se gare et descend du véhicule avant de reculer dans l'hôtel. J'ouvre le coffre et le referme. Je vais au parc de l'Indépendance, où je me promène à reculons et regarde le kiosque comme si je le découvrais. Je retourne sur le port et sa voiture n'est plus là. Nous parlons un peu au téléphone. Je l'appelle et range mon portable dans mon sac. Je me dirige vers l'extrémité de la digue, dépose des photos déchirées sur l'eau, m'assois un peu et repars de dos, un pied derrière l'autre comme si je marchais sur un fil. Quand j'arrive devant l'hôtel, une Opel Astra vert foncé circule en marche arrière et s'arrête à côté de moi. Une femme baisse sa vitre et me tend la main. Puis je monte dans sa voiture, où nous discutons un moment. Elle démarre et, en marche arrière, nous traversons le village et filons sur la route, défiant les lois naturelles de la circulation. Nous nous garons devant le pavillon Audrey Hepburn, entrons à reculons mais ne trébuchons sur rien, même s'il y a des tas d'objets abandonnés sur le sol. Nous parlons, elle prend des mégots par terre, les fume et éteint ensuite avec son briquet les cigarettes reformées avant de les ranger dans leur paquet. Elle enlève le foulard que j'ai au bras et la gaze blanche tachée de sang qu'il recouvre. Le sang disparaît de la gaze. Elle replace le foulard taché sur mon bras et va ranger quelque chose dans sa voiture. À son retour, nous continuons à discuter, elle prend un seau rempli d'une eau dont un filet remonte vers le plafond et le dépose avec minutie dans la salle. Nous sortons du pavillon et retournons à la voiture, toujours à reculons. Elle me dépose à l'hôtel et part. Je me promène dans les rues de Morges, entre chez un coiffeur qui me teint les cheveux en blond et dont les ciseaux magiques rallongent mes mèches jusqu'à me doter d'une longue chevelure. J'apporte à la pâtisserie un gobelet vide que j'ai trouvé dans une poubelle et un croissant que j'ai retiré de ma bouche. Le gobelet est rempli de chocolat quand la vendeuse l'attrape. Je retourne à l'hôtel où le réceptionniste me dit que je saigne du bras. Je m'assois sur le comptoir et enlève mes chaussures, qu'il attrape. Je descends, puis saute de l'autre côté, tombe et sens comme je passe en volant par-dessus le bois du comptoir. Des objets qui étaient par terre s'envolent également et retournent à leur place comme par magie. Je me cache dans une armoire, j'ai la tête qui tourne, la nausée, mais ça passe et quand je sors je vais bien. Je fais un saut en arrière pour passer de l'autre côté du comptoir et remonte à reculons les escaliers jusqu'au quatrième étage, redescends au troisième et entre dans ma chambre. J'enlève mes habits et me mets au lit. Gerard entre, pose ses affaires, se déshabille, place une serviette autour de ses hanches et recule dans la salle de bains. Je déplace des choses dans la chambre mais laisse tout comme c'était. Il sort, les cheveux secs, tout nu, met son caleçon et un T-shirt puis se glisse dans le lit, me tournant le dos. Je passe par-dessus son corps, active l'alarme stridente de son portable et il s'endort. Quand l'alarme s'arrête, je reste encore éveillée un moment, à observer la chambre, jusqu'à ce que finalement je m'endorme.

La Citroën bleu marine de Gerard défie toutes les lois de la mécanique en roulant en arrière à 130 à l'heure sur l'autoroute. Je dors de Morges à Genève. Quand il pleut, les gouttes et les éclairs montent dans le ciel. Nos habits et nos corps deviennent humides puis complètement trempés. Nous sortons de la voiture arrêtée dans un bouchon et allons voir sous la pluie un accident mortel. Quand nous revenons dans la voiture, nous sommes complètement secs et nous continuons notre route le long du Rhône. Nous nous arrêtons sur une aire d'autoroute peu après un village nommé Albon. Je vais aux toilettes et lorsque j'en sors je me sens moins légère qu'avant mais cette sensation diminue et disparaît totalement quelques kilomètres plus loin. Quand la pluie s'arrête, la voiture et la route sont sèches. Nous entrons dans Montpellier et ça me surprend que Gerard connaisse le chemin et nous conduise directement à un parking, le tout en marche arrière. Un réceptionniste dans un hôtel nous donne de l'argent et nous allons nous coucher même s'il fait jour. À notre réveil, c'est la nuit. Nous regardons un film sur son ordinateur, faisons l'amour, mangeons et je sors faire un tour. Quand je reviens, nous quittons l'hôtel sans payer. Nous montons dans la voiture et continuons notre voyage à toute vitesse. Montpellier s'éloigne devant nos yeux. Un énorme camion roule en marche arrière et pousse une grande maison en bois. Plus loin, nous nous arrêtons sur l'aire de Salses-le-Château et quand je sors des toilettes j'ai la même sensation que précédemment. Amélie-les-Bains-Palalda, Els Límits, la Jonquera, la sortie de Figueres-Roses et un panneau qui annonce le musée Dalí, tout rétrécit devant nos yeux. Nous nous arrêtons sur une autre aire et reculons dans un restaurant. Nous sortons la nourriture de notre bouche et emplissons nos assiettes. Gerard emporte notre repas à la caisse et je vais aux toilettes, où je laisse sur un lavabo l'enveloppe des photos de la famille de papier avant de les oublier à jamais. Nous quittons l'aire de l'Empourdan à toute vitesse, nous arrêtons dans une station-service et je tends à Gerard un sac plein de boissons et de choses à manger qu'il emporte à la petite boutique, avant de vider le réservoir de la voiture et de recevoir de l'argent. La trois-voies n'en a plus que deux et un panneau indique Barcelone, même si le nom de la ville est barré. Sur la Meridiana, nous nous arrêtons à côté du cadavre d'un motard, mais au lieu de lui venir en aide nous attendons qu'un policier municipal nous fasse signe de reculer. Nous arrivons chez nous. Nous sortons les valises du coffre, les déposons dans le hall de l'immeuble où je laisse Gerard les surveiller. Je prends l'ascenseur et regarde mon reflet dans le miroir. Je caresse mes longs cheveux blonds. Je sors à reculons et regarde la clé brisée dans ma main en me demandant comment je vais faire pour rentrer chez moi. Je la glisse doucement dans la serrure et la porte s'ouvre. Je recule dans l'entrée et allume les lumières. Gerard rentre les valises et les dépose devant la porte comme en une barricade. Il s'enferme dans la salle de bains, je débarrasse la table et range le repas. Il s'installe sur le canapé et s'endort, même s'il fait jour. J'enlève les photos de Yul qui se trouvent un peu partout dans la maison et les range dans une boîte dans sa chambre. Je m'enferme à mon tour dans la salle de bains, place des serviettes par terre, me déshabille, inspire devant les bougies qui s'allument, m'allonge et ferme les yeux jusqu'à ce que les ténèbres m'emportent, comme si quelqu'un avait effacé une partie de ma vie.

Yul aspire l'air provenant de trois bougies fumantes qui s'allument. J'ai l'impression étrange que chaque jour qui passe il devient plus petit et moins bavard. Les marques sur le mur de sa chambre confirment mes soupçons. Au bout de quelques mois, il ne parle presque plus et le seul mot que je l'entends prononcer, c'est « papa ». Je défais l'album de photos de Yul et rapporte les photos à la boutique où j'ai fait les tirages. Il a de plus en plus de mal à marcher et un jour il se met à quatre pattes et commence à avancer comme ça, puis je ne le vois plus jamais debout. Il ne parle plus, il imite seulement les sons qu'il entend et ne comprend que quelques mots, comme « au revoir » et « non ». Gerard et moi n'en parlons pas, mais un jour il me semble si petit que je décide de ne plus l'amener à la crèche et de le garder avec moi à la maison. Le jour où il arrête de marcher à quatre pattes, nous plaçons des barreaux sur son lit et il vient dormir avec nous. Peu après nous décidons de le conduire à l'hôpital, il est si petit, et je reste avec lui. On l'installe dans un berceau transparent à côté de moi et deux jours plus tard nous entrons dans la salle d'accouchement, on me retire des points sur le ventre, un médecin rouvre ma cicatrice et replace l'enfant en moi. Il passe ensuite sur ma plaie un bistouri magique qui la referme sans laisser de traces. Je sens comme mon ventre diminue, et ça m'inquiète. Au début, le bébé me donne des coups, comme s'il voulait ressortir mais plus les semaines passent, plus je mincis. Je surveille les ouvriers dans notre appartement de l'Eixample, soucieuse qu'ils le laissent comme il était avant le début des travaux. Et un après-midi, quand plus rien n'indique que nous y avons vécu, Gerard et moi y jetons un dernier coup d'œil, sortons et n'y remettons jamais les pieds. Je vais vivre à Vic avec sa mère et nous nous émerveillons toutes les deux de ma transformation physique : mon ventre s'aplatit et mes seins réduisent de volume au point de disparaître. Quand je retourne vivre avec Gerard dans l'appartement du Raval, je ne sais pas pourquoi j'arrête tout à coup de fumer. Quelques semaines après, un médecin m'annonce que je suis enceinte, même si aucun signe ne l'indique.

Des dizaines de films défilent devant mes yeux, des génériques où je lis « The End » *avant de suivre leur histoire jusqu'à leurs premières images. David Hemmings agrandit des photos pour en observer les détails cachés. Audrey Tautou fait des ricochets sur le canal Saint-Martin. Ewan McGregor exhibe son corps nu couvert de caractères chinois tatoués sur sa peau. Burt Lancaster traverse des dizaines de piscines à la nage et rentre chez lui. Kathy Bates oblige James Caan à rédiger un roman. Cary Grant et Audrey Hepburn sont sur un bateau, sur la Seine. Jack Lemmon utilise une raquette de tennis pour égoutter des pâtes devant les yeux amusés de Shirley McLaine. Julie Delpy et Ethan Hawke s'embrassent sur un quai avant qu'elle ne monte dans un train... Et après avoir lu les titres de ces films sur l'écran, je les oublie comme si je ne les avais jamais vus.*

Gerard m'amène en voiture à l'aéroport du Prat. Nous nous étreignons, puis il se perd parmi la foule. À reculons, ma petite valise à la main, je passe dans la zone de récupération des bagages, la laisse sur le tapis roulant et la regarde s'éloigner. Au milieu des autres passagers, je recule dans le terminal et entre dans l'avion où, sans l'aide des hôtesses de l'air, chacun s'installe sur son siège, attache sa ceinture et se détend lorsque l'avion commence à reculer lentement puis, dans un élan surprenant, décolle en arrière. Nous traversons les nuages mais je dors et, quand je me réveille, j'applaudis l'habileté du pilote, capable d'atterrir sans voir la piste. Nous sortons de l'avion au compte-gouttes, comme si nous n'étions pas pressés, et sur la piste nous constatons que le siège que nous avons occupé correspond au numéro inscrit sur notre billet. Je recule dans le terminal, au hasard, puis je passe sous les portiques de sécurité de l'aéroport de Gatwick et, quand je montre mon passeport au comptoir d'enregistrement, une jeune femme très sympathique me rend ma valise. Un train qui roule en marche arrière m'emporte vers la gare de Victoria. C'est ensuite un métro qui me conduit à l'identique jusqu'à Euston. Je sors dans la rue et recule entre les piétons jusqu'à une petite pension dans une ruelle de Soho. Je défais ma valise et erre plusieurs jours dans les rues de Londres. J'efface mes échanges avec Gerard sur Internet. Un jour, alors que je me promène sur Oxford Street, je tombe sur lui, qui m'embrasse avant de me conduire à un hôtel. Nous nous enfermons dans sa chambre et ne sortons pratiquement pas pendant plusieurs jours. Nous faisons l'amour à rebours, de l'orgasme aux préliminaires. Il efface avec un feutre magique tous les noms inscrits sur nos deux corps. Nous finissons par sortir de l'hôtel, nous promenons dans la ville et lorsque nous arrivons près de Big Ben, nous nous arrêtons et discutons. Puis je m'éloigne de lui sans lui dire au revoir et le vois se perdre dans la foule. Je ne le reverrai plus jamais.

De retour dans la chambre de ma pension, je m'assois devant la télévision, l'allume. De grandes lettres envahissent l'écran : « The End ». *Je décide qu'à présent je m'appellerai comme le personnage principal du film. Je regarde tout le film à l'envers. Une princesse russe se transforme en une mendiante folle que des escrocs veulent faire passer pour l'héritière du trône. Les noms des acteurs, Ingrid Bergman et Yul Brynner, apparaissent juste avant le titre du film en grandes lettres rouges :* Anastasia. *Mais quand j'éteins la télévision, où des pubs passent maintenant, j'ai oublié tout ce que j'ai vu. Je me déshabille, pose mes vêtements sur le lit, vais dans la salle de bains à reculons, place des serviettes par terre, m'assois, aspire l'air devant les bougies qui fument encore et qui s'allument, me couche par terre, ferme les yeux. Tout devient noir, complètement noir. Et silencieux. Et quand je n'ai plus de souvenirs à traquer, je décide de tout supprimer, définitivement.*

Le sol est froid, même si je suis assise sur une serviette. Mes yeux ne peuvent contenir mes larmes. Je n'ose pas lever la tête, je cache mon visage avec mon bras. Je vois les pieds d'un homme sous la porte, ses baskets, mais il ne bouge pas, comme s'il craignait d'entrer dans la pièce. Des bougies éteintes se trouvent autour de moi, une boîte rouge est posée sur les toilettes.

Je ne sais pas comment je suis arrivée ici. Le silence, et surtout sa présence, tout me dérange mais je n'ose toujours pas bouger. J'attends qu'il fasse le premier pas. J'ai besoin qu'il dise quelque chose ou qu'il m'aide à me relever. Qu'il me prenne dans ses bras et qu'il me dise que tout ira bien. Je vois ses pieds bouger lentement et il me tend la main, à laquelle je m'accroche comme une désespérée. Il me conduit au lit comme si j'étais une enfant, me borde et embrasse mon front. Mes paupières sont lourdes. Je ne sais pas si cet homme est encore dans la chambre ou s'il est parti. Il n'y a aucun bruit. Mes paupières sont très lourdes et je ferme les yeux. Je ne peux pas les ouvrir. Je ne peux pas bouger. Je ne peux pas respirer. J'ai la sensation que ma vie s'achève et que je ne peux absolument rien faire pour l'empêcher.

Jour 5

Cette façon qu'il a eu de se lever, sans aucun effort, comme dans un film, comme s'il était projeté en arrière. Toshi pourrait-il remonter le temps de la sorte et effacer ses erreurs ?

Alan Brown
Audrey Hepburn's neck

Et alors, lorsque l'étreinte est si forte qu'elle ne me laisse pratiquement pas respirer, je me réveille.

Je mets quelques secondes à savoir où je me trouve. Qui je suis. Où je suis. Pourquoi je suis seule dans un si grand lit. Aucun point de repères, rien à quoi me raccrocher. Personne à qui demander qui je suis, ni ce que je fais ici. Mais ce qui est étonnant, malgré le vide que je ressens, c'est que je n'ai pas peur. Je suis calme et souris comme si j'étais la femme la plus heureuse du monde. Aucun souvenir ne m'assaille. Aucune pensée ne me trouble. J'observe la chambre dans la pénombre grâce au peu de lumière que les rideaux laissent filtrer. Je sais que si je veux comprendre ce qui se passe, je devrais me lever, mais cette aventure, là, tout de suite, me semble trop risquée. Je me sens bien protégée dans ce lit, sous cette couette chaude dans laquelle je suis lovée et qui me réchauffe suffisamment pour me réconforter. C'est un territoire connu, habité par la chaleur de mon corps, et je refuse de le quitter à moins d'y être absolument obligée. Un portable se trouve sur la table de chevet à côté de moi, mais je n'ai personne à appeler. Je ne saurais pas quoi dire. Je ne saurais même pas comment me présenter, parce que je ne sais pas comment je m'appelle. Je m'assois sur le lit, avec précaution, écarte la couette. Ensuite, lentement, je fais glisser mes pieds vers le sol et les pose sur la moquette. J'ai presque peur de faire un pas. Je reste encore un moment assise, à rassembler mon courage pour abandonner cette île de sécurité au centre d'une pièce qui me semble tout à coup dangereuse et hostile. Quand je décide finalement de me mettre debout, je cours ouvrir les rideaux, certaine que la lumière du jour rendra le lieu moins terrifiant. La lumière m'aveugle, comme si un puissant projecteur se trouvait derrière la vitre, et je détourne les yeux pour éviter de brûler mes rétines.

Quand je regarde de nouveau la chambre, elle me semble moins menaçante qu'avant. Ce n'est plus qu'une chambre banale et impersonnelle. Pas un foyer. Quand j'ai l'impression d'avoir repris mes marques, je cherche mentalement une piste pour découvrir qui je suis. Je suis aussi fascinée que Gretel quand elle trouve la maison en pain d'épices. Des valises et des habits féminins me permettent de penser que je me trouve dans un hôtel, même si je n'ai pas la moindre idée de sa localisation. Ça me fait bizarre de fouiller dans les bagages, c'est comme si je violais l'intimité de quelqu'un d'autre. Caché tout au fond d'une valise, entre deux vêtements, je trouve un livre. Sur la couverture, trois chasseurs de dos marchant dans un paysage enneigé. Le titre indique *Dia de caça*, et l'auteur se nomme Gerard Guix. Sur la quatrième de couverture, sa photo. Il est jeune, séduisant, mais je ne l'ai jamais vu de ma vie. Je me demande pourquoi j'ai un de ses livres avec moi. Sur le bureau, je vois un ordinateur portable ouvert, mais éteint. À côté, un DVD et un appareil photo numérique en charge. J'entre dans la salle de bains et regarde les affaires sur le lavabo : une brosse à dents, une brosse à cheveux, des élastiques, une corbeille en osier contenant des *goodies* de shampoing et de crème hydratante, qui me confirme que c'est bien un hôtel. Rien ne prouve que je sois venue accompagnée. Je passe de l'eau sur mon visage, qui me surprend lorsque je le vois dans le miroir. Une jeune femme aux cheveux noirs et courts. Sincèrement, je m'attendais à autre chose. Sur le miroir est collé un post-it vert fluo, comme une étiquette posée sur ce visage inconnu. Je m'approche pour en déchiffrer difficilement l'écriture. « 1. Tu ne te reconnais pas, hein ? » Je touche le billet du bout des doigts et le relis, comme si cette phrase si simple et directe pouvait occulter un autre message. J'enlève ma culotte et mon haut, entre dans la douche. J'attends que l'eau chaude produise son effet relaxant et fasse remonter quelques souvenirs. À force de me creuser la tête, j'ai la nausée mais je ne crache que de la bile par terre, vite emportée par l'eau dans la bonde.

Dans la chambre, je sors des habits de la valise et les mets, ils sont à ma taille. Je m'accoude à la fenêtre et regarde le paysage devant moi. La journée est belle : du soleil, un ciel bleu spectaculaire et une température très agréable. Sur la promenade, très fleurie et colorée, les gens se promènent tranquillement, la mer près d'eux berce quelques petites embarcations et les montagnes un peu floues au fond rendent la vue paradisiaque. Un grand drapeau suisse ondule dans la brise et me surprend, parce que je suis certaine qu'il n'y a pas la mer en Suisse. Vu d'ici, le monde extérieur n'a pas l'air terrifiant. Tout à coup, j'ai la sensation étrange d'être observée et je surprends du coin de l'œil le flash d'un appareil. Lorsque je me retourne, je ne vois personne mais j'entends du bruit dans la chambre contiguë, comme si quelqu'un avait trébuché en se cachant. Quand j'ai bien mémorisé le paysage, tâche aisée quand c'est la première chose que ton cerveau vide de tout souvenir absorbe, je rentre dans la chambre disposée à chercher des indices pour découvrir qui je suis et ce que je fais ici. Je regarde de nouveau attentivement tout ce qui se trouve dans la chambre et découvre des post-it que je n'avais pas encore remarqués. Il y en a un sur la télévision, mais je lis celui d'abord celui qui est juste à côté de moi : « 3. Tu es comme Guy Pearce dans *Memento.* » Cet indice me déconcerte, parce que je ne sais pas qui est Guy Pearce ni ce qu'est *Memento*. Mais il m'intrigue suffisamment pour chercher entre les autres messages celui qui porte le numéro 2.

Je suppose que si celui qui les a laissés a pris la peine de les numéroter, il vaut mieux que je fasse les choses dans l'ordre. À côté de l'ordinateur se trouve un passeport belge sur lequel est collé le post-it numéro 2. « C'est toi. » Je l'attrape et l'ouvre lentement, comme s'il pouvait me mordre. À l'intérieur, je vois la photo d'une jeune femme, qui me ressemble, mais dont les cheveux sont très longs et si blonds qu'ils pourraient être blancs. Elle s'appelle Kira Stieglitz, elle est née le 31 octobre 1988 à Bruxelles, en Belgique. Je le repose sur le bureau et essaye de donner un sens à tout ça. Je me dis que je suis peut-être une espionne et que parmi ces messages je vais trouver ma prochaine mission. Mon changement d'apparence ferait sens, alors. Un dangereux ennemi est peut-être à mes trousses, celui qui m'a prise en photo en douce, et grâce à ces indices je pourrai m'échapper loin de lui. Excitée par les débuts de cette nouvelle aventure, qui au moins me motive pour passer à l'action, je cherche le post-it numéro 4. Il est collé sur le DVD à côté de l'écran, toujours ouvert alors que l'ordinateur est éteint. « 4. Invente-toi une identité. » Je prends le DVD et le regarde attentivement. Le message est clair mais ambigu, pourtant. Je ne sais pas si je dois regarder le film. L'ordinateur ouvert est un signe. Je m'assois sur la chaise du bureau, allume l'ordinateur et, pendant le démarrage, ouvre la boîte du DVD et en sors le disque, que j'introduis dans le lecteur. Ça m'étonne de ne pas avoir à taper un mot de passe et de constater qu'il n'y a que les programmes par défaut sur l'écran du bureau. Aucun dossier personnel. Comme s'il était neuf, cet ordinateur, ou comme si quelqu'un avait tout effacé.

Le film commence, le logo de la Paramount en noir et blanc occupe l'écran et une musique grandiose résonne. Ensuite, incrustés sur l'image d'un chemin au cours d'une scène nocturne éclairée par la pleine lune, apparaissent les noms des acteurs : Humphrey Bogart, Audrey Hepburn et William Holden. Puis vient le titre du film, *Sabrina*, et la lune se transforme en point sur le I de ce prénom. Une très belle jeune fille, fille du chauffeur d'une grande demeure, s'en va à Paris étudier dans une prestigieuse école de cuisine. À son retour, elle est devenue une femme très séduisante dont tombent amoureux les deux fils de la famille pour laquelle son père travaille. C'est un peu *Cendrillon*, mais filtré par le romantisme et l'humour de Billy Wilder. Tout à coup, un message apparaît sur l'écran : il n'y a presque plus de batterie, et l'ordinateur s'éteint quelques minutes après, sans que je puisse savoir quel frère Sabrina va choisir. Je relève la tête et observe le visage qui se reflète sur l'écran noir. Je suis presque le sosie d'Audrey Hepburn dans *Sabrina*. La même coupe de cheveux, la même couleur, la même silhouette, le même teint pâle. Je ferme l'écran et un autre post-it de l'autre côté de l'écran me surprend. Comme si celui qui les avait placés si stratégiquement savait que je rabattrais l'écran à cet instant précis. Je lis : « 5. Fais confiance au réceptionniste. » Je suppose qu'il parle de quelqu'un travaillant dans cet hôtel, et j'espère qu'il n'y en a qu'un. Je me lève et regarde autour de moi. Je vois un autre post-it sur l'appareil photo. Je m'approche et lis : « 6. C'est lui. » Je prends l'appareil photo, pressée de découvrir mon identité grâce aux prises faites pendant mon voyage, mais la carte mémoire ne contient qu'une seule photo, celle d'un jeune homme très séduisant qui dort dans une position inconfortable. On dirait le comptoir de réception d'un hôtel, certainement celui-ci. Je repose l'appareil sur le bureau et cherche le message suivant, que je trouve sur la porte de l'armoire. « 7. Vis ta vie. 2514. » J'ouvre la porte et regarde l'intérieur vide. Il y a un coffre fermé. Sans y penser à deux fois, je marque les quatre chiffres et un petit clic m'indique que la combinaison est la bonne. À l'intérieur, une grosse liasse de billets, des euros et des francs suisses. Ce jeu commence à me faire de plus en plus peur. Ça ne me surprendrait pas si le message suivant me conduisait à un revolver. Le post-it numéro 8 est posé sur un tube de crème solaire : « Avant de sortir. » Il n'y a pas d'autres messages. Pas d'autres indices. Pas d'autres pistes. Je suis le dernier conseil et mets de la crème solaire sur mes bras et mon visage, puis la laisse dans l'armoire. Je prends quelques billets suisses et referme le coffre. J'en mémorise la combinaison et déchire le post-it qui l'indiquait en mille morceaux que je jette dans les toilettes. J'attrape un sac à main, y range l'argent, l'appareil photo et le livre que j'ai trouvé caché dans ma valise. Je retire la clé de la serrure, au si lourd porte-clés, mais n'ouvre pas encore la porte. J'ai peur de quitter cet espace réduit qui est le seul endroit au monde où je me sente en sécurité. Je me demande si une fois dehors, je serai capable de retrouver le chemin de l'hôtel et de cette chambre impersonnelle qui est désormais mon seul foyer, où se trouvent les seules affaires que je possède. J'ouvre lentement la porte et peux voir que le numéro 308 du porte-clés coïncide bien avec celui qui est marqué sur elle. Je sors tout aussi lentement dans le couloir, fascinée par ce que je vois autour de moi comme Dorothy arrivant à Oz. Dans l'ascenseur, je regarde à nouveau la seule photo de l'appareil et essaye de mémoriser les traits du jeune homme pour pouvoir le reconnaître quand je le verrai. Je répète à voix basse le nom qui sera désormais le mien, sur plusieurs tons, pour voir s'il me convient. À la réception, je suis déçue. Aucune trace du réceptionniste. Une femme âgée me sourit et attend que je lui pose une question. Mon cerveau a un blanc et, tout à coup, des centaines de phrases dans des dizaines de langues me viennent, et je ne sais pas laquelle choisir pour m'adresser à elle. J'utilise l'anglais, peut-être parce que le film que je viens de voir était dans cette langue. Ça sera la première fois dans ma nouvelle vie que je vais parler à quelqu'un, il faut que je réfléchisse et que j'en garde un souvenir.

— Bonjour, Je cherche le réceptionniste.

— Oui ? fait-elle, un grand sourire sur les lèvres.

— Le jeune homme.

Je cherche l'appareil photo dans mon sac et lui montre la photo où il dort. Ça n'a pas l'air de lui plaire.

— Il ne travaille pas aujourd'hui, mais je suis certaine que je peux vous aider.

Je reste impassible et fais comme si je n'avais pas entendu sa proposition.

— Et pourquoi il ne travaille pas aujourd'hui ?

Mon indiscrétion la surprend.

—Pour raisons personnelles. Vous devrez attendre demain si vous voulez le voir.

Son ton n'est déjà plus si aimable. Elle fait mine de se concentrer sur des documents qui se trouvent devant elle, comme si j'étais devenue invisible. Je reste plantée devant les portes automatiques. Le capteur de la première d'entre elles m'a détectée et elle s'ouvre mais comme je ne bouge pas, elle se referme. Je vois la rue de l'autre côté des vitres, mais maintenant que je connais la réception et que j'ai au moins une personne avec qui discuter, je ne sais pas si je serai capable de sortir. Très lentement, je m'approche de la porte qui, obligeante, s'ouvre à nouveau. Puis la seconde fait de même et l'air extérieur me parvient, chaud, ce qui me réconforte. Quand je fais mon premier pas dans la rue, je me sens étonnamment légère. La lumière éclatante frappe mes yeux et tout autour de moi vient fortement stimuler mes sens. Les sons, le contact de l'air, la chaleur sur ma peau. J'ai du mal à respirer, à assimiler toutes les informations qui m'assaillent, et je souris comme si j'étais réellement heureuse. Je regarde le nom de l'hôtel, Mont-Blanc Au Lac, et le range dans un coin accessible de ma mémoire. Je fais quelques pas et découvre la promenade que je voyais depuis ma chambre, mais maintenant que j'y suis, je me rends compte de ses proportions spectaculaires. Le lac et les montagnes à l'horizon sont le décor parfait pour ce film qui commence. Je tourne sur moi-même et me sens comme Alice quand elle arrive au Pays des Merveilles. J'avance un peu, à pas lents, comme si je devais recharger mon corps en énergie, et m'imprègne de tout ce que je vois et ressens. L'odeur de toutes les fleurs décorant la promenade me pénètre, tout comme le parfum des personnes qui passent à côté de moi, des crêpes qui cuisent dans une petite baraque de bois. Les sons provenant des bateaux qui naviguent sur le lac me parviennent, tout comme les conversations des personnes qui passent à côté de moi, du beurre qui fond sur la poêle à crêpes. Je constate qu'un homme me regarde, un sourire idiot sur le visage. Il est presque obèse, sa veste est trop grande pour lui, ses lunettes glissent sur son nez à cause de la transpiration et il porte une mallette de cuir qu'il serre fortement. À ses pieds, une petite valise. Plus je m'approche de lui, plus son sourire s'agrandit, comme s'il me connaissait. J'essaye de me rappeler le visage du réceptionniste, mais si c'est lui, il est vraiment moins bien en vrai. Juste au moment où je m'approche, je me dis qu'il va peut-être me parler, mais quand je le dépasse, je l'entends juste dire « *Amazing !* », c'est tout. Avant de tourner à la fin de la promenade, je me retourne et le vois monter dans un taxi. Je m'arrête derrière une jolie église pour regarder un square avec des jeux pour enfants et un drôle d'arbre qui a l'air tout droit sorti de la forêt où vit le loup dans *Le Petit Chaperon rouge*. Je tourne à gauche et marche dans une rue bien plus commerçante. Sur une jolie place, des tables et des chaises. C'est un bar-restaurant nommé Métropolis. Après la première rue sur ma droite, je débouche sur une rue plus large sans voitures. Très agréable pour une promenade, mais il n'y a presque personne. Je m'arrête devant la vitrine d'une boulangerie, qui a une petite terrasse avec des tables, et regarde les croissants et les viennoiseries. Les effluves de café et de chocolat chaud m'attirent et je ne peux pas m'empêcher d'entrer. J'achète un croissant et un chocolat chaud, à emporter. J'ai envie de marcher et de découvrir cet endroit si singulier. La vendeuse a l'air surprise quand je lui tends mon billet, mais elle ne dit rien. Elle me rend beaucoup de monnaie et je comprends que j'ai dû lui donner une très grosse somme. Tout en buvant et en mangeant, je regarde les vitrines des boutiques autour de moi. Un magasin de vêtements, un salon de coiffure d'une grande chaîne, une vitrine remplie d'oursons en peluche et un bijoutier. Tout me semble inconnu et fascinant. J'observe avec une grande curiosité les détails les plus insignifiants, ce qui me permet de me découvrir, sur un lampadaire, un post-it vert fluo comme ceux de ma chambre d'hôtel. Je m'approche, excitée mais aussi effrayée à l'idée de ce que je vais bien pouvoir lire. Ma nouvelle mission. Je dois le lire deux fois. Le message est en français, mais l'écriture a l'air d'être celle d'une fille. Elle dit qu'elle a perdu des photos et qu'elle veut les récupérer. Il y a un numéro de téléphone. Je ne le prends pas, parce que je n'ai pas l'impression que ce message s'adresse à moi. Mais la coïncidence des post-it vert fluo est étrange. J'espère que personne n'a jeté les photos, parce que jeter des photos, c'est criminel.

Cet état de vigilance, qui me fait observer tout mon entourage, me permet de percevoir la mélodie quand je me retrouve devant un vieux bâtiment qui m'a tout l'air d'être la mairie. Elle est très subtile, comme un écho lointain qui s'éteint quand une voiture passe ou qu'un passant parle. Elle doit provenir d'une maison ou d'une boutique. D'une voiture garée près d'ici. C'est de la musique classique, mais je ne saurais identifier le compositeur. Ma promenade en devient encore plus agréable. Je continue à marcher au hasard jusqu'à ce que je découvre de l'autre côté de la rue une librairie, Le Petit Prince. J'y entre d'un pas décidé en espérant résoudre le mystère de mon existence. C'est un petit local, rempli de livres de toutes les tailles et de toutes les couleurs. Un monsieur âgé me sourit, mais il parle au téléphone en français. On dirait qu'il s'agit d'un fournisseur qui ne lui a pas apporté la commande qu'il attend. Je regarde les étagères et les tables remplies de livres, mais ne vois que des manuels de développement personnel, des ouvrages sur des médecines alternatives, ce genre de livres. Quand l'homme raccroche, je lui demande s'il a des livres de Gerard Guix. Je cherche dans mon sac l'exemplaire de *Dia de caça* et le lui montre. Il le prend, l'observe et me le rends en souriant.

— Je vous ai déjà dit que nous étions spécialisés dans le développement personnel, les médecines alternatives, la spiritualité et l'ésotérisme. Nous ne vendons pas de fiction.

J'ai l'impression qu'il prend un ton méprisant pour parler de ce genre. Je lui présente mes excuses, étonnée, et range le livre dans mon sac avant de sortir précipitamment, certaine que j'ai rougi parce que je sens la chaleur monter sur mes joues. Une fois dans la rue, je marche sans me presser, sans savoir où je vais. J'avance en direction de l'église, puis vers le lac et atteins un grand parc, où l'herbe est très verte et où de nombreux parterres de fleurs de mille sortes m'accueillent. L'horizon est ouvert, ici, et le soleil frappe encore plus fort qu'avant. Je pourrais presque toucher le lac, et les montagnes, de l'autre côté, me semblent plus proches que jamais. Un petit sentier fait le tour du lac et quelques personnes, à pied ou à vélo, s'y promènent. Quand le chemin n'est plus goudronné, je comprends que je sors de la ville, avec laquelle j'avais commencé à me familiariser. Je me lance dans une nouvelle aventure périlleuse. L'église est maintenant très loin derrière moi, donc l'hôtel où je loge l'est également. Je reste immobile quelques instants, à regarder le chemin qui longe le lac. J'ai l'impression que par endroits il mène à des grottes de verdure créées par les branches des arbres. Certaines touchent même l'eau. Je finis par respirer profondément et, d'un pas sûr, je continue mon chemin, désormais prête à découvrir le paysage paradisiaque que m'offre ce chemin magique. Même s'il y a de moins en moins de monde, je ne me sens absolument pas seule. Au contraire. Les quelques personnes que je croise me saluent d'un sourire, comme si nous nous connaissions depuis toujours. Je veux profiter de cet immense moment de liberté.

Je ne sais pas qui je suis. Je ne sais pas où je suis. Je ne sais pas quoi faire. Ça doit être ça, la liberté. Ne dépendre de rien ni de personne. Après avoir marché un bon moment, je découvre un petit paradis qu'un panneau bleu baptise « Avenue de la Plage ». Effectivement, je me trouve sur une minuscule plage devant le lac. Quelques personnes prennent le soleil sur leur serviette, mais personne ne se baigne. Il y a un embarcadère, mais aucune embarcation. Je m'y assois, les jambes pendantes au-dessus de l'eau, et regarde le merveilleux spectacle de la nature. Tout à coup, je me rends compte que je peux encore entendre la mélodie que j'ai entendue avant, mais je ne saurais dire d'où elle provient. C'est bizarre. Il n'y a pas de maisons ici et personne n'a de radio sur la plage. C'est peut-être dans ma tête. J'ai peut-être une tumeur et c'est pour ça que j'entends des choses que les autres n'entendent pas. Au bout d'un moment, je sors l'appareil photo de mon sac et regarde le visage du réceptionniste, parce que je commence à l'oublier. Le conte de *La Belle au bois dormant* me vient à l'esprit, mais dans cette nouvelle version, c'est le prince qui dort et c'est moi qui devrai le réveiller d'un baiser. C'est étonnant comme je peux me rappeler ces histoires, *La Belle au bois dormant*, *Alice au Pays des Merveilles*, *Le Magicien d'Oz*, *Le Petit Chaperon rouge*, mais je suis incapable de me rappeler qui je suis, ni ce que j'ai fait de ma vie. Je sors de mon sac le livre de Gerard Guix et commence à en lire le premier chapitre, où une mère s'angoisse en attendant le retour de son fils. Je ne lis que ce chapitre, le seul aux pages jaunies, comme s'il avait été lu à plusieurs reprises. Puis je laisse le livre sur l'embarcadère, me lève et me dirige de nouveau vers la ville. J'ai faim et j'ai vu à côté de la librairie un endroit où l'on doit bien manger et qui avait l'air joli. Balzac. Drôle de nom pour un restaurant.

Je rebrousse chemin et vois les contours de Morges, son église au fond, qui grandissent devant moi. Quand j'arrive au parc de Vertou, je regarde les gens assis sur l'herbe ou sur des bancs. Personne ne parle fort ou ne perturbe le calme de ce midi face au fabuleux lac qui s'étend devant nous. Le parc est verdoyant, ses arbres habilement distribués pour le rendre plus grand et accueillant. L'image d'un voilier blanc qui navigue sur les eaux du lac Léman, les Alpes en toile de fond, est magnifique. Un jeune homme, assis sur un banc, attire mon regard. Depuis l'endroit où je me trouve, on dirait une photo, son corps est encadré par deux lampadaires. Je le vois de profil, il regarde le lac ou les montagnes. Mais j'ai l'impression qu'il ne voit rien, en fait. Je m'approche lentement de lui, sans qu'il s'en rende compte, mais je pourrais me dresser directement au-dessus de sa tête qu'il ne le verrait probablement pas. Je sors l'appareil photo de mon sac et observe celle du réceptionniste. Aucun doute, c'est le même jeune homme. Je reste debout un moment, à côté de lui, et regarde comme il reste immobile. J'entends à nouveau la mélodie, mais je ne saurais dire si elle avait véritablement pris fin. C'est le même morceau de musique classique. Elle semble lointaine, mais il n'y a pas davantage de maisons ou de voiture ici d'où elle pourrait sortir. Je regarde le ciel, échafaudant une hypothèse saugrenue, mais ça doit être une invention de mon cerveau. Je jurerais que mes pieds n'ont pas bougé pendant toutes ces minutes, mais je me rends compte que l'une de mes jambes touche le banc et que, si je tendais le bras, je pourrais effleurer la tête du jeune homme. Avant que je puisse réagir et partir en courant, il se retourne et me voit. Il me fixe, comme s'il essayait de se rappeler quelque chose, puis me fait un grand sourire, ses yeux se plissant et de petites rides se formant sur ses tempes.

— Tu viens envoyer ton fax ? dit-il sans cesser de sourire. Je t'ai déjà dit que j'ai toujours un sourire idiot quand je te vois ?

— Idiot ? fais-je, étonnée, parce qu'il me connaît plus que ce que j'imaginais.

— Parce que je suis heureux.

Il m'invite d'un geste de la main à m'asseoir à côté de lui. Je regarde autour de moi, comme si je craignais que quelqu'un nous surprenne, puis je m'assois mais ne le regarde pas. Je fixe un petit bateau sur le lac. Je m'imagine ce qui l'attend, à faire des tours et des tours sur cette île aquatique au milieu d'un océan terrestre. Nous restons un moment ainsi, distants comme deux étrangers qui ne savent pas quoi se dire, chacun plongé dans ses pensées.

— Je ne me rappelle pas comment tu t'appelles, lui dis-je avant que le gel qui s'est installé entre nous ne forcisse.

— Je ne te l'ai jamais dit parce que tu ne me l'as jamais demandé.

Sa réponse semble hostile, mais je n'ai pas l'impression que c'était l'effet voulu.

— Comment tu t'appelles ?

— Konrad.

— Tu es le réceptionniste de l'hôtel Mont-Blanc Au Lac, non ?

Je veux être certaine de ne pas me tromper. Il me sourit et me regarde comme si j'avais demandé un truc bizarre.

— Oui. C'est moi. Et je ne parlerai plus tant que mon avocat ne sera pas là.

— Moi, je m'appelle...

— Je travaille à l'hôtel. Je connais ton nom et celui de ton...

— Je m'appelle Sabrina.

Il se tait et son sourire s'efface. Il me connaissait peut-être sous un autre nom. Je le regarde, mais son regard se perd à nouveau devant lui. Le bateau s'est éloigné et il donne l'impression que rien ni personne ne l'arrêtera. J'aimerais savoir ce qu'il fera quand il arrivera au prochain port. Il continuera peut-être à naviguer jusqu'à ce qu'il trouve un autre lac, ou une mer. Devant nous des gens passent, au rythme de la belle musique qui résonne toujours, ce qui me semble étrange. Je doute qu'ils puissent l'entendre, tant son volume est bas. Quand je me dis que le gel entre nous est maintenant si épais qu'il sera impossible de le briser, il se met à parler.

— Tu peux entendre la mélodie ?

Je le regarde dans les yeux pour la première fois et soutiens son regard.

— Oui. Ça fait un moment que je l'entends, mais je ne sais pas d'où elle vient.

— Tant mieux, si tu l'entends aussi. Ça me rassure. Je croyais que j'étais le seul à pouvoir l'entendre. Que je devenais fou, ou que c'était un symptôme inconnu de ma maladie.

Il me montre près de lui une enveloppe blanche marquée d'une croix bleue que je n'avais pas encore vue. J'en déduis que ce sont les résultats d'un examen qu'il vient de faire. Un jeune homme aussi beau et sympathique ne peut pas être malade, c'est impossible.

— Ce n'était pas de la narcolepsie, au bout du compte, dit-il en souriant.

Mais je vois les larmes remplir ses yeux.

— Je suppose que désormais je devrai expliquer certaines choses avant d'aimer quelqu'un.

Je pense aux messages sur les post-it vert fluo que j'ai trouvés dans la chambre d'hôtel et me mets à réciter :

— Je suis comme Guy Pearce dans *Memento*.

— Qu'est-ce que ça veut dire ?

— Je ne sais rien. Je ne me rappelle rien.

— Vivaldi.

Il me prend par surprise en approchant son visage du mien et en m'embrassant sur les lèvres, si rapidement que je n'ai le temps de rien dire, de rien faire. Puis il sourit, conscient de m'avoir volé un baiser, et nous continuons à discuter comme si de rien n'était.

— Cette mélodie, c'est du Vivaldi. C'est le *tempo impetuoso* de « Estate », l'été dans les *Quatre saisons*.

— On est en été, là ?

Il me sourit à nouveau, il ne devait pas s'attendre à cette question.

— C'est vrai. C'est toi, la fille qui ne se rappelle ni le jour ni l'année où nous sommes. Ni où. Qui ne se rappelle rien de rien. Je crois qu'il est temps que je m'en aille. La journée a été rude.

Il prend son enveloppe blanche et se lève, me dit que nous nous reverrons et commence à marcher lentement, comme si quelqu'un l'empêchait de le faire autrement. Je me lève également, mue par une énergie invisible et c'est précisément à cet instant qu'il s'arrête.

— Je peux marcher avec toi ?

Il me tourne le dos encore quelques secondes, comme s'il n'avait pas entendu ma question, puis soudain se retourne et, résolu, s'approche de moi. Je suis certaine qu'il va encore m'embrasser mais il m'enlace. Je sens ses larmes couler dans ma nuque, sa respiration qui se fond dans la mienne, son cœur qui bat au rythme du mien. La mélodie nous emporte, comme la bande-son à la fin d'un film, avant qu'apparaisse le générique.

Et alors, lorsque l'étreinte est si forte qu'elle ne me laisse pratiquement pas respirer, je me réveille.

Rembobine et retente ta chance.
Rewind and try again
Pet Shop Boys, *The way it used to be.*

Le premier jet de ce roman date de mars 2007, quand je me trouvais à Londres grâce à une bourse du British Council. Lorsque je me promenais près de Big Ben, une jeune femme russe nommée Anastasia m'a demandé si elle pouvait marcher avec moi. C'est ce que nous avons fait, jusqu'à Tottenham Court Road. Nous avons pris un café à l'Easy-café, puis nous sommes quittés là. Elle m'avait donné son numéro, mais je ne l'ai jamais appelée. Une histoire est née de cette rencontre, et vous venez de la lire.

g. g.

Table des matières

Impression : Nouvelle Imprimerie Laballery
Dépôt légal : février 2022. N° 151107-01 (201840)
Imprimé en France